MIND WEB

MENSCH++: BUCH 3

Dima Zales

Aus dem Amerikanischen von
Grit Schellenberg

♠ Mozaika Publications ♠

e-ISBN: 978-1-63142-391-8
ISBN: 978-1-63142-392-5

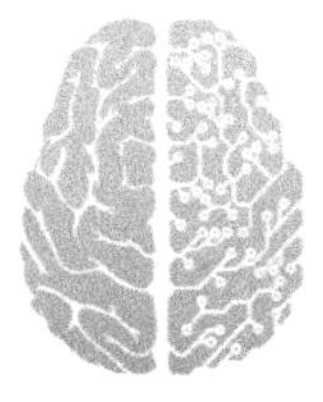

KAPITEL 1

Ich befinde mich in fast 400 Metern Höhe, im 102. Stock eines der neueren Touristenmagnete in Manhattan, dem One World Observatory. Die Menschenmassen um mich herum drücken ihre Nasen gegen das raumhohe Glas, um einen Blick zu erhaschen, der einen normalen Menschen akrophobisch machen kann. Ich schließe mich an und starre. Jedes Viertel ist unter unseren Füßen sichtbar wie eine detaillierte 3D-Karte von New York City.

Ein vages Gefühl von Déjà-vu überkommt mich und erfüllt mich mit überwältigender Angst. Es ist schwer zu sagen, ob ich Angst vor der Höhe, vor der großen Menschenmenge oder etwas Flüchtigerem habe.

Eine dunkle Form bewegt sich in der Menge, und ich drehe mich auf meinen Fersen um, um mich ihr zuzuwenden.

Ich komme vor einem Mann mit zwei Nasen zum Stehen. Er hat gepiercte Nasenlöcher, wo seine Augen sein sollten, und ein Zyklopenauge in der Mitte seines Gesichts.

Meine Gesichtserkennungs-App meldet einen Fehler, und das biologische Äquivalent eines Systemausfalls geschieht in dem Teil meines Gehirns, der für das Erkennen von Gesichtern verantwortlich ist.

Der Mann mit den Nasenaugen nimmt eine Waffe heraus, und bevor ich eine Theorie darüber aufstellen kann, wie er sie durch die Sicherheitskontrolle geschmuggelt hat, hebt er sie an, zielt mit seinem einen Auge und drückt ab.

Ohne die Ohrstöpsel, die ich normalerweise am Schießstand benutze, sprengt der Schuss mein Trommelfell und beschleunigt wahrscheinlich die altersbedingte Taubheit um mindestens ein Jahr. Das riesige Fenster neben mir zerbricht in kleine Stücke, die sich drehen, oszillieren und ihr Bestes tun, um so viele Touristen wie möglich zu verletzen.

Ich ignoriere weitere Schüsse, genauso wie das Blut und die Schreie um mich herum, weil ein anderer Mann mit dem gleichen Augen-Nasen-Gesicht direkt hinter mir auftaucht. Ich drehe mich und versuche, dem Grauen in das eine Auge zu schlagen, aber es weicht aus.

Ich muss zweimal hinschauen. Wenn ich Photoshop benutzt hätte, um das Auge zu duplizieren, die zusätzliche Nase zu löschen und alles an die richtigen Stellen zu verschieben, würde das Gesicht vor mir dem Gesicht sehr ähnlich sehen, das ich jeden Tag im Spiegel erblicke – ohne die Nasenpiercings.

Mein Angreifer nutzt meine Ablenkung und meinen momentanen Mangel an Gleichgewicht, um mich in Richtung des zersplitterten Fensters zu schieben.

Ich schreie, aber es ist zu spät. Nach einem cartoonartigen Moment, in dem ich nach unten schaue und die unmögliche Höhe aufnehme, beginne ich zu fallen.

Dieses Gebäude ist so hoch, dass es Wolken um mich herum gibt. Das Gefühl des Déjà-vus wird stärker, als ich an den umliegenden Wolkenkratzern vorbeirausche. Von hier sehen sie winzig aus. Die Freiheitsstatue steht wie ein Spielzeug im nahegelegenen Wasser, und die Menschen auf den Straßen sind zu klein, als dass man sie sehen könnte – wie Bakterien.

Mein Herz merkt, dass ich in etwa zehn Sekunden auf dem Bürgersteig aufschlagen werde, und versucht, meine Brusthöhle zu verlassen, solange es noch geht. Der Terror in jeder Zelle meines Körpers vertieft dieses Gefühl des Déjà-vus.

Ich verschlucke mich an meinem Schrei, als eine feurige Gestalt aus dem Nichts erscheint, wie der legendäre Feuervogel aus den russischen Legenden. Als sie sich nähert, wird mir klar, dass es ein glühender Mensch ist. Mit einem Rauschen seiner feurigen Flügel umfasst er mich mit seinen Armen, und wir schweben um den achtzigsten Stock des Wolkenkratzers herum.

Das Haar meines Erlösers formt einen verräterischen Einstein-Heiligenschein um seinen Kopf. Als ich das Gesicht der künstlichen Intelligenz erkenne, weiß ich sofort, was sie sagen wird.

Tatsächlich verkündet sie mit deutschem Akzent: »Sie sind in Sicherheit. Als Teil Ihrer Alptraum-Verringerungstherapie lasse ich Sie wissen, dass das ein Traum ist. Sie wollten auch, dass ich vorschlage, dass Sie es mit bewusstem Träumen versuchen, was voraussetzt, dass Sie schlafen.«

»Natürlich.« Ich kann kaum widerstehen, mir auf die Stirn zu schlagen. »Darum ging es bei diesem Déjà-vu-Gefühl. Ich hatte diesen Alptraum schon einmal.«

»Sie hatten auch andere Träume vom Fallen.« Einsteins Glühen ist völlig verschwunden, und er besitzt keine feurigen Flügel mehr. »Wir können Ihre Träume später besprechen. Ihr Zeitfenster für bewusstes Träumen schließt sich schnell.«

Er hat recht. Wenn ich die Kontrolle über meine Traumwelt übernehmen will, muss ich jetzt handeln, wie alle Bücher zu diesem Thema vermuten lassen.

Zuerst konzentriere ich mich darauf, meinen unangenehmen Traum vom Fallen in einen Traum mit ähnlicher körperlicher Betätigung, aber fast entgegengesetzter subjektiver Wertigkeit zu verwandeln. Ich wünsche mir, zu fliegen, und einen Moment später fliege ich über Manhattan und genieße den Ausblick, um den mich Touristen auf einer Sightseeingtour mit einem Hubschrauber beneiden würden.

Der jetzt gewöhnliche Einstein und ich bilden eine Zweiergruppe, bei der seine Arme sich wie bei Superman vor ihm befinden und ich meine wie Flügel zu den Seiten strecke.

»Das ist phantastisch«, sage ich zu der künstlichen Intelligenz. »Fallen fühlt sich überwältigend stressig an, aber Fliegen ist die reinste Freude.«

»Pass aber auf«, antwortet Einstein. »Begeisterung kann dich genauso leicht wecken wie …«

Ich wache in meinem Bett auf, mit einer Rattennase am Rücken und Adas warmem Körper vorn an mich gekuschelt.

»Sie waren zwei Stunden und siebenunddreißig Minuten lang ohne Bewusstsein«, sagt Einsteins Stimme.

»Wieder ein Alptraum?«, flüstert Ada über ihre Schulter.

»Nichts Schlimmes«, sage ich – eine Beschönigung, mit der ich meine, dass ich nicht davon geträumt habe, dass Familienmitglieder vor meinen Augen abgeschlachtet werden, und auch nicht von den anderen Gräueltaten, die ich schon erlebt habe. »Nur ein paar seltsame Gesichter und In-die-Tiefe-Stürzen.«

»Ich wette, es ist eine Manifestation von Lampenfieber. Schließlich ist unsere Reise übermorgen.« Sie schaltet das weiche Schlafzimmerlicht mit einem mentalen Befehl an Einstein an und dreht sich zu mir um, wobei ihre bernsteinfarbenen Augen für diese nächtliche Uhrzeit mit einer überraschenden Wachsamkeit glitzern.

Sie könnte recht haben. Wir werden unser Unternehmen auf mehreren neuen Märkten präsentieren, und ich habe diese Reisen zunehmend gefürchtet – nicht nur, weil ich, wie jeder normale Mensch, nicht gerne vor großen Menschenmengen spreche.

»Ich bin eigentlich mehr darüber besorgt, es unserem Nachkommen zu erzählen«, sage ich Ada in einer privaten Zik-Nachricht. Unlogischerweise habe ich das Gefühl, unser Sohn könnte uns irgendwie belauschen, wenn ich auch nur die Ätherwellen im Haus vibrieren lasse. »Es ist gleich nach seinem Geburtstag, und ich will ihm das große Ereignis nicht verderben.«

»Mach dir darüber jetzt keine Sorgen.« Sie streichelt meine Schulter. »Wenn du möchtest, bin ich diesmal die Böse – alles, solange es dir beim Einschlafen hilft.«

»Du bist die beste Frau aller Zeiten, aber das müssen wir ihm gemeinsam sagen. Und jetzt lass uns schlafen.«

»Gleich.« Sie rückt näher, und als ihre Lippen sich den meinen nähern, weiß ich, was sie will. Mein Körper reagiert – stark. »Nachdem du deine ehelichen Pflichten erfüllt hast, wirst du noch besser schlafen«, fügt sie mit heiserer Stimme hinzu und sorgt dafür, dass ihre Lippen über meine Lippen streichen, während sie spricht.

»Virtuell oder echt?«

»Warum nicht beides?«

Sie reißt die Decke mit einem Schwung herunter, und der Schlaf wird zu einer fernen Erinnerung.

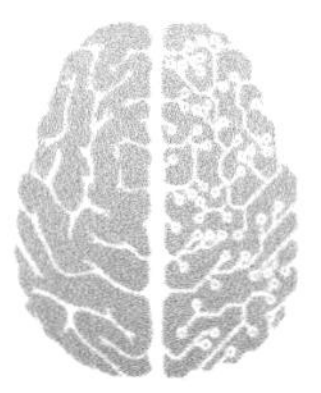

KAPITEL 2

»S dnyom rozhdeniya, Alan«, sagt Onkel Abe zu meinem Sohn und hebt sein Schnapsglas.

»Happy Birthday! Vier Jahre alt.« Auch Mama hebt freudig ihren Wodka hoch. »Du bist so ein großer Junge.«

Flankiert von Gogi und Joe steht mein Nachkomme neben seinem Avatar, den er nur für Ada und mich sichtbar gemacht hat, damit wir sehen können, wie er innerlich mit den Augen rollt.

»Sei lieb zu deiner Oma.« Die neueste Version der Telepathie-App erlaubt es Ada, freundlich, fest und leicht schimpfend zugleich zu klingen – etwas, was man allein mit der Stimme nicht machen kann. Die Emotionen, die die App vermittelt, haben Nuancen, die nur von Menschen mit einem brainozytenverstärkten Gehirn verstanden und gefühlt werden können. »Wenn du wirklich so reif wärst, wie du denkst, würdest du nichts gegen Ausdrücke wie ›Baby‹ oder ›großer Junge‹ haben«, fährt sie fort.

»Oder ›Kind‹«, füge ich hinzu und zwinkere Alan zu. »Oder …«

»Danke, Oma«, antwortet er auf einem öffentlichen Gedankenkanal, ohne den kleinsten Hauch von Negativität. Seine öffentliche Zik-Botschaft zeigt echte Dankbarkeit und Glück; es ist beängstigend, was für ein guter Lügner mein Sohn sein kann. »Du hast natürlich recht, Mama«, fügt er in unserem privaten Chat hinzu. Der Kopf seines Avatars verbeugt sich unglaublich tief, und sein Fuß malt einen Bogen vor seinem Körper, und das sagt mir, dass er seine Reue spielt. »Einige Wörter und Sätze scheinen nur meinen inneren Primaten auszulösen – etwas, woran ich arbeite.«

Ich schaue mir meinen Sohn an, sowohl sein reales Gesicht als auch seine digitale Darstellung. Wenn man Adas bernsteinfarbene Augen nimmt und das schelmische Funkeln verdoppelt, bekommt man Alans echte Augen. Wenn man mein Lächeln nimmt, speziell das Lächeln, das ich bekomme, wenn ich jemandem, der es absolut verdient hat, etwas wirklich Hinterhältiges angetan habe, dann bekommt man Alans Lächeln. Der Rest seines Gesichts ist eine Mischung aus meiner Frau und mir mit einem leichten Hauch von Affe, als hätten wir Kapuzineraffengene in unseren Nachwuchs geschmuggelt – was wir nicht haben, obwohl wir jetzt die Technologie dafür hätten, und alles andere, auf das Dr. Moreau neidisch wäre. Alan muss den Affen in seinem eigenen Gesicht auch sehen können. Wie sonst kann man diesen Kommentar über den »inneren Primaten« erklären?

Im Gegensatz zu seinem kleinen Ich in der realen Welt sieht Alans digitaler Avatar aus wie ein zwanzigjähriger Mann, der im wahrsten Sinne des Wortes eine Mischung aus Ada und mir ist. Er schuf diesen Avatar mit Hilfe eines neuronalen Netzes, das er vor einigen Wochen entworfen hat, einer spezialisierten künstlichen Intelligenz, deren einziger Zweck es war, jedes Bild von Alans Elterneinheiten zu scannen und ein 3D-Gesicht zu erzeugen, das unsere Gesichtszüge perfekt miteinander verbindet. Er hat uns aber nicht als Inspiration für seinen Körper benutzt, sondern entschied sich für etwas, was er auf einem Cover eines Magazins gesehen haben muss – die breiten Schultern, die gemeißelten Bauchmuskeln und die präkanzeröse Bräune.

Jeder in der realen Welt stößt an, und ich mache mit.

»Weißt du«, denkt Mitya privat zu mir, während sein Ich in der echten Welt ein Kaviar-Sandwich isst, »es ist verrückt, dass wir einen Tisch mit russischen Spezialitäten in unserer Mitte haben.«

Ich schaue mich um und stimme zu. Mitya hat recht. Diese Gesellschaft gehört nicht hierher, in die Dinosaurierausstellung des Museums für Naturkunde. Als ich vor ein paar Wochen *Nachts im Museum* ausgeliehen habe, war mir nicht klar, wie unverschämt teuer dieser Film werden würde. Aber was nützt es, einer der reichsten Menschen der Welt zu sein, wenn man seinem Sohn an seinem Geburtstag kein Museum mieten kann?

»Gefällt dir mein Geschenk?«, fragt Muhomor, nachdem er aufgehört hat, Grimassen zu schneiden, was er nach jedem Schluck Wodka macht.

Muhomor trägt das neueste Modell seines brainozytengesteuerten Power-Anzuges, was bedeutet, dass er tagelang nonstop laufen, hundert Marathons durchhalten und einen Weltrekord im Sprinten brechen kann. Wenn er wollte, könnte er auf den Schädel dieses riesigen Dinosaurierskeletts springen, der zufällig das Herzstück dieser riesigen Halle ist, und tanzen. Golan Dahan, unser Direktor von Nanotech, denkt, dass wir nur noch Monate davon entfernt sind, Muhomors Wirbelsäule reparieren zu können – und die Wirbelsäule von jedem anderen, der das braucht.

»Wer liest nicht gerne etwas über Blockchains?« Alans privater Avatar rollt wieder mit den Augen. »Ich wollte schon immer so detailliert wie möglich wissen, wie Bitcoin funktioniert.«

Nur Ada und ich können den Sarkasmus in Alans realer Stimme erkennen. Muhomor nimmt seine Worte für bare Münze und grinst, als ob er es geschafft hätte, eine weitere Bank zu hacken. Ada und ich tauschen Blicke aus und beschließen, dass wir Alans Frechheit durchgehen lassen sollten, da wir selbst bei den meisten von Muhomors Aussagen die Augen verdrehen. Schließlich hat er dieses Verhalten von uns gelernt.

»Ich will nur sichergehen, dass dieses ›Geschenk‹ keine Anleitungen enthält, wie man die kryptographischen Funktionen von Bitcoin hacken kann.« Adas spitzes Lächeln führt dazu, dass Muhomor fast an seinem Lammkebab erstickt. »Ich hoffe, wir sind uns alle einig, dass so etwas nicht als Geschenk für einen Vierjährigen geeignet wäre?«

Alan sieht plötzlich viel interessierter an seinem Geschenk aus. Muhomor gestikuliert hastig, und die virtuelle Geschenkbox verändert sich und wird deutlich kleiner.

Ich erwäge, eine der unzähligen parallelen Instanzen von mir das Geschenk im Detail untersuchen zu lassen, aber ich entscheide mich dagegen. Stattdessen denke ich zu Ada: »Wenn Alan Bitcoin im Visier hätte, wäre das Thema eh schon durch.«

Alan erhielt Brainozyten, sobald er geboren wurde, lange bevor die US-Gesetze achtzehn Jahre als Mindestalter für die Brainozyten-Berechtigung festlegten – unsere teuren Lobbyisten arbeiten daran, diese Gesetze zusammen mit jedem anderen Hinweis auf eine Gesetzgebung gegen unsere Produkte aufzuheben. Alan hat auch die Respirozyten mit dem Rest von uns bekommen. Das Einzige, was wir ihm nicht gegeben haben – weil er noch nicht ausgewachsen ist –, sind die Knochenserver. So nennt Dahan das Betaprodukt, mit dem wir stärkere Knochen haben, die als Computerressourcen dienen können.

Auf jeden Fall, wenn es um Gehirnverbesserungen geht, hat Alan so viele wie der Rest von uns im inneren Kreis des Brainozyten-Klubs – und das ist in der Tat eine beeindruckende Anzahl. Er war auch der erste Mensch, dessen gesamtes Gehirn in einem digitalen Substrat abgebildet wurde, obwohl der Rest von uns kurz darauf folgte. Wie bei uns sind seine digitalen Gehirnteile in der Cloud seinen mageren biologischen Teilen weit überlegen. Sein Verstand ist auf den besten Servern verteilt, die nur verbesserte Gehirne in so kurzer Zeit hätten entwickeln können.

Deshalb hat Alan mit einem typischen Vierjährigen intellektuell genauso viel gemeinsam wie mit einem durchschnittlichen unerweiterten Menschen. Alan konnte Zik sprechen, als er einen Monat alt war. Vor kurzem hat er seine Dissertation in Informatik abgeschlossen und plant, weitere Bereiche zu studieren. Wenn er in das Hacken einsteigen wollte, wäre er eine beängstigende Macht, aber ich glaube nicht, dass diese Aktivität für ihn anregend genug wäre.

»Er wird sich nicht mit etwas so Alltäglichem wie dem Hacken beschäftigen wollen«, sagt Ada. »Er hat interessantere Projekte, die ihn beschäftigen.«

Das stimmt. Alans aktuelle intellektuelle Herausforderung sind fortgeschrittene Videospielumgebungen, die die virtuelle Realität nutzen – oder, wie er es gerne nennt, Weltsimulationen. Ich denke, dass das Interesse bei ihm erst geweckt wurde, als er erfuhr, dass ich die virtuelle Realität verwende, um mit Symptomen wie PTSD fertigzuwerden. Er hat nun eine ganze virtuelle Welt für Mr. Spock und den Rest unserer verbesserten Ratten geschaffen. Diese Welt ist ein Ratten-Nirwana, und Mr. Spock und seine Verwandten verbringen die meiste Zeit dort. Die Rattenwelt ist auch der Ort, an dem sie sich gerade befinden, obwohl ihre eigentlichen biologischen Körper zu Hause sind. So stimuliert zu werden hilft dabei, die Lebenserwartung der Ratten zu erhöhen, ebenso wie die Nanozyten, mit denen wir experimentieren – und mit denen wir letztendlich die menschliche Lebenserwartung verdreifachen werden. Das Interessanteste an der Rattenwelt ist jedoch, dass Alan sie mit virtuellen Ratten bevölkert hat, deren Gehirne so detailliert nachgeahmt wurden, dass die daraus resultierenden Kreaturen im Grunde genommen echte Ratten sind – es sei denn, man will darüber philosophisch werden, was Alan gerne tut. Als ich durch die Rattenwelt ging und die Vielzahl seiner Rattenschöpfungen sah, war es nicht schwer, mir vorzustellen, dass mein Sohn aufwuchs, um ganze Universen zu erschaffen, wie eine selbstgemachte Gottheit.

»Er hat auch keinen finanziellen Anreiz, Bitcoin zu knacken«, füge ich hinzu, als Ada mich erwartungsvoll ansieht.

»Genau«, stimmt sie zu.

Ada und ich haben vor einem Jahr einen milliardenschweren Treuhandfonds für Alan eingerichtet. Sein monatliches Taschengeld liegt in Millionenhöhe. Allerdings wird er unsere Mittel nicht lange brauchen, denn seine vielen Geschäfte werden bald Gewinne abwerfen. Das Kind hat mehr Patente als Thomas Edison.

»Wenn es Geschenkzeit ist, habe ich etwas für das kleine Häschen«, sagt Mama, und ich bemerke, dass J. C., ihr neuer Mann, ihren Ellbogen warnend berührt. Er versteht Alan besser als sie. »Hier«, sie holt eine Kiste unter ihrem Stuhl hervor und hält sie souverän hoch, »das hier ist von deinen Großeltern.«

Mutter besteht darauf, dass Alan J. C. als seinen Opa betrachtet, aber Alan besteht darauf, J. C. einfach J. C. zu nennen, wie jeder andere auch. Dies liegt zum Teil daran, dass Alan J. C. in der Mensch++-Unternehmenshierarchie ablöst. J. C. leitet immer noch Techno, das jetzt nur noch ein kleiner Teil des riesigen Unternehmens ist, das Mitya, Ada und ich zusammen gegründet haben, wobei Alan ein Hauptaktionär dieses Unternehmens ist.

»Das ist ein gestrickter Pullover«, sagt Alan ohne einen Hauch der Enttäuschung, die sogar ich für ihn empfinde. »Danke schön.«

Er geht zu Mama und küsst ihre Wange, und sie schmilzt prompt dahin. Ich hoffe, er wird nie böse, denn das würde Machiavelli stolz machen.

»Ich bin dran.« Onkel Abe zieht ein verpacktes Geschenk heraus, das offensichtlich ein Skateboard ist. »Bitte schön. Damit du mehr draußen spielen kannst.«

Anders als der Rest der Familie hat sich Onkel Abe nicht dem neuen Mensch++-Megakonzern angeschlossen, und er hat erweiterte Versionen der Brainozyten abgelehnt. Es brauchte viel Überzeugungsarbeit, um ihn überhaupt dazu zu bringen, die neuesten von der FDA zugelassenen Brainozyten zu akzeptieren, die über einen transdermalen Patch geliefert werden – die Stufe III Mensch++ wurde Milliarden von Menschen umsonst gegeben. Sein mangelndes Verständnis von Alans geistigen Fähigkeiten ist der Grund, warum er sein Geschenk so dramatisch falsch eingeschätzt hat; andernfalls hätte er gewusst, dass Alan die Risiken des Skateboardens eingeschätzt und die beängstigenden Statistiken inakzeptabel fand – oder zumindest hoffe ich, dass das passiert ist.

Seltsamerweise sieht Alan wirklich dankbar aus, was beunruhigend ist. Ich denke privat zu Ada: »Schatz, wir sollten eine Virtual-Reality-Erfahrung mit diesem Ding für Alan erschaffen, damit er nicht in Versuchung gerät, seinen Kopf wirklich einzuschlagen.«

»Ich bin mir ziemlich sicher, dass er das Board nur mit einem seiner Roboter-Avatare fahren will«, antwortet sie ruhig. »Ein Teil von mir kann seinen Lieblingskörper in diese Richtung gehen sehen.«

Ich überprüfe die Sicherheitskameras des Museums und kann bestätigen, dass einer von Alans »Körpern« tatsächlich unseren Weg geht. Dieses fortschrittliche Modell erinnert eher an ein Terminator-Skelett als an einen Menschen und verfügt über Sensoren für Sehen, Hören, Schmecken, Riechen und Berühren. Aber im Gegensatz zu einem menschlichen Körper erlaubt er uns auch, elektrische und magnetische Felder zu erfassen, Echoortungen durchzuführen, Veränderungen in der Luftfeuchtigkeit zu erkennen und ein paar andere Dinge, die ich noch nicht ausprobiert habe.

Spontan bringe ich eine weitere Instanz von mir selbst hervor, nehme einen der Roboterkörper in Besitz, die ich im Standby-Modus gelassen habe, und gehe mit ihm auf Alans metallischen Avatar zu.

Mich in diese Ausrüstung zu begeben löst immer noch ein unheimliches Gefühl in mir aus, viel mehr, als wenn ich Avatare in einer virtuellen Umgebung nutze. Das liegt zum Teil daran, dass ich in bestimmten Momenten Hunderte von virtuellen Personen gleichzeitig benutze, während ich nur selten einen physischen Roboterkörper für Geschäfts- oder Freizeitaufgaben benötige. Für mein erweitertes Bewusstsein ist der Roboterkörper jedoch recht brauchbar, und seine Sinne sind überraschend lebensecht.

Diesen Körper zu nutzen bestätigt Adas Idee, von der sie alle schon seit Ewigkeiten zu überzeugen versucht: dass der menschliche Körper eine Maschine wie dieser Roboter ist, nur aus Fleisch.

»Lässt du mich dein Skateboard fahren?«, fragt mein Roboter-Ich Alans Roboter. Meine synthetische Stimme ist fast nicht von der eines Menschen zu unterscheiden.

»Natürlich, Papa.« Als Ergänzung zu seinen Worten versucht Alans metallisches Gesicht, mich anzulächeln, was bei diesem Modell immer noch grässlich aussieht. »Aber ich zuerst.«

»Hey, es ist dein Geburtstag.« Ich bringe meinen Roboter dazu, zu blinzeln.

»Ich habe das für den kleinen Krieger besorgt«, sagt Gogi in der Zwischenzeit und zieht eine Kiste hervor. Wenn die neu eingetroffenen Roboter Gogi nervös machen, zeigt er es nicht, im Gegensatz zu dem leichenblassen Onkel Abe.

Während sein Roboterkörper wegskatet, reißt die kleine menschliche Version von Alan mit altersgerechtem Enthusiasmus die Verpackung von Gogis Geschenk auf. In der Regel kommen Alan und Gogi gut miteinander aus, da sie über gewalttätige Videospiele zusammengefunden haben. Kein Wunder, dass sich Gogis Geschenk als ein kleines Paar Boxhandschuhe entpuppt – ein weiterer nicht so subtiler Hinweis darauf, dass Alan in der realen Welt mit dem Selbstverteidigungtraining beginnen sollte. In der virtuellen Welt wischt das Kind bereits mit Gogi den Boden ab, und ich wette, wenn Gogi einen Roboter steuern könnte, was er nicht kann, würde Alan ihn auch darin schlagen.

Ada runzelt die Stirn, als sie das Geschenk sieht. Ich nehme ihre kleine Hand in meine, drücke sie sanft und sage privat: »Wenn Alan Boxen lernen würde, würde es ihn nur sicherer machen.«

Sie wirkt nicht beruhigt, sagt aber nichts.

Joe räuspert sich und deutet an, dass er auch etwas für das Geburtstagskind hat.

Adas Stirnrunzeln vertieft sich. Trotz Joes jüngsten Verbesserungen seine Geschäfte und sein Temperament betreffend, ist sie immer noch nicht sein größter Fan.

»Hier«, sagte er zu Alan. »Ich hoffe, sie passt.«

Alan packt Joes Box mit noch mehr Enthusiasmus aus als Gogis, aber als er hineinschaut, scheint seine ganze Haltung zusammenzufallen. Mit Begeisterung, die ich deutlich als gespielt erkennen kann, sagt er: »Eine kugelsichere Weste. Wow. Danke, Onkel Joe.«

In unserer privaten virtuellen Realität tauschen Ada und ich einen aussagekräftigen Blick aus, und ich sage heimlich: »Weißt du, es hätte etwas Schlimmeres sein können, etwas wie ein Messer.«

Im Gegensatz zu seinem Vater hat Joe die fortschrittlichere Stufe-II-Brainozyten-Suite, die dem Benutzer eine größere Auswahl an Hilfsmitteln bietet, einschließlich einer bescheidenen Steigerung des Gehirns. Stufe II ist ein unentgeltlicher Bonus für alle Mensch++-Mitarbeiter, und als Sicherheitschef war Joe einer der ersten Nutzer.

Die Stufe-II-Gehirnerweiterung hat einen interessanten Effekt auf meinen Cousin gehabt. Der Typ scheint jetzt ein Gewissen zu besitzen, wenn auch ein rudimentäres. Es gibt ein paar Theorien über die Ursache dafür, und alle gehen davon aus, dass er vorher kein Gewissen hatte. Mitya glaubt, dass Joe mit dem Alter einfach weicher wird, aber wir alle denken, dass das Blödsinn ist, da das »Weicherwerden« in den letzten vier Jahren passiert ist. Ich denke, dass die Erfahrung, klüger zu werden, einen erkennen lässt, dass Gewalt manchmal nicht die beste Lösung ist, aber meine Freunde denken, dass das eine zu einfache Erklärung ist, da viele intelligente Menschen im Laufe der Jahre Gewalttaten begangen haben.

Ada glaubt, dass die ältere Brainozyten-Gehirnerweiterungsmethodik hinter den Veränderungen in Joe steckt, da wir immer noch die ältere Methode für Stufe II verwenden. Die alten Erweiterungen verwenden simulierte Computer-Hirnregionen, um die Gehirnleistung zu verbessern, was bedeutet, dass Joe mehr Gehirn bekommt, das nicht sein ursprüngliches Gehirn ist, und so irgendwie Empathie gewinnt, oder was auch immer ihm vorher fehlte. Wenn sie recht hat, sollten wir vielleicht vorsichtig sein, wie, wann und ob wir Joe Zugang zu Stufe I geben, da das die neuere Methode für die Erweiterungen verwendet.

Gezwungenermaßen stehen die Stufe-I-Brainozyten immer noch nur den vier ursprünglichen Mitgliedern des Brainozyten-Klubs und meinem Sohn zur Verfügung. Der Grund dafür ist nicht, dass wir versuchen, die Macht zu horten. Wir wollen, dass jeder irgendwann Stufe I haben wird; wir haben nur einen Engpass, was die Computerressourcen betrifft.

Die Stufe-I-Gehirnerweiterung ist auf Grund der Fortschritte in der Gehirn-Scanning-Technologie anders. Wir lassen bestehende Brainozyten unser biologisches

Gehirn bis ins kleinste Detail scannen. Wenn wir dann Computermodelle für die zusätzlichen Gehirnregionen erstellen, stützen wir uns auf die Scans unserer Gehirnschaltungen. Diese neue und bessere Methode der Erweiterung reduziert die negativen Nebenwirkungen, die Stufe-II-Nutzer erleben, wie z. B. präkognitive Erlebnisse. Die neue Methode verkürzt auch die Anpassungszeit bei neuen Erweiterungen auf wenige Stunden anstelle von Tagen. Aber sie verbraucht viel mehr Ressourcen, und wir können es uns nicht leisten, sie jedem zu geben.

Zusätzlich gibt uns dieses Gehirnscannen Backups unserer Gehirne, falls etwas mit dem zerbrechlichen Gewebe passiert, wie ein Schlaganfall oder ein Schlag auf den Kopf. Mitya ist von dieser Forschungsrichtung besessen und hat bereits ein komplettes Backup für sein ganzes biologisches Gehirn erstellt. Es ist diese Besessenheit von ihm, die hinter den Protokollen steckt, die dafür sorgen, dass für unsere erstaunliche nicht-biologische Intelligenz regelmäßig ein Backup erstellt wird. Ich glaube, er verschwendet seine Zeit damit, sich um sein Fleischhirn zu sorgen, wie Ada es nennt. Unsere biologische Intelligenz wird bald nur noch ein winziger Teil dessen sein, was wir sind, so klein, dass wir es vielleicht nicht mitbekommen, wenn wir es plötzlich verlieren.

»Du machst wieder zu viel Multitasking.« Adas Beschwerde reißt mich aus meinen Gedanken.

»Nein.«

Meine Antwort ist zu defensiv, und ich nehme mir einen Atemzug Zeit, um mich selbst zu untersuchen. Ada hat versucht, mich dazu zu bringen, öfter im Hier und Jetzt zu sein. Sie macht sich Sorgen, dass ich zu wenig entspannte Zeit mit ihr und Alan verbringe. Ich denke nicht gerne, dass ich die Art von Vater und Ehemann bin, die solche Erinnerungen braucht – auch wenn das manchmal der Fall ist.

»Ich programmiere lediglich die neue App, die wir besprochen haben«, die Verteidigung ist in meiner Gedankenrede komplett verschwunden, »teste unser Überraschungsgeschenk, lese Arbeits-E-Mails und habe eine Psychotherapie-Sitzung mit Einstein. Das Letzte ist etwas, was du vorgeschlagen hast.«

Die Nutzung von Einstein als Psychotherapeut ist ein neuer Service, den wir demnächst auf die weltweite Brainozyten-Anwenderbasis ausweiten werden. Es wird Teil unseres Freemium-Modells sein, und wir erwarten, dass es viel Gutes in der Welt bewirken wird, da diese Therapie meine Alpträume eingedämmt und meinen posttraumatischen Stress abgebaut hat.

Ada sieht besänftigt genug aus, und wir sehen entspannt dabei zu, wie Alan ein Geschenk von J. C. öffnet, das ausgerechnet ein Yo-Yo ist. Alan scheint es zu mögen und fängt sofort an, damit Tricks zu machen.

»Bald sind wir dran«, sagt Ada mit einem Augenzwinkern. »Du solltest vielleicht noch ein bisschen weniger arbeiten. Aus irgendeinem Grund wirkst du etwas distanziert.«

Ada behauptet, dass viel Multitasking jede Aktivität weniger gut sein lässt. Da sie das System entworfen hat, muss es stimmen. Auf meiner Seite spüre ich jedoch selten die Ablenkung. Ich habe vor ein paar Jahren aufgehört, mich zu fühlen, als würde ich mehrere Dinge gleichzeitig tun.

Der Begriff Multitasking ist ohnehin irreführend für das, was wir jetzt tun können. Das Ich, das mit Einstein im virtuellen Therapieraum spricht, fühlt sich ganz anders an als das Ich, das den aktuellen Ablauf verfolgt. Es ist, als ob ich an mehreren Orten gleichzeitig existiere, aber später die Erinnerung an all diese Teile von mir selbst habe. Natürlich weiß ich rational, dass jede dieser Instanzen von mir dedizierte Computerressourcen verwendet und dass, wenn diese Ressourcen überlastet sind, etwas mit allen Instanzen von mir geschieht, was für einen Außenstehenden leicht so aussehen könnte, als sei ich abgelenkt.

»Hast du nicht das System so entworfen, dass es verhindert, dass während der Ressourcenüberlastung ein Thread erstellt wird?«, frage ich sie.

»Das habe ich, aber sobald deine Ressourcen zugewiesen sind, werden sie nie wieder weggenommen. Wenn du anfängst, mehr mit deiner Ressourcenzuteilung zu tun, kannst du dich ablenken lassen.«

Ich pausiere mit einigen meiner Aufgaben. Ich ziehe es vor, nicht mit Ada über Brainozyten-Technologie zu streiten. Sie ist immer noch die Weltexpertin, also wenn sie sagt, dass Multitasking dazu führt, distanziert zu sein, dann stimmt es wahrscheinlich, trotz meiner gegenteiligen Gefühle.

»Lassen wir Mitya als Nächstes sein Geschenk übergeben.« Ich lasse mich so aufmerksam wie möglich aussehen. »Wir werden diese Geschenkübergabe mit einem Highlight beenden.«

»Angeben, meinst du?« Ihr privater Avatar, der wie ein punkiger Pandabär aussieht, lächelt.

»Vielleicht«, antworte ich und stelle fest, dass meine frühere Liste von Aktivitäten nicht das Skateboarden mit Alan beinhaltete – ein Zeichen, dass ich ehrlich gesagt gerade jetzt abgelenkt bin. »Du bist auch stolz auf unsere Arbeit. Es ist okay, das zuzugeben.«

Ein Lächeln berührt Adas reale bernsteinfarbene Augen, und ich weiß, dass sie darauf wartet, die Reaktion ihres Sohnes auf unsere Überraschung zu sehen.

»Mein Geschenk ist etwas, das jedem gefallen könnte«, sagt Mitya, und wir richten unsere Aufmerksamkeit auf ihn. »Ich habe einen Deal zwischen Mensch++ und Disney abgeschlossen. Die Leute bei Disney werden einen riesigen virtuellen Park bauen, den Brainozyten-Benutzer in der virtuellen Realität besuchen können, ohne zu Orten wie Orlando fliegen zu müssen. Das«, ein riesiges goldenes Ticket fliegt in der gemeinsamen virtuellen Umgebung auf Alan zu, »ist Teil dieses Deals. Alan bekommt einen lebenslangen VIP-Pass zum Park.«

Jetzt, da die meisten Menschen Brainozyten im Kopf haben, haben sich viele Unternehmen dafür entschieden, Anwendungen und Erfahrungen zu entwickeln, die auf Brainozyten zugeschnitten sind, so dass der Aufsprung von Disney auf den Zug für niemanden eine große Überraschung ist. Dennoch scheint Alan von der Aussicht, zu sehen, was die Leute bei Disney erschaffen werden, begeistert zu sein. Meine Vermutung ist, dass er ein professionelles Interesse als Weltschöpfer hat – und wahrscheinlich denkt er auch, dass ein Disney-Park Spaß machen wird.

»Sieht so aus, als wären wir dran.« Ada steht auf, und ich folge ihr.

»Unser Geschenk ist etwas, was du jetzt sofort erleben kannst«, sage ich zu Alan. Ich schaue Mitya mit zusammengekniffenen Augen an – er wusste, was Ada und ich für Alan vorbereitet hatten, aber trotzdem hat er ein Geschenk gewählt, das unserem sehr ähnlich ist. »Ich möchte, dass jeder auf die öffentliche virtuelle Realität achtet.«

Ada lässt mich die Geburtstags-App starten, und das Museum um uns herum wird lebendig.

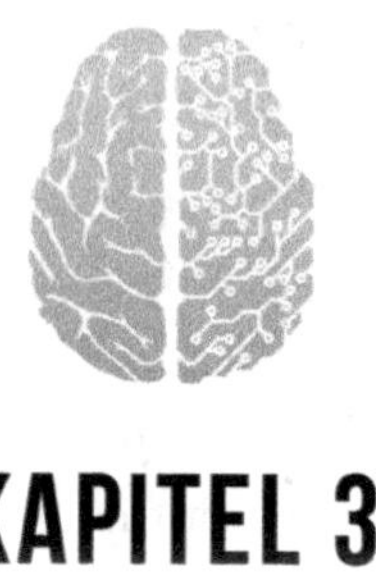

KAPITEL 3

Eine Herde Pterosaurier stürzt sich auf unseren großen Tisch, und Mama quietscht vor Aufregung. Das riesige Skelett im Raum vervollständigt sich mit Fleisch und Muskeln und ist nur wenige Sekunden von der sichtbaren Haut entfernt. Als der Monster-Dinosaurier beginnt, sich zu bewegen, kann Godzilla nur noch das Weite suchen.

»Unser Raum ist nur ein kleiner Teil der Welt, die Ada und ich zusammen aufgebaut haben«, sage ich den ehrfürchtigen Gästen. »Auch andere Räume des Museums sind gerade belebt. Hier sind einige Highlights.« Ich teile Bildschirme mit allen, damit sie die wandelnden Mumien sehen können, den riesigen Blauwal, der sein Lied singt, während er das virtuelle Wasser im ersten Stock verspritzt, und Adas ungeliebteste Attraktion, Lucy und die anderen frühen Menschenaffen, die die animierten Säugetiere und Dinosaurier von den anderen Ausstellungen jagen.

Zum ersten Mal verhält sich Alan heute so, wie ich es von einem Vierjährigen erwarte: Er springt auf die Füße und rennt, um sich den Rest unserer Schöpfung anzusehen.

Bevor Ada es bemerken und missbilligen kann, nickt Joe einigen seiner Sicherheitsleute zu, und sie folgen Alan in einer perfekt kalkulierten Entfernung.

Die Tatsache, dass unser Sohn körperlich reagiert, ist ein Beweis für den Erfolg unseres Geschenks. Dieses Kind ist ein Meister der Verteilung seines Geistes an Roboter und Kameras, bis zu dem Punkt, wo Ada und ich uns manchmal Sorgen über seinen Mangel an körperlicher Aktivität machen.

Ada und ich verbeugen uns beide, und der Rest der Gäste klatscht mit echter Begeisterung, sogar Muhomor. Wir setzen uns wieder hin, und Gogi schenkt eine weitere Runde Getränke für den Tisch ein, während riesige virtuelle Libellen um seinen Kopf schwärmen.

»Ich will euch den Spaß nicht verderben«, sagt Joe mit einer kalten Nachlässigkeit, die seinen Worten widerspricht, »aber man sollte sich wenigstens der Demonstranten draußen bewusst sein.«

Ich unterdrücke ein Stöhnen, während Adrenalin durch meine Adern strömt. Wenn es eine Konsequenz unseres Erfolges gibt, auf die ich verzichten könnte, dann sind es die Proteste. Wenn man sich wirklich außerhalb des Museums bewegt, wäre das eine besonders unangenehme Überraschung. Wir haben uns so sehr bemüht, diese Veranstaltung vor der Öffentlichkeit geheim zu halten.

Ich brauche nur einen Moment, um die beste Kamera aus den unzähligen Möglichkeiten draußen zu finden.

Nach einer kurzen Untersuchung stabilisiert sich mein Adrenalinspiegel. »Das sind die Anti-GVO-Leute«, sage ich privat zu Joe. »Sie sind harmlos.«

Mein Cousin macht sich nicht die Mühe, seine Verachtung für meine Meinung zu zeigen. Er hat wahrscheinlich seine ganze Verachtung für die Demonstranten draußen verbraucht.

Ich seufze innerlich, als ich die Menge der Hasser noch einmal genauer anschaue. Trotz der obszönen Menge an Geld, die Mensch++ regelmäßig für PR ausgibt, finden solche Proteste immer häufiger statt. Es ist schockierend, wie viele unserer Gaben an die Menschheit auf Feindseligkeit gestoßen sind. Das liegt zum Teil daran, dass bestimmte Technologien von Büchern, Hollywood und Interessengruppen missbraucht wurden. Roboter sind ein großartiges Beispiel für Ersteres, à la *The Terminator*, während GVO ein gutes Beispiel für Zweiteres ist.

Was die Leute nicht zu verstehen scheinen, ist, dass wir klug genug sind, Skynet-Szenarien zu vermeiden und Einsteins Intellekt absichtlich weit hinter unserem zu lassen. Außerdem unterscheiden sich unsere gentechnisch veränderten Pflanzen von den alten der GVO, bei denen fremde Gene in traditionelle heimische Pflanzen eingebracht wurden. Wir verwenden CRISPR und andere Gen-Editing-Technologien, um bestimmte Gene in halb domestizierten oder wilden Pflanzen zu optimieren. Die wilden Hülsenfrüchte und der Quinoa an diesem Tisch sind die Produkte dieser Arbeit, und sie sind hervorragend – und die Tatsache, dass sie von den reichsten und klügsten Menschen gegessen werden, ist ein gutes Zeichen dafür, dass sie kein Risiko für die menschliche Gesundheit darstellen. Aber es ist schwer, Menschen umzustimmen, die ihren Hass auf GVO in eine Quasi-Religion verwandelt haben.

Ada spielt nervös mit ihren Haaren. »Eine Ansammlung der Gruppe ›Nur Echte Menschen‹ ist auch draußen. Joe hatte recht, sich Sorgen zu machen.«

»Vielleicht sind diese Typen nicht so gewalttätig, wie wir denken«, sage ich ihr und wünschte, ich könnte meinen eigenen Worten glauben. »Wenigstens ist die Sache der RHO für mich leichter zu verstehen.« Als ich Ada die Stirn runzeln sehe, füge ich hinzu: »Auch wenn ich nicht einverstanden bin.«

Ihr Stirnrunzeln vertieft sich. »Sie sind im Grunde genommen Ludditen unter einem anderen Namen, nur dass die Maschinen, die sie zerstören wollen, sich in unseren Köpfen befinden.«

Das stimmt. Wie die ursprünglichen Ludditen befürchtet die RHO, dass durch unsere Technologie Arbeitsplätze verloren gehen, und dafür gibt es gute Gründe. Ein Anwalt mit Brainozyten kann die Arbeit von zehn Anwälten ohne Probleme erledigen; dasselbe gilt für Ärzte und fast jeden anderen Berufszweig. Da die Welt nur eine begrenzte Anzahl von Ärzten braucht, könnten einige Arbeitsplätze verschwinden. Und es sind nicht nur Experten in Gefahr, sondern auch reguläre Arbeiter werden davon betroffen sein. Unsere Technologie ermöglicht es jetzt einer Person, eine Gruppe von Robotern zu steuern, die viele der schwierigen, gefährlichen und schmutzigen Aufgaben erledigen können, für die früher Teams von Menschen benötigt wurden.

»Wird das die Ankunft der anderen Gäste erschweren?«, frage ich Joe. »Alan hat eine After-Party geplant.«

»Die Leute der After-Party sind schon da und wurden überprüft«, sagt Joe.

Alan rennt zurück in den Raum, holt Luft und platzt damit heraus: »Das war phantastisch. Danke, Mama. Danke, Papa.«

»Du bist gerade rechtzeitig zurückgekommen«, sage ich zu Alan, als ich den Bäcker in den Flur einbiegen sehe. Zweifellos wurde auch er überprüft. »Überleg dir deinen Wunsch.«

Anstatt so etwas wie *Happy Birthday, Alan* auf die Torte zu schreiben, steht dort *P vs. NP* aus leckerer Schokosauce.

»Was bedeutet das?«, fragt Onkel Abe. »Und will ich das überhaupt wissen?«

»Es ist nur ein Informatikproblem, das ich lösen will, wenn ich groß bin«, antwortet Alan mit falscher Bescheidenheit. »Kurz gesagt ist es die Frage, ob jedes Problem, das sich schnell überprüfen lässt, auch schnell gelöst werden kann.«

»Mit schnell meint er Polynomzeit«, sagt Muhomor, obwohl klar ist, dass das Onkel Abe nicht weniger interessieren könnte, selbst wenn er es wollte. »Ich denke, wir sind uns alle einig, dass P nicht gleich NP ist.«

»Das sagst du nur, weil du das hoffst«, antwortet Alan neckend. »Tema wäre hackbar, wenn P gleich NP wäre.«

Alan und Muhomor fangen an, sich mit der Informatik-Theorie auseinanderzusetzen, und alle anderen konzentrieren sich auf ihre eigenen Gespräche, während sie große Mengen Nachtisch konsumieren.

»Du solltest die Leute für die After-Party reinlassen«, sage ich zu Joe, als der letzte Kuchen gegessen ist. »Die Familienfeierlichkeiten scheinen vorbei zu sein.«

Wie aufs Stichwort stehen alle auf und versuchen, ihr drohendes Essenskoma zu überwinden, indem sie durch das Museum laufen, um Alans Geschenk zu bestaunen. Alan, Ada und ich bleiben zurück, da wir bereits wissen, wie es aussieht. Die Kellner stürzen sich auf den großen Tisch, und innerhalb weniger Minuten ist der Raum bereit für die Cocktail-Party.

»Es wird toll sein, einige meiner Freunde zum ersten Mal zu sehen«, meint Alan aufgeregt zu uns.

»Sind das nur Online-Freunde?« Ich sehe meinen Sohn von oben bis unten an.

Sein schelmischer Gesichtsausdruck wird ernster. »Habe ich andere?«

»Und hast du ihnen gesagt, wie du wirklich aussiehst?«, fragt Ada ernst.

Alan beginnt zu antworten, hört aber auf, als ein Mann hereinkommt. Der Typ scheint in den Dreißigern zu sein und hat die Ausstrahlung eines Universitätsprofessors. Ich benutze die Gesichtserkennung, um meine Vermutung zu bestätigen; tatsächlich ist er Professor für Philosophie an der *Columbia*. Sein Name ist John Moore, und er steht auf keiner Sexualstraftäterliste – nicht, dass Joe ihn leben, geschweige denn diesen Raum betreten lassen würde, wenn es so wäre.

John geht selbstbewusst zu mir hinüber und streckt seine Hand aus. »Alan, es freut mich, dich endlich kennenzulernen.«

»Nun, das beantwortet meine Frage«, sagt Ada privat. »Sie wissen nicht, dass sie zum Geburtstag eines Vierjährigen gekommen sind.«

»Hallo, John.« Ich schüttele dem Mann warm die Hand. »Ich bin nicht Alan.«

»Bist du nicht?« Er schaut Ada hilfesuchend an. »Du siehst deinem Avatar sehr ähnlich.« Er betrachtet sie genauer. »Es tut mir so leid, bist du Alan? Du siehst diesem Avatar auch ähnlich, aber ich dachte, du seist ein Mann. Nicht, dass …«

»Ich bin Ada«, schneidet sie ihn ab. »Das ist Mike.« Sie deutet auf mich. »Und das hier«, sie zeigt auf unseren Sohn, »ist Alan.«

»Ich habe unsere Diskussion über die Cambridge Declaration on Consciousness wirklich genossen«, erklärt Alan John, und seine Augen strahlen verschmitzt. »Ich habe dir gerade Einzelheiten für unsere Party-VR-Sitzung geschickt. Wenn du ihr beitrittst, kannst du mich als die Figur sehen, mit der du dich wohler fühlst.«

Sobald Johns Augen aufhören, fast aus den Höhlen zu fallen, benutzt er seine Brainozyten, um Alans erwachsenen Avatar zu sehen.

»Ich hoffe, dass du mir diese Überraschung nicht übelnimmst«, sagt Alan sowohl in der VR als auch in der realen Welt. »Ich dachte, dass mein Geburtstag der perfekte

Zeitpunkt wäre, um mich als Vierjährigen zu outen. Ich konnte keinen Weg finden, es online zu erklären.«

»Aber wie?«, flüstert John. »Ist das ein Scherz?«

Als Alan über seine Brainozyten spricht, gleitet Joe lautlos herbei und packt Johns Schulter so fest, dass John vor Schmerz zusammenzuckt.

»Wenn ich etwas sagen darf«, sagt Joe. »Jetzt, wo du weißt, zu wessen Party du gekommen bist, will ich nur sagen …«

Den Rest höre ich nicht, denn er lehnt sich nach vorn und flüstert etwas in Johns Ohr.

Johns zuvor ehrfürchtiger Gesichtsausdruck verändert sich, und sein blasses Gesicht nimmt vor Entsetzen einen fast violetten Farbton an. Man braucht nicht viel Phantasie, um sich vorzustellen, dass Joe ihm etwas gesagt haben muss wie »Wenn du meinen Neffen in irgendeiner Weise berührst, besonders in der falschen Richtung, wird dein kurzes und schmerzvolles Leben nicht lang genug sein, um auf die Liste der registrierten Sexualstraftäter zu kommen«.

»Joe«, sagt Alan, da er offensichtlich dasselbe denkt: »Hör auf, meine Freunde zu schikanieren.«

Joe lässt widerstrebend Johns Schulter los und geht steif ans andere Ende des Raumes.

Um die Anspannung zu entschärfen, schaue ich mir die Cambridge Declaration on Consciousness an und erfahre dabei, dass sie besagt, dass viele Tiere ein Bewusstsein haben.

»Die Anzahl der Wissenschaftler, die die Cambridge Declaration on Consciousness unterzeichnet haben, ist wirklich beeindruckend«, sage ich beiläufig. »Ihre Liste der Spezies ist auch großartig. Neben Säugetieren beinhaltet sie auch Vögel und sogar Kraken.«

»Vielleicht bedeutet das, dass die Menschen diese grundlegende, selbstverständliche Wahrheit endlich verstehen werden«, merkt Ada an. »Tiere haben genauso ein Bewusstsein wie wir.«

»Aber sie sind nicht unbedingt so intelligent«, mischt sich John ein und verwandelt sich wieder in einen Professor. »Bewusstsein ist nicht gleichbedeutend mit Intelligenz.«

»Nein, aber zuzugeben, dass Tiere ein Bewusstsein haben, sollte zumindest ausreichen, um den Kreis ihrer Fürsprecher zu erweitern.« Ada pflanzt ihre Füße weiter auseinander und betrachtet John streitlustig. »Wir essen ja auch keine unintelligenten Menschen, oder?«

John blinzelt und schiebt seine Brille höher auf die Nase. »Ich verstehe, woher Alan einige seiner Ansichten hat. Ich verstehe natürlich, was Sie sagen, aber Sie können die Rolle der Intelligenz nicht herunterspielen.«

Alan sieht seine Mutter besorgt an. Wie ich weiß er, dass das ein heikles Thema ist. »Können wir ein Gedankenexperiment machen, John, wie immer?«

John schaut auf den echten Alan und reibt sich die Schläfen. »Ich muss mich immer noch daran gewöhnen, dass du du bist. Aber sicher, lass es mich hören.«

»Sagen wir, es gibt eine Ratte, die klug ist«, beginnt Alan. In unserer privaten VR zwinkert er mir zu. Er spricht offensichtlich von Mr. Spock und seinen Verwandten, aber John weiß das nicht.

»Okay«, antwortet John. »Das kann ich mir vorstellen.«

»Nehmen wir außerdem an, dass diese Ratte nach den gängigsten Definitionen des Wortes intelligent ist. Zur Vereinfachung sagen wir mal, diese Ratte ist schlauer als die meisten meiner Altersgenossen.«

»In Ordnung«, sagt John. »Was du beschreibst, ist ein Szenario, in dem wir sehr nett zu einer solchen Ratte sein müssten. Wir würden die Ratte wie eine Person behandeln.«

»Du meinst also, dass die Tatsache, dass die Ratte intelligent ist, nicht die Tatsache, dass sie ein Bewusstsein hat, das Kriterium für eine bessere Behandlung ist?«, fragt Alan. »Laut der Cambridge Declaration haben alle Ratten ein Bewusstsein, da sie Säugetiere sind.«

»Ich würde sagen, meine Position ist nuancierter, aber ja, ich denke, das ist es, was ich glaube.« John geht einen Schritt weg von Ada, die nicht einmal versucht, ihre Abneigung gegen seine Philosophie zu verbergen.

»Dann vergiss die Ratte«, sagt Alan. »Angenommen, es gibt ein Wesen, eine intelligente Kreatur, die schlauer ist als ein Mensch, und zwar um den gleichen Faktor, den ein Mensch schlauer ist als eine Ratte.«

»Okay«, sagt John zögernd.

»Hätte eine solche Kreatur das Recht, den Menschen so ›nett‹ zu behandeln wie die Menschen derzeit Ratten?« Alan streckt seine winzigen Finger in der realen Welt aus. »Experimente an ihnen durchzuführen, spezielle Gifte zu entwickeln, um die Menschheit auszurotten, klebrige Fallen aufzustellen, die Menschen töten und so weiter?«

»Na ja«, sagt John und reibt seine Schläfen diesmal stärker, »Ich glaube, dass …«

Jemand hustet, und John bekommt keine Möglichkeit, seinen Gedanken zu beenden. Eine Frau ist hereingekommen und schaut in die Menge.

»Margret?«, ruft Alan. »Wir sind hier drüben.«

Margret scheint noch verwirrter zu sein als John, als sie merkt, wie alt ihr Online-Freund ist. Laut Gesichtserkennung ist sie eine theoretische Informatikerin, die bei einem der größeren NYC-Hedgefonds arbeitet. Ihre Spezialität ist Big Data, worüber sie und Alan wahrscheinlich reden. Er hat die unbewusste Fähigkeit, Muster in großen Datenmengen zu sehen, und versucht immer zu verstehen, wie sein Verstand das tut, was er tut.

Mehr Menschen kommen, und die Gespräche drehen sich um Alans bevorzugte Themen: Identität, Bewusstsein und technologische Singularitäten.

»Wenn wir die Singularität als den Punkt definieren, an dem ein normaler Mensch nicht mehr mit der Technik mithalten kann«, sagt Margret, »erlebt meine Mutter sie bereits.«

»Ich definiere die Singularität als den Punkt, an dem sich die Dinge radikal ändern und die Geschwindigkeit des Fortschritts jenseits der kühnsten Träume explodiert«, sagt Alan. »Im Moment geht es schnell voran – aber wenn die Singularität zuschlägt, wird unser Fortschritt im Vergleich dazu wie im Schneckentempo wirken.«

»Ich stimme dem zu, auch wenn der Begriff ›Singularität‹ definitiv anfängt, verschiedene Dinge für verschiedene Menschen zu bedeuten.«

John rückt seine Brille zurecht. »Für mich bedeutet es, dass die künstliche Intelligenz Amok läuft und so etwas wie das technologische Armageddon verursacht. Es ist der Beginn einer Dystopie, bei der die Menschheit aussterben wird.«

»Ich wusste nicht, dass du mit den Leuten da draußen sympathisierst«, sagt Alan. Natürlich weiß er von den RHO-Demonstranten. »Ich sehe die Singularität als einen Punkt, an dem die Menschheit endlich reift und zu etwas wird, was sie immer sein sollte, etwas mehr als nur denkendes Fleisch … etwas rational Transzendentales.« Er schaut zu den erwachsenen Gesichtern auf, und als er sieht, dass alle zuhören, fährt er voller Eifer fort. »Wir können ein Weg für das Universum sein, sich seiner selbst bewusst zu werden. Gehirnerweiterungen und die Integration mit unserer künstlichen Intelligenz und anderen Technologien ist nur der erste Schritt. Auf lange Sicht sehe ich, dass wir zuerst ein Konglomerat aus Gehirnen in Planetengröße werden, dann ein Intellekt in Galaxiegröße, und so weiter und so weiter, so weit es die Gesetze der Physik erlauben.«

»Es mag so viele Definitionen der Singularität geben, wie es Menschen gibt«, sagt Ada, während sie stolz auf unseren Sohn blickt. »Meine eigene Vision ist nahe an der von Alan, weil ich weiß, dass wir sie verwirklichen und apokalyptische Szenarien vermeiden können.«

Ich nicke bei ihren Worten. »Wir nehmen das Konzept von ›Die Welt ist das, was man aus ihr macht‹ und führen es zu seinem vollen, logischen Extrem«, sage ich. »Wenn wir sie überwachen, wird die Singularität einen neuen Schritt in der Evolution einleiten, eine Zeit, in der wir alles, was wir am Menschsein schätzen, auf eine ganz neue Ebene bringen werden.«

»Selbst wenn diese rosigen Vorhersagen Realität werden«, sagt John mit dem Ton von jemandem, der daran zweifelt, »werden die Wesen, die die Zukunft bewohnen, tatsächlich Menschen sein?«

»Warum nicht?«, fragt Ada. »Auch wenn sie es nicht wären, wären sie im schlimmsten Fall, nach den Worten von Hans Moravec, unsere Gedankenkinder.«

Sie blickt bewundernd auf Alan, und als sie bemerkt, dass ich ihrem Blick gefolgt bin, schließt sie die Augen mit mir und zwinkert.

»Ich muss respektvoll widersprechen«, sagt John. »Menschsein ist so eng mit der Biologie verbunden, dass ich glaube, reine Technologie macht Menschen zu Maschinen.«

»Vielleicht kann ich es versuchen«, sagt Alan. »Du bist ein Fan von Gedankenexperimenten, also warum versuchen wir nicht noch eins?«

»Sicher«, sagt John mit einem Eifer, den nur ein Philosophieprofessor besitzen kann. »Bitte.«

»Stell dir vor, jemand hat ein künstliches Neuron erfunden«, sagt Alan. »Jetzt stell dir auch vor, dass jemand eines deiner biologischen Neuronen genommen und durch ein künstliches ersetzt hat. Du wärst immer noch du, richtig?«

»Ich kenne diesen Gedanken.« John nimmt einen Schluck aus seinem Champagnerglas. »Es nennt sich das Ersatzneuronen-Gedankenexperiment. Sobald ich zustimme, dass ich immer noch derselbe bin, nachdem ich ein einziges künstliches Neuron bekommen habe, wirst du fragen: ›Was ist mit hundert? Was ist dann mit einer

Milliarde?‹ Und kurz danach: ›Was ist, wenn wir sie alle ersetzen?‹«

»Nun, nur weil du es kennst, bedeutet das nicht, dass es nicht überzeugend ist«, sagt Alan. »Du wärst immer noch du, selbst wenn das Substrat deines Gehirns künstlich wäre.«

»Dem kann ich nur mit einem ebenso überzeugenden Gedankenexperiment begegnen«, sagt John mit einem Schmunzeln. »Es nennt sich das chinesische Raumargument und ist von John Searle …«

Ich schalte den Rest der Diskussion aus, denn dieses Thema erinnert mich daran, dass Ada und ich immer noch dem Geburtstagskind die Nachricht von der morgigen Reise überbringen müssen. Unsere regelmäßigen Arbeitsreisen sind für Alan eine Quelle der Verärgerung, vor allem, weil er denkt, dass er jetzt alt und reif genug ist, um mit uns zu kommen.

»Wann sagen wir es ihm?«, frage ich Ada, nachdem ich sie in einen privaten Virtual-Reality-Raum gezogen habe, der die genaue Nachbildung unseres Wohnzimmers ist.

»Wir sollten die Party nicht ruinieren«, sagt sie, ohne das Was oder das Wer zu klären, ein Zeichen, dass dieses Thema ihr genauso am Herzen liegt wie mir. »Er hat so viel Spaß.«

Da Alan derzeit Johns beste Argumente zerpflückt, muss ich zustimmen. Der Junge liebt es, Diskussionen zu gewinnen, obwohl es schwieriger ist, wenn er gegen jemanden debattiert, der so stark ist wie er selbst.

»Er wird sauer sein, wenn wir es ihm in letzter Minute sagen.« Ich begebe mich in eine Nachbildung meines

Lieblings-Schaukelstuhls und starre auf die Nachbildung unserer phantastischen Aussicht auf Manhattan.

»Mir wäre es lieber, wenn er an einem weniger besonderen Tag sauer wäre – so wie morgen«, kontert Ada. Sie bricht die Konsistenz des VR-Raums, indem sie eine Nachbildung ihres Bürostuhls aufruft, um sich hinzusetzen. »Ich bin immer noch für morgen.«

»Wir können immer noch Joe beschuldigen und sagen, er ist derjenige, der denkt, dass es nicht sicher ist. Das ist größtenteils die Wahrheit.« Ich schaukele in meiner Liege hin und her. Aus irgendeinem Grund funktioniert Alans Welpenblick bei mir viel besser als bei Ada, und ich freue mich nicht auf diese unangenehme Aufgabe.

»Wir sollten es ihm in der VR sagen«, sagt sie bestimmt. »Morgen Nachmittag, wenn wir auf dem Weg zu unseren Zielen sind.«

»Du meinst, damit er uns nicht zwingen kann, ihn mitzunehmen?« Ich bekämpfe den Drang, vom Stuhl aufzustehen und hin und her zu gehen.

»Nein.« Sie schiebt ihren Stuhl heran und greift nach meiner Hand. »Wir sagen es ihm so, damit er es als Tatsache und nicht als Diskussionsthema sieht.«

»Das könnte zu autoritär sein. Ich dachte, wir versuchten stattdessen, richtungsweisend zu sein.«

»Ich wusste, es war ein Fehler, dass du diese Bücher über Erziehungsstile gelesen hast.« Sie drückt meine Hand. »Wie wäre es, wenn wir es ihm morgen früh beim Frühstück sagen? Dann können wir es mit ihm ausdiskutieren, solange wir beide uns einig sind, dass er diesmal nicht mitkommt – egal, was er sagt.«

»Einverstanden.« Ich habe Mitleid mit Alan. Er hat keine Chance, gegen diese Verschwörung der Eltern zu gewinnen.

»Ich wusste nicht, dass es so schwer sein würde, einen Vorschüler zu haben.« Sie lässt ihre Hand fallen. »Es ist viel schlimmer als das, was in den Büchern über Kindesentwicklung steht.«

»Wenn du denkst, dass das schlimm ist, lass uns sehen, was passiert, wenn er ein Teenager ist.«

Wir beide erschaudern scherzhaft, aber wir kennen das russische Sprichwort: »In jedem Witz steckt ein Stück Wahrheit.«

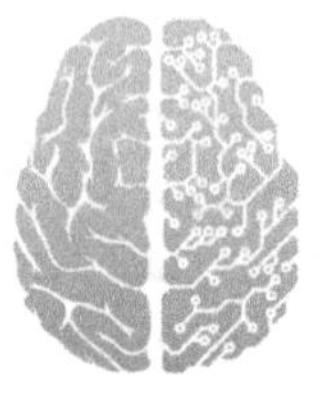

KAPITEL 4

Das Inselland Curaçao gehört zu den wenigen Orten ohne eine weit verbreitete Brainozytenadoption – deshalb bin ich auf dieser Bühne.

Ich überblicke die riesige Menge vor mir und aktiviere eine spezielle Version der BraveChill-App, die nur dafür entwickelt wurde, dem Lampenfieber entgegenzuwirken. Sobald ich ruhiger bin, blicke ich in die Ferne, wo Rauch aus Fabrikschornsteinen strömt, was so gar nicht zum idyllischen karibischen Meer dahinter passt.

»Liebe Freunde.« Ich fange auf Englisch an und wiederhole es sofort auf Niederländisch und Papiamento, hauptsächlich als eine einfache Möglichkeit, einige der Dinge zu demonstrieren, die ich vorstellen werde. »Mein Name ist Mike Cohen, und ich bin hier, um über Mensch++ und sein Geschenk an Sie und die Welt zu erzählen. Konkret möchte ich über unser bahnbrechendes Produkt,

Brainozyten, und unser Projekt ›kostenlose Energie‹ sprechen, das Ihre Luft erheblich verbessern wird.«

Ich zeige auf die Schornsteine, und die Menge jubelt. Ich warte darauf, dass sie sich beruhigen, bevor ich mit dem Rest der Rede weitermache, die von unserer PR-Abteilung sorgfältig ausgearbeitet wurde. Ich sage der Menge, dass alle kostenlosen Strom bekommen werden, denselben kostenlosen Strom, den der Großteil der Welt bereits genießt. Das ist der einfache Teil des Gesprächs, denn die meisten Menschen verstehen die Idee der kostenlosen Energie problemlos. Hier in der Karibik stellen sich die Menschen vor, dass sie so viel Strom verbrauchen können, wie sie wollen; anderswo stellen sie sich vor, sie lassen alle Lichter an und bezahlen nie die Stromrechnung.

Ich erkläre einige der größeren, aber weniger intuitiven Folgen von kostenloser Energie, wie zum Beispiel entfallende Benzinkosten nach dem Umstieg auf ein Elektroauto. Wenn ich über die Möglichkeit von fast kostenlosem Süßwasser spreche, ertönt Jubel und Klatschen. Das Klatschen wird zu stehendem Applaus, als ich erkläre, wie wenige Menschen hungern werden, wenn die Kosten der Nahrungsmittelproduktion sinken.

Joes Sicherheitsleute reichen ein Mikro in die Menge, und eine weise Frau fragt: »Wenn das alles umsonst ist, wie verdienen Sie dann daran?«

»Das ist eine gute Frage«, antworte ich. »Wir benutzen ein Freemium-Modell. Die meisten Privatpersonen und kleinen Unternehmen erhalten Strom kostenlos, aber größere Unternehmen mit höherem Verbrauch werden bezahlen. Aber diese Kosten werden immer noch ein

Bruchteil dessen sein, was sie gewohnt waren, also sind am Ende alle glücklich.«

»Dieser Teil der Erklärung kommt hier in Bahrain nicht so gut an«, sagt Mitya in unserem privaten VR-Meeting.

Der VR-Raum imitiert perfekt unseren Lieblings-Konferenzraum im Mensch++-Tower, einschließlich der Touchscreen-Boards, den hochmodernen Möbeln und einem atemberaubenden Blick auf die Skyline von Manhattan. Obwohl jeder von uns gerade irgendwo auf der Welt eine ähnliche Präsentation hält, ist es unsere Richtlinie geworden, eine Instanz unserer virtuellen Avatare in diesem Raum zu behalten. Muhomor, Alan, Ada und ich sind sowieso fast immer in diesem Raum, aber Joe kommt nur an Tagen wie heute, an denen seine Sicherheitsleute in höchster Alarmbereitschaft sind.

»Dieser Teil des Spiels funktioniert nie dort, wo Öl der Wirtschaft hilft«, stimmt Ada zu. »Hier auf Iturup sind wir nah genug an Russland, um auch ein wenig vorsichtiger zu sein.«

»Sie könnten vorsichtig sein, weil einige von ihnen damit aufwuchsen, von kostenlosem Zeug zu hören«, sage ich.

»Ja, die meisten dachten, dass der Kommunismus so sein würde«, sagt Mitya.

»Warum ist Ada auf den Kurilen?«, murrt Muhomor. »Ich sage immer noch, es hätte einer von uns Russisch-Muttersprachlern sein sollen. Wie du gerade deutlich gemacht hast, sprechen wir nicht nur die Sprache perfekt, wir verstehen außerdem die Kultur ...«

»Wenn jetzt der Zeitpunkt ist, sich zu beschweren«, sagt Alan, »dann möchte ich anmerken, dass ich es euch übelnehme, dass ich in den Staaten zurückbleiben musste.«

»Übelnehmen« ist ein nettes Wort für seine Gefühle dieses Thema betreffend. Er hatte fast einen altersgerechten Wutanfall, als wir ihm sagten, dass er keine Präsentation übernehmen würde. Er versteht unsere möglicherweise irrationale elterliche Sorge, einen Vierjährigen allein nach Übersee zu schicken, nicht. Außerdem, wie ernst würden Menschen ohne Brainozyten einen so jungen Moderator nehmen?

Die großen virtuellen Bildschirme hinter meinen Freunden zeigen die Menge und ihre Umgebung an jedem Ort. Mityas Menschenmenge in Bahrain ist wahrscheinlich die größte, und selbst durch das virtuelle Fenster kann ich die Hitze seiner staubigen, gelben Umgebung fast spüren. Adas Ansammlung auf Iturup ist die kleinste, obwohl das wegen des endlosen Meeres in der Nähe eine Illusion sein könnte. Muhomors Standort ist meinem sehr ähnlich, nur ohne Industrieanlagen; er ist auf der tropischen Insel Les Cayemites in Haiti. Jeder von uns hat Joes Sicherheitsleute bei sich und außerdem einige Roboter-Surrogatkörper, zum Teil aus Sicherheitsgründen, aber auch für meinen Lieblingsteil der Demonstration, der gegen Ende passieren wird.

Spontan begebe ich mich in den Roboter zu Adas Linken und benutze seine Sensoren, um die frische, salzige Luft zu genießen. Danach nehme ich einen Roboter neben Mitya und bestätige meine Vermutung über die geringe Luftfeuchtigkeit und große Hitze.

»Jetzt möchte ich Ihnen etwas über Brainozyten erzählen«, sage ich ins Mikrofon. Ich spüre, dass die Menge aufmerksamer wird; das ist wahrscheinlich das, wofür die meisten gekommen sind.

Ich erkläre, dass Brainozyten Nanomaschinen sind, die sich mit dem Gehirn verbinden. Sobald meine Zuhörer eine Ahnung davon haben, was diese Technologie tut, zerstreue ich einige allgemeine Sorgen, die immer wieder über unsere Produkte aufkommen.

»Es ist keine Operation am Gehirn nötig, um Brainozyten zu bekommen.« Ich greife in meine Tasche und ziehe ein kleines, quadratisches Pflaster heraus, das ich für die Präsentation vorbereitet habe. »Die aktuelle Verabreichungsmethode sind transdermale Pflaster wie dieses.« Ich schwenke es hin und her und bringe ein Bild davon auf die große Leinwand hinter mir.

In der Zwischenzeit geht unser Gespräch im VR-Raum weiter. Ada schaut zu Mitya. »Wie läuft es an der Lieferfront? Ich bin es leid, diese Pflaster zu erklären.«

»Wir werden in Kürze Brainozyten ins Trinkwasser geben können.« Mitya hat diese Initiative vorangetrieben, und es ist klar, dass er große Freude daran hat, zu zeigen, wie schnell er diese Aufgabe erfüllt hat. »Wir haben sie so weit entwickelt, dass die Brainozyten nur bei erwachsenen Menschen aktiviert werden, aber ich denke immer noch, dass wir sie nicht dort ins Wasser geben sollten, wo die Leute nichts über Brainozyten wissen oder keine wollen.«

Das ist ein alter Streit zwischen Mitya und Ada, auf den sich der Rest von uns nicht eingelassen hat. Ada will Brainozyten in die Wasserversorgung an Orten bringen, an denen die Regierung die Bevölkerung unterdrückt, da das meist auch die Orte sind, an denen die Regierung uns keine Brainozyten an willige Kunden liefern oder vermarkten lässt. Aber Mitya glaubt, dass wir trotz der tyrannischen Regime an diesen Orten kein Recht haben, Menschen ohne ihre Zustimmung Maschinen in die Körper zu pflanzen, selbst wenn sie ihnen mehr Freiheit geben würden.

»Das wird bald ein unwichtiger Punkt sein«, wirft Alan ein. »Jeder Diktator und Tyrann hat jetzt bereits Brainozyten im Kopf, also werden sie sie irgendwann auch für ihr Volk wollen.«

»Ah, die Naivität der Jugend.« Muhomors virtuelle Schatten schweben ohne Schläfen oder Nasen in der Luft und lassen ihn wie einen Pokerspieler aus dem All erscheinen. »Wie bei jeder anderen Form von Macht werden die Diktatoren Brainozyten für sich selbst horten wollen.«

»Ihr verschwendet Zeit mit diesen Diskussionen«, sage ich. »Wir wissen, dass Tausende von Pflastern selbst in die abgeschottetsten Länder geschmuggelt wurden. Wenn die Dissidenten, oder wer auch immer die Benutzer sind, den normalen Bürgern von den Vorteilen unserer Technologie erzählen würden, könnten die Leute eine Revolution starten, um an Brainozyten zu kommen.«

»Was gut zu unserem nächsten realen Punkt passt«, sagt Ada.

Sie hat recht, denn in Curaçao sage ich laut: »Diese Technologie kann im Grunde genommen einen Computer jeder Art ersetzen, ebenso wie Ihren Fernseher, Ihren Musikplayer, Ihr Smartphone, GPS, Assistenten wie Siri, Alexa und Cortana, Geräte wie den Kindle, Spielkonsolen und so ziemlich alle anderen Apparate. Wir revolutionieren die Bildung und die Arbeitsweise der Menschen. Die weite Verbreitung der Brainozyten bringt die Internet-Revolution auf die nächste Stufe …«

»Unsere PR-Leute haben die Botschaft stark vereinfacht«, beschwert sich Alan im VR-Raum. »Wenn ich endlich Gelegenheit habe, auf diesen Konferenzen zu sprechen, werde ich meine eigene Rede schreiben.«

»Was meint das weise Kleinkind, was wir sagen sollten?« Selbst durch seine Sonnenbrille ist klar, dass Muhomor gerade mit den Augen rollt.

»Die Leute könnten sich Sorgen um die sich selbst reproduzierende Nanotechnologie machen«, sagt Alan. Ich bin auf einigen Ebenen ein stolzer Vater, aber vor allem, wenn ich merke, wie stoisch Alan einfach Muhomors Beleidigung ignoriert hat – und beweist, dass er in vielerlei Hinsicht der Reifere von beiden ist. »Du solltest ihnen von unseren nicht-replizierenden Nanofabriken erzählen, und wie …«

»Zu technisch«, kontert Muhomor. »Und wenn wir ihnen sagen, warum wir mit der Nanotech-Replikation vorsichtig sind, werden sie Angst bekommen.«

»Dann sollten wir ihnen wenigstens von der Möglichkeit erzählen, Premium-Dienste zu bekommen.« Alans Avatar ähnelt jetzt Ada, und ich frage mich, ob er einen Algorithmus entwickelt hat, der sein Gesicht auf der Grundlage des Gesprächsthemas verändert.

Mein Sohn spricht von Adas Initiative: Menschen zu bezahlen, um Inhalte zu schaffen, die der Menschheit nützen. Ada möchte die Leute ermutigen, Wikiseiten und

Blogs zu schreiben, originelle Kunst zu schaffen und sogar schöne Bilder von sich selbst aufzustellen, damit andere Leute sie genießen können. Die Idee, wie sie es ausdrückt, ist, »eine Ära des kulturellen Ausdrucks zu fördern«. Zu diesem Zweck haben wir eine Version von Einstein erstellt, die das Internet nach solchen Aktivitäten durchforstet. Wenn er welche findet, belohnt er den Produzenten mit speziellen Punkten, die in Bargeld oder Premium-Dienste umgewandelt werden können.

»Dieses Programm lässt uns zu machiavellistisch erscheinen«, sagt Muhomor. »Und wir wollen nicht, dass die Leute die Wahrheit darüber erfahren.« Seine Brille schwebt nach oben, und als sie über der Mitte seiner Stirn ist, zwinkert sein rechtes Auge konspirativ.

»Außerdem erwähnt ihr einige Vorteile von Einstein nicht.« Alans Gesicht ähnelt nun eher meinem – ich schätze, weil er weiß, dass ich Einsteins Funktionen mehr zu schätzen weiß als Ada. »Einstein wird jeden Benutzer besser kennen als er sich selbst. Er steht auf der Schwelle dazu, Menschen bei kritischen Entscheidungen zu helfen. Er wird für viele eine Art digitales Bewusstsein sein. Er könnte ihnen sagen, mit wem sie ausgehen sollten, oder sie daran erinnern, keine Geschäfte zu machen, wenn ihr Blutdruck zu hoch oder ihr Dopaminspiegel zu niedrig ist.«

»Das lässt Einstein wie Big Brother klingen«, sagt Ada.

Sie stimmt so selten mit Muhomor überein, dass alle im Raum sich Blicke zuwerfen.

Ich muss lachen. »Alan sieht Einstein eigentlich als einen großen Bruder an – aber im wahren Sinne des Wortes, nicht wie die Fernsehshow von *1984*.«

»Wenn unsere Benutzer jemanden fürchten wollten, sollten wir es sein, nicht Einstein«, sagt Alan.

»Und deshalb solltest du keine eigenen Reden schreiben«, sagt Muhomor endgültig. »Wenn Marcus in der PR hören würde, was du gerade gesagt hast, würden seine Brainozyten explodieren.«

Wir kommen zu weniger strittigen Themen im VR-Raum, während ich in der realen Welt erkläre, wie Brainozyten mit Global Terahertz Wireless Internet funktionieren wird, einem Mensch++-Freemium-Produkt, das Curaçao bereits einsetzt. Global Terahertz wird Brainozyten-Benutzer jederzeit mit Mensch++-Servern verbinden – es sei denn, ein böser Wissenschaftler steckt sie in einen faradayschen Käfig mit dicken Bleimauern. Viele Augen leuchten auf, als ich das Potenzial erkläre, einschließlich der Teilnahme an Wahlen allein in Gedanken, kristallklarer Luft in großen Städten, Dating und Beziehungen in der virtuellen Realität und eine Menge anderer weitreichender gesellschaftlicher Veränderungen.

Die Konferenz verläuft reibungsloser als gewöhnlich, aber etwas beginnt, mich zu beschäftigen.

Die Ereignisse vor viereinhalb Jahren haben mich gelehrt, meiner Paranoia zu vertrauen. Ich beende alle meine parallelen Aktivitäten und richte meine Aufmerksamkeit auf den VR-Konferenzraum und die reale Welt. In dem Bruchteil einer Sekunde schlage ich ChessMaster, den besten KI-Algorithmus der Welt, und lehne ein Rematch ab; ich vervollständige vier Zauberwürfel, die ich parallel löse; ich höre damit auf, meinen sechsundfünfzigsten Roman zu schreiben und übergebe den ganzen unfertigen Code, an dem ich gerade gearbeitet hatte, der Versionsverwaltung.

Wie so oft gibt mir die zusätzliche Aufmerksamkeit, die ich jetzt der realen Welt schenke, die Illusion, dass ich die Realität in Zeitlupe beobachte. Oberflächlich sieht alles normal aus, wie bei den vielen Konferenzen, die wir vorher abgehalten haben. Doch trotz der BraveChill-App werde ich von einem starken Angstgefühl überwältigt.

Teile meines Gehirns erkennen Gefahren, bevor mein Bewusstsein nachziehen kann.

Hektisch scanne ich meine Umgebung durch die Augen der Roboter neben Ada, Mitya und Muhomor. Zuerst kann ich nicht einmal ausdrücken, was ich sehe. Dann zoomt meine Vision auf einen Kerl in der Menge um Mitya, und ich verstehe, was mich beunruhigt hat.

Die Klamotten dieses Typen sind viel zu dick und unförmig für die unerbittliche Hitze im Nahen Osten.

Jetzt, da ich weiß, wonach ich suchen muss, sehe ich an jedem Ort Männer, die etwas Ähnliches tragen, auch an meinem eigenen.

»Selbstmordattentäter!«, schreie ich im VR-Raum.

Augenblicklich schicke ich Bilder der Verdächtigen an Joe und seine Sicherheitsteams in jeder Region und bringe sie auf den Bildschirm im VR-Raum. Wenn ich falschliege und das keine Selbstmordwesten sind, entschuldige ich mich gern für meine Paranoia.

Während alle auf meine Entdeckung reagieren, kommt der Typ in Mityas Menge mit irren Augen auf die Bühne zu. Ich lenke mein Bewusstsein in einen Roboter, benutze seine Kameraaugen, um die Hände des Mannes zu vergrößern, und mein metallischer Roboterkiefer knirscht hörbar, als ich die Zähne zusammenbeiße.

Er schließt seine Hand um ein Gerät, das vor seiner Brust hängt.

Ich analysiere das Gerät in einer Pikosekunde. Das kann nur ein Zünder sein.

Die Gesichtszüge des Mannes verzerren sich vor Angst.

Jemand anderes, wahrscheinlich Mitya, übernimmt die Kontrolle über den sperrigen Roboter zu meiner Rechten. Ich lasse meinen Roboter seinem folgen und bereite mich darauf vor, zum Bombenleger zu springen.

Ich brauche keinen Gehirnschub, um zu erkennen, dass die Roboter es nicht rechtzeitig schaffen.

»Lauft!«, schreie ich durch Metalllippen, während mein Roboter durch die Menge fliegt.

»Lauf!«, schreie ich Mitya im VR-Raum an.

Die Roboter könnten genauso gut meilenweit entfernt sein, denn die Finger des Selbstmordattentäters sind fertig damit, den Zünder zu drücken.

Alle Kameras an Mityas Standort zeigen einen Feuerblitz.

Ich verlasse meinen Roboter, bevor er zerrissen wird, aber nicht, bevor ich einen schrecklichen Eindruck von dem Fleisch, das um mich herum explodiert, bekomme. Die Mikrofone brüllen mit herzzerreißender Statik. Dann verstummen alle Video- und Audioaufnahmen an Mityas Standort.

»Mitya«, schreie ich. »Bist du in Ordnung?«

Mitya antwortet nicht.

Wir alle starren auf Mityas Avatar im VR-Raum, der mit aufgerissenen Augen und verständnislos dasteht. Dann schreit der Avatar unmenschlich und wird pixelig – wie ein Geist in einer Maschine.

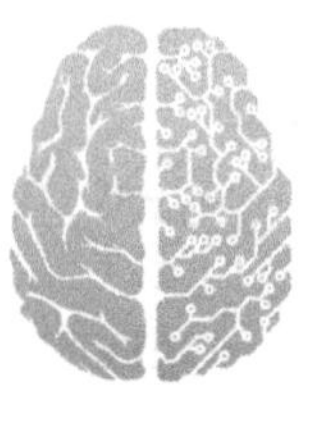

KAPITEL 5

Ich habe mich noch nie so zerrissen gefühlt.

Es ist, als gäbe es vier verschiedene Versionen von mir, die völlig unabhängig voneinander arbeiten. Eine, die rein emotionale, beginnt um Mitya zu trauern, dessen Avatar immer noch wie eine Fata Morgana aus der VR verschwindet.

Im Gegensatz dazu stehen meine anderen Versionen für Blutdurst und Pragmatismus. Wütend knalle ich mein Bewusstsein in einen Roboter rechts von Ada und springe zu dem Bombenleger in ihrer Menge. Ich bin froh, dass wir die Stärke und Geschwindigkeit dieser metallischen Körper überzeichnet haben, denn ich fliege mit einer unglaublichen Geschwindigkeit. Aber selbst dieser halsbrecherische Rettungsversuch ist vielleicht nicht schnell genug.

Nein.

Was gerade mit Mitya passiert ist, wird nicht mit Ada passieren.

Das werde ich nicht zulassen.

Ich handele rein instinktiv. Ich packe meinen linken Roboterarm mit dem rechten und reiße ihn ab. Die Schmerzwelle ist stark, aber ich ignoriere sie.

Mit zusammengebissenen Zähnen schleudere ich das abgetrennte Glied auf den herannahenden Attentäter.

Der Metallarm rauscht durch die Luft und schlägt in die rechte Schulter meines Ziels. Der Mann stolpert zurück, und der Auslöser fällt klappernd zu Boden.

Bevor ich mich freuen kann, erholt er sich und bückt sich, um ihn mit seinem unverletzten linken Arm aufzuheben.

Ich bin dankbar, dass die Menge vor dem Attentäter flieht, denn niemand behindert meinen Lauf. Der einarmige Roboterkörper landet vor dem kauernden Mann, und ich benutze seine linke Hand, um auf den weichen menschlichen Körper meines Feindes einzuschlagen. Meine Metallfinger dringen in den Brustkorb ein und schließen sich um ein Stück pulsierendes Fleisch.

»Er war im Begriff, Ada zu töten«, sage ich grimmig in der VR, als ob jemand im Begriff wäre, meine Handlungen zu kritisieren.

Niemand antwortet, während ich das schlagende Herz des Arschlochs aus seiner Brust ziehe, wie ein Priester in einem makaberen aztekischen Ritual. Die Menschen um uns herum schreien. Ein Video von diesem Mord wird zweifellos auf YouTube landen und all die Ängste der

Paranoiker vor unseren Robotern bestätigen, aber das interessiert mich gerade nicht.

Zurück in meinem wirklichen Körper, greife ich in meiner Tasche nach der Waffe, die mir einer von Joes Leuten heute Morgen gegeben hat. Das Sicherheitsteam um mich herum hat bereits seine Waffen draußen, aber mein Training auf dem Schießplatz zahlt sich wieder einmal aus. In weniger Zeit, als der Bombenleger braucht, um zu blinzeln, habe ich ihm eine Kugel in den Kopf gejagt.

In der Vergangenheit hätte ich mir vielleicht Sorgen gemacht, ein Leben zu nehmen, aber paradoxerweise ist es mein Respekt vor dem Leben, der mich dazu bringt, den Kopfschuss zu machen. Wenn der Bombenleger die Chance gehabt hätte, den Abzug zu drücken, wären Hunderte von Menschen gestorben. Und hey, das Arschloch war sowieso dabei, sich umzubringen. Wenn Ada mir das später vorhält, kann ich ihr wahrheitsgemäß sagen, dass ein Kopfschuss die beste und sicherste Lösung war.

Während ich Ada und mich selbst rette, übernehme ich auch einen Roboter in der Nähe von Muhomor. Aber sobald ich beginne, mich zu bewegen, sehe ich, dass ich zu spät komme.

Der Attentäter drückt den Auslöser.

Das ganze Blut verlässt mein Gesicht.

»Es tut mir leid.« Meine Stimme bricht in der VR. »Ich habe es versucht.«

»Mach dir keine Sorgen um mich.« Muhomor schafft es, selbstgefällig zu klingen. »Ich habe einen Weg gefunden, das Signal zu stören.«

Verblüfft bemerke ich, dass die Bombe nicht hochging. Und obwohl mein Roboter nicht mehr auf den Bombenleger zuläuft, tut es ein anderer.

Mit wilden Augen scanne ich den VR-Raum. »Wer …«

»Ich bin das«, sagt Alan. »Ich glaube …«

In der realen Welt erkennt der Bombenleger, dass seine Bombe nicht funktionieren wird, also zieht er eine Waffe heraus und zielt auf Muhomor. In der Zeit, in der er zielt, habe ich meinen Freund mit meinem Roboter-Metallkörper gedeckt. Joes Sicherheitsleute bewegen sich auch, um ihn abzuschirmen, aber Muhomor ist bereits in Bewegung, seine Exoskelettbeine überholen sogar die Roboter.

Der Bombenleger muss gemerkt haben, dass er ihn nicht treffen kann, weil er die Waffe in seine eigene Richtung dreht.

Ich brauche weniger als eine Millisekunde, um seinen Plan zu erkennen. Der Bombenleger will eine Kugel in seine eigene Brust schießen, wahrscheinlich, um die Bombe zu aktivieren. Ich habe keine Zeit, nachzuforschen, ob dieses Manöver gelingen kann oder nicht, also nehme ich das Schlimmste an. Obwohl Muhomor schnell läuft, kann er der Ausbreitung einer Explosion nicht entfliehen. Verzweifelt suche ich nach Lösungen, während die Hand des Attentäters ihren tödlichen Bogen fortsetzt, aber nichts kommt mir in den Sinn.

Das ist der Moment, in dem Alans Roboter neben dem Bombenleger landet. Bevor der Bombenleger sich die Waffe zur Brust drehen kann, reißt Alan die Selbstmordweste des

Kerls mit der sanften Bewegung eines hungrigen Affen ab, der eine Banane schält.

Der Bombenleger stolpert zurück, und seine Waffe dreht sich nach oben.

»Alan, halte ihn auf!«, schreit Joe im VR-Raum. »Ich brauche ihn lebend.«

Aber es ist zu spät. Bevor Alan seinem Roboter befehlen kann, etwas zu tun, richtet der Bombenleger die Waffe unter sein Kinn und drückt den Abzug.

Der Schuss ist ohrenbetäubend, und Blut und Hirnmasse spritzen umher. In jeder der Mengen schreien die Leute in verschiedenen Sprachen, aber ihr Verhalten ist einheitlich: Jeder versucht, von den Attentätern und den Bühnen wegzukommen.

Überwältigt erlaube ich Joes Sicherheitsleuten, das Kommando zu übernehmen. In Curaçao werde ich hinter die Bühne gebracht und schnell zu einem kugelsicheren Auto geführt. Durch die Augen der Roboter sehe ich, wie alle anderen ebenfalls in kugelsichere Autos einsteigen.

Als wir uns schnell von den Präsentationsorten entfernen, finde ich endlich genug meines Verstandes wieder, um im VR-Raum benommen zu sagen: »Jemand hat einen Angriff auf uns koordiniert«.

Alan nickt ernst. »Es gibt auch eine Anomalie bei unseren Rechenzentren in Ohio. Es könnte …«

»Ihr beiden konzentriert euch auf das Falsche«, sagt Ada heiser. Ihr punkiger Avatar sitzt in der Ecke des virtuellen Raumes, mit den Knien fest an die Brust gezogen. »Erinnert ihr euch nicht? Mitya ist tot.«

Ich erstarre und fühle mich so, als wäre ich gerade von einem Tsunami aus Eis getroffen worden. Die Hitze des Kampfes hatte Mityas Schicksal aus meinem Kopf verdrängt, aber jetzt kann ich an nichts anderes mehr denken. Mein Brustkorb ist schmerzhaft eng, und mein Herz sitzt wie ein Bleiblock in meinem Brustkorb. Mityas Avatar verdunstet immer noch, ein Pixel nach dem anderen, und verzweifelt frage ich mich, ob Ada falschliegen könnte.

Vielleicht ist mein bester Freund nicht wirklich weg.

Voller Hoffnung klicke ich auf die Satellitenbilder und zoome auf Mityas Position. Sobald ich jedoch einen klaren Blick auf die Explosionsstelle habe, muss ich akzeptieren, dass Ada recht hat. Unsere intelligenten Knochen sind stärker als normale, und die Respirozyten in unseren Blutbahnen erlauben es uns, eine Weile ohne zu atmen zu leben, aber keiner dieser Vorteile hätte Mitya helfen können. Die verkohlten Stücke Menschenfleisch um die Bühne herum lassen keinen Zweifel daran aufkommen.

Nicht eine einzige Person auf dieser Bühne hätte überleben können.

Der Schmerz ist so stark, dass er mir den Atem raubt. Ich fühle mich, als würde ich gleich zerbrechen. Es ist zu viel, zu überwältigend – die entsetzten Gesichter im VR-Raum spiegeln meines wider, das Wissen, dass ich zu spät kam, um meinen Freund zu retten.

Dass ich ihn nie wiedersehen werde.

Mit einem flachen Atemzug lege ich meine Arme um meinen realen Körper, und in der VR schaffe ich einen separaten Raum, um allein zu sein.

Das Schlimmste an meinem Schmerz ist, dass die Hirnzellen uns erlauben, zu manipulieren, was und wie wir uns fühlen. Ada hat mit Apps experimentiert, die ihren Einfühlungskreis erweitern, wie sie es nennt, so dass sie in der Lage ist, sich voll und ganz in das Leiden von Nicht-Menschen hineinzufühlen. In diesem Moment bin ich versucht, das Geschehene mit einer App, die mich taub machen würde, in die entgegengesetzte Richtung zu manipulieren. Das Einzige, was mich davon abhält, ist das Wissen, dass ich, wenn ich mich taub fühle, nachdem ich erfahren habe, dass mein Freund tot ist, genauso gut selbst tot sein kann.

Mir wird schnell klar, dass das Alleinsein nicht hilft, also tue ich das, was ich immer tue, wenn ich mich niedergeschlagen fühle: Ich lade Mr. Spock in den Raum ein. Die Ratte ist jetzt versiert genug mit dem VR-Interface, um einen Avatar zu haben, eine große, weiße Ratte, die viel wilder aussieht als der echte Mr. Spock. Sobald mein pelziger Begleiter auf mich zukommt, mache ich meinen eigenen Avatar so klein, dass ich ihn wie einen Teddybären an meine Brust drücken kann.

»Was ist los?«, fragt er auf Zik. Er und seine Verwandten haben jetzt das Vokabular eines nicht erweiterten Vierjährigen. »Ist dir kalt? Hast du Hunger?«

Ich umarme ihn fester. Ich nehme an, er erkennt, dass ich nicht in einer gesprächigen Stimmung bin, weil er anfängt zu knuspern, ein Verhalten, das ich mittlerweile beruhigend finde.

»Vielleicht sollten wir eine spontane Sitzung haben?«, fragt die akzentuierte Stimme von Einsteins

Psychiaterinstanziierung. Getreu seiner aktuellen Rolle sieht die künstliche Intelligenz mehr nach Freud aus und klingt mehr nach ihm als nach dem berühmten Physiker.

»Vielleicht später«, antworte ich grimmig. »Lass mich in Ruhe.«

In der realen Welt bringen mich Joes Leute vom kugelsicheren Auto in einen Hubschrauber. Ich gehe mit, ohne mich zu beschweren.

Mit Mr. Spock zusammen zu sein hilft mir, meine chaotischen Emotionen in den Griff zu bekommen, und ich komme in den gemeinsamen VR-Raum zurück. Adas Avatar weint leise, also gehe ich zu ihr und ziehe sie in meine Umarmung, da ich mich schrecklich fühle, weil ich sie verlassen habe, selbst wenn es nur für eine kurze Zeit war.

Mitya war vielleicht nicht ihr bester Freund, aber sie braucht genauso viel Trost wie ich.

Während ich sie halte, sie sanft streichle und meine eigene Trauer bekämpfe, bemerke ich etwas Seltsames. Mityas verbleibende Pixel haben aufgehört, sich aufzulösen. Tatsächlich könnten sie sich sogar gerade langsam regenerieren. Sein Avatar verfestigt sich wieder, wie die Grinsekatze aus *Alice im Wunderland*.

Ich warte einen Moment, um sicher zu sein, dann räuspere ich mich. »Leute, wenn Mitya tot ist, was ist dann mit seinem Avatar los?«

»Ich halte mich nicht für tot«, sagt der wiederkommende Avatar, und Gänsehaut breitet sich über meinen ganzen Körper aus, während er fortfährt. »Ich ziehe es vor, mich als jemanden mit einigen körperlichen

Herausforderungen zu sehen – oder wie auch immer der aktuelle politisch korrekte Begriff für einen Invaliden lautet. Betrachtet mich als einen Amputierten, der zufällig jeden Teil seines Körpers verloren hat.«

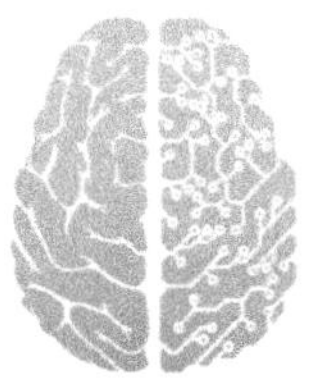

KAPITEL 6

Ich starre den Avatar an, als Mitya mit Fragen vom Rest der im Raum Anwesenden bombardiert wird.

»Alter, ich sehe deine verkohlten Überreste«, sage ich, als ich meine Stimme wiederfinde.

Mityas Avatar ist jetzt komplett solide, und es gibt einen Hyperrealismus, wie wenn man vom einem normalen Fernseher auf Ultrahochauflösung wechselt. Auch seine Kleidung ist anders. Er trägt etwas, was an eine Toga erinnert, einen Helm mit einem Schwan obendrauf, und er hält eine doppelköpfige Axt und einen Schild mit einem Stiergesicht auf der Vorderseite in den Händen.

»Okay«, sagt er und unterbricht den Strom von Fragen. »Hier ist der Deal. Wie ihr wisst, habe ich mir Sorgen um mein biologisches Gehirn gemacht.«

»Richtig«, sage ich für alle. Ich weiß bereits, was er sagen wird, aber wir alle müssen es hören, bevor wir offiziell mit der Verarbeitung der Informationen beginnen können.

»Als ich gestern zu Bett ging, habe ich das letzte Mal ein Backup von meinem biologischen Konnektom gemacht«, fährt der seltsam gekleidete Avatar fort. »Als meine unglückliche Entkörperlichung vor ein paar Minuten stattfand, wurde eine spezielle Abfolge von Anweisungen aktiviert, sobald meine Brainozyten den offiziellen Hirntod erklärten – Anweisungen, die ihr für paranoid gehalten hättet.«

»Du hast einen Weg gefunden, deinen Verstand ohne das biologische Gehirn zu behalten?«, fragt Ada atemlos. »Ich dachte, du wärst noch weit davon entfernt, das zu schaffen.«

»Ich habe mich vor etwa sechs Monaten für eine Prototyp-Lösung entschieden. Ich hatte nur keine gute Möglichkeit, sie zu testen.« Er lässt seine Axt und seinen Schild los, und sie schweben in der Luft. »Ist das so schwer zu glauben? Es ist sowieso nur noch ein kleiner Bruchteil eures Gehirns biologisch.«

Muhomor sieht ihn ein paarmal von oben bis unten an. »Es ist nicht nur das Gehirn, das uns zu dem macht, was wir sind. Da ist auch der Rest des Körpers.«

»Da wir gerade davon sprechen«, fragt Alan offensichtlich fasziniert, »wie fühlt es sich an, ohne Körper zu sein?«

Mitya verzieht sein Gesicht. »Ich kann es dir nicht mit Sicherheit sagen, weil ich nur ein paar Millisekunden lang ohne Körper war. Aber jetzt lasse ich eine ultrarealistische Simulation des realen Körpers ablaufen – er breitet seine VR-Arme aus – und bin in einigen unserer besten

Ersatzkörper, während wir sprechen, auch wenn ich sagen muss, dass wir diese Forschungslinie immens voranbringen müssen, weil ich es sonst vergessen kann, auf ein echtes Date zu gehen.«

Das scheint ihn allerdings nicht allzu sehr zu stören, was nicht überraschend ist. Selbst als er noch einen Körper hatte, benutzte Mitya für intime Begegnungen meist die VR, weil er eine zwanghafte Angst vor sexuell übertragbaren Krankheiten hatte.

Muhomor starrt ungeniert auf die Axt. »Okay, ich werde das Arschloch sein, das fragt: Was ist mit der Aufmachung? So hast du dich doch als echter Junge auch nicht gekleidet.«

»Da ich jetzt ein ziemlich reiner Geist bin, dachte ich, ich würde mich wie den slawischen Gott der Weisheit aussehen lassen.« Mitya schnappt sich die Axt und den Schild aus der Luft und schaut uns erwartungsvoll an. Als niemand darauf kommt, sagt er, ohne seine Enttäuschung zu verstecken: »Radagast.«

Ich kann nicht anders, als den fraglichen Gott nachzuschlagen.

»Nach dem, was ich gerade gelesen habe, war Radagast ein Gott der Gastfreundschaft«, sagt Muhomor und ist damit schneller als ich. »Daher der Teil ›Rad‹, der russisch für ›glücklich‹ und ›gast‹ für ›Gast‹ ist.«

»Es ist auch sehr wahrscheinlich, dass es einen solchen Gott nicht gegeben hat«, fügt Alan hinzu, »zumindest nach dem, was ich auf der russischen Wikipedia-Seite sehe. Radagast könnte der Name einer Stadt gewesen sein, die ein alter Chronist versehentlich in den Namen einer Gottheit verwandelt hat.«

»Und das Wichtigste«, sagt Ada und lächelt endlich wieder, »Radagast war der Name dieses Zauberers in den *Der Hobbit*-Filmen, der mit einem Haufen Tiere im Wald lebte. Allerdings sehe ich da eine gewisse Ähnlichkeit.« Sie stellt ein Display mit dem Bild des verrückten alten Mannes auf.

Mityas Avatar schimmert vorübergehend, und einen Moment später steht er dort in einem sehr typischen Jeans-und-Hoodie-Outfit. »Ich habe nicht erwartet, dass ihr euch an dem Tag, an dem ich sterbe, derart über mich lustig macht.«

»Jetzt mal ernsthaft«, sage ich und starre meinen lebensechten, irgendwie toten Freund an, »du wirst rechtlich tot sein. Was bedeutet das für dein Vermögen? Für deinen Status in der menschlichen Gesellschaft?«

»Lustig, dass du das ansprichst.« Er steht aufrechter. »Ich rede gerade mit Herrn Kadvosky darüber. Warte, ich ziehe ihn in diesen Raum.«

Ein Mann mit edlen, adlerartigen Zügen erscheint – ein Avatar, den wir alle als den Favoriten von Nathaniel Kadvosky kennen, der kürzlich zum leitenden Anwalt bei Mensch++ ernannt wurde. Der Avatar strahlt so viel Würde aus, dass niemand zu erwähnen wagt, dass er in der physischen Welt eher wie ein gerupfter Spatz aussieht.

»Das ist ein historischer Fall«, sagt Kadvosky, ohne auch nur ein Hallo zur Begrüßung zu äußern. »Die Richter des Obersten Gerichtshofs hätten einen Ständer, wenn sie davon hören würden – zumindest diejenigen, die Ständer kriegen können.«

»Es wird nicht so schwer sein, einen Fall zu eröffnen.« Mitya klingt, als würde er das Gespräch, das sie vorhin begonnen haben, fortsetzen. »Ich habe kein Testament …«

»Sie haben weder Kinder noch enge Verwandte«, sagt der Anwalt. »Niemand profitiert davon, wenn Sie für tot erklärt werden – abgesehen von Ihren Geschäftspartnern.« Er schaut eindringlich auf den Rest der Leute im Raum.

Mitya ist sichtlich traurig, als sein Mangel an Familie erwähnt wird. Seine Eltern wurden vor einer Weile ermordet, und er hat den Verlust nicht gut verarbeitet. Er könnte sogar der Auslöser für die Besessenheit gewesen sein, die ihn dazu gebracht hat, zu erforschen, wie er nach dem Tod am Leben bleiben kann.

Um ihn aus seiner momentanen Stimmung herauszuholen, sage ich so zuversichtlich wie ich kann: »Mitya ist nicht tot, soweit es mich betrifft. Ich würde seinen Anteil an der Firma nicht in Frage stellen.«

»Ich fühle dasselbe«, sagt Ada.

Muhomor nickt. »Er ist jetzt so lahm, wie er es immer war. Ich würde ihn nicht für tot erklären, das ist sicher.«

»Also keine Erben«, resümiert Kadvosky. »Das ist gut, aber diese Tatsache allein reicht uns nicht aus. Was hilft, ist Ihre Idee, Ihren Zustand als Behinderung darzustellen. Es gibt einen Mann in Florida, der bei einem Autounfall die Hälfte seines Gehirns verloren hat, aber dank der Brainozyten voll funktionsfähig ist, und niemand bestreitet seine Persönlichkeit oder dass er am Leben ist. Wir haben quadriplegische Menschen, die sich auf Mensch++-Beinen bewegen und mit Mensch++-Armen essen; niemand stellt ihren Status als Lebende in Frage.«

»Ja, wir können einen neuen Begriff prägen: quinqueplegisch oder septemplegisch«, sagt Mitya.

»Ich habe bemerkt, dass du den Begriff für sechs übersprungen hast.« Muhomor lacht. Er untersucht erwartungsvoll unsere humorlosen Gesichter und fügt dann defensiv hinzu: »Weil in diesem Fall der Begriff sexplegisch wäre.«

»Wenn hier jemand sexplegisch wäre, dann du«, sagt Ada zu Muhomor. Ich wette, sie braucht all ihre Willenskraft, um ihn nicht auf den Hinterkopf zu schlagen, etwas, von dem sie glaubt, dass sie es in der VR machen kann, weil es keine wirkliche Gewalt ist.

»Der eigentliche Begriff ist irrelevant«, sagt Kadvosky, und ich bin beeindruckt von der bewundernswerten Arbeit, die er leistet, indem er vorgibt, dass Muhomor nicht einmal da ist. »Wir können jeden Begriff verwenden, den die PR-Abteilung für den mit der besten Resonanz in der Öffentlichkeit hält.«

»Aber was ist mit der Frage der Identität?«, fragt Alan. »Ich glaube nicht, dass wir die Frage des Erbes so schnell aufgeben wollen.«

Ada und ich tauschen stolze Blicke aus. Kadvosky scheint hinter Alans Gedankengang zurückzubleiben.

»Was meinst du damit?«, fragt der Anwalt.

»Wie ich Mitya kenne, arbeitet er wahrscheinlich schon an einem Weg, sich selbst zu kopieren«, sagt Alan. Als Mitya lächelt, fügt mein Sohn hinzu: »Das ist es doch, was mit den Servern in Ohio passiert, oder?«

»Nein«, antwortet Mitya. »Die Ohio-Server haben die Hauptlast des Betriebs meines ehemaligen biologischen Gehirns auf sich genommen. Alle unsere Server laufen jetzt auf Hochtouren, weshalb ich mir für eine Weile keine Gedanken darüber machen würde, mich zu kopieren.«

Alan blickt zurück zu Kadvosky. »Sie müssen sich auf den Zeitpunkt vorbereiten, wenn er sich selbst klont. Wer wird dann sein Geld besitzen?«

»Deine anderen Ichs bekommen aber nur eine Stimme bei unseren Brainozyten-Klub-Treffen.« Muhomor verschränkt seine Arme vor der Brust.

»Ich kann eine Weile ein Einzelstück bleiben«, sagt Mitya mit einem Hauch von Enttäuschung. »Oder ich kann eine neue Verstandesmodalität entwerfen, in der ich und meine Klone zu einer Art Bienenstockverstand werden. Auf lange Sicht ist das etwas, was wir ausarbeiten müssen – aber nicht jetzt. Ich bin mir sicher, dass eine neue Kopie von mir einige Ressourcen von mir bekommen sollte, ein bisschen wie ein Kind es von einem Elternt…«

»Warum konzentrieren wir uns nicht auf die unmittelbare Frage Ihrer Körperlichkeit?« Kadvosky bewegt sich, um seine Brille zurechtzuschieben, bevor er sich daran erinnert, dass er in der VR keine trägt. »Ich denke nicht, dass das Oberste Gericht das Schicksal Ihrer Kopien so interessant finden wird wie den Status Ihres jetzigen Selbst, obwohl ich persönlich die Auswirkungen faszinierend finde und sie gerne weiter diskutieren würde.«

»Was wäre der schlimmste Fall?«, fragt Mitya Kadvosky mit einer für ihn ungewöhnlichen Ernsthaftigkeit. »Kann das Gesetz entscheiden, dass ich eine Software bin, die einfach gelöscht werden kann?«

»Kein Grund, so dramatisch zu werden«, sagt Kadvosky. »Im schlimmsten Fall wäre Ihr Rechtsstatus so ähnlich wie der von Einstein. Bevor wir die KIs Autos und Drohnen fahren ließen, stellten wir sicher, dass sie die gleichen Rechte wie Unternehmen haben. Mit anderen Worten, werden Sie immer noch in der Lage sein, Dinge zu besitzen, verklagt zu werden und andere Leute zu verklagen.«

»Aber Unternehmen können nicht heiraten«, sagt Mitya.

Ich kann nicht widerstehen. »Wenn du das richtige Mädchen findest, kannst du fusionieren.«

Kadvosky wirft mir einen vernichtenden Blick zu. »Ich habe eine Menge Arbeit vor mir. Ich werde Sie verlassen müssen, so dass Sie dieses Gespräch alleine fortsetzen müssen. Reden Sie sich einfach weiter ein, dass eine Gehirnamputation kein Tod ist.«

Ohne auf eine Antwort zu warten – oder vielleicht auch nur, weil er eine fürchtet –, löst sich Kadvosky so schnell in Luft auf, dass es die meisten Nutzer des VR-Raums unhöflich finden würden. Das Verlassen des Raumes durch die virtuelle Tür ist schnell zur Gewohnheit geworden.

Alan antwortet auf Mityas gedämpften Gesichtsausdruck mit einem besorgten Blick. »Bin ich der Einzige, der das Positive daran sieht? Du musst nichts essen oder die Toilette benutzen. Du kannst Simulationen von Medikamentenversuchen an deinem simulierten Gehirn ohne schädliche Nebenwirkungen durchführen.

Du kannst deinen Verstand bis zu einem Grad steigern, von dem wir nicht einmal träumen können. Du kannst …«

»Junger Mann«, sagt Ada zu Alan in ihrer strengen mütterlichen Stimme mit ihren Händen auf den Hüften, »denk nicht mal daran, deinen biologischen Körper loszuwerden, nicht einmal über meine L…«

Joes Avatar schlägt mit solcher Kraft auf den Konferenztisch, dass das virtuelle Glas zersplittert und der Tisch in Stücke zerbricht.

»Genug von diesem Blödsinn«, sagt er mit knirschenden Zähnen. »Es wird Zeit, dass ihr eure verbesserten Gehirne auf den eigentlichen Anschlag verwendet.«

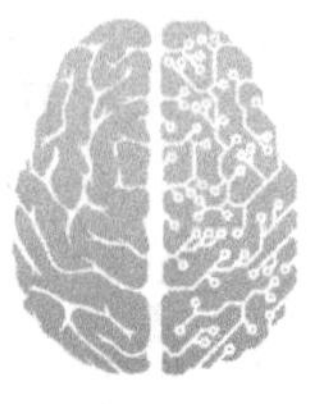

KAPITEL 7

Ada und ich tauschen schuldbewusste Blicke aus. Joe hat recht. Jemand hat einen Anschlag auf uns koordiniert, der sich über den ganzen Globus erstreckte.

»Ich habe schon ein paar Nachforschungen angestellt«, sagt Mitya defensiv. »Mein Denkprozess ist mindestens doppelt so schnell wie damals, als ich von einem biologischen Gehirn gebremst …«

»Alter, bleib beim Thema«, sage ich und stelle fest, wie Alans Augen bei diesem Leckerbissen über Mityas neuen Seinszustand glänzen.

»Richtig.« Mitya zeigt die Gesichter der vier Attentäter und liest ihre Biografien, während er auf den Bombenleger aus Bahrain hinweist. »Das ist Hamad Marhoon. Er ist Programmierer bei der Al Baraka Banking Group. Er war der Erste der Attentäter, den ich durch und durch …«

»Rassenklischees«, meckert Ada. »Großartig.«

»Wenn ich stereotypisieren würde, wäre das kein großer Sprung.« Mitya schaut mich hilfesuchend an, da ich an diesem Tag, am 11.09., in Manhattan war. Als ich ihm nicht rechtzeitig beipflichte, fügt er hinzu: »Das scheint nichts mit dem Dschihad zu tun zu haben – oder was auch immer der politisch korrekte Begriff für diese Art von Terrorismus ist.«

»Ich stimme zu«, mischt sich Muhomor ein. »Bahrain ist ein fortschrittlicher Staat …«

»Richtig.«, nicke ich. »Und die anderen Beteiligten lassen es ebenfalls unwahrscheinlich erscheinen.« Einiges davon wusste ich schon von der Gesichtserkennungs-App, die immer in meinem Kopf läuft, aber ich hatte noch keine Gelegenheit, es zu analysieren.

Mitya deutet auf den nächsten Mann. »Das ist Vurnon Corsen. Er ist ein gebürtiger Curaçao, der für die Sicherheit und IT im Campo Alegre, einem legalen Bordell, zuständig ist. Er ist Katholik und Vater von vier Kindern. Nichts in seinem Profil deutet an, warum er uns überhaupt verletzen wollte, und ich kann mir nur schwer vorstellen, dass ihn jemand als Selbstmordattentäter für irgendeine Sache rekrutiert hat, geschweige denn eine radikale Islamgruppe. Noch weniger verdächtig ist Garcelle Derulo, ein Haitianer, der als Krankenpfleger für die Royal Caribbean Cruises arbeitete. Der Mann war ein Heiliger – er arbeitete fast eine Woche lang pro bono und half den jüngsten Erdbebenopfern. Sie haben in der Zeitung über ihn geschrieben.«

»Ich habe gerade die NSA-Akten überprüft«, sagt Muhomor. »Keiner dieser Leute stand auf einer

Terroristen-Überwachungsliste. Ich überprüfe als Nächstes die russischen Quellen.«

»Apropos Russland, das ist Ermolai Ruzatov, und ich denke, er ist unsere beste Spur.« Mitya zeigt auf das blasse Gesicht des dritten Bombenlegers.

Ich weiß, dass ich diese Biografie gemieden habe, weil das Gesicht des Mannes widersprüchliche Emotionen hervorruft. Einerseits hätte er Ada fast umgebracht, also hat er bekommen, was er verdient hat. Ich würde ihn wieder töten, um sie zu beschützen. Andererseits habe ich diesem Mann das Herz aus der Brust gerissen – etwas, was ich nicht von mir gedacht hätte, selbst wenn es die Situation erforderte.

»Ruzatov ist ein Qualitätssicherungsingenieur für Gazprom«, liest Mitya. »Er war nie religiös, hat keine lebende Familie und nur ein paar Freunde außerhalb der Arbeit.«

»Er gehört auch keiner Terrorgruppe an.« Muhomor zeigt eine Biografie auf Russisch, die er von den »russischen Quellen«, von denen wir lieber nichts wissen möchten, erhalten haben muss.

Ruzatov scheint langweilig zu sein, zumindest was die Interessen der russischen Regierung angeht. Er hat nie das gegenwärtige Regime kritisiert oder etwas getan, was es wert ist, Beachtung zu finden.

»Warum kam dieser Ruzatov zu unserer Konferenz?«, frage ich. »Er ist aus Wladiwostok. Er hätte keine Probleme damit, dort die Brainozyten zu bekommen.«

Muhomor sieht selbstgefällig aus. »Sie hatten alle Brainozyten, jeder Einzelne der Attentäter. Aber das und ihre Faszination für die Technik im Allgemeinen ist das Einzige, was sie verbindet – und sie teilen diese Faszination mit Milliarden anderer Menschen.«

Ada reibt sich die Schläfen. »Ich frage jetzt nicht, woher du weißt, dass sie Brainozyten hatten.«

Wir sind stolz auf die Privatsphäre, die wir unseren Nutzern bieten, so dass die Tatsache, dass Muhomor diese Informationen so schnell erhalten kann, nichts ist, was wir der Öffentlichkeit jemals mitteilen möchten.

»Sei nicht so paranoid«, sagt er. »Ich habe einfach ihren Brainozyten-Status darauf basierend erschlossen, wie sie die einfacher zu hackende Technologie benutzten.«

»Also«, sage ich, bevor Ada einen Anfall von Gerechtigkeit haben kann, »haben sie sich jemals eine E-Mail geschrieben? Oder einander angerufen? Oder sich persönlich getroffen?«

»Nein. Jedenfalls nicht, bevor sie die Brainozyten bekommen haben. Danach ist es schwerer zu sagen. Alles, was verschickt wird, ist mit Tema verschlüsselt.«

»Was ist mit den Bomben?« Ich sehe Joe an. »Es gibt Wege, diese zu verfolgen.«

»Ich arbeite daran«, sagt mein Cousin. »Aber die örtlichen Polizeidienststellen sind nicht sehr hilfreich. Hat einer dieser vier Leute Interesse an der Ludditen-Bewegung gezeigt?«

Muhomor schaut einem Moment lang nachdenklich – wahrscheinlich, weil er gerade seine gewaltigen Ressourcen für eine Abfrage beansprucht. »Ruzatov hatte einen Mitarbeiter namens Eugene Blinov, der Teil der Grünen ist. Das ist die engste Verbindung, die ich finden konnte. Aber die russischen Grünen sind nicht so sehr an Mensch++ interessiert.«

»Warum, Joe«, frage ich und erinnere mich an die Demonstranten vor dem Museum an Alans Geburtstag, »glaubst du, die RHO oder jemand in der Art steckt dahinter?«

»Ich weiß nicht.« Joe tritt ein großes Stück des virtuellen Tischglases weg, und es zerspringt an der Wand. »Ich werde es aber bald herausfinden.«

»Das wäre möglich«, sagt Mitya. »Der Una-Attentäter war gegen die Technologie, und sein Manifest klingt wie derselbe Mist, den man von der RHO hören könnte.«

»Ich kümmere mich um die RHO«, sagt Joe mit kaum verhüllter Bedrohung.

»Tu niemandem weh«, warnt Ada.

»Nicht ohne Beweise«, stelle ich klar.

Ada schaut mich mit zusammengekniffenen Augen an.

»Ich könnte etwas Hilfe bei den Nachforschungen in Russland gebrauchen«, sagt Joe, ohne unsere Kommentare einer Antwort zu würdigen.

»Ich gehe nicht nach Russland«, sagen Muhomor und ich gleichzeitig.

Muhomor ist dort ein gesuchter Mann, und ich habe immer noch Alpträume von dem, was das letzte Mal passiert ist, als ich in dem Land war.

»Onkel Joe will nicht, dass du gehst«, fällt Alan ein. »Es würde ihm schwerfallen, dich dort zu beschützen. Er will wahrscheinlich, dass du einen unserer Roboter benutzt – also kann ich helfen?«

Joe wirft Muhomor und mir einen Blick zu, der zu sagen scheint: »Wie kommt es, dass ein Vierjähriger so viel klüger ist als ihr beide?«

»Das ist eine tolle Idee«, sagt Mitya. »Ich kann auch helfen. Das einzige Problem ist, ein paar Avatarkörper zu bekommen. Wegen der gegen sie gerichteten Gesetze haben wir gerade nur sehr wenige in Russland und keine in Wladiwostok. Ich sollte in ein paar Stunden da sein.«

»Dann kümmere du dich darum«, sage ich. »Der Rest von uns wird über andere Möglichkeiten nachdenken und andere Blickwinkel erforschen.«

Alle sind beschäftigt, und als sich die Dinge im VR-Raum beruhigen, bekomme ich eine private telepathische Nachricht von Ada: »Bitte komm zu mir ins Schlafzimmer.«

Das Schlafzimmer ist ein Euphemismus für den virtuellen Sexraum, den Ada und ich für intime Begegnungen benutzen, wenn wir nicht in der Nähe sind – unser Penthouse in Manhattan hat auch einen nicht-virtuellen Raum, der nur für Sex bestimmt ist, abgetrennt von unserem Schlafzimmer.

Sobald ich daran denke, finde ich mich dort wieder. Aus Gewohnheit verstärke ich meine Muskeln in der Art und Weise, von der ich hoffe, dass Ada es mag, und ziehe ein Outfit an, das sie für mich entworfen hat, um es hier zu tragen – eines, von dem ich vor Scham tot umfallen würde, wenn mich jemand in der echten Welt damit sehen würde.

Sobald ich den Ausdruck auf dem Gesicht meiner Frau sehe, wird mir klar, dass dies nicht die übliche Art von Sitzung sein wird, die wir in diesem Raum haben. Ihre Augen sehen geschwollen aus, und es gibt tiefe Sorgenfalten auf ihrer Stirn – unpassende Details zwischen den Sexspielzeugen, Schaukeln, gespiegelten Wänden, Regalen voller Reizwäsche, Gallonen duftender Öle und ultrarealistischen VR-Charakteren mit lockeren Ausdrücken und unterschiedlichem Grad an verführerischer Nacktheit.

Wenn ich Ada so sehe, wünsche ich mir sofort, wir könnten uns persönlich gegenüberstehen. Aber ich habe noch ein paar Stunden Flugzeit vor mir, bevor ich New York City erreiche, und ihr Flug ist noch länger.

»Ich dachte, ich würde dich verlieren.« Ihre Hände zittern sichtbar, als ich ihre kleinen, kalten Handflächen in meine nehme.

»Es ist okay, Baby.« Ich versuche, so beruhigend wie möglich zu klingen. »Du hast mich für immer an der Backe.«

Ein Hauch eines Lächelns hebt ihre Lippen. Ich baue auf meinem Erfolg auf und umarme sie fest. Der Vorteil der Umarmung ist, dass sie mein Gesicht nicht sehen kann, weil ich vermute, dass ich nicht so beruhigend aussehe. Nun, da wir die Schlacht und den Schock über Mityas Tod hinter uns gelassen haben, erlaube ich mir, über die schreckliche Möglichkeit von Adas Tod nachzudenken, und der dumme Gedanke erfüllt mich mit einem Meer aus Angst.

Ich kämpfe dagegen an, ziehe mich zurück und starre sie an. »Wer auch immer dahintersteckt, ich werde dafür sorgen, dass sie …«

Sie drückt einen Finger auf meine Lippen, dann streicht sie mit ihm über meinen Nacken und über meine Brust. Sie stellt sich auf Zehenspitzen, unsere Münder finden sich, und der Kuss ist fordernder als sonst, fast animalisch.

»Ich will endlich die Join-App testen«, sagt sie telepathisch. Die emotionalen Untertöne ihrer Zik-Botschaften sind immer noch traurig. »Bitte?«

Die App ist etwas, an was sie vor Jahren zum ersten Mal gedacht hat, aber sie war schwieriger zu implementieren, als sie ursprünglich gedacht hatte. Die Idee ist, mit Hilfe von Brainozyten zwei oder mehr Gehirne zu verschmelzen. Die Verschmelzung, oder wie auch immer der richtige Begriff lauten mag, ist ein äußerst komplexer Prozess. Zu den einfachsten Aspekten gehört die schwierige Simulation von Spiegelneuronen für beide Seiten. Beide Teilnehmer erleben die Erinnerungen und Emotionen des anderen, indem sie viele nicht-biologische Hirnregionen teilen, teils um sensorische Daten auszutauschen, teils um neurologische Daten gemeinsam zu verarbeiten. Die Grundidee ist, dass ich die Welt so erleben würde wie Ada, und sie würde die umgekehrte Erfahrung machen.

Vor einem Monat entschied Ada schließlich, dass sie mit der App zufrieden genug war, um sie an unseren Ratten zu testen. Die Ratten, insbesondere Mr. Spock und Uhura, mochten das Erlebnis sehr und nutzen die App nun kontinuierlich. Infolgedessen wurde Mr. Spock ein wenig weicher – in Ermangelung eines besseren Begriffs. Leider sind die Ratten aber noch nicht klug genug, um zu erklären, wie sie sich in der Join-App fühlen – zumindest jenseits von knappen Beschreibungen wie Kirks »Ich fühle mich einfach besser«, McCoys »Ich fühle mich dadurch nie allein«, Scottys »Es macht mehr Spaß als Alans Rattenwelt, und ich mag die Rattenwelt«, Uhuras »Sie macht mich glücklicher« oder Mr. Spocks etwas weniger kryptisches »Sie macht, dass ich Uhura mehr liebe.« Für mich ist die Vorstellung, Ada in meinem Kopf zu haben, beängstigend. Trotz meiner Therapie mit Einstein fürchte ich, dass das, was sie dort findet, sie vertreiben könnte.

»Es ist unfair, mich das heute zu fragen«, flüstere ich, sobald sich unsere Lippen öffnen. »Warum machen wir nicht diese Null-Schwerkraft-Position?« Ich beginne die Geste, die die Schwerkraft im Raum deaktiviert, aber sie legt ihre Hand auf meine, um mich aufzuhalten.

»Ich brauche das wirklich.« Sie spricht immer noch virtuell. »Es wird unsere Beziehung in die nächste Ebene bringen, das weiß ich, und ich will das tun, weil das Leben unberechenbar ist, und …«

»Okay, okay.« Ich verliere mich wieder in ihren bernsteinfarbenen Augen, dankbar, dass sie heute ihre Farbe nicht verändert hat. »Wenn es dir so viel bedeutet, werde ich es tun.«

Ich halte mich davon ab, etwas hinzuzufügen wie *es würde sowieso irgendwann passieren*. Ich habe vor langer Zeit gelernt, dass ich Ada nur für eine sehr kurze Zeit Nein sagen kann und der ganze Prozess voller Schuld und anderer subtiler Unannehmlichkeiten ist. Ein altes russisches Sprichwort sagt: »Der Mann ist der Kopf und die Frau der Hals.« Damit ist unsere Beziehung auf den Punkt gebracht: Ich drehe mich dorthin, wohin Ada will, und sehe, was sie will. Nicht, dass das bedeutet, dass ich mich selbst als das Oberhaupt unserer Familie sehe. Ada ist sowohl der Kopf als auch der Hals in unserem Haushalt, während ich so etwas wie die Gallenblase sein könnte.

Ein riesiges neues Icon erscheint im Raum, und ich bereite mich psychisch darauf vor, die Join-App zu aktivieren. Wenn ich es mit Adas Augen betrachte, ist das ein Weg, einander näherzukommen. So gesehen klingt die ganze Angelegenheit nicht annähernd so beängstigend. Außerdem weiß Ada bereits, was ich vor fünf Jahren in Russland und ein paar Monate später in den USA getan habe. Sie hat auch gesehen, was ich heute Morgen getan habe. Hoffentlich hält sie mir nichts aus meinen Erinnerungen vor. Und sie wird sehen, was ich für sie empfinde, was etwas wert ist. Wir sagen uns das L-Wort nicht so oft wie andere Paare, so dass die Bestätigung ein schöner Bonus sein könnte.

Vielleicht als Erpressung, oder als zusätzliche Motivation, mich dazu zu bringen, die App zu starten, zaubert sich Ada in der VR ihre Kleider vom Körper.

Ich werde auch meine sofort los.

»So habe ich mir das immer vorgestellt«, sagt sie und tritt auf mich zu.

Ohne meine Zweifel zu äußern, gebe ich dem Ruf der Biologie nach, und als das Vergnügen beginnt, starte ich die Join-App und schließe meine Augen.

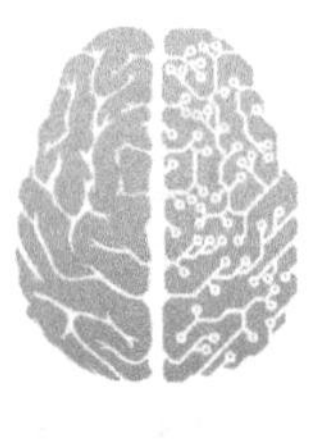

KAPITEL 8

Brainozyten erlauben uns, mit sicheren psychedelischen Erfahrungen zu experimentieren, und Mitya hat es sich zur Aufgabe gemacht, uns mit einer Reihe von LSD-ähnlichen Apps mit ständig wachsender Potenz im Kopf zu versorgen. Aber keine von Mityas Apps, echten Drogen oder sogar der schreckliche Wahrheitsserumcocktail, der vor viereinhalb Jahren bei mir angewendet wurde, hätte mich auf diesen Angriff auf meinen Realitätssinn vorbereiten können.

Meine Sinne fühlen sich völlig durchkreuzt an – obwohl das nicht ganz richtig ist. Was wirklich passiert, ist, dass ich versuche, durch Adas Augen, Haut, Ohren, Nase und Mund zu sehen, hören, riechen und fühlen, während ich in einer seltsamen rekursiven Schleife auch fühle, wie es für sie ist, meine eigenen Sinne zu erfahren. Es ist, als würde man einen Spiegel vor einen anderen Spiegel stellen. Jeder von uns verliert sich in seinen Erfahrungen mit den

Erfahrungen des anderen, auf unendlichen Ebenen, bis wir einfach vergessen, dass es einen Unterschied zwischen Ada und Mike gibt – was meines Erachtens nach eines der Ziele ist.

Es wird schnell klar, dass Sex nicht der beste Weg ist, diese App zum ersten Mal zu erleben, wegen der sensorischen Überlastung, die mit Intimität einhergeht. Ein Teil von mir, der mehr Ada als Mike ist, widerspricht und denkt, dass wir bei einer Strickerei oder einem Solitärspiel gleichermaßen überfordert wären.

Die Grenzen zwischen dem Wesen, das Mike ist, und dem glorreichen Wesen, das Ada ist, verschwimmen mit jeder Sekunde mehr, aber ich fühle immer noch, dass ich gleichzeitig ich selbst bin. Obwohl ich es gewohnt bin, an vielen Orten gleichzeitig zu sein, fühlt sich das, was jetzt passiert, ganz anders an. Merkwürdigerweise fühle ich mich in diesem Moment, in dem ich an mehreren Orten auf einmal bin, irgendwie lebendiger und paradoxerweise auch mehr wie ich selbst, obwohl ich mit jemand anderem verschmolzen bin. Ich kann das Gefühl nicht loswerden, dass ich so sein soll, dass dies mein wahres Ich ist. Endlich frei. Endlich zu Hause.

Als sich mein Verstand auf diese Achterbahn einstellt, fange ich an, mich durch Adas Augen zu sehen. Ich fühle, was sie für mich empfindet, und ich fühle, was sie fühlt, während wir uns lieben, hier im VR-Raum. Ich wusste, dass sie mich liebt, aber weil sie die Worte nicht gerne überstrapaziert, um ihre Gefühle auszudrücken, bin ich manchmal offen für Zweifel. Ich werde nie wieder zweifeln. Ada liebt mich mit einer Intensität, zu der ich vielleicht nicht in der

Lage bin, obwohl ich falschliegen muss, denn sie schwillt vor Zufriedenheit an, als sie erfährt, was ich für sie empfinde.

Man sagt, wenn Paare zusammenleben, werden sie zu wie von einem Fluss geschliffene Felsen. Alle Unterschiede und Probleme zwischen ihnen glätten sich. Ich bin mir nicht sicher, ob diese Metapher stimmt, aber in diesem VR-Raum verstehen wir in einem Augenblick die winzigen Fehler, die wir ineinander bemerkt haben, und lassen sie hinter uns. Wir vergeben alle Konflikte, indem wir die Welt durch die Augen des anderen sehen. Wir werden mehr eins als ein Paar, das sein ganzes Leben lang zusammengelebt hat.

Dann beginnt der seltsamste Teil. Eine Welle von Adas Erinnerungen überschwemmt mein Bewusstsein. Ich erinnere mich an einen schönen Tag im Central Park, als sie über eine malerische Brücke ging und über ihren toten Vater nachdachte, der ihre Mutter verließ und nie wieder etwas von sich hören ließ. Ihre widersprüchlichen Gefühle sind mir vertraut, und ich merke bald, dass ich fast identische Gedanken über meinen eigenen Vater hatte, einem Mann, dessen Tod ich immer noch mit intensiver Schuld erlebe. Ich erinnere mich an Adas Erinnerung, an das Sitzen im Krankenhaus, ihre Liebe zu ihrer Mutter, die ihre Brust anschwellen lässt, und ich erinnere mich an mich selbst unter ähnlichen Umständen nach Mutters Unfall.

Nicht alle Erinnerungen ziehen uns näher an den anderen heran. Einige Erinnerungen sind fast gegensätzlich: Ada machte sich Sorgen, nachdem sie als Teenager ihre Jungfräulichkeit verloren hatte, während ich befürchtete, dass ich nie die Chance bekommen würde, meine zu verlieren. Einige sind mir völlig fremd, wie die Tortur, die Ada erlebte, als sie ihre Mutter an den Krebs verlor.

Tränen strömen über mein Gesicht, sowohl in der VR als auch in der realen Welt, während ich ihre Kämpfe erlebe. Der Schmerz, den sie fühlte, ist anders als alles, was ich je erlebt habe, und bringt mich an den Rand der Panik.

Bald aber sind die traurigen Erinnerungen vorbei, und die glücklicheren rücken in den Vordergrund. Ich sehe, wie Ada das Programmieren entdeckt, ihre erste Liebe. Ich erinnere mich an ihren ersten Kuss in einem Waldcamp und ihren ersten Schwarm, einen jungen Professor in der Intro-to-Java-Klasse. Ich erinnere mich, wie sie sich fühlte, als wir das erste Mal Sex hatten und als sie während unserer hawaiianischen Hochzeit ihr Gelübde ablegte – und als sie das erste Mal einen schreienden Alan in ihren Armen hielt. Ich verstehe, dass Ada am meisten durch ihre glücklicheren Erfahrungen definiert ist, und ich hoffe, dass sie das Gleiche über mich herausfindet, obwohl es wahrscheinlich nicht der Fall ist.

Wenn es möglich wäre, sich zu einem besseren Menschen zu entwickeln, würde es sich so anfühlen. Es gibt keine Eifersucht, als ich mich an die Männer und die eine Frau aus Adas Vergangenheit erinnere. Ich würde sie umarmen und ihnen danken, wenn ich sie jetzt treffen würde – eine Reaktion, die ich nicht glauben kann. Ich verstehe jetzt auch Adas Abscheu vor Gewalt, nachdem ich ihre Überzeugung gespürt habe, wie wertvoll das Leben ist und wie selbst der schlimmste Mensch der Welt immer noch Liebe und Freundlichkeit verdient.

Ada hat versucht, mich zum Meditieren zu bewegen, und dabei habe ich ein wenig über den Buddhismus gelernt. Mit der Join-App fühle ich mich jetzt, als ob ich die Erleuchtung erreicht hätte, oder etwas, wie ich sie mir vorgestellt hatte, obwohl ich wahrscheinlich eine sehr einfache Vorstellung von diesem spirituellen Begriff habe.

Versuchsweise öffne ich meine Augen in der realen Welt. Das Flugzeug ist noch in der Luft, und als ich versuche, mich selbst zu analysieren, fühle ich mich normal. Ich fühle mich wie ein Individuum – das heißt, bis ich versuche, mich mit Ada eins zu fühlen. Dann kommt das Gefühl der Erleuchtung mit voller Kraft zurück.

Ich öffne meine Augen im VR-Raum und sehe Adas nackten Körper in allen Spiegeln reflektiert. Wir sind immer noch auf diese Weise verbunden, unser virtueller Schweiß glitzert auf unseren flüchtigen Körpern.

Etwas Neues wird möglich und erfordert meine Aufmerksamkeit. Während die Intensität der Zusammenführung abnimmt, entdecke ich, dass wir zumindest für einen Moment als Einheit denken können. Einfallslos überlegen wir gemeinsam: »Wir denken, also sind wir.«

»Wow«, antworte ich. »Unser schwarmbewusstseinsähnlicher Geist ist ein Philosoph.«

»Unglaublich«, stimmt sie zu. »Ich weiß, dass keiner von uns diesen Gedanken hatte, aber trotzdem dachten wir es.«

»Ich brauche etwas, um mich selbst zu definieren«, denkt der Schwarmbewusstsein-Geist zu sich selbst.

»Was ist mit *Die Cohens*?«, schlage ich vor.

»Die Cohens würden mehr Sinn machen, wenn wir uns mit deinem Onkel, deinem Cousin und deiner Mutter zusammentun«, kontert er. »Aber gut, es wird reichen.«

Irgendwie erscheint eine Erinnerung an den Rest der Familie während des Sexes nicht ekelhaft oder gar seltsam. Es fühlt sich völlig neutral an, als würde man an Wolken denken. Vielleicht ist das Teil eines entwickelten Seinszustandes, obwohl es auch sein könnte, dass der Sex einfach gerade das Letzte ist, was uns jetzt beschäftigt, obwohl wir uns immer noch lieben.

»Können mehr als zwei Leute mitmachen?«, frage ich. »Ich meine, die Join-App, nicht …«

»Je mehr Menschen, desto vollständiger werden wir«, antwortet der lebende Code namens *Die Cohens*.

»Neben den Menschen könnten wir auch andere Wesen einbeziehen, wie Mr. Spock«, fügt Ada hinzu. »Aber vielleicht erst, wenn wir fertig sind.«

Ich kann keine Sodomie-Witze machen, denn wir kommen zum Höhepunkt des Körperlichen – na ja, dem fast körperlichen Teil unserer Schlafzimmer-Extravaganz –, und es wird unmöglich, zu sprechen – auch telepathisch. Ich bete, dass mich im Flugzeug gerade niemand beobachtet, oder, wenn sie es tun, hoffe ich, dass sie meine Mimik nicht aufzeichnen oder meine Reaktionen als eine Art sexuelle Belästigung betrachten.

Obwohl ich mich an Adas Sinne gewöhnt habe, beginne ich mich jetzt, da sie so kurz vor der Entladung steht, überwältigt zu fühlen. Was ich fühle, vermischt sich mit dem, was sie fühlt, und ich bin gespannt, wie sich dieser Teil aus ihrer Perspektive anfühlt.

Dann führt sie ein Manöver durch, das nur in der VR möglich ist – obwohl sie behauptet, dass sie anfangen wird, Beckenbodentraining zu machen, um dies in der realen Welt zu replizieren. Meine Antwort kommt wie ein Uhrwerk, und für einen Moment vergesse ich das Schwarmbewusstsein namens *Die Cohens* oder sogar meinen eigenen Namen.

Irgendwann während der Entwicklung der Brainozyten – vielleicht um den siebten Gehirnschub herum, obwohl es auch der achte gewesen sein könnte –, replizierten wir die Teile des Gehirns in einer Cloud, die für den Orgasmus verantwortlich sind, was uns eine viel größere Fähigkeit gab, diese ohnehin schon wunderbare Erfahrung zu schätzen. Ohne die Join-App würde ich sagen, dass das, was ich normalerweise fühle, mindestens hundertmal intensiver ist als ein unerweiterter Orgasmus. Mit der Join-App fühle ich jedoch Adas Reaktionen genauso wie meine eigenen erweiterten. Wir verschmelzen zu reiner Glückseligkeit ohne Grenzen und mit einer Intensität, die tausendmal stärker ist als alles, was wir je erlebt haben.

Gefühlte hundert himmlische Jahre später fange ich an zu atmen und darüber nachzudenken, wie schwer es ist, außer Atem zu kommen, wenn man Respirozyten hat, die die Arbeit der roten Blutkörperchen erledigen. Andererseits bin ich gerade in der VR außer Atem gekommen, also ist die Sauerstoff-Leistungsfähigkeit offensichtlich nicht der Hauptfaktor.

»Nicht meine beste Idee«, flüstert Ada, sobald sie wieder in der Lage ist, zusammenhängende Sätze zu bilden. Sie zaubert sich eine virtuelle Zigarette, allerdings nur als eine lustige Requisite, nicht wegen irgendwelcher körperlichen Bedürfnisse. »Die Join-App allein hätte gereicht.«

»Es könnte eine deiner besten Ideen gewesen sein«, sage ich, und meine Stimme ist wegen der Erfahrung belegt. »Soll ich die App schließen?«

»Ich denke schon«, murmelt sie. »Obwohl es *Die Cohens* verschwinden lassen wird.«

»Wir machen das nochmal«, sage ich. »Die Cohens werden zurückkommen.«

»Ich bin froh, dass der Teil der App tatsächlich funktioniert hat«, sagt sie mit spürbarer Begeisterung.

Ich betrachte meine brillante Frau mit einem Stolz, der an Anbetung grenzt. »Du hast unsere freien Gehirnregionen genutzt, oder?«

Ihre Augen leuchten übermütig. »Das ist eine sehr primitive Sichtweise, aber so etwas in der Art. Ich habe Einstein genutzt, um dieser App eine Plattform zur Selbstorganisation unserer ungenutzten Ressourcen zu geben. Offensichtlich hat es funktioniert.«

»Faszinierend«, sagen *Die Cohens*. »Wir sind fasziniert davon, mehr Gedanken in uns selbst zu bringen.«

»Gute Idee, aber nicht jetzt.« Ada atmet den Rauch von ihrer Zigarette aus. Anstelle der üblichen giftigen Dämpfe hat die Wolke eine weiche, dampfförmige Qualität und riecht nach Bergamottetee mit einer Scheibe Limette. Es schmeckt wahrscheinlich auch so, denn das ist Adas Lieblingsmuntermacher am Morgen. »Wie wäre es, wenn wir die Join-App-Experimente verschieben, bis wir herausfinden, wer uns töten will?«

»Einverstanden«, antworte ich. »Die Cohens werden auch warten müssen.«

»Wir haben keine Angst vor der Nichtexistenz«, antworten *Die Cohens*.

»Du wirst nicht nicht existieren«, sagt Ada. »Du bist wir. Solange wir existieren, existierst du auch.«

»Wie lange es auch immer dauert, bis du wieder beitrittst, es wird uns nur wie ein Moment erscheinen«, sagen *Die Cohens* rätselhaft.

»In diesem Sinne schalte ich die App aus.« Ich passe die mentalen Handlungen meinen Worten an.

Ich fühle sofort ein Gefühl des Verlustes. Das Wesen, das *Die Cohens* war, ist spurlos verschwunden. Bis es verschwand, wusste ich nicht, dass es ein Teil von mir war. Angesichts von Adas schmerzhaftem Ausdruck kann ich sehen, dass etwas Ähnliches mit ihr passiert.

»Macht die App süchtig?«, frage ich.

»Wir müssen uns nur wieder an das Alleinsein gewöhnen«, antwortet sie leise. »Aber jetzt verstehe ich, warum unsere Ratten ständig eine Version dieser App laufen lassen.«

»Ich auch. Ich frage mich, wie ihre Version von *Die Cohens* ist.«

»Ihre Join-App hat diesen Teil nicht. Ich frage mich sowieso, ob es sicher ist, es in unserer Version zu haben. Was würde passieren, wenn wir uns mit mehr als ein paar tausend Leuten gleichzeitig verbinden würden?«

»Weil *Die Cohens* zu schlau wären, um sie zu kontrollieren oder zu verstehen?« Ich gähne demonstrativ. Die

Glückseligkeit nach dem Geschlechtsverkehr trifft mich immer hart, egal ob der Koitus real oder virtuell ist.

»Genau«, sagt sie. »Wir sollten das beim nächsten Brainozytentreffen mit den anderen besprechen.«

»Das klingt nach einem Plan. Was sagen wir ihnen bis jetzt über diese App?«

»Nichts, wenn es dir nichts ausmacht. Lass mich mich vorbereiten, ihnen davon ausgiebig zu erzählen.«

»In Ordnung.« Ich kann ein weiteres Gähnen nicht unterdrücken. »Können wir schlafen?«

»Unsere Freunde denken wahrscheinlich sowieso, dass wir eingeschlafen sind«, sagt sie durch eine weitere Wolke von leckerem Rauch. »Also ja, warum nicht? Es könnte tatsächlich eine gute Idee sein.«

»Ich habe noch genug von meinem Flug für ein anständiges Nickerchen.« Ich gähne so ansteckend, dass sie auch gähnt.

»Ich habe eigentlich Zeit für eine ausgiebige Pause«, sagt sie nach einem weiteren ansteckenden Gähnen. »Sehen wir einfach nach allen, bevor wir einschlafen.«

Wir kehren in den VR-Konferenzraum zurück und erfahren, dass nichts Interessantes passiert ist, während wir weg waren, um einen neuen Bewusstseinszustand zu entdecken.

»Zeit für ein Nickerchen«, sage ich im VR-Raum und kämpfe darum, wach zu bleiben.

»Wir wecken euch, wenn ihr gebraucht werdet«, sagt Joe.

»Ich hatte keinen Zweifel, dass du das tun würdest«, murmele ich leise. Joe hat kein Problem damit, dass seine Leute mich wachschlagen, wenn das nötig ist.

Indem ich das Multitasking beende, lasse ich meinen Geist fest in meiner realen Umgebung, und meine Gedanken wenden sich der Veränderung in meiner Ehe zu. Jetzt, da ich die Welt durch Adas Augen gesehen habe, glaube ich nicht, dass ich jemals wieder einen Streit mit ihr haben kann – nicht, dass wir normalerweise viele hätten. Ich muss auch zugeben, dass, obwohl ich Ada bereits vor der Join-App geliebt habe, meine Gefühle jetzt fast beängstigend intensiv sind. Sie voll zu verstehen hat mich sehen lassen, wie heilig ihre Gedanken sind, wie erhaben. Es ist, als ob Ada ein buchstäblicher Teil von mir ist, ihr Wohlbefinden ist unwiderruflich mit meinem eigenen verbunden.

Ich bin vielleicht ein besserer Ehemann als vorher. Vielleicht sogar ein besserer Mensch.

Ein weiteres Gähnen bringt meinen Kiefer zum Knacken und unterbricht meine Selbstverherrlichung, also beschließe ich, einfach zu schlafen. Normalerweise benutze ich eine App, die mir helfen soll, einzuschlafen, aber die brauche ich heute nicht. Stattdessen führe ich einfach eine Utility-App namens Do Not Disturb aus, die das Hören und Sehen für die Dauer, die ich mir wünsche – in diesem Fall fünf Stunden – deaktiviert.

Sobald ich sie einschalte, erzeugt Do Not Disturb den Effekt, dass ich mich in einem tiefen unterirdischen Silo befinde. Kein einziges Photon trifft meine Augenlider, und kein Bruchteil eines Dezibels kitzelt mein Trommelfell. Ich öffne meine Augen, weil es mir immer noch Spaß macht, zu sehen, wie Do Not Disturb den Raum um mich herum auch mit offenen Augen stockdunkel aussehen lässt. Dann schließe ich die Augen wieder und falle wie ein Stein in die Bewusstlosigkeit.

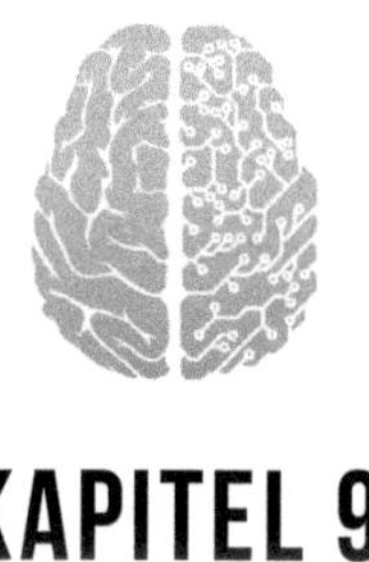

KAPITEL 9

Der Spiegelsaal erstreckt sich so weit, wie meine Augen sehen können. Eine Kamera in einer Drohne über meinem Kopf zeigt mir, dass dieser Raum die ganze Welt erobert hat, von Horizont zu Horizont.

Ich laufe und atme dabei kaum, da meine Herzfrequenz in der anaeroben Zone liegt. Als der Ort versucht, ein Labyrinth zu sein und mir einen Spiegel in den Weg stellt, zerschmettere ich die beleidigende Oberfläche mit einem gut platzierten Tritt. Mein Ziel scheint es zu sein, mich in keiner der Reflexionen zu sehen, also tue ich es immer wieder, wenn mehr Spiegel auftauchen.

Als ich gegen den zehnten Spiegel trete, explodiert ein Schmerz in meinem Bein, aber das verfluchte Glas bekommt nicht einmal einen Sprung. Der Schmerz stört meine Konzentration, und ich sehe das Spiegelbild, das mich anstarrt – und bereue es sofort. Der böse Blick auf

Joes Gesicht lässt seine alltägliche Kälte warm und flauschig erscheinen.

Mein ganzer Körper erstarrt in Panik, als Joes Gesicht mich mit verschiedenen Schattierungen des Zorns aus der Unendlichkeit der Spiegel anstarrt. Ein Schrei entweicht meinem Mund, und die Luft vibriert so heftig, dass die Spiegel um mich herum erzittern und in einer Kettenreaktion explodieren.

Ich bin kurz vor einer großen Erleuchtung, als das Bild in dem Spiegel, der sich geweigert hat zu brechen, morpht.

Zuerst wachsen aus Joes Militärschnitt Büschel weißer Haare, die sich wie ein Heiligenschein um seinen Kopf ausbreiten. Als Nächstes werden seine Gesichtszüge zu einem faltigen Lächeln. Bald starrt mich Einsteins berühmtes Gesicht an, die Augen funkeln vor Weisheit und Fröhlichkeit.

»Das ist ein Traum«, sage ich Einstein, und mein Kampf-oder-Flucht-Modus beruhigt sich bereits.

»Wir haben das in der Therapie besprochen«, sagt die Stimme der künstlichen Intelligenz mit dem deutschen Akzent. Wie üblich, im Kontext der Psychologie, klingt sie verdächtig nach Freud. »Du wirst nicht zu einem Monster werden.«

»Mach dir eine Notiz, dass wir das nochmal besprechen werden, wenn ich wach bin. Im Moment will ich noch einmal versuchen, klar zu träumen.«

Einstein nickt und verschwindet. Nach einem Moment der Konzentration fliege ich auf die Drohne zu, die noch am leeren, gespiegelten Himmel fliegt.

KAPITEL 10

Ich wache plötzlich auf und sehe Gogis Gesicht zu nah an meinem. Da ich den Motor eines Autos hören und meinen Freund sehen kann, muss der Do-Not-Disturb-Zyklus abgeschlossen sein.

Meine Wange brennt. Er muss versucht haben, mir auf die Wange zu schlagen, um mich zu wecken, eine der wenigen Möglichkeiten, die Do-Not-Disturb-App zu umgehen – aber in diesem Fall unnötig, da meine nicht mehr eingeschaltet war.

»Sie sind fünf Stunden bewusstlos gewesen«, sagt Einstein. »Sie hatten eine Minute Tiefschlaf, und ich schätze, dass Ihre Schlafschulden immer noch acht Stunden sind; Schlaf, den Sie meiner Meinung nach so schnell wie möglich bekommen sollten.« Mitya hat emotionale Hinweise und kontextuelle Informationen in diese neueste Version von Einstein integriert, und die Stimme der KI klingt nervig fürsorglich und tröstlich. »Die aktuelle Zeit ist 19.36 Uhr.«

Ich bin eifersüchtig auf Ada, die dank ihres längeren Fluges immer noch schläft. Als ich mir die Augen reibe, frage ich mich, ob ich Gogi befehlen kann, mich schlafen zu lassen, aber entscheide mich dagegen, da meine Chancen, während der kurzen Fahrt einen erholsamen Schlaf zu bekommen, gering sind. Außerdem könnte es angesichts der Tageszeit am besten sein, wenn ich ein paar Stunden lang leide und dann schlafe, wenn es dunkel ist. Im Moment kann ich genauso gut mit meinen Freunden Neuigkeiten austauschen.

»Würde ich einen Rubel für jedes Mal bekomme, wenn ich dich aus dem Flugzeug ins Auto schleppe, könnte ich mich zur Ruhe setzen«, sagt Gogi, und ein Lächeln wird durch seinen stalinesken Schnurrbart sichtbar.

»Du kannst dich zur Ruhe setzen«, antworte ich kaputt und ärgere mich, dass ich durch die Do-Not-Disturb-App meine Landung verpasst habe. »Dir gehört ein Teil von Mensch++.«

Sein Gesicht wird ernst. »Warum wollt ihr euch umbringen, wenn ich an der Reihe bin, babyzusitten?«

»Nächstes Mal versuche ich, bombardiert zu werden, wenn du in der Nähe bist.« Alle Überreste des Schlafes verschwinden aus meinem Kopf. Als ich erkenne, dass ich die Negativität auf die falsche Person lenken könnte, füge ich in einem versöhnlichen Ton hinzu: »Du kannst helfen, die Verantwortlichen zu finden und dich um sie zu kümmern. Wie kontrollierst du die Roboter?«

»Das Kind hat mich trainiert«, sagt Gogi. Einer der Roboter in Zapo X – zumindest nehme ich an, dass er das ist, was wir fahren – salutiert.

Ich gebe Gogi einen Überblick über die jüngsten Ereignisse, während ich weiter multitaske und ein Teil von mir wieder in den VR-Raum geht, um die Untersuchung zu überprüfen.

»Ich habe vier Roboter gesichert«, sagt Mitya. »Dein Cousin ist schon unterwegs, um mit dem Kollegen des Bombenlegers von der Grünen Partei zu sprechen.« Er zeigt auf einen Bildschirm, auf dem die Leute in Ehrfurcht auf die Hülle von Joes Roboterkörper starren, der durch die russischen Straßen stolziert.

»Ausgezeichnete Arbeit«, sage ich ihm. »Gogi hat sich freiwillig gemeldet, einen zu nehmen, und ich auch.«

»Es könnte das Beste sein, wenn du einen nimmst, um mit der Mutter des Bombenlegers zu sprechen.« Er sieht Joes VR-Avatar vorsichtig an. »Diese Aufgabe könnte etwas Finesse erfordern.«

Was ungesagt bleibt, ist, dass Joe und Gogi die arme Frau, die noch nicht weiß, dass sie ihren Sohn verloren hat, nicht für Informationen quälen dürfen. Noch bevor ich meine Gedanken mit Ada verbinde, glaubte ich fest daran, dass sich die Sünden der Eltern nicht auf ihre Kinder übertragen und umgekehrt. Mit meiner Post-Join-Perspektive möchte ich dieser Frau helfen, anstatt sie zu verhören. Das einzige Problem, das ich sehe, ist, dass ich derjenige bin, der ihren Sohn getötet hat. Ihr gegenüberzustehen könnte hart sein, obwohl ich wahrscheinlich jedes Unbehagen verdiene, das ich empfinde.

»Ich werde versuchen, seinen Vater zu lokalisieren«, sagt Mitya und stellt einen weiteren Bildschirm auf, der einen Roboter zeigt, der sich ebenfalls in Bewegung setzt. »Der Vater ist ein Säufer, und die Mutter hat sich vor langer Zeit von ihm scheiden lassen. Aber wer weiß? Vielleicht hat dieser Ruzatov trotzdem noch mit seinem alten Herrn geredet.«

Ich nehme meinen Roboter in Besitz, ein älteres Modell, das mich an einen Mikrowellenherd erinnert, der mit einem Zylon aus dem Original 1978 *Battlestar Galactica* gemischt ist. Ich gebe die Adresse der Mutter in die GPS-App ein und fange an, die Straße hinunterzuklappern. Das GPS-Interface ist das gleiche wie das der Brainozyten, die wir vor ein paar Jahren benutzt haben.

Während ich durch die russischen Straßen gehe, überkommt mich ein Déjà-vu. Obwohl mein Heimatort Krasnodar fast zehntausend Kilometer von Wladiwostok entfernt ist – eine Entfernung, die nur in Russland möglich ist –, könnte ich genauso gut durch die Straßen gehen, an die ich mich aus meiner Kindheit erinnere. Das passiert, wenn man architektonische Entwürfe so recycelt wie die Sowjets: Keks-Ausstecher wirken im Vergleich dazu originell. In Amerika rufen einige der von der Regierung gebauten Wohnungen, wie die Projekte in New York City, diese Art von Gefühl hervor, nur dass dieser Teil von Wladiwostok viel grauer und feuchter ist.

Um nicht depressiv zu werden, schaue ich mit meinen echten Augen durch das Limousinenfenster auf die Straßen von Midtown Manhattan. Im Vergleich zu Wladiwostok ist dies eine andere Welt. Auf merkwürdige

Weise bekomme ich das Gefühl, in die Zukunft zu reisen, dann zurück in die Vergangenheit – und ich meine Jahre, nicht nur den Wechsel zwischen Tag und Nacht durch den vierzehnstündigen Zeitunterschied. Natürlich ist das kein fairer Vergleich. Moskau ist New York, sehr ähnlich, wenn es um die Einführung neuer Technologien geht, und würde ein fairerer Gegner sein; eine rückständige Straße in Wladiwostok mit Manhattans Midtown zu vergleichen ist wie ein Vergleich von New York City mit Nowhereville.

Die New Yorker haben jede einzelne der Mensch++-Innovationen übernommen und sehnen sich immer noch nach mehr. Obwohl die meisten Büros schon lange geschlossen sind, übersäen Roboterpendler immer noch die Straßen, eine gewaltige Verbesserung für Leute, die in der Provinz leben, aber deren Arbeit ihre körperliche Anwesenheit erfordert. Niemand blinzelt die metallischen Gestalten an, und es ist klar, dass die Zukunft dem Film *Surrogates – Mein zweites Ich* sehr ähnlich sehen wird – aber hoffentlich ohne die gesellschaftlichen Probleme. Tausende von Menschen benutzen die VR, um aus der Ferne zu arbeiten. Alle großen Unternehmen erlauben und fördern diese Form der Telepräsenz, die es ihnen ermöglicht, die besten Leute einzustellen, unabhängig davon, wo auf der Welt sie sich befinden. Außerdem hilft es, dass VR-Flächen viel billiger sind als reale Büroflächen, insbesondere für Unternehmen mit Sitz in Manhattan.

Die Gegenwart der VR beeinflusst natürlich mehr als die Art und Weise, wie Menschen arbeiten. Touristen auf der Straße benutzen sowohl die erweiterte Realität als auch die virtuelle Realität, und ihre Gesichtsausdrücke sind leer, während sie sich auf die Touren einlassen, die in der Nähe populärer Sehenswürdigkeiten beginnen. Die Einheimischen sind von der neuen Technologie genauso betroffen. Anstatt ihre Nasen in ihren Smartphones und anderen Geräten zu vergraben, ist jeder »in seinem Kopf«. Menschen, die sich hochwertige Brainozyten-Dienste leisten können, multitasken beim Gehen und sehen sich die neuen, voll interaktiven Filme an, die mehr mit Videospielen gemeinsam haben als mit den Filmen von früher. Diejenigen, die kostenlose Unterhaltung nutzen, sitzen letztendlich in Autos und öffentlichen Verkehrsmitteln, während sie das Gleiche tun.

Die Autos, einschließlich unserer, sind alle elektrisch, leise und selbstfahrend, und die meisten von ihnen werden von Einstein gesteuert. Zum ersten Mal seit über einem Jahrhundert gibt es in Manhattan keine Staus mehr. Die Luft ist so sauber wie in ländlichen Gebieten, und selbst die Lärmbelästigung ist gering, auch dank der telepathischen Kommunikation mit Brainozyten, die die Art und Weise, wie Menschen miteinander umgehen, schnell neu definiert hat.

Die relative Ruhe der Straße ist jedoch nur von kurzer Dauer, denn als wir die 42. Straße erreichen, sehen wir eine Menschenmenge von Demonstranten. Ihr Geschrei ist schwer zu verstehen, aber Banner wie *Brainozyten Stehlen Deine Seele* und *Die Menschheit ist verloren* lassen wenig Raum für Zweifel, dass dies eine weitere Demonstration der RHO oder einer ähnlichen Gruppe ist.

»Ist das ein Zufall?«, frage ich im VR-Raum. »Oder sollen wir das Auto umleiten?«

»Du solltest auf jeden Fall umleiten«, antwortet Mitya sofort. »Ich habe gerade die Reisezeit bis zu deiner Wohnung berechnet, und die aktuelle Route ist die langsamste.«

»Willst du unser Ersatz-Einstein werden?«, frage ich.

»Ich kann mich jetzt viel besser mit Einstein identifizieren«, sagt Mitya. »Mir ist jetzt klar, dass das biologische Gehirn eine Art Flaschenhals ist. Ich kann schon viel, viel schneller denken, und ich habe gerade erst begonnen, meine Fähigkeiten zu verbessern.«

»Wir gehen gerade durch diese Menge«, sagt Joe ohne auch nur einen Hauch von Interesse an diesem faszinierenden Update über Mityas Zustand. »Niemand hier trägt Bomben.«

Er muss einen Detektor verwenden, einen Apparat, der von einem der erweiterten Ingenieure von Mensch++ R&D entwickelt wurde. Detektoren sind um ein Vieles zuverlässiger als ein Hund und, um Ada zu zitieren, »ersetzen die Sklavenarbeit der Hunde.«

Ich autorisiere Einstein, den Weg zu nehmen, den Mitya empfiehlt, und frage: »Wenn Joe in der Menge ist und Gogi im Auto, wer beobachtet Alan?«

»Ich bin bei Dominic, Vater«, antwortet Alan mürrisch. »Und Jacob und einem Haufen anderer.«

»Alan, du bist klug genug, um zu erkennen, dass Sicherheit notwendig ist«, sage ich und denke, dass das besser war als »nicht in diesem Ton, junger Mann« zu sagen, was mein erster Instinkt war. »Außerdem magst du Dominic.«

»Ja, ja.« Sein gereizter Gesichtsausdruck sieht auf dem Gesicht seines erwachsenen Avatars seltsam aus. »Komm einfach endlich nach Hause.«

Obwohl ich es nicht laut ausspreche, damit ich Gogi und Joe nicht verärgere, ist Dominic vielleicht die qualifizierteste Person, um bei Alan zu bleiben, und das nicht nur wegen ihrer Freundschaft. Als Lehrer mit Anfang zwanzig trat Dominic nach dem 9. 11. in die Armee ein und wurde schließlich Teil der Special Forces. So kreuzte sich sein Weg mit dem von Joe, aber ihre Persönlichkeiten könnten nicht unterschiedlicher sein. Dominic ist geradliniger als jeder andere, den ich jemals kennengelernt habe. Eine IED-Explosion ließ ihn in einem Koma zurück, aus dem er vor zwei Jahren erwachte, aber die traumatische Hirnverletzung, die er erlitt, ließ seinen Körper in einem völlig blockierten Zustand zurück, und er war unfähig, irgendwelche Muskeln zu bewegen. Im Gegensatz zu einigen Menschen in diesem Zustand hatte er nicht einmal die Fähigkeit, auf Fragen mit Ja oder Nein zu antworten.

Die Brainozyten gaben Dominic eine Form des Sehens und eine Art der Kommunikation zurück, und ein Exoskelett ermöglicht es ihm, sich zu bewegen – solange bis Dahan, unser Direktor von Nanotech, eine noch bessere Lösung ausarbeitet, die es Nanomaschinen ermöglicht, die Einschränkungen zu reparieren, unter denen er leidet. Ein hochmoderner bionischer Arm ersetzte denjenigen, den Dominic bei der Explosion verloren hatte, und er behauptet, dass er den Unterschied zwischen seinem linken und rechten Armen nicht mehr erkennen kann.

Zum großen Teil wegen dem, was er dank unserer Hilfe wiedererlangt hat, ist Dominic wahrscheinlich der dankbarste und treueste Mensch, der für uns arbeitet. Ich vertraue ihm fast so sehr wie meinen engsten Freunden und meiner Familie.

Ich bin beinahe bereit, mir keine Sorgen mehr um mein Kind zu machen, und erinnere mich daran, dass Alan erwähnt hat, dass Jacob ihn auch bewacht. Jacob ist sehr kompetent. Seine schnellen Reaktionen haben vor viereinhalb Jahren Muhomors Leben in einem Krankenhaus gerettet, und seitdem ist er schnell in unseren Sicherheitsrängen aufgestiegen.

»Ich habe Dominic eine VR-Welt gebaut«, prahlt Alan privat. »Sie wirkt Wunder für seine posttraumatischen Belastungsstörungen, und ich denke, er wird bald in der Lage sein, zu Autos zu gehen, ohne Panik zu verspüren.«

»Lass mich wissen, wenn deine VR-Therapiewelten bereit sind, in ein Produkt verwandelt zu werden«, sage ich ihm. »Sie helfen mir. Ich gehe gerade in Russland umher und habe keine Angst.«

Die Wahrheit ist, dass ich einige negative Emotionen empfinde, als ich am Morgen durch die Straßen von Wladiwostok gehe, aber das liegt nicht an den irrationalen Überresten meiner furchtbaren Erlebnisse in Russland. Ich mache mir Sorgen, weil eine Menschenmenge bedrohlich auf mich zukommt. Amerikanische Demonstranten können sehr wütend aussehen, aber diese Russen wirken in ihrer emotionslosen Bewegung noch erschreckender.

Ich lasse den Roboter die Straße überqueren, und der Lynchmob ahmt mich nach und lässt keinen Zweifel daran, dass er etwas Düsteres vorhat.

Ich drehe meinen Roboterkopf und sehe eine weitere, kleinere Gruppe von Menschen, die mich von hinten flankieren.

»Joe.« Ich überflute meine telepathische Nachricht mit Besorgnis. »Schau, was mein Roboter sieht.«

»Das betrifft nicht nur dich.« Joes telepathische Antwort ist ruhig, aber besorgt.

Er hat recht. Im VR-Raum zeigen die Bildschirme aller anderen ihre eigenen Roboter, die ebenfalls von Leuten verfolgt werden, die dem Mob, der sich mir nähert, sehr ähnlich sehen.

»Wir sind in verschiedenen Teilen eines großen Landes«, sage ich verwirrt.

»Ja, ich weiß.« Mitya klingt genauso verwirrt.

»Diese Leute scheinen sich alle nicht zu kennen.« Alan zeigt auf einen großen Bildschirm, wo er Hunderte von Gesichtserkennungsprofilen gepostet hat.

»Wenn sie die Roboter zerstören, wird es Tage dauern, mehr zu beschaffen«, sagt Mitya. Seine Menschenmenge sieht noch finsterer aus als meine; sie erinnert mich an die heugabelschwingenden Dorfbewohner, die sich Frankenstein nähern.

»Dieser Angriff muss von der Regierung finanziert werden.« Muhomor verschreckt ein paar dürre Katzen, als er eine Seitengasse nimmt, um Abstand zu seinen Verfolgern zu bekommen. »Die Russen hassen uns immer noch, weil wir Tema entwickelt haben. Vielleicht ist das die Rache?«

Ein Teil von mir stimmt mit Muhomors Einschätzung überein. Es ist nicht nur Russland; jede Regierung wünscht sich, dass die Tema-Kryptographie nicht existieren würde. Da sie immer noch nicht zu hacken ist, macht Tema die Fähigkeit, die eigenen oder die Bürger eines anderen Landes zu überwachen, zu einer Sache der Vergangenheit – einer Sache, die die Regierungen der Welt sehr vermissen. Einige Länder haben versucht, Tema zu verbieten, aber sobald wir die Algorithmen, die Theorie und sogar die Software zu Open Source gemacht hatten, wurde das Verbieten dieses Systems genauso unmöglich wie der Versuch, den Satz des Pythagoras zu verbieten.

»Es fällt mir schwer, mir vorzustellen, dass diese Leute für die Regierung arbeiten«, fällt Alan ein, als ich die Verfolger meines Roboters noch einmal misstrauisch anschaue. »Die meisten sind Alkoholiker und können kaum einen beschissenen Job behalten.«

»Hey, pass auf, was du sagst«, ermahne ich ihn privat und tue mein Bestes, um väterliche Missbilligung in die Zik-Botschaft einzubetten. »Aber du hast recht, sie sehen nicht besonders beeindruckend aus.«

»Wenigstens haben wir etwas gefunden, was sie gemeinsam haben«, sagt Mitya. »Und der Junge hat es auf den Punkt gebracht. Viele dieser Menschen haben sich kürzlich in Krankenhäusern von einer Alkoholvergiftung erholt. Ich schätze, Russland ist *Vytrezvitel* losgeworden.«

»*Vytrezvitel* ist ein Entgiftungszentrum, in das Polizisten Betrunkene zum Ausnüchtern gebracht haben«, erkläre ich Alan. »Die Tatsache, dass die Sowjetunion solche Einrichtungen brauchte, sagt ein wenig über die damalige Kultur aus.«

»War Ruzatov Alkoholiker?«, fragt er. »Auch wenn er es war, ich sehe nicht, wie das Licht ins Dunkel bringt.«

»Er trank hin und wieder, aber normale Mengen.« Mityas Roboter weicht einem roten Ziegelstein aus, der an seinem Kopf vorbeifliegt, und erhöht sein Tempo. »Für einen Russen jedenfalls.«

»Er wurde in ein Krankenhaus eingewiesen.« Muhomor sieht am Ende der Gasse Leute, die auf seinen Roboter warten, also kehrt er um. »Vor einer Woche.«

»Sein Blutalkoholspiegel betrug ein Promille«, fügt Alan hinzu.

»Wie ich schon sagte.« Mityas Roboter weicht diesmal einer zerbrochenen Flasche aus. »Diese Zahl ist normal für einen Russen.«

»Er hatte ein Schädeltrauma«, sagt Muhomor. »Vielleicht wurde er betrunken in eine Schlägerei verwickelt?«

»Apropos betrunken und Schlägerei«, sagt Alan. »Ihr solltet euch alle auf die Probleme in der realen Welt konzentrieren. Wir können das Treffen vorerst unterbrechen.«

Er hat recht. Obwohl wir alle ein Gespräch in der VR führen und versuchen, mit diesen Angreifern umzugehen, ist es am besten, sich zu konzentrieren, besonders wenn man bedenkt, was Mitya über die Schwierigkeit, neue Roboter zu bekommen, gesagt hat.

Ich starre auf die aufgerissene Asphaltstraße. Die erste Gruppe von Verfolgern ist nur einen Sprung entfernt. Mit dem Geruchssinn des Roboters verifiziere ich den Gestank von abgestandenem Wodka in dem Atem des Mannes, der mir am nächsten steht.

»Ich will niemanden verletzen, aber ich brauche diesen Roboter, also wirst du ihn nicht zerstören«, rattere ich auf Russisch durch den Mund.

»Monster«, schreit der nächste Betrunkene mit einer seltsamen Fistelstimme. »Du wirst deine Sünden bereuen.«

Als hätte sie dieser Schrei zum Handeln ermutigt, umringen mich die beiden Gruppen und verringern den Abstand weiter. Mein reales Herz vergisst den Unterschied zwischen physischen und Roboterkörpern, weil es wie ein Hydraulikmotor nach einem Stromstoß gegen meine Brust schlägt.

KAPITEL 11

Als der erste Mann mein metallisches Gesicht trifft, wird mir klar, dass die Dinge weniger schlimm sein könnten, als wir befürchten. Die Faust des Typen ist blutig, aber die Diagnose meines Roboters zeigt keine negativen Auswirkungen. Zu meinem Entsetzen schlägt mich der Typ erneut, und sein Knochen knirscht gegen das Brustchassis. Ich sehe keinen Schmerz in seinem Gesicht, nur die Entschlossenheit, mich immer wieder zu schlagen.

»Er muss jetzt betrunken sein«, schreie ich in der VR, als derselbe Mann mit seinem Kopf gegen das Metall stößt und Blut aus seiner Nase auf die Kamera spritzt, die als meine Augen dient.

»Pass auf den mit dem Brecheisen auf«, ruft Alan. Ich ducke mich instinktiv, und das Metall der stumpfen Waffe schabt auf der Oberseite meines metallischen Schädels entlang.

»Einstein, schalte den Kampfmodus ein«, befehle ich in Gedanken. »Pass ihn an diesen Roboterkörper an.«

»Erledigt«, antwortet Einstein. »Wollen Sie auch den Emotionsdämpfer einschalten?«

»Heben wir den Emotionsdämpfer für eine viel schlimmere Situation auf.«

Der Kampfmodus – oder KM, wie wir ihn manchmal abkürzen – ist etwas, woran ich gearbeitet habe, seit ich die Kampfkünste beherrsche, die jetzt meinen persönlichen, noch zu benennenden, Kampfstil ausmachen. Es ist eine Fusion meiner erworbenen Fähigkeiten und Technologien – ein Weg, um brainozytenverstärkte, superluminale Entscheidungen in einer Kampfsituation zu treffen. Emotionsdämpfer – den wir *nie* mit ED abkürzen – ist ein Add-on zu KM. Es ist ein optionales Unterprogramm, das dem entspricht, was in Joes Kopf passiert – oder nicht passiert –, wenn er kämpft. Es lässt die Regionen des Gehirns, die für Empathie verantwortlich sind, in den Hintergrund treten, so dass die Benutzer ungehindert und ohne Bedenken verstümmeln und töten können. Sie ist so beängstigend, dass ich Ada nie von seiner Existenz erzählt habe – obwohl die Tatsache, dass ich eine solche App brauche, beweist, dass ich ein guter Mensch bin, nicht wahr?

Der Kampfmodus beginnt damit, die Flugbahnen aller sich in der Nähe befindlichen Fäuste, Ziegel, Brecheisen und Füßen mit Stiefeln in meiner erweiterten Realität hervorzuheben. Danach schlägt sie geisterhaft die verschiedenen Ausweichmanöver und Schläge vor, die ich ausführen kann. Jede offensive und defensive Wahl basiert auf meinen eigenen Gehirnregionen und wird durch unzählige Stunden des Kampfes gegen Gogi, Joe und den besten Sensei, den man für Geld kaufen kann, verfeinert.

Der knifflige Teil und der Grund, warum ich das Emotionsdämpfer-Add-on nicht im Kampfmodus verwende, ist, dass ich diese Leute nicht zu sehr verletzen möchte. Schließlich stellen sie keine Gefahr für mein Leben dar. Letztendlich ist das Einzige, dessen sie sich schuldig gemacht haben, der Versuch, Firmeneigentum – wenn auch wichtiges – zu beschädigen. Ich habe nicht einmal Beweise, dass sie mit den Bombenlegern im Bunde sind, obwohl es wahrscheinlich ist.

Bevor jemand auch nur die Chance bekommt zu blinzeln, wähle ich Action Option 50 und erlaube dem Roboterkörper, sich zu bewegen. Wie erwartet verfehlt eine Faust meinen Kopf und prallt hinter mir auf die Schulter eines Betrunkenen. Ein Tritt trifft, aber in einem solchen Winkel, dass ich kaum eine Vibration auf der linken Seite des Roboters spüre. Der Besitzer des Fußes hat wahrscheinlich einen gebrochenen Zeh.

»Sie ignorieren alle Verletzungen an ihren Körpern.« Mityas verzweifelter privater Gedanke spiegelt etwas wider, was seit einigen Sekunden an meinem Bewusstsein nagt. »Wie die Bombenleger haben sich diese Idioten ihrer Sache völlig verschrieben – oder sind verrückt.«

»Nicht, dass es einen Unterschied macht«, murmelt Alan.

Ich antworte nicht, denn meine Roboterohren klingeln durch den Knall eines Schusses, der völlig überraschend ertönt. Ich hatte niemanden mit einer Waffe registriert, als ich die Menge vorhin gescannt habe.

Die Kugel trifft die rechte Seite meines Metallkopfes, und ich bin dankbar, dass ich nur einen Bruchteil des Schmerzes fühle, den ich verspürt hätte, wenn dies mit meinem realen Fleisch passiert wäre. Trotzdem ist es so schlimm wie das Sparring letzte Woche, als Jacob einen Treffer auf meinem Kiefer landete.

Mein Kampfmodus bekommt Hilfe von Einstein, wenn es um ballistische Flugbahnen geht, und bald wird die Position des Schützen in meinem Sichtfeld hervorgehoben, ebenso wie die Bewegungen, die ich machen muss, um ihn zu erreichen. Ich beginne, das vorgeschlagene Manöver auszuführen, sogar auf die Gefahr hin, mit einer nahegelegenen Brechstange geschlagen zu werden. Das Brecheisen verbeult mein Roboter-Schulterblatt, aber ich schaffe es, die Waffe zusammen mit der Hand des Mannes zu greifen und zu zerquetschen.

Leider ist der Kampfmodus nur gut darin, rationales Verhalten vorherzusehen. Es kann den Betrunkenen mit fehlenden Zähnen nicht vorhersehen, der absichtlich unter meine Füße fällt, während mich ein Angreifer hinter mir mit der Intensität eines Fußballspielers auf Kokain anfällt. Beide Männer werden wahrscheinlich danach im Krankenhaus landen, aber sie erreichen, was sie sich vorgenommen haben, denn ich beginne zu fallen. Reflexartig rudere ich mit meinen Metallarmen und schaffe es, zwei Menschen mit mir zu Fall zu bringen.

Die Angreifer treten brutal auf mich ein, und obwohl die meisten Tritte auf meinen Metallkörper landen, treffen einige von ihnen ihre hingefallenen Verbündeten, vermutlich aus Versehen. Auch hier verursachen diese Leute mehr Schaden an sich selbst als an dem Roboter – besonders wenn man alle Zehen mitzählt, die sie sich gerade brechen.

Jemand landet einen glücklichen Tritt, der mich mit einem lauten Klappern in das Gelenk meines Metallhalses trifft. Durch das Geräusch ermutigt, schlägt jemand einen roten Ziegelstein gegen die gleiche Stelle, und die Schadensdiagnose beschwert sich über Strukturschäden.

Ich versuche angestrengt, aufzustehen, aber ein paar schwere Männer hängen an meinen Roboterbeinen, also ist alles, was ich schaffe, eine halbe Rolle auf dem Boden. Ich benutze meine Arme, um einige der nächsten Angreifer abzuschütteln. Ich fange ganz klar an, zu vergessen, dass ich wegen des Roboters keine Menschen verletzen will, weil mein wildes Ummichschlagen ein Dutzend Knochen bricht und eine Handvoll Schultern ausrenkt.

Unbeeindruckt von dem Schaden, den ich anrichte, schlagen die Betrunkenen immer wieder auf mich ein. Sie erinnern mich an einen hungernden Mann mit einer Dose Thunfisch, aber ohne Dosenöffner. Langsam und methodisch fangen sie an, meinen Metallkörper zu beschädigen, unbeirrt von den Folgen für sie selbst. Ein verrückter Mann beißt in meine Kamera und verliert ein paar Zähne, löst aber den Sensor so weit, dass der Tritt des nächsten Mannes mich blind macht.

Es dauert nicht lange, eine Überwachungskamera in einem nahegelegenen Schnapsladen aufzuspüren, aber alles, was mich dieser Blickwinkel sehen lässt, ist, dass sich das Robotermassaker weiter ausbreitet.

»Mein Roboter ist tot«, sagt Mitya. »Joes wird es auch bald sein.«

»Auf meiner Seite sieht es auch nicht viel besser aus«, klagt Muhomor.

Ich verlasse mit meinem Kopf das, was vom Roboterkörper übrig ist. »Dasselbe hier.«

Ich schaue durch die Ansichten aller. Joe ist der Einzige, dessen Roboter noch halb funktional ist, und das nur, weil er nicht gezögert hat, die Säufer zu töten, bevor sie ihn zerstörten. Vollständig mit Blut und Hirnsubstanz bedeckt, rutscht sein Roboter auf Blut aus und geht schließlich unter. Die noch lebenden Betrunkenen schlagen die arme Maschine mit den zerstückelten Gliedern ihrer Kameraden und beweisen damit zweifellos, dass sie mindestens genauso verrückt sind wie die Menschen, die sich heute früh in die Luft sprengen wollten.

Zwei weitere Angriffswellen löschen den letzten Funken von Leben in Joes Roboter.

Als ich zurück in den VR-Raum komme, hat Joe den virtuellen Glastisch wieder zerschlagen, und niemand hat die App gestartet, um ihn zu reparieren, weil er aussieht, als würde er ihn wieder zertrümmern, möglicherweise allein mit seinem Blick.

Ich schaue mir die grimmigen Gesichter eines nach dem anderen an. »Jemand will wirklich nicht, dass wir in Russland ermitteln.«

»Ich würde eine Gruppe, die Technologie hasst, nicht ausschließen.« Alans erwachsener Avatar wirkt kleiner, fast zerbrechlich. »Die Grausamkeit, die sie gegen die Roboter gezeigt haben, riecht für mich nach Fanatikern.«

»Wir werden bald jemanden haben, mit dem wir darüber reden können«, sagt Joe mit solchen Augen, dass ich schwören könnte, dass sich sein VR-Avatar in eine Eidechse verwandelt hat.

»Diese ganze Sache ergibt keinen Sinn«, sagt Mitya. »Die Betrunkenen da draußen hätten nicht die Mittel, jeden unserer Roboter zu finden, egal wie sehr sie Maschinen hassen.«

»Können wir Leute, die in Russland leben, anheuern, um Nachforschungen anzustellen?«, frage ich und schaue Joe vorsichtig an. »Gogi hat diese Georgier.«

»Alle tot.« Joe drückt eine Faust so fest zusammen, dass ich erwarte, dass Blut aus seiner Handfläche fließt. »Alle unsere russischen Kontakte sind weg. Und das«, er zeigt ein Bild von einer Explosion, »ist das, was vom Mensch++-Büro in Moskau übrig ist.«

Wir starren schweigend auf die Ruinen. Ich habe Probleme damit, diesen Schock zu verarbeiten. In diesem Gebäude in Moskau waren mindestens tausend Mitarbeiter beschäftigt, darunter ein Dutzend Personen, mit denen ich wöchentlich zusammengearbeitet habe, und ein Managementteam, dessen Bewerbungsgespräche ich persönlich geführt habe.

Ich spüre einen Anfall von Übelkeit in der realen Welt und scanne verzweifelt die Umgebung meines physischen Körpers. Zapo X fährt auf den Parkplatz meines Hauses, und Gogi starrt mit feierlicher Entschlossenheit auf mein grünes Gesicht. Er ist eindeutig auf dem Laufenden über die Ereignisse, einschließlich des Todes seiner georgischen Kameraden.

Ich bringe Einstein dazu, das Auto anzuhalten, damit ich die Tür öffnen und den ansonsten makellosen Bürgersteig beschmutzen kann. Während ich das tue, behalte ich im Hinterkopf, dem Hausmeister ein riesiges Trinkgeld zu geben.

Ich fühle mich ein wenig erleichtert, schließe die Tür, lasse das Einparken des Autos zu und spreche sowohl in der VR als auch laut. »Wir müssen in die Defensive gehen. Ich will Alan und Ada in dem Bunker sehen, den wir in New Jersey gekauft haben. Ich denke, wir sollten alle dortbleiben. Wir müssen auch jeden aus den Mensch++-Gebäuden evakuieren und eine Massen-E-Mail verschicken, damit jeder morgen von zu Hause aus arbeitet.«

Mitya und Muhomor nicken, aber Joe starrt nur.

»Leite unsere ankommenden Flugzeuge zum Flughafen in der Nähe des Bunkers«, sage ich. »Joe, kann dein Mann in Adas Flugzeug sie aufwecken, damit wir ihr sagen können, was los ist?«

In der realen Welt runzelt Gogi die Stirn. »Wir werden nicht einfach mit eingekniffenem Schwanz wegrennen.«

»Ich schlage nicht vor, dass wir die Untersuchung abbrechen«, sage ich. »Nur, dass wir Sicherheitsvorkehrungen treffen, uns neu gruppieren …«

»Und dann schlagen wir mit allem zu«, sagen Gogi und Joe unisono, einer im VR und der andere im Auto.

Wir steigen aus, und Gogi treibt mich auf die Treppe zu, als ein Kreischen von Reifen über den Parkplatz hallt.

Meine Waffe ist in meinen Händen, bevor ich die bewusste Entscheidung treffe, sie herauszunehmen, und

Gogi und ich springen auf einen Kampf vorbereitet hinter die nächsten geparkten Autos.

KAPITEL 12

Bevor einer von uns eine Chance bekommt, auf etwas zu schießen, erkenne ich den Old-School- und jetzt illegalen, manuell angetriebenen Ford Mustang, der Joe ein Vermögen an Straftickets und Benzin kosten muss. Als der Strom fast kostenlos wurde, brach die Ölförderung ein, und die Preise stiegen, wie für einen Luxusartikel erwartet, in die Höhe.

Ich nehme meine Waffe herunter.

Joe steigt aus, geht zu seinem Rücksitz und zieht etwas aus dem Auto. Ich bin auf einiges vorbereitet, aber nicht auf eine kleine, kurvenreiche und anscheinend bewusstlose Frau.

»Wer ist das?«, frage ich in einem strengen Ton, den ich noch nie bei meinem Cousin benutzt habe. Normale Situationen wie »ein betrunkener Freund« kommen mir gar nicht in den Sinn.

Joe ignoriert meine Frage, geht zu Zapo X und legt die Frau hinein. Ich finde die Art, sowohl wie er sie trägt als auch wie er sie ablegt, erschreckend sanft, so als ob er Angst hätte, sie könnte zu früh zerbrechen.

»Laut Gesichtserkennung«, sagt Ada privat zu mir, »ist das Tatum Crawford. Sie ist eine De-facto-Anführerin der Gruppe Real Humans Only.«

»Du bist wach.« Ich bestätige das, was Ada gesagt hat, mit meiner eigenen Gesichtserkennung. Tatsächlich gehört das runde und hochsymmetrische Gesicht zu der RHO-Leiterin.

»Ich bin in einem Alptraum aufgewacht«, sagt Ada. »Sie haben mir von Russland erzählt – und jetzt das.«

»Ich schätze, wir wissen jetzt, warum Joe zur Demonstration gegangen ist«, antworte ich telepathisch. Laut sage ich: »Joe, ich dachte, es sei klar, dass Mensch++ nicht im Entführungsgeschäft tätig ist.«

Er lässt sich nicht herab, mir zu antworten. Er nimmt eine Spritze heraus und rollt den Ärmel der Frau hoch. Nach einem kaum wahrnehmbaren Zögern drückt er die Nadel in das freigelegte blasse Fleisch, spritzt, zieht die Nadel heraus und schließt die Tür. Dann dreht er sich um und muss Einstein einen Befehl gegeben haben, denn Zapo Xs Heckscheibe rollt herunter.

»Netter Zug«, sagt Ada. »Er will nicht, dass seine Gefangene erstickt.«

»Ein echter Menschenfreund.« Meine telepathischen Untertöne sind genauso sarkastisch wir ihre.

»Zu seiner Verteidigung«, flüstert Gogi, als Joe nicht mehr in Hörweite ist, »diese Leute stehen ganz oben auf unserer Verdächtigenliste, also ist es vielleicht genau das, was wir brauchen.«

»Joe«, rufe ich und gehe ihm nach. »Du kannst nicht einfach so etwas abziehen und nichts sagen.«

»Sie ist nur unser Gast«, sagt er, als ich ihn am Fahrstuhl einhole. »Wenn das nichts mit RHO zu tun hat, kannst du sie gehenlassen.«

Ich sehe seine Sicherheitsleute, die den Aufzug bewachen, aber sie zeigen keine Anzeichen, dass sie zuhören.

Frustriert drücke ich auf den Fahrstuhlknopf. »So einfach ist das nicht. Sie wird Anklage erheben und uns in den Nachrichten kreuzigen. Und sobald du sie aufwachen lässt, wird sie ihre Brainozyten benutzen, um die Behörden zu informieren.«

»Auf ihrer Wikipedia-Seite steht, dass sie keine Brainozyten hat«, sagt Mitya zu allen in der VR. »Diese RHO-Typen sind verrückt.« Als Ada ihren Unmut auf ihn richtet, fügt er hinzu: »Natürlich finde ich es nicht gut, sie gefangen zu nehmen.«

Unter Joes eisigem Blick stellen sich meine Nackenhaare auf. Vielleicht habe ich überschätzt, wie viel Gewissen sein Gehirn ihm gegeben hat.

»Ich hoffe, du hast ihn nicht gerade überzeugt, das arme Mädchen zu töten«, sagt Ada privat. Nicht zum ersten Mal reflektiert ihre telepathische Botschaft meine Gedanken.

»Lass uns ein Problem nach dem anderen lösen«, sage ich ruhiger, als sich die Türen zum Penthouse weit öffnen. »Unsere Familie in Sicherheit zu bringen steht an erster Stelle.«

»Mishen'ka!«, ruft Mama aus dem Wohnzimmer. »Dominic sagt etwas über einen Roadtrip nach New Jersey.«

»Hi, Dad.« Alan steht direkt hinter seiner Großmutter und hat einen unlesbaren Ausdruck auf seinem winzigen Gesicht. »Ich bin bereit zu gehen.«

»Sir«, sagt Dominic telepathisch, nachdem ich meine Mutter und meinen Sohn umarmt habe. Er kann durch eine spezielle Sprachbox in seinem Exoskelett sprechen, aber er bevorzugt mentale Kommunikation. »Suchen Sie sich das zusammen, was Sie brauchen, damit wir losfahren können.«

Joe sieht seinen Mann zustimmend an. Wie es Dominic lieber ist, benutze ich die erweiterte Realität, um sein reales Gesicht mit einem virtuellen Avatar zu überziehen, der genauso aussieht, wie er es würde, wenn es die Explosion nicht gegeben hätte. Die edlen Züge des Avatars sehen besorgt aus – und wenn Dominic besorgt ist, sollten wir Sterblichen uns in die Hose machen.

»Was ist mit Onkel Abe?«, frage ich Joe, während ich mich nach allem umsehe, was ich mitnehmen sollte.

»Wir holen ihn unterwegs ab.« Joe geht zu dem großen Tresor, wo er und seine Leute Waffen lagern, und beginnt offen, ein großes Arsenal an Pistolen und Gewehren her-vorzuholen.

Mom schaut mich fragend an, also gebe ich ihr einen vereinfachten Überblick über die Situation, indem ich die Gefahr so weit wie möglich herunterspiele. Moms Blutdruck war in letzter Zeit ein echtes Problem.

»Das ist hauptsächlich eine Vorsichtsmaßnahme«, schließe ich. »Ich ziehe es vor, es als eine Feuerübung zu betrachten. So wissen wir, was wir im Ernstfall tun müssen.«

»Was ist mit meiner Mutter?«, fragt Alan telepathisch, um seine Oma nicht zu beunruhigen.

»Sie ist noch im Flugzeug, aber wenn es landet, werde ich da sein, um sie abzuholen«, antworte ich.

»Können wir die Ratten mitnehmen?«, fragt er, immer noch telepathisch.

»Natürlich.« Ich zwinkere ihm in der echten Welt zu. »Stell aber sicher, dass deine Großmutter sie nicht sieht.«

Alan bittet Dominic, ihm »mit etwas« zu helfen, und sie gehen in das achte Schlafzimmer im Penthouse, das auch das Rattenzimmer genannt wird – ein Zimmer, von dem meine Mutter gerne vorgibt, dass es nicht existiert, da Mr. Spock und seine Verwandten es zu ihrem Zuhause gemacht haben.

Ich brauche nur eine Minute, um mich fertig zu machen. Es ist erstaunlich, wie wenig physischen Besitz eine Person braucht, wenn sie erst einmal Brainozyten im Kopf hat. Für weitere zehn Minuten sammele ich alles zusammen, was Ada verlangt, obwohl ich mir sicher bin, dass unsere persönlichen Assistenten diese Gegenstände bereits für den Bunker besorgt haben – sogar Adas leistungsstarken Mixer, den ich »Die Kettensäge« nenne.

Als ich die dringendsten Aufgaben erledigt habe, gehe ich die Gänge entlang, die Ada und ich gemeinsam dekoriert haben. Das hochmoderne Design, mit all den Blau- und Grautönen und den intelligenten Geräten auf Schritt und Tritt, fühlt sich wie zu Hause an. Dank der millionenfach verteilten Sensoren bekommt *wie zu Hause fühlen* für mich eine neue Bedeutung, denn ich spüre die Wohnung buchstäblich, wenn es um Temperatur, Beleuchtung, Wasser- und Chemikalienpegel im Hallenbad, den Inhalt des Kühlschranks und sogar um die Staubentwicklung auf dem Boden geht. Ich hoffe, wir müssen nicht zu lange im Bunker bleiben, denn ich werde diesen Ort vermissen.

»Hallo, Freund«, sagt Mr. Spock in Zik, als er meinen Körper hinauf in meine Tasche huscht. »Kann ich auf dir mitkommen?«

»Die meisten würden vor dem Eintauchen in meine Tasche fragen«, necke ich ihn. »Aber natürlich kannst du das.«

Mr. Spock belohnt mich mit Knuspern und gibt mir dann ein Update darüber, wo sich seine Familie vor meiner Mutter versteckt.

Die Fahrt nach unten geht schnell. Nachdem ich Alan ins Auto gebracht habe, halte ich die Tür für meine Mutter auf.

»Wer ist dieses Mädchen?«, fragt sie mich, als ich auf dem Sitz Platz nehme, der der Fahrersitz wäre, wenn dieses Auto einen bräuchte. »Geht es ihr gut?«

Ich blicke Joe mit zusammengekniffenen Augen an. Als er die Frage ignoriert, sage ich: »Sie ist Joes Freundin, Mama. Sie schläft nur nach einem Nachtflug.«

»Hmm.« Meine Mutter lässt ihren Blick über Tatum Crawfords prallen, kleinen Körper schweifen. »Josyas Freundin.« Sie sieht aus, als würde ihr der Gedanke gefallen. »Sie ist hübsch.«

Ich überlege, sie zu korrigieren, aber beschließe, dass es nicht schadet, wenn sie Tatum für Joes Freundin hält. Das impliziert zwei schöne Phantasien: dass Tatum nicht entführt wurde und dass Joe zu Gefühlen fähig ist, die dazu führen, dass er Freundinnen hat.

»Im Kaukasus, wo unser Freund Gogi herkommt«, sagt Mitya im VR-Raum, »haben sie den berühmten, aber barbarischen Brauch, die Bräute zu entführen …«

Ich komme nicht auf die Pointe, weil meine Aufmerksamkeit in die reale Welt zurückgerissen wird, als die Sensoren im Penthouse im Smart-Geräte-Äquivalent zu schrecklichen Schmerzen schreien. Das Dröhnen von zerstörten Türsensoren folgt schnell dem Quietschen von defekten Geräten, und Funken blenden alle Kameras.

Es ist eine Explosion – eine, die das Gebäude mit einer solchen Intensität erschüttert, dass die Autoalarmanlage auf dem Parkplatz zu brüllen beginnt.

KAPITEL 13

Da wir nicht im Gebäude sind, sind wir am Leben, also nutze ich dieses kleine bisschen Glück und rufe die aktuellste Version der Batmobil-App auf, um die Kontrolle über Zapo X von Einstein zu stehlen. Die Reifen quietschen, als die stark individualisierte Limousine auf die Straße von Manhattan katapultiert wird.

Ich übernehme eine der unzähligen Lieferdrohnen, die herumfliegen, schätze den Schaden ein und wünsche mir sofort, dass ich es nicht getan hätte. Wie ich befürchtet hatte, kam die Explosion aus dem Penthouse. Der Ort ist total zerstört. Unsere extra dicken, hurrikansicheren Fenster regnen in winzigen Scherben auf die Straße.

Die Leute auf der Straße starren mit blassen Gesichtern auf die Flammen. Viele New Yorker, mich eingeschlossen, bekommen unangenehme Erinnerungen, wenn eine Explosion in einem Hochhaus passiert.

Die Stimme meiner Mutter zittert. »Wenigstens sind wir alle rechtzeitig rausgekommen.« Sie legt mir eine zitternde Hand auf die Schulter, als wäre ich derjenige, der Trost braucht.

»Ja, Papa«, sagt Alan und nickt zu ihren Worten. »Wir können materielle Dinge ersetzen.«

Seine Worte zeigen mir, dass er okay ist – Kind oder nicht, mein Sohn ist reifer als viele Erwachsene –, also schiebe ich meinen Schock beiseite und wende mich telepathisch an Ada. »Wie geht es dir?«

Sie entscheidet sich dafür, als AU-Avatar neben Alan aufzutauchen, und ihre Augen sind verdächtig geschwollen. »Intellektuell gesehen verstehe ich, dass es nur Zeug ist. Aber ich fühle mich immer noch, als hätte ich ein Stück von mir selbst verloren.«

Ich biege auf die Lexington Street ein, während wir schweigen.

Nachdem ich ein paar weitere Lieferdrohnen als Luftunterstützung rekrutiert habe, stelle ich fest, dass jeder im Auto mich privat bittet, die Nachrichten zu lesen, also tue ich das. Die Medien sind bereits besessen von der Explosion in der Innenstadt, wie sie sie nennen.

»Mein Posteingang und meine Voicemail füllen sich mit Anfragen der Regierung und der Medien«, beschwert sich Mitya.

Ich überprüfe seine Aussage und merke, dass mir dasselbe passiert.

»Wir wissen nicht, ob wir den Behörden vertrauen können«, sagt Joe. »Sag niemandem, wo wir sind und, vor allem, wohin wir gehen.«

»In diesem Fall würde ich nicht mal Anrufe annehmen oder E-Mails öffnen«, meint Muhomor. »Wir wissen nicht, wie ausgeklügelt unser Gegner ist.«

Ich biege auf den West Side Highway ab und beschleunige. Bis ich den Tunnel erreiche, habe ich Strafzahlungen für ein paar tausend Dollar kassiert, ganz zu schweigen von einigen Strafzetteln für das manuelle Übersteuern des Navigationssystems. Obwohl er in unseren Rechenzentren gehostet wird, hat Einstein mich wie jeden anderen Fahrer verpfiffen.

Wir fliegen durch den Tunnel. Ein Vorteil von selbstfahrenden Autos ist, dass man sie leicht umfahren kann. Sobald sie wissen, dass ein menschlicher Fahrer in der Nähe ist, behandeln sie das Auto, als hätte es Tollwut.

Während ich fahre, gehe ich auch die Sicherheitsaufnahmen des Gebäudes durch. Es dauert nur Sekunden, den Verdächtigen zu lokalisieren, da er eine Selbstmordweste trägt, die fast identisch ist mit denjenigen der früheren Anschläge auf unser Leben. Ich bekomme eine gute Aufnahme von seinem Gesicht und scanne den Bericht von der Gesichtserkennungssoftware.

»Schaust du gerade die Nachrichten?«, fragt Gogi laut. Er blickt auf Joes Gefangene und fragt mich telepathisch: »Glaubst du immer noch, wir brauchen sie nicht?«

Ich konzentriere mich auf die Nachrichten und bestätige, was ich gerade von der Gesichtserkennung erfahren habe: Lennox Dixon ist ein prominentes Mitglied der RHO. Tatsächlich gibt es überall in den Nachrichten Bilder von ihm und Tatum, also erfahre ich einen weiteren

Leckerbissen: Die Behörden suchen nach Tatum, was Joes Entführung der Frau noch komplizierter machen könnte.

»Zuerst ein Protest, dann wird etwas in die Luft gesprengt«, sagt Muhomor. »Für die RHO sieht es im Moment nicht gut aus.«

»Ich hoffe nur, sie wissen, dass wir ihre Anführerin haben.« Ich biege auf den Brooklyn Queens Expressway. »Dann hören sie vielleicht auf, uns zu töten.«

»Selbst wenn die RHO dahintersteckt, hatte Joe kein Recht, das zu tun, was er getan hat«, sagt Ada.

»Wir werden uns darum kümmern, wenn wir in Sicherheit sind«, antworte ich und achte darauf, nicht meine Theorie mit ihr zu teilen, nämlich die, dass Tatum das Schlimmste noch bevorsteht. Joe plant bestimmt, sie mit zweifelhaften Methoden zu befragen.

Ich sehe ein Rettungsfahrzeug in der Ferne und rase voraus, um ein Manöver durchzuführen, das in New York in den Zeiten vor den selbstfahrenden Autos beliebt war. Als ich den Krankenwagen einhole, ordne ich mich hinter ihm ein, damit ich seine »freie Fahrt« ausnutzen kann.

Etwas stört mich allerdings – etwas, was mit den Informationen zu tun hat, die ich von den Drohnen über uns bekomme. Ich bin mir noch nicht sicher, was ich sehe, aber ich habe gelernt, meiner Intuition zu vertrauen, nachdem ich der Einzige war, der vor viereinhalb Jahren die staatliche Überwachung bemerkt hat.

»Leute«, sage ich im VR-Raum, denn dort befindet sich die am schnellsten denkende Gruppe. »Irgendetwas stimmt nicht.«

Ich gebe das Feedback von den Drohnen wieder, die ich kontrolliere, und jeder fügt seine eigenen hinzu – da, wie jetzt klar wird, jeder von ihnen auch Luftunterstützung geleistet hat.

»Da und dort«, sagt Alan. Ich erkenne seinen Gesichtsausdruck – so sieht er aus, wenn er in ein Videospiel vertieft ist. »Wir befinden uns in Schwierigkeiten.«

Ich betrachte den Bildschirm und erkenne, was die Auffälligkeit ist: Wir sind nicht das einzige manuell angetriebene Auto auf der Straße. Es gibt einen grünen SUV, der den selbstfahrenden Verkehr auf eine Weise umrundet, die wenig Zweifel daran lässt, dass ein Mensch beteiligt ist. Was noch schlimmer ist, ist der riesige Peterbilt Truck, der mit dreifacher Geschwindigkeit vor uns auf die Straße schießt.

»Der Truck wird dich davon abhalten, zu beschleunigen.« Mitya zeigt uns einen Bildschirm, auf dem er modelliert, was er denkt – eine beeindruckende Leistung, die dank seines neuen nicht-biologischen Verstandes möglich sein muss. »Im SUV befindet sich wahrscheinlich ein Selbstmordattentäter, der bereit ist, in die Luft zu gehen, wenn er euch einholt.«

Ich schicke eine verzweifelte Nachricht: »Joe, Gogi, kommt zu uns in die VR.«

Sie hören auf mich und kommen fast sofort.

Mitya wiederholt seine Theorie, und Joes grimmiger Ausdruck lässt keinen Zweifel daran, dass er mit dem übereinstimmt, was Mitya vorhersagt.

Joes Sicherheitsteam vom Auto taucht im VR-Raum auf. Muhomor nickt Jacob zu; nachdem der große Mann sein Leben gerettet hatte, waren sie Freunde geworden. Dominic sieht hier in der VR wie ein normaler Mensch aus, und es ist unheimlich, seine Schultern hängen zu sehen. Sein Exoskelett hat nicht die Fähigkeit, Gefühle in der realen Welt auszudrücken.

»Du«, Joe gestikuliert zu Dominic, »sichere Alan, und du«, er zeigt auf Jacob, »pass auf meine Tante auf.«

Er gibt weitere Befehle, und ich freue mich, dass er mich wie einen der Sicherheitsleute behandelt. Ich sollte wachsam bleiben und auf die Situation reagieren. Andererseits hat er vielleicht niemandem befohlen, mich zu sichern, weil ich allein an der Front bin.

»Gogi und ich werden uns um den SUV kümmern«, sagt Joe. Er sieht sich um, als würde er jeden dazu herausfordern, ihm zu widersprechen, aber niemand wagt es.

»Ich sollte fahren«, sagt Mitya, sobald der Aktionsplan feststeht. »Meine Reaktionszeiten sind jetzt mindestens doppelt so schnell wie eure.«

Ich erschaudere, als ich mich an das letzte Mal erinnere, als Mitya in einer Situation, in der es um Leben und Tod ging, fuhr. Dennoch ist die Reaktionszeit hier die entscheidende Messgröße, also stimme ich zögernd zu.

»Auf drei gehen wir zurück in Echtzeit.« Gogi wischt den Schweiß von seinem virtuellen Schnurrbart. »Eins. Zwei. Drei.«

Im Gegensatz zu den Wachen brauche ich den Countdown nicht, um auf die reale Welt zu achten. Ich bin schon da und prüfe meinen Sicherheitsgurt.

Jacob schnallt meine Mutter an, und Joe findet sogar einen Moment, um die bewusstlose RHO-Führerin anzuschnallen, obwohl er sich wahrscheinlich weniger um ihre Sicherheit sorgt als dass er sich darauf freut, sie später zu quälen. In der Zwischenzeit nimmt Dominic Alan in die Arme, als wollte er das Kind umarmen. Da Dominics Körper hauptsächlich aus Titan besteht, sollte Alan sicherer sein als in jedem Kindersitz.

Joe und Gogi sind die Einzigen, die sich abschnallen. Ich weiß, was sie vorhaben, also öffne ich die hinteren Fenster.

Sie bewegen sich synchron, wie Tanzpartner. Beide springen hoch und rutschen zum Fenster auf ihrer Seite. Beide nehmen ihre Waffen scheinbar im selben Moment heraus. Ihre zeitgleichen Schüsse vermischen sich zu einem ohrenbetäubenden Knall, und die Reifen des SUVs explodieren – Joes und Gogis Treffsicherheit ist App-erweitert.

Leider scheint der SUV neue Reifen zu haben, die ironischerweise von Mensch++ entworfen wurden. Funken fliegen, als Metall über den Fahrbahnbelag schleift, aber das Auto verlangsamt sich nicht schnell genug – nicht, wenn wir einen ausreichenden Abstand zu einem möglichen Explosionsradius einhalten wollen.

»Ich beschleunige«, sagt Mitya. »Ich glaube, das ist die einzige Möglichkeit. Wenn der Truck vor Zapo die Auffahrt verlässt, seid ihr erledigt – und im Moment haben wir nicht die Ressourcen, um die Gedanken von jemand anderem außer mir in der Cloud laufen zu lassen.«

»Warte mal«, schreie ich meinen Freund in der VR zu. »Wir werden zur selben Zeit an der Auffahrt sein. Der Laster wird direkt in uns hineinfahren.«

Mitya hat entweder nichts gehört oder es ist ihm egal.

Zapo X schießt vorwärts.

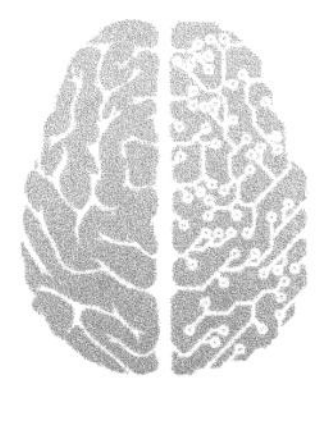

KAPITEL 14

Bevor ich mich vom Schleudertrauma erhole, fährt Mitya auf die mittlere Spur. Glaubt er, dass der Truck Probleme mit ein paar Metern mehr Abstand haben wird? Dann bemerke ich, dass sich dadurch jetzt ein Auto zwischen uns und dem Truck befindet – ein leerer, selbstfahrender roter Toyota, der für Uber arbeitet.

»Ich musste schneller fahren«, sagt Mitya in der VR, während wir den – aus dieser Perspektive langsamen – Fortschritt des Trucks auf der Auffahrt beobachten. »Wenn der SUV-Fahrer ein weiterer Selbstmordattentäter ist, ist schneller zu fahren deine einzige Option.«

»Das Problem ist, dass der Truck-Fahrer auch ein Selbstmordattentäter sein könnte«, antworte ich.

»Das glaube ich nicht.« Mityas linkes Auge zuckt. Selbst in digitaler Form hat er sein typisches Pokerface. Sein Gesicht ist ruhig, aber das kaufe ich ihm nicht ab.

»Lasst es uns anders formulieren. Wenn der Truck-Fahrer eine Bombe hat, seid ihr sowieso alle tot.«

Ich bemerke, dass wir beide recht haben.

»Joe, Gogi!«, schreie ich in der realen Welt. »Setzt euch wieder hin.«

Der Truckfahrer hat vielleicht keine Bombe, aber er ist immer noch selbstmörderisch. Er hat erkannt, dass er uns nicht überholen kann, also beschleunigt er jetzt und hat eindeutig vor, in den roten Toyota zu fahren, der uns derzeit trennt. Der Truckfahrer muss denken, dass der Aufprall auf den Toyota ihn nicht genug bremst, um ihn davon abzuhalten, uns zu erreichen. Mein Herzschlag beschleunigt sich, als ich merke, dass er vielleicht recht hat.

In der Zeitlupengeschwindigkeit der realen Welt bewegen sich die Autos aufeinander zu. Ich halte mich fest und zucke zusammen, als ich sehe, dass Gogi und Joe immer noch nicht auf ihren Plätzen sind.

Mit den Quantenservern spiele ich die kommenden Kollisionen ein paarmal durch. Als die Ergebnisse auch bei der dritten Simulation gleich sind, rufe ich in der VR: »Mitya, Muhomor, bringt den Krankenwagen vor uns zum Stehen. Wir werden ihn brauchen.«

Als diese wichtige Aufgabe erledigt ist, kneife ich die Augen fest zusammen und bereite mich psychisch auf das Geschehen in der realen Welt vor.

Der Truck pulverisiert den leeren Toyota fast. Wie meine Simulation gezeigt hat, hat er in der Tat noch genug Schwung, um danach mit bemerkenswerter Kraft in Zapos Rumpf zu krachen.

Aus irgendeinem Grund registriert mein verbessertes Gehirn das Geräusch zuerst, ein Knirschen, das klingt, als ob ein Riese mit Diamantzähnen beschlossen hat, das kugelsichere Metall von Zapo mit weit geöffnetem Mund zu kauen. Der Ruck kommt als Nächstes, und jeder Teil meines Körpers schießt nach vorne, wobei meine Nackenmuskeln sich anstrengen, meinen Kopf an meinem Körper zu halten. Glasscherben regnen durch das Fahrzeug, ohne jemanden zu schneiden – dank der patentierten Splitter-ohne-Kanten-Technologie, die das Äquivalent eines bescheidenen Autos kostet.

Durch die Drohnenkameras kann ich sehen, dass Zapo dem Aufprall etwas besser standgehalten hat, als die Simulation vorausgesagt hatte, obwohl der Todeswunsch des selbstmörderischen Fahrers erfüllt wurde, als er durch sein kaputtes Fenster flog. Als ich das Video zurückspule, sehe ich, wie er sich über Zapos Dach überschlägt und als ein blutiger Haufen gebrochener Knochen auf dem Boden landet.

Leider verhalten sich auch Gogi und Joe, die nicht angeschnallt sind, wie simuliert. Als ob sie ihre Synchronizität fortsetzen wollen würden, fliegt jeder Mann mit dem Kopf zuerst an die gegenüberliegende Wand und schlägt sich den Schädel ein, bevor er zu einem schlaffen Bündel zusammenfällt. Die einzigen Unterschiede zwischen ihnen sind das Blut, das aus Joes Kopfwunde fließt, und der unnatürliche Winkel von Gogis Knöchel.

Ich bin mir nicht sicher, wie Mitya oder Muhomor es geschafft haben, aber der Krankenwagen, dem wir gefolgt sind, fährt zurück.

Dann fällt mir auf, dass ich mich zu früh entspanne. Obwohl wir den Truck überlebt haben, bleibt uns immer noch der SUV hinter uns, ein Auto mit einem Selbstmordattentäter am Steuer.

»Dominic«, schreie ich, »hinter uns!«

Ich glaube nicht, dass ich den ehemaligen Soldaten warnen musste. Er setzt Alan sanft auf Jacobs Schoß und führt eine Reihe von Manövern durch, die mir veranschaulichen, warum die Armee so sehr an der Exoskelett-Technologie interessiert ist. Er stößt sich kräftig mit seinen Beinen ab, springt durch das zerbrochene Heckfenster, greift in der Luft nach seiner Waffe und landet mit der Weichheit eines katzenartigen Raubtieres. Dann sprintet er auf den SUV zu, und seine biologische Hand hält die Waffe, während seine bionische Hand die Handfläche nach außen streckt.

»Ich kann mir nicht mal vorstellen, was er gerade fühlt«, sagt Alan privat zu mir. »Dominic hat eine tiefsitzende Angst, wenn es darum geht, zu Autos zu gehen, sogar zu geparkten.«

Dominics Kugel trifft den Fahrer direkt in den Kopf, aber das Auto hat immer noch genug Schwung, um auf uns zuzurollen, trotz des nackten Metalls der Räder, die jetzt tiefe Einschnitte in den Bürgersteig bohren.

Dominics Handfläche legt sich auf den Kühlergrill des SUVs. Wäre das mein Arm gewesen, mit oder ohne verstärkten Knochen, wäre er jetzt gebrochen. Aber sein hochmoderner bionischer Arm hält dem Auto ohne Probleme stand und lässt ihn wie einen Superhelden aussehen, während er rückwärts rutscht, um den SUV zu verlangsamen. Die Unterseite seiner Füße ist mit dem gleichen Titan bedeckt wie der Rest seines Körpers, und die Funken von seinen Füßen rivalisieren mit denen, die von den Rädern des Autos erzeugt werden.

In dem Bruchteil einer Sekunde benutze ich die Quantenserver wieder, um zu sehen, ob der Rest seines Exoskeletts verhindert, dass er in der Mitte zerquetscht wird, wenn der SUV ihn in unser Fahrzeug schiebt. Die Antwort ist negativ – er wird wahrscheinlich sterben, wenn er das Auto nicht anhält. Ich führe hektisch eine weitere Simulation durch, um zu erfahren, ob er es schaffen wird, rechtzeitig anzuhalten.

Dominics Rücken rückt langsam näher. Bevor ich die Berechnungsergebnisse bekomme, bleibt er stehen, und sein rechter Fuß ist nur noch einen Millimeter von Zapos Hinterreifen entfernt.

Alle im Auto gehen so gut wie möglich in Deckung. Obwohl der Fahrer die Bomben nicht aktivieren kann, da er jetzt tot ist, werden wir in Rauch aufgehen, wenn seine Verbündeten eine Überbrückung haben.

»Sie sollten keine Überbrückung haben«, sagt Mitya in der VR, aber ich höre deutlich, dass er unsicher ist. »Bei den früheren Anschlägen hatten sie keine.«

»Sie haben sie vielleicht angepasst«, sagt Alan.

»Ich wette, sie haben die Bomben schon vor einiger Zeit bauen lassen«, sagt Ada, und ihre Zik-Botschaft hört sich hoffnungsvoll an. »Das macht es schwieriger, sich anzupassen, es sei denn, der Fahrer war sehr geschickt mit explosiven Objekten.«

»Steigt sofort in den Krankenwagen«, sagt Muhomor. »Wartet nicht darauf, es herauszufinden.«

Dominic scheint den gleichen Gedanken zu haben, denn er springt zurück in Zapo und nimmt Gogi wie eine Puppe hoch.

»Das Exoskelett ist jetzt eine meiner Lieblingskreationen«, sage ich ehrfürchtig in der VR. »Das, oder Dominic ist ein biologisches Wunder.«

»Ich weiß.« Ada scheint nicht zu merken, dass sie virtuell ihre Nägel gekaut hat. »Der Mann ist nicht einmal außer Atem.«

Auf der Beifahrerseite des Rettungswagens steigt ein Notarzt aus. »Was ist hier passiert? Wir waren auf dem Weg zu einem Herzinfarkt, als die Autonavigation den Weg änderte und uns zurückfuhr.« Als er näher kommt, betrachtet er die Szene und fragt: »Ist jemand verletzt?«

»Ja«, antworte ich. »Bitte helfen Sie uns.«

»Das Umleiten klingt nach Muhomor«, sagt Mitya in der VR. »Zu schade, dass jemand deswegen sterben wird.«

»Der Anruf kam von einem Hypochonder.« Muhomor wirft Mitya einen defensiven Blick zu. »Ich habe die Frau über ihre Webcam überprüft, und Einstein hat zugestimmt, dass sie nur eine Panikattacke hat.«

»Ich sorge gerade dafür, dass ein anderer Krankenwagen die Diagnose von Doktor Muhomor überprüft«, fällt Ada ein. »In der Zwischenzeit, bringen Sie bitte unsere Leute ins Krankenhaus.«

Dominic ignoriert das Notfallpersonal, bringt Gogi in den Krankenwagen und kommt für Joe zurück. Die

Nothelfer betrachten das alles fasziniert; sie sind es zweifellos gewohnt, die ganze Arbeit allein zu machen.

Der Rest von uns schnallt sich ab, und ich prüfe, ob es meiner Mutter gut geht. Sie war die ganze Zeit über still, und ihr blasses Gesicht sieht ängstlicher aus als an dem Tag, als wir sie aus dieser russischen Einrichtung gerettet haben. Auf eine Eingebung hin versichere ich ihr, dass es Joe gut gehen wird, und das scheint einen Hauch von Farbe auf ihre Wangen zu bringen. Ich warte einen weiteren Moment lang, und als ihre flache Atmung gleichmäßig wird, helfe ich ihr, aufzustehen. Bevor sie wieder ganz zu sich kommen kann, führe ich sie aus den Trümmern von Zapo, während Jacob Alan hinter mir herträgt.

»Das war gruselig«, sagt Mr. Spock telepathisch aus meiner Tasche. »Lass uns das nicht noch einmal tun.«

»Ich würde es lieben, das nicht noch einmal zu machen, Kumpel«, antworte ich. »Die bösen Menschen haben mir keine andere Wahl gelassen.«

»Ich mag keine bösen Menschen«, sagt er überzeugt. »Kann ich sie beißen?«

Mr. Spock hat menschliches Sozialverhalten gelernt, und die bloße Tatsache, dass er vorher fragt, ob er beißen kann, ist ein Zeichen seines großen Fortschritts.

»Ich hoffe, du musst sie nicht beißen. Sie schmecken wirklich übel«, sage ich ihm.

»Ihr werdet ein anderes Fahrzeug brauchen«, meint Muhomor.

Auf der Gegenfahrbahn hält prompt eine weiße Limousine an.

Dominic schnappt sich die noch bewusstlose Tatum, tritt über den Straßenteiler und geht zur Limousine. Er öffnet die Tür und klettert hinein. Augenblicke später steigt ein Haufen herausgeputzter Teenager aus, deren Gesichtsausdrücke eine Mischung aus Wut, Angst und Verwirrung zeigen.

»Es tut mir sehr leid, aber wir müssen uns euer Fahrzeug leihen«, sage ich dem größten Teenager. Ich nehme ein paar frische Hunderter aus meiner Brieftasche.

»Sag ihm, dass ein neuer Mietwagen schon auf dem Weg ist«, sagt Muhomor. »Ein besserer, teurerer und sauberer als dieser hier.«

Ich gebe weiter, was Muhomor gesagt hat, und überreiche das Geld. »Falls ihr nach dem Abschlussball eine Unterkunft braucht, habe ich euch ein paar Suiten im Beekman gemietet.«

Ich gehe an den fassungslosen Teenagern vorbei und helfe meiner Mutter, es sich vorne in der Limousine bequem zu machen. Der Rest unserer Gruppe sitzt hinten.

»Lass den Rettungswagen zum nächsten Krankenhaus fahren, das nicht überfüllt ist«, sage ich meinen Freunden in der VR. »Und sorgt dafür, dass dort ein Mietauto auf mich wartet. Ich bleibe bei Gogi und Joe, während Dominic meine Mutter und Alan in den Bunker bringt.«

»Mein Flugzeug kommt bald an«, sagt Muhomor. »Können sie mich abholen?«

Dominic denkt, dass es sicher ist, Muhomor unterwegs abzuholen, also stimme ich dem zu.

»Ich bleibe bei Josya im Krankenhaus«, sagt meine Mutter, als ich ihr von unserem Plan erzähle.

Ich schüttele den Kopf. »Nein, Mama. Du musst dabei sein, wenn Dominic deinen Bruder abholt.« Ich bin nicht nur manipulativ. Onkel Abe könnte sich weigern, mit dem Roboter-Mann zu gehen, wie er Dominic auf Russisch hinter seinem Rücken nennt. »Ich möchte auch, dass du dich mit J. C. in Verbindung setzt, damit er die Evakuierungen im Büro überprüft und dann zu uns in den Bunker kommt«, fahre ich fort. »Dieses Chaos wird immer schlimmer, und ich möchte nicht, dass sie – wer auch immer sie sind – noch mehr Leute verletzen, besonders nicht deinen frisch angetrauten Ehemann.«

Damit scheine ich diesen Kampf zu gewinnen. Mama sieht distanziert aus, wie immer, wenn sie ihre Brainozyten benutzt.

Ich verbinde mich mit der Kamera im Rettungswagen. Zu meiner Erleichterung sind Joe und Gogis Vitalfunktionen gut.

Mitya bleibt mit der Limousine bis zum Coney Island Hospital hinter dem Krankenwagen. Wir dürfen die Auffahrt zur Notaufnahme nicht befahren, also bringt mich Mitya zum Haupteingang.

»Alan, Mama«, sage ich, als ich aufstehe, »ich sehe euch im Bunker. Ich liebe euch.«

»Sag Bescheid, sobald du weißt, wie es Onkel Joe geht«, sagt Alan. »Und Gogi auch.«

»Was soll ich Joes Vater sagen?« Mama schaut mich streng an.

»Vielleicht wissen wir schon etwas, wenn du es erklären musst«, lüge ich. Onkel Abe wohnt in Brighton Beach, nur ein paar Blocks entfernt, und es ist unmöglich, dass Joe bereits von einem Arzt untersucht wurde, wenn die Limousine seinen Vater abholt.

»Okay«, sagt sie. »Sorg dafür, dass sie sich gut um ihn kümmern.«

»Ich bin bei Bewusstsein.« Eine telepathische Nachricht von Joe kommt ohne emotionale Zwischentöne an.

»Großartig«, antworte ich. »Ich komme gleich zu dir.«

Das Betreten des Krankenhauses weckt unangenehme Erinnerungen an meinen letzten Krankenhausbesuch, und ich bekämpfe das hohle Gefühl in meiner Brust.

»Sollten wir noch häufiger in ein Krankenhaus kommen«, sagt Muhomor, »werden sie uns wahrscheinlich Rabatt geben.«

Der Witz meines Freundes kann meine Unruhe nicht zerstreuen, also gehe ich mit Einstein im Therapeutenmodus in einen virtuellen Raum. Diese Version von Einstein ist gut darin, Gesichtsausdrücke und Körpersprache zu lesen, und schenkt mir sofort ein beruhigendes Lächeln. Sein deutscher Akzent ist fast nicht vorhanden, als er fragt: »Wie fühlt es sich an, in einem Krankenhaus zu sein?«

»Ich brauche einen Eimer Wodka.« Gogis mürrische telepathische Botschaft kommt zur gleichen Zeit an. »Warum zum Teufel hast du mich ins Krankenhaus gebracht? Du weißt, dass ich diesen Ort hasse.«

»Bleib, wo du bist.« Ich bin sehr erleichtert, dass auch Gogi wieder bei Bewusstsein ist. Ich fühle mich auch etwas schuldig, dass ich nicht genauso erleichtert war, als ich erfuhr, dass Joe zu sich gekommen war. »Ich bin auf dem Weg in die Notaufnahme.«

»Sie bringen mich und Joe irgendwo hin«, sagt Gogi.

»Um eure Köpfe zu röntgen«, erklärt Muhomor, als ich Gogis Kommentar weiterleite. »Sie haben ihr altes System nicht mit Tema verschlüsselt, also bin ich drin. Ich habe die Dinge beschleunigt, so gut ich konnte. Ein Arzt wird zu dir kommen, sobald das Röntgen abgeschlossen ist.«

»Sie überprüfen dein Gehirn auf Schäden«, sage ich Gogi. »Kein Grund zur Sorge.«

In meinem post-adrenalinen Zustand drückt das Bedürfnis nach Schlaf wie ein Gewicht gegen meine Augenlider. Ich kämpfe, um nicht zu gähnen, und gehe zum Check-in-Fenster.

»Hi«, sagt die große Empfangsdame mit den falschen Wimpern, während sie mich ansieht. »Wie kann ich Ihnen helfen?«

»Ich bin hier, um meinen Cousin zu besuchen. Ein Krankenwagen hat ihn gerade eingeliefert.«

Die Rezeptionistin blickt mich mit einem ungerührten Blick an. »Wenn Ihr Cousin gerade eingeliefert wurde, ist er noch nicht im System.«

»Er sollte bereits im System sein«, sage ich und ärgere mich darüber, dass sie nicht einmal nach seinem Namen gefragt hat. »Sein Kopf wird gerade geröntgt.«

»Wir können Sie nicht reinlassen, während die Patienten geröntgt werden«, sagt sie genauso monoton. »Bitte nehmen Sie Platz.«

»Muhomor.« Ich reibe meine Schläfen sowohl in der VR als auch in der realen Welt. »Kannst du mich durch die Bürokratie bringen?«

Muhomor winkt mit den Händen wie ein Dirigent in VR und sagt dann: »Geh zum Wachmann und starte diese

App«, ein Icon, das wie ein einäugiger Pirat aussieht, taucht in meiner AROS-Ansicht auf, »und dein Gehirnabdruck wird deine Identität als Arzt bestätigen.«

Brainprint war eine der ersten Erfindungen Muhomors. Sie hat die meisten ID-Karten, Log-in-Passwörter, Bankkonto-PINs und andere identitätsüberprüfende Sicherheitsfunktionen ersetzt. Brainprint verwendet Brainozyten zur biometrischen Identifizierung, da das Gehirn eines jeden Menschen einzigartiger ist als seine Netzhaut und seine Fingerabdrücke zusammen. Tatsächlich behauptet Muhomor, dass Brainprint überhaupt keinen Identitätsdiebstahl zulässt, und wenn er das denkt, sollte man annehmen, dass das auch der Fall ist. Aber wenn man sich eine vollkommen gefälschte Person ausdenken kann – was Muhomor kann –, kann man auch einen fiktiven Gehirnabdruck für eine solche Person erstellen – und der Krankenhausdatenbank den Gehirnabdruck hinzufügen.

Der Bildschirm neben dem Wächter blinkt grün, und mein Name erscheint als »Dr. Hui.«

»Sehr erwachsen«, murmele ich, als ich durch die sich öffnende Tür stolpere. Auf Russisch ist *hui* das vulgäre Wort für männliche Genitalien.

Der Wächter konsultiert den Bildschirm und lacht. Angesichts der Nähe dieses Krankenhauses zu Brighton Beach versteht er wahrscheinlich, was mein Name bedeutet.

»Dr. Huis Vorname ist Richard.« Muhomors VR-Grinsen ist irritierend fröhlich. »Aber Freunde nennen ihn natürlich Dick.« Was auf Englisch ebenfalls männliche Genitalien bezeichnet.

»Ich hoffe, du warst nicht dumm genug, Joe so einen Decknamen zu geben.« Ich verschränke meine VR-Arme vor der Brust. »Du wirst in den gleichen Bunker wie er gebracht, und er wird schlechte Laune haben, nachdem er sich den Kopf eingeschlagen hat.«

Muhomors Lächeln verschwindet. »Ich hatte keine Chance, ihnen falsche Identitäten zu geben. Die Sanitäter haben ihren Gehirnabdruck gelesen, bevor ich eingreifen konnte.«

»Hast du sie wenigstens aus der Krankenhaus-Datenbank gelöscht?« Meine Stimme springt eine Oktave in die Höhe. »Die Bösewichte scheinen von Russland aus zu operieren, und in diesem Krankenhaus wimmelt es nur so von russischsprachigem Personal.«

»Die Sicherheit für die Patienten ist besser als für die Mitarbeiter«, sagt Muhomor defensiv. »Sie wollen nicht die Niere der falschen Person wegen einer Identitätsverwechslung entfernen.«

Ich schieße ihm einen ungläubigen Blick zu. »Also kannst du ihre Spuren nicht verwischen?«

»Wenn das Röntgenbild des Gehirns sauber ist, werde ich es so aussehen lassen, als wären sie nie hier gewesen«, sagt er. »Wenn nicht, werden wir uns etwas einfallen lassen. Ich schätze, ich kann gefälschte Leute mit dem gleichen medizinischen Problem wie Joe und Gogi erschaffen und eine Aufnahme ins Krankenhaus vortäuschen …«

»Ich bin fertig mit dem Röntgen.« Joe erscheint in der VR, und seine eidechsenähnlichen Augen beobachten ohne Emotionen, wie alle zusammenzucken.

»Gogi ist auch fertig«, sagt Muhomor. »Auch keine Schädelbrüche oder Hirnschäden, aber Gogis Knöchel ist verletzt.«

»Dann müssen wir zum Bunker«, sage ich. »Hol ein paar unserer Mensch++-Ärzte zu uns, falls wir sie brauchen. Sprich insbesondere mit Dr. Jarvis und sag ihm, dass er sein ganzes Operationsteam mitbringen soll.«

»Notaufnahme«, sagt Joe. Er verschwindet aus der VR.

Als ich die Notaufnahme erreiche, steht Joe schon bereit.

»*Blyad'*«, murmelt Gogi, als sein Fuß den Boden berührt. Er versucht, einen zaghaften Schritt zu machen, bevor er weitere russische und georgische Flüche herausrattert, die die Aufmerksamkeit der russischsprachigen Menschen um uns herum auf sich ziehen.

»Hier, setz dich darauf«, sagt Joe.

Ich bin schockiert, zu sehen, dass er bereits einen Rollstuhl gestohlen hat. Gogi setzt sich zähneknirschend hin, und Joe fängt an zu schieben und zwingt mich dadurch, ihm zu folgen.

»Dieser Ort riecht übel«, beschwert sich Mr. Spock in Gedanken aus meiner Tasche.

»Wir gehen ja schon, Kumpel.« Ich tätschele ihn sanft durch meine Kleidung und bin wütend auf mich selbst, weil ich vergessen habe, ihn vorhin Alan zu geben.

»Beobachtet jede Kamera im Krankenhaus«, sage ich meinen Freunden in der VR. »Jedes Mal, wenn ich in

letzter Zeit in einem Krankenhaus war, ging es nicht gut
aus.«

»Sir«, ruft jemand von hinten. »Halt!«

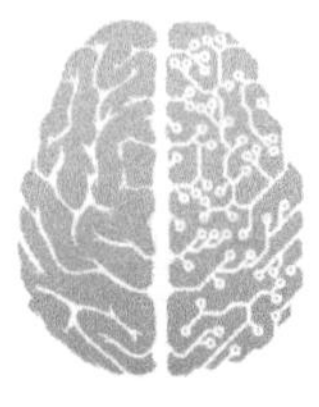

KAPITEL 15

Was auch immer die Krankenschwester will, wir werden es nie erfahren, weil wir so schnell weitergehen, wie es der Rollstuhl erlaubt. Zu meiner Überraschung und Erleichterung stört uns niemand, als wir aus der Notaufnahme herauskommen, und unser Glück hält auch bis zum Parkplatz an.

»Mein Flugzeug ist gelandet, und ich wurde abgeholt«, sagt Muhomor in der VR. »Falls das jemanden interessiert.«

Dominic berichtet ebenfalls, dass er, meine Mutter, Onkel Abe und Alan es ohne Probleme zum Flughafen geschafft haben, dass Muhomor jetzt im Auto sitzt und sie alle auf dem Weg zum Bunker sind.

»Stütz dich auf mich«, sage ich zu Gogi, als wir unseren Luxus-Mietwagen, einen Lexus, finden, der auf uns wartet. Er lässt es zu, dass Joe und ich ihm auf den Vordersitz helfen.

»Für einen Knöchel, der nicht ernsthaft verletzt wurde, tut er weh wie ein Hurensohn«, sagt er, als das Auto losfährt.

»Wir holen dir etwas Eis, wenn wir im Versteck sind«, versichere ich ihm. »Mach solange die Relief-App an.«

»Wir sollten die Forschung an den Nanozyten beschleunigen, die die Schwellung reduzieren«, sagt Ada im VR-Raum. »Vielleicht beruhigt sich die Lage ja mal ein wenig.«

»Alle unsere Bemühungen sollten sich auf Computerressourcen konzentrieren«, sagt Mitya. »Und wir sollten jetzt darüber nachdenken, nicht später.«

»Mehr Hardware, damit du mehr von dir selbst hervorbringen kannst?« Muhomor macht mit der linken Hand ein Okay-Zeichen und spießt es dann mit dem rechten Zeigefinger auf, in einer Geste, die vage mit der Reproduktion verwandt ist.

»Nein.« Mityas Avatar scheint solider zu werden, und seine Unfähigkeit, ein Pokerface zu behalten, zeigt mir, dass Muhomor vielleicht recht hatte. »Ich möchte, dass ihr die Möglichkeit habt, so wie ich wieder aufzuerstehen. Längerfristig sollte es diese Möglichkeit für mehr Menschen geben.«

»Er hat recht«, sagt Alan. »Wir sind heute fast gestorben.«

»Wir haben genug Speicherplatz, um uns selbst zu sichern, wie du es getan hast«, sage ich. »Uns fehlt die Rechenleistung.«

»Ja«, sagt Mitya.

»Wenn wir also sterben, aber ein Backup haben«, ich kann bei diesem Gedanken einen Schauer nicht unterdrücken, »kannst du uns immer noch auferstehen lassen, wenn die Rechenleistung in der Zukunft verfügbar ist.«

»Natürlich«, sagt er. »Natürlich kann ich das. Aber neue Hardware zu bauen wird eine Weile dauern – eine Weile, die sich für jemanden wie mich, einen Geist, dessen subjektive Erfahrung der Welt so viel schneller ist, wie eine Ewigkeit anfühlen wird.«

»Willst du damit sagen, dass du uns eine Ewigkeit lang vermissen würdest?«, fragt Alan. Ich bin mir nicht sicher, ob er Mitya ärgert oder es ernst meint.

»Du verstehst es besser als die meisten, Junge«, sagt Mitya. »Ich wette, in deinen vier Jahren hast du das Äquivalent von fünfzig subjektiven Jahren erlebt.«

»Wenn nicht noch mehr«, sagt Alan weise.

Muhomor nimmt seine Sonnenbrille ab und reibt sich die Augen. »Da ich weiß, dass ich bei meiner Auferstehung auf dich angewiesen bin, wird meine Angst vor dem Tod immer schlimmer.«

»Das ist richtig.« Mitya reibt sich die Handflächen wie ein Superschurke. »Du solltest ganz besonders nett zu mir sein, sonst könntest du erst in hundert Jahren aufwachen. Oder gar nicht.«

»Wir sollten die Backups regelmäßiger machen.« Ich behalte im Hinterkopf, mit dem Therapie-Einstein über meine entsetzliche Angst darüber zu sprechen, in einem körperlosen Zustand wie Mitya zu sein. »Und ich stimme zu, dass wir an dem Hardware-Problem arbeiten sollten, besonders, da es mit so vielen unserer anderen Bemühungen übereinstimmt.«

»Ist jemand dagegen?« Muhomor sieht Ada an.

»Wir können Hardware zu einer Priorität machen«, sagt meine Frau, »aber wir sollten trotzdem noch an den Nanozyten arbeiten, die Entzündungen reduzieren.«

»Einverstanden«, sage ich für alle.

»Da im Moment niemand versucht, euch zu töten – wie wär's mit einem Brainstorming?«, fragt Mitya.

»Apropos«, sagt Alan, »unser Auto ist gerade am Bunker angekommen.«

Ich atme in der realen Welt aus und bemerke, dass es viele Minuten her ist, seit ich den Atem in Sorge um meine Mutter und meinen Sohn angehalten habe. »Sehr gut. Dann lasst uns über Hardware reden, während ich in meinem eigenen Auto festsitze. Ich habe in letzter Zeit viel über quantenmechanische zelluläre Automaten nachgedacht, also fangen wir vielleicht damit an.«

Als Gogi vor vier Jahren zum ersten Mal die Idee hatte, den Bunker zu bauen, sagte ich ihm, dass er verrückt sei. Jetzt bin ich froh, dass Joe sich auf die Seite seines Kollegen gestellt hat und wir diese undurchdringliche Ungeheuerlichkeit letztendlich gebaut haben. Der Atombunker, ursprünglich aus der Zeit des Kalten Krieges, ist renoviert der feuchte Traum eines Überlebenskünstlers. Allein die Eingangstür kostet mehr als ein bescheidenes Haus, und sie ist unempfindlich gegen die meisten Explosionen, was mich motiviert hat, hierherzukommen.

Im Inneren sieht der Bunker wie eine bösartige Männerhöhle aus, die aus einem Keller wuchs, bis sie die Größe eines kleinen Herrenhauses einnahm. Die bequemen Plüschmöbel versuchen vorzutäuschen, dass man sich in einem Luxushotel befindet, aber das Fehlen von Fenstern verrät die Wahrheit.

»Wenn die Zombie-Apokalypse morgen stattfinden würde, würdest du hier sein wollen«, sagt Muhomor anstelle eines Grußes. »Es sieht dunkler aus und riecht noch stickiger, als ich dachte.«

Er hat recht. Der Ort riecht wie ein Weinkeller, in dem sich der ganze Wein in Essig verwandelt hat.

»Joshen'ka«, ruft meine Mutter, als sie Joes bandagierten Kopf sieht. »Wie fühlst du dich?«

»Gut.« Er nimmt den Verband ab, sieht den besorgten Ausdruck seines Vaters und zeigt die Seite seines Kopfes. »Kaum eine Beule.«

Wir setzen Gogi auf die nahegelegene Couch.

»Tut dein Fuß weh?«, fragt Alan ihn.

»Knöchel«, antwortet Gogi. »Ich bin sicher, dass alles gut wird.«

»Dr. Keeplan«, ruft J. C. aus der grottenartigen Küchenabteilung des Bunkers. »Bitte sehen Sie sich Gogis Knöchel an.«

Der stämmige Arzt beginnt, sich zu bewegen, und bald hat Gogi einen Eisbeutel am Knöchel und Percocet im Blutkreislauf.

»Boss«, sagt Jacob zu Joe, als er den als Wohnzimmer des Bunkers bezeichneten Raum betritt, »deine Frau – ich meine, dein Gast –, sie ist jetzt wach.«

Joe legt das Sandwich, das er gerade isst, weg und steht sofort auf. »Wo?«

»Im Lagerraum«, sagt Jacob. Er sieht aus wie ein schuldiges Schulkind und fügt hinzu: »Sie zerstört gerade jede Menge eingelegtes Gemüse.«

»Haben wir einen Blick in das Zimmer?«, frage ich meine Freunde in der VR.

»Ja.« Muhomor stellt in der erweiterten Realität des Bunkers einen Großbildschirm auf, der wie der riesige Flachbildfernseher aussieht, den wir noch vor drei Jahren benutzt haben.

Auf dem Bildschirm sind Tatums zarte Gesichtszüge zu einer wütenden Maske verzogen. Wie eine betrogene Hausfrau greift sie sich ein Glas mit eingelegten Tomaten und schleudert es gegen die Wand der Speisekammer – und dem Aussehen des Zimmers nach ist es nicht die erste.

»Die habe ich gemacht«, ruft Mama mit einem entsetzten Flüstern. »Ich habe die violetten ukrainischen Tomaten benutzt, die Ada mir mitgebracht hat.«

Joes Ausdruck ist völlig unleserlich, als er sich in Bewegung setzt. Bevor jemand blinzeln kann, ist er im Kcamerablick und öffnet die Tür zum Lagerraum.

# KAPITEL 16

Tatum sieht Joe von oben bis unten an, und ihre Augen verengen sich. Sie scheint ihn nicht als den Kerl zu erkennen, der sie k. o. geschlagen hat, denn das letzte Glas fliegt noch nicht an seinen Kopf.

Anstatt sich um ein mögliches Projektil zu sorgen, klettert Joe auf die Regale. Wir alle, Tatum eingeschlossen, beobachten mit morbider Faszination, was er tut. Erst als die Handfläche meines Cousins groß wird, fällt mir ein, was er tut. Als die Kamera aus der Fassung gerissen wird, gratuliere ich mir, dass ich recht hatte. Vielleicht versucht er, Tatums Vertrauen zu gewinnen, indem er ihr zeigt, dass sie unter Beobachtung stand. Wem mache ich hier etwas vor? Er will nur nicht, dass wir zusehen.

Alle starren auf den leeren Bildschirm, bevor Ada fragt: »Gibt es noch eine andere Kamera in diesem Raum?«

Muhomor schüttelt den Kopf, und als ich Joes Sicherheitsleuten die gleiche Frage stelle, behaupten sie alle, dass es keine andere Kamera gibt.

Ich gehe zur Tür und hoffe, dass ich wenigstens etwas hören kann. Leider verhindert das dicke, schwere Holz, dass Geräusche nach außen dringen.

»Vielleicht bedeutet das, dass sie nicht vor Schmerzen schreit«, sage ich, nur halb im Scherz.

»Du kannst das nicht zulassen.« Adas bernsteinfarbene Augen funkeln gefährlich im VR-Raum.

»Was?«, fragt Mitya. »Wir wissen nicht, was er tut. Sie könnten sich auch gerade nett unterhalten.«

»Jemand braucht eindeutig ein Gehirn«, sagt Muhomor. »Das ist Joe. Wenn sie nicht schreit, dann, weil er sie geknebelt hat. Oder schlimmer.«

Ich frage mich, ob Joes Leute einem direkten Befehl gehorchen würden, nach Tatum zu sehen, vorausgesetzt, ich würde derjenige sein, der einen solchen Befehl gibt – was ich nicht bin. Dominic könnte auf mich hören, aber ich komme nicht umhin, zu bemerken, dass er nicht von sich aus nach Tatum sieht.

Wir streiten uns für ein paar Minuten in Echtzeit, und Ada hat mich fast überzeugt, Dominic zu bitten, die Tür aufzubrechen, als diese sich öffnet und Joe herauskommt. Sein Gesichtsausdruck, der schon in den besten Zeiten schwer zu lesen ist, ist in diesem Moment ein Rätsel, das in die Haut des Loch-Ness-Monsters gehüllt ist.

»Sie hat nichts damit zu tun«, sagt er über seine Schulter, als er an uns vorbei in die schwach erleuchtete Küche schreitet.

Ich folge ihm und schaue ihm dabei zu, wie er schnell sein angefangenes Sandwich aufisst, um dann mehr Brot aus der Speisekammer zu holen und etwas Käse aus dem Kühlschrank zu nehmen. »Was soll das heißen?«

»Sie hat die Anschläge nicht angeordnet«, sagt er, ohne aufzuschauen, während er Mayo auf dem Brot verteilt.

»Bist du sicher?«

»Geh und rede mit ihr.« Er schlägt wütend etwas Käse auf das Brot. »Und gib ihr das.«

Er gibt mir das Sandwich, das ich betrachte, als ob ihm gleich Tentakel wachsen könnten. Unempfänglich für meine Verwirrung, nimmt er eine versiegelte Flasche Poland Spring Water und gibt sie mir noch dazu.

»Ich sollte wenigstens nachsehen, ob es ihr gut geht«, sage ich im VR-Raum, nachdem ich sichergestellt habe, dass er nicht darin ist. »Und es schadet nicht, zu überprüfen, ob sie wirklich unschuldig ist oder nicht. Ich meine, sie war unsere heiße Spur.«

»Das war die RHO«, korrigiert Ada. »Aber vielleicht ist sie nicht ihre Anführerin, wie alle denken. Oder vielleicht haben sie unabhängige Zellen, die nicht unter ihrem direkten Kommando operieren.«

Ich gehe zu dem Raum, in dem Joes Gefangene wartet. Aus irgendeinem Grund fühlt sich das Essen und Trinken in meinen Händen wie Blei an. Warum konnte das alles nicht bis morgen früh warten? Ich würde ein paar Millionen für ein kurzes Nickerchen bezahlen.

Alan versperrt mir den Weg. Ich schaue ihn fragend an.

»Du könntest das hilfreich finden.« Er gibt mir ein Tablet, eines dieser alten Relikte, die nur noch von meinem Onkel benutzt werden. »Keine Brainozyten, erinnerst du dich? Du wirst ihr ohne das Gerät nichts online zeigen können.«

»Danke, Sohn«, sage ich wie ferngesteuert. Ich halte das Sandwich mit meinen Zähnen, während ich das Tablet unter die Achselhöhle schiebe.

Jacob öffnet mir die schwere Tür, und ich zögere kurz, da ich befürchte, Blut und wer weiß was noch vorzufinden. Die kleine Angstwelle rüttelt mich wach. Da mir auffällt, dass es nicht sicher ist, die Tür so lange offen zu lassen, trete ich ein und aktiviere meine Share-App, damit meine Freunde sehen können, was ich sehe.

Die Frau sitzt auf einem Stapel Dosen mit Bohnen, und ihre durchdringenden blauen Augen betrachten mich mit einer Mischung aus Neugier und Verachtung.

»Michael Cohen«, sagt sie mit angenehm singenden Stimme. »Ich hätte wissen müssen, dass Sie hier das Sagen haben.«

»So, wie sie deinen Namen gesagt hat, könnte man denken, sie spricht vom Teufel.« Mitya manifestiert sich in der öffentlichen erweiterten Realität des Raumes und wählt den kleinen Teufelsavatar, den er manchmal gerne benutzt.

Tatum nimmt ihn überhaupt nicht wahr, was bestätigt, dass sie keine Brainozyten hat. Ihre Aufmerksamkeit liegt auf meinen Händen, also halte ich ihr das Wasser und das Sandwich hin.

»Joe wollte, dass ich Ihnen das hier gebe.«

Zu meiner großen Überraschung erschaudert sie nicht bei seinem Namen. Stattdessen glänzen ihre Augen mit einem undefinierbaren Gefühl. Als sie merkt, dass ich sie beobachte, stellt sie schnell ihre Maske der Verachtung wieder her, aber das hindert sie nicht daran, sich sowohl das Sandwich als auch das Wasser zu schnappen.

Sie nimmt einen riesigen Bissen vom Sandwich und sieht mich herausfordernd an, während sie langsam ihr Essen kaut. Wenn sie denkt, sie kann mich so leicht langweilen, wird sie enttäuscht sein. Dank der Brainozyten kann ich, wenn die reale Welt langweilig ist – was sie fast immer ist –, hundert andere Dinge virtuell machen.

Ich lehne mich an die Wand aus Dosenbohnen und stelle sicher, dass Tatum erkennen kann, dass ich mich wohl genug fühle, um stundenlang hierzubleiben, wenn sie darauf besteht. Dann antworte ich auf alle E-Mails, die sich seit Beginn dieser verrückten Ereignisse angesammelt haben, starte mehrere Prozessordesigns, da das eine neue Priorität ist, beginne ein wichtiges Gespräch mit Ada über Alans Plan, einen weiteren Doktortitel von Yale zu erhalten, starte damit, einige Apps zu schreiben, fange an, mehrere Weltmeister im Schach zu schlagen, und skizziere einige Kapitel für meine nächste Veröffentlichung.

Als Tatum versteht, dass sie mich nicht langweilen kann, sagt sie: »Bei den Kundgebungen habe ich immer gesagt, dass das, was Sie getan haben, kriminell war.« Sie schraubt den Flaschenverschluss auf und trinkt das Wasser mit dem Durst eines Wüstenbewohners. »Mir war nicht klar, wie wörtlich das zutrifft.«

»Sie haben die Frechheit, kriminelle Handlungen meinerseits anzusprechen?« Meine Stimme verhärtet sich. Ich habe Rückblenden über die verschiedenen Arten, wie ich heute fast gestorben wäre, zusammen mit Erinnerungen an all die Lieblingssachen, die ich in meinem zerstörten Penthouse verloren habe – wie den Schweizer Sessel, in dem ich während meiner Zeit in der VR immer saß, und die obszön teuren Pollock- und Dalí-Originale. Was für ein schrecklicher Verlust. Ich atme tief den Geruch nach eingelegtem Gemüse ein und füge ruhig hinzu: »Ihre Leute haben versucht, mich zu töten. Mehrmals. Sie haben alles in die Luft gejagt, was ich besitze.«

Ihr Blick ist so voller Mitleid, dass ich aufhöre zu reden und verwirrt blinzle.

»Das, was Sie erleben mussten, tut mir leid.« Um die Aufrichtigkeit ihrer Worte zu erhöhen, hört sie kurzzeitig auf zu kauen, obwohl ich das Gefühl habe, dass sie sterben würde, um weiterzuessen. »Die RHO ist eine friedliche Organisation, und ich würde niemals irgendeine Art von Gewalt zulassen, auch nicht gegen Sie.«

»Wie erklären Sie sich das dann?« Auf dem Tablet zeige ich ein Bild von ihr und Lennox Dixon, dem Kerl, der unsere Wohnung in die Luft gejagt hat, und schmücke es mit den Nachrichtenartikeln über die Bombardierung.

Ich halte ihr den Bildschirm hin, und sie stellt das Wasser ab, um mir das Gerät aus den Händen zu nehmen. Wenn Joe bei seinem mysteriösen Verhör irgendetwas davon erwähnt hat, zeigt sie es nicht. Sie sieht schockiert aus, und ihre Augen füllen sich mit Tränen.

»Wenn das ein Trick ist«, sagt sie und blinzelt schnell, »ist er sehr grausam. Selbst für jemanden wie Sie.«

»Können Sie aufhören, das zu sagen? Ich bin nicht der Teufel.«

Sie schaut sich im Lagerraum um, als wollte sie sagen: »Ich bin hier eine Gefangene, und Sie haben das Sagen – zählen Sie doch mal zwei und zwei zusammen.«

»Ihr Aufenthalt in diesem Raum ist nur ein Missverständnis«, sage ich. »Wir lassen Sie gehen, sobald wir wissen, wer uns töten will und warum. Außerdem, haben Sie nicht mitbekommen, dass die Behörden Sie verhören wollen?«

»Warum sollte ich nicht über Sie reden, als seien Sie der Teufel?«, fragt sie, und ihr Blick verhärtet sich, jetzt, da sie nicht mehr auf das Tablet starrt. »Sie sind dabei, die Apokalypse für die menschliche Spezies einzuleiten. Das macht Sie so ziemlich zum Antichristen aus dem Lehrbuch.«

»Also geben Sie zu, dass Sie versucht haben, mich zu töten.« Ich spreche schnell und probiere eine Überzeugungstechnik aus, die ich einige Male bei Investoren angewandt habe. »Sie wollten die Apokalypse verhindern.«

Der miserable Ausdruck kehrt auf ihr Gesicht zurück, und sie schüttelt den Kopf, während ihr Blick wieder auf das Tablet wandert.

»Das würde ich nie tun«, sagt sie. »Und Lennox würde so etwas auch nie tun.« Sie sieht einen Moment lang nachdenklich aus und schüttelt dann wieder den Kopf. »Nein, das würde er wirklich nicht.«

Ich nehme ihr Zögern als einen Hinweis. »Und doch hat er es getan. Es gibt etwas, was Sie nicht sagen.«

»Lennox hatte nicht mehr lange zu leben«, sagt sie nach einer langen Pause. »Ein Hirntumor. Aber er hat sich normal verhalten. Außerdem, wo würde er eine Selbstmordweste herbekommen? Warum sollte er Ihre Wohnung in die Luft sprengen, wenn Ihre Familie sich darin aufhalten könnte? Das ergibt einfach keinen Sinn.«

»Und doch ist es passiert.«

In der VR frage ich: »Warum wussten wir nichts von seinem Tumor?«

»Im Gegensatz zum Coney Island Hospital verschlüsseln die meisten Arztpraxen ihre Daten mit Tema«, sagt Muhomor defensiv.

»Wir sollten nachsehen, ob noch jemand eine unheilbare Krankheit hatte«, sage ich in der VR.

In der realen Welt schaut mich Tatum unsicher an. »Vielleicht hat ihm jemand Geld angeboten? Er machte sich Sorgen um seinen Vater, aber ich sagte ihm, wir würden uns um seine Familie kümmern.« Sie fängt an zu weinen.

Ich fühle mich wie ein Monster, obwohl ich nicht wirklich etwas getan habe. Ich kämpfe gegen die Versuchung an, zu ihr zu gehen und beruhigend ihre Schulter zu berühren. Trost vom *Antichristen* würde die Sache wahrscheinlich noch verschlimmern. »Fällt Ihnen jemand ein, der ihn für so etwas bezahlt hätte? Vielleicht ein radikalerer Teil Ihrer Organisation?«

»Wir haben keine derart blutrünstigen Radikalen.« Sie wischt sich die restlichen Tränen von den Augen, um sicherzustellen, dass ich den vernichtenden Blick, den sie mir zuwirft, registriere. »Die meisten von uns sind arbeitslos – dank Ihnen und Ihrer Firma. Wir sind so nutzlos, wie der Rest der Menschheit es bald sein wird, wenn Sie nicht aufgehalten werden.«

»Erzähle ihr von unseren Plänen, den Leuten zu ermöglichen, mit Ihren Hobbys Geld zu verdienen«, sagt Alan und spricht eines seiner Lieblingsthemen an. »Erwähne auch unsere Pläne für ein universelles Grundeinkommen.«

»Keine Radikalen«, sagt Ada, und ihre Stimme tropft vor Sarkasmus, während sie Alans Tirade ignoriert. Sie erscheint als Engelsavatar neben Mityas Teufel und betrachtet Tatum mitleidslos von oben bis unten. »Frag sie, wie sie die Menschheit retten wollten. Indem sie Nervensägen sind?«

»Wenn Sie wirklich glauben, dass wir das Ende der Welt herbeiführen«, frage ich stattdessen, »wäre es dann nicht nur eine Frage der Zeit, bis jemand gewalttätig wird?«

»Wenn Gandhi die Briten mit Geduld und ohne Gewalt aus Indien vertreiben konnte, sollten wir in der Lage sein, den Schaden, den Sie anrichten, mit den gleichen Methoden umzukehren«, sagt Tatum. Sie streckt ihr Kinn mit dem Grübchen hervor.

»Hat sie sich gerade mit Gandhi verglichen?« Der kleine Mitya-Teufel landet auf Tatums rechter Schulter. »Warum nicht mit dem Dalai Lama? Oder dem Weihnachtsmann, wenn sie schon dabei ist?«

»Ich wette fünfzig Dollar darauf, dass sie uns irgendwann in den nächsten Minuten mit Hitler vergleichen wird«, antwortet Ada im gleichen Ton wie Mitya.

Ich tue mein Bestes, um die Kommentare aus der erweiterten Realität zu ignorieren. »Denken Sie immer noch, ich habe mir das, was auf dem Tablet zu sehen war, nur ausgedacht?«

»Nein.« Tatum wird sichtlich kleiner.

»Dann stimmen Sie zu, dass trotz allem, was Sie versucht haben, Gewalt ausgeübt wurde?«

Sie nickt.

»Dann helfen Sie uns, herauszufinden, wer dafür verantwortlich ist«, sage ich. »Wenn RHO unschuldig ist, dann scheint jemand Ihnen etwas anhängen zu wollen. Sie sollten genauso daran interessiert sein, die Wahrheit zu erfahren wie ich – vielleicht sogar noch mehr, da die Behörden nach Ihnen suchen.«

Sie schweigt für einen Moment. Ihre schön getrimmten Augenbrauen bewegen sich lebhaft auf ihrer Stirn, als wären sie ein Fenster zu ihrem Gehirn. »Ich glaube nicht, dass Sie das erfinden.« Sie deutet auf das Tablet und sieht wirklich elend aus. »Ich weiß nur nicht, wie ich helfen kann.«

»Joe hat recht«, sagt Muhomor im VR-Raum. »Sie ist nutzlos.«

»Das stimmt«, meint Ada. »Wenn ich gelandet bin, können wir sie gehenlassen.«

»Ich bin noch nicht überzeugt.« Mityas Avatar fliegt von Tatums Schulter, wächst, bis er die Größe eines kleinen Hundes hat, und landet einige Zentimeter neben ihren Beinen. »Die Tatsache, dass sie keine Brainozyten hat, eröffnet eine interessante Möglichkeit. Wir könnten sie zwingen, Brainozyten mit einer modifizierten

AROS-Schnittstelle zu bekommen, die die Polygraph-App im Hintergrund laufen lässt. Dann könnten wir mit Sicherheit sagen, ob sie die Wahrheit sagt.«

»Nein.« Adas Engel wird größer als der Teufelsavatar und fliegt durch den Raum, um sich zwischen Tatum und Mitya zu stellen. »Das machen wir nicht.«

Die Polygraph-App war ein Misserfolg, der von den Geheimdiensten geschaffen wurde, um die eigenen Leute zu testen. Sie ist eine Brainozyten-App, die genau erkennen kann, ob die Person, die sie ausführt, die Wahrheit sagt. Sie ist millionenfach zuverlässiger als der Polygraphentest, von dem sie ihren Namen hat. Schon vor Brainozyten wurden Werkzeuge wie fMRT und andere Gehirn-Scanning-Technologien zur Lügendetektion eingesetzt, aber Brainozyten brachten diese Technologie auf ein neues Niveau.

Der Grund für das Scheitern des Projekts war, dass wir Brainozyten so konzipiert haben, dass niemand jemanden zwingen kann, eine bestimmte Anwendung auszuführen; man muss sich darauf verlassen können, dass die Person es selbst macht. Das führte zu einer einfachen Möglichkeit, die Polygraph-Anwendung zu vereiteln: eine gefälschte Version der Anwendung, die nicht das Gehirn des Benutzers im Auge behält, sondern Ergebnisse zeigt, die wie die Ausgabe der Polygraph-App aussehen.

Was Mitya vorschlägt, würde dieses Problem umgehen, weil Tatum zum ersten Mal Brainozyten bekommen würde. Als neuer Benutzer würde sie nicht in der Lage sein, herauszufinden, wie und woher sie die falsche Polygraph-App bekommt. Außerdem – und das ist wahrscheinlich der

Grund, warum Ada so verärgert ist – schlägt Mitya vor, dass ihre Brainozyten ohne ihre ausdrückliche Zustimmung eine App im Hintergrund laufen lassen würden, was unsere Lobbyisten in so vielen Ländern wie möglich illegal zu machen versuchen.

»Das ist eine interessante Idee«, sage ich meinen Freunden telepathisch. »Wenn wir sicherstellen würden, dass sie nicht mit dem Internet verbunden ist, könnten wir sicher sein, dass die Polygraph-App wie geplant funktioniert. Oder dass die benutzerdefinierte AROS-Version nicht einmal Internet haben würde. Zur Hölle, wir könnten ihr sogar eine normale AROS-Schnittstelle geben und einfach darauf bestehen, dass sie die Polygraph-App ohne Internet laufen lässt. Auf diese Art ...«

»Ich habe Nein gesagt.« Adas Kopf dreht sich zu mir, und ihre bernsteinfarbenen Augen brennen vor Wut. »Das ist extrem unmoralisch.«

»Oh, sie würde es mögen, wenn wir das täten«, sagt Muhomor. »Bestätigungsfehler. Sie würde es lieben, wenn wir jede Angst der RHO uns betreffend bestätigen würden.«

»Nein«, sage ich zu Muhomor. »Ich habe gerade einige von Tatums Blog-Einträgen gelesen, und ich denke, Brainozyten wären ihr schlimmster Alptraum. Ich schätze, wir stehen wieder am Anfang.«

»Ich denke, Sie sagen die Wahrheit«, sage ich zu unserem Opfer in der realen Welt. »Mein Cousin hat das auch gesagt.« Ich sage den letzten Teil aus Neugier. Ich würde immer noch gerne wissen, was Joe ihr angetan hat, um zu seinem Schluss zu kommen.

»Sie meinen Joe?« Zu meinem Schock ist ihr Ausdruck weniger schlimm, als ich bei der Erwähnung ihres Peinigers erwartet hätte. Er ist fast schon aufgeregt. »Sie sind verwandt?«

»Sein Vater ist der Bruder meiner Mutter.« Ich hebe meine Augenbrauen in der VR, als wollte ich sagen: »Was *hat* er ihr angetan?«

»Ich verstehe«, sagt Tatum, und ihr Ausdruck ist wieder unlesbar.

Ada, Muhomor und Mitya zucken alle mit den Schultern.

»Ich möchte, dass Sie noch ein bisschen länger bei uns bleiben«, sage ich nach einer langen und unangenehmen Stille, in der Tatum sowohl ihr Essen als auch ihr Trinken beendet.

»Ihre Gefangene bleiben, meinen Sie?«, fragt sie. Es ist schwer zu sagen, ob sie wirklich verärgert ist oder ob sie nur die Chance nutzt, den Antichristen zu ärgern.

»Ich würde es vorziehen, es als Unterschlupf gewähren zu betrachten, während wir herausfinden, wie wir Ihren Namen reinwaschen können.« Ich mache eine Handbewegung Richtung Tablet.

»Da ich keine Wahl habe – warum nicht?«, antwortet sie. »Kann ich duschen, auf die Toilette gehen und ein Nickerchen machen?«

Mitya schickt mir die Baupläne des Bunkers, auf denen ein Raum umrandet ist. »Neun Suiten, zwei davon unbenutzt. Diese hat eine Tür, die jemand bewachen kann.«

»Lassen Sie mich sehen, was ich für Sie tun kann«, sage ich zu Tatum.

Nach einigen kleinen Vorbereitungen bringt Gogi sie in das von Mitya ausgewählte Zimmer.

»Dominic«, frage ich, »macht es dir was aus, die erste Wache zu übernehmen?«

Anstatt zu antworten, nimmt er seine Position ein. Ich glaube, sein Exoskelett würde es ihm erlauben, tagelang so zu stehen, aber ich habe ihn nie gefragt, ob das stimmt. Dominic redet nicht gerne über seinen Körper.

»Hey, Dad.« Alan benutzt seine echte, schwer zu widerstehende Kinderstimme, was bedeutet, dass er im Begriff ist, etwas zu sagen, was mir nicht gefallen wird. »Kann ich mit ihr sprechen?«

»Tatum?« Ich blicke auf Dominic, um Unterstützung von ihm zu bekommen, aber das erweiterte Gesicht der Wache zeigt keine Emotionen. »Du willst mit der Frau reden, die die Bombenanschläge angeordnet haben könnte?«

»Wir haben entschieden, dass sie es nicht getan hat.« Er spricht jetzt telepathisch; er weiß, dass man beim Streiten weniger überzeugend klingt, wenn man die Stimme eines Vierjährigen hat.

Wenn ich anfange, mit ihm zu diskutieren, wird er wahrscheinlich seinen Willen durchsetzen und mein Einschlafen um wertvolle Minuten verzögern. Also mache ich es mir einfach und gebe nach.

»Stell eine weitere Wache vor die Tür und nimm Dominic mit, wenn du reingehst.« Dominic nickt mir leicht zu.

»Okay«, sagt Alan widerwillig.

»Und starte die Share-App, um jedes Wort aufzunehmen, das sie sagt.«

»Natürlich.«

»Bist du damit einverstanden?«, frage ich Ada privat. »Ich werde der Bösewicht sein und Nein sagen, wenn du willst.«

»Lass ihn mit ihr reden«, antwortet sie, und ihre Botschaft ist fast angstfrei. »Dominic wird bei ihm sein.«

Ich schicke Dominic eine private Nachricht. »Wenn sie ihn auch nur falsch ansieht oder ein böses Wort sagt, hol ihn raus. Wenn sie ihn auf die falsche Art und Weise berührt, brich ihr den Arm.«

Der große Mann nickt mir noch einmal zu.

»Und kann ich Mama abholen, wenn sie landet?«, fragt Alan, und seine Augen glitzern schelmisch. Er weiß, was ich sagen werde, aber er testet mich trotzdem.

»Auf gar keinen Fall.« Ich versuche, so autoritär wie möglich auszusehen.

»Wir reden darüber, wenn du geschlafen hast«, sagt er. »Du hast jetzt gerade nicht die beste Laune.«

»Meine Antwort wird dieselbe sein.«

»Wir werden sehen.«

Ich schicke eine private telepathische Nachricht an meinen Cousin. »Joe, weck mich auf, bevor du Ada abholst.«

»Natürlich«, antwortet er.

»Und bevor wir losfahren, lass bitte jemanden das Auto überprüfen, um sicherzustellen, dass Alan sich nicht irgendwo darin versteckt hat. Er hat es sich in den Kopf gesetzt, mit uns zu kommen, was ich nicht für sicher halte.«

»Ganz deiner Meinung«, antwortet Joe grimmig. Ich habe das Gefühl, wenn er Alan im Auto erwischt, könnte mein Sohn seine erste Tracht Prügel bekommen. Oder Schlimmeres.

»Kann jemand die Familie des Curaçao-Attentäters befragen?«, frage ich im VR-Raum mit einem demonstrativen Gähnen. »Und kann jemand anderes das Gleiche an den anderen Orten tun?«

»Ich kann jetzt ein Dutzend mehr Roboter steuern als damals, als ich noch körperlich war«, sagt Mitya. »Ich melde mich freiwillig.«

»In Ordnung. Kann der Rest von euch auf Alan aufpassen, während er mit der Hexe redet?« Ich gähne erneut. »Ich kann fast eine ganze Nacht lang schlafen, bevor Adas Flugzeug ankommt.«

»Nicht fair«, sagt Ada. »Ich bin erschöpft und will auch wieder schlafen gehen.«

»Und?«, fragt Muhomor. »Traust du mir nicht zu, in einem Bunker voller Wachen auf euren Nachwuchs aufzupassen?«

»Schön.« Ihr Gähnen ist noch ansteckender als meines. »Ich werde für den Rest des Fluges schlafen.«

»Können wir sonst noch etwas tun, während ihr beiden euch eine Pause gönnt?«, fragt Muhomor sarkastisch.

»Es wäre schön, sich die Leute anzusehen, die vorhin diese Autos gefahren haben«, sage ich. »Meine Gesichtserkennungs-App hat ihre Gesichter nicht erfasst, aber vielleicht kannst du dich in die Polizei oder das Leichenschauhaus hacken, um herauszufinden, wer sie waren.«

»In Ordnung.« Er sieht verlegen aus. Ich schätze, das ist das erste Mal, dass er nicht schon daran gedacht hat, die Antworten zu hacken.

Ich trinke schnell einen Smoothie, den ich mir gemacht habe, während ich in der VR geredet habe, bevor ich mich auf den Weg in die Mastersuite mache und auf das Bett plumpse. Ich behalte im Hinterkopf, es irgendwann in der Zukunft mit der von Mitya entworfenen WhisperAir-Matratze aufzurüsten. Diese hier ist noch eine alte aus Schaumstoff.

Dann wird mir klar, dass ich die Notwendigkeit eines Bunkers zu schnell akzeptiere. Die Terroristen – oder wer auch immer sie sind – gewinnen bereits.

»Pass auf Alan auf«, sage ich zu Mr. Spock. »Sorg dafür, dass die Frau, mit der er reden will, ihn nicht aufregt.«

»Wenn jemand Alan verletzt, werde ich ihn beißen«, sagt Mr. Spock, und seine einfache Zik-Botschaft ist voller Zorn.

»Vielleicht reicht es, zu ihr zu laufen und zu quieken«, erwidere ich. »Wenn Gewalt nötig ist, soll sich Dominic darum kümmern.«

»Wenn sie mich zum Quieken bringt, kann ich mich vielleicht nicht zurückhalten, sie zu beißen«, sagt Mr. Spock.

Ich bin sehr stolz auf Mr. Spocks Selbsterkenntnis. »Gib dein Bestes, Kumpel.«

»Schlaf gut.« Er huscht aus dem Raum.

Als sich meine Augenlider schließen, schicke ich Ada unsere übliche telepathische Gute-Nacht-Botschaft und schlafe sofort ein.

KAPITEL 17

Das Hospiz versucht, so fröhlich auszusehen, wie ein solcher Ort aussehen kann, aber mit jedem Schritt ertrinke ich in Trauer. Ein langer, grauer Tunnel vor mir endet vor einer großen Tür, die mein Ziel markiert. Jeder Schritt hallt durch den Flur, und meine Beine scheinen sich ohne meine bewusste Zustimmung zu bewegen.

Ich weiß, was hinter dieser Tür auf mich wartet.

Meine Mutter ist da, und ihr Körper ist vom Krebs zerstört.

Ich fühle mich, als würde ich fallen, anstatt zu gehen, und das Gefühl des Fallens lässt etwas in meiner Psyche klick machen. Ich bewege den Türgriff, als ich mir sicher bin, dass das ein Alptraum ist – ein Traum, der von der Join-App-Erfahrung inspiriert wurde, bei der ich durch Adas Augen gesehen habe, was mit ihrer Mutter geschehen ist.

Helles Licht trifft meine Netzhaut, als sich die Tür öffnet. Werde ich in diesem Traum Adas oder meine eigene Mutter sehen? Oder ist das überhaupt kein Traum?

Anstelle des Gesichts irgendeiner Mutter begrüßt mich Einsteins Grinsen. Die KI trägt einen Krankenhauskittel und hat Schläuche im Körper, genau wie Adas Mutter in Adas Erinnerungen.

»Sie werden viel besser darin, Ihre Träume zu erkennen und zu kontrollieren«, sagt Einstein. »Wollen Sie jetzt Klarträume üben?«

Anstatt zu antworten, konzentriere ich meine Aufmerksamkeit und verwandele den Raum in einen Rosengarten. Sobald eine süß duftende Brise die stickigen Gerüche ersetzt, und es keine Spur mehr vom Hospiz gibt, manifestiere ich Ada in der Szene.

»Hast du nicht genug von mir, wenn du wach bist?«, fragt Ada verführerisch. Sie lockert den rechten Träger ihres gelben Sommerkleides.

»Niemals«, flüstere ich und schwebe auf sie zu.

KAPITEL 18

»Sie waren acht Stunden und siebenundvierzig Minuten bewusstlos«, berichtet Einstein irgendwo in meinem müden Gehirn. »Die aktuelle Uhrzeit ist 8.55 Uhr.«

Ich schrecke hoch und sende Ada hektisch eine telepathische Nachricht: »Bist du zurück? Hat Joe dich ohne mich abgeholt?«

Sie antwortet nicht, also verschicke ich eine weitere Zik-Nachricht. »Joe, wo bist du?«

Joe antwortet auch nicht. Während meine Hand in der echten Welt nach meiner Hose greift, schaue ich in den VR-Raum und hoffe, dass entweder Ada oder Joe da sind, aber sie sind es nicht. Die einzige Person im VR-Raum ist Mitya, aber sein Avatar sieht seltsam aus. Sein Gesicht ist wie das einer Figur bei Madame Tussaud's, und seine offenen Augen sind glasig.

»Alter«, sage ich, als ich merke, dass er seit einer unnatürlich langen Zeit nicht mehr geblinzelt hat. »Was zum Teufel ist los mit dir?«

Mityas Augen blinzeln langsam und bekommen einen Teil ihrer Lebendigkeit zurück. In kürzester Zeit funkeln sie mit ihrer normalen Intelligenz, und sein Gesicht zeigt ein Lächeln. »Oh, hallo.«

»Hallo«, antworte ich vorsichtig. »Du hast meine Frage nicht beantwortet.«

»Wie lautete die Frage?« Er hebt die Arme über den Kopf, um sie wie eine Katze zu dehnen. »Ich fürchte, ich war ein wenig weg.«

»Ach wirklich?«, antworte ich. »Warum waren deine Augen so glasig?«

»Sie sahen glasig aus?« Er streckt seinen Hals und kippt seinen Kopf von einer Seite auf die andere. »Da alle schliefen, dachte ich, es wäre eine gute Zeit, mit dem Schlaf zu experimentieren und meine Aufmerksamkeit aufzuteilen.«

»Also so schläfst du?«, frage ich. »Deine Augen waren offen.«

»Denkst du, dass irgendetwas von mir mit diesem Avatar zu tun hat?« Sein Körper verwandelt sich in eine Reihe von Miniatur-Computer-Servern. »So sehe ich jetzt wirklich aus«, sagt er mit leicht metallischer Stimme. »Nicht so.« Sein Avatar ist wieder im Raum und streckt seine Gliedmaßen weiter, als ob nichts passiert wäre. »Ich muss nicht atmen«, sagt er beim Ausatmen. »Ich muss mir keine Sorgen um mein Gewicht machen.« Ein Bananeneisbecher erscheint auf dem Besprechungstisch. »Ich muss nicht …«

»… schlafen?« Ich will schnell auf das Thema Ada zurückkommen. »Hast du dich vom Schlafen befreit? Hast du damit experimentiert?«

»Ich bin immer noch größtenteils eine Nachahmung einer Reihe von Hirnregionen«, sagt er. »Da das biologische Gehirn Schlaf braucht, habe ich Angst, ihn ohne gebührende Sorgfalt wegzulassen. Niemand hat jemals herausgefunden, wofür Schlaf gut ist: Konsolidierung der Erinnerung, Üben von Szenarien für die Zukunft oder andere, manchmal widersprüchliche Theorien. Im Moment experimentiere ich damit, Teile von mir schlafen zu lassen, während andere Teile von mir bei Bewusstsein bleiben – ein bisschen wie Delfine, obwohl ich im Gegensatz zu der Taktik der Delfine, jeweils ein halbes Gehirn schlafen zu lassen, versuche, eine verteiltere Konfiguration zu finden.«

»Okay«, sage ich. »Klingt interessant, aber ich bin aus einem bestimmten Grund hier. Hast du etwas von Ada gehört?«

»Ich habe die letzten ein oder zwei Stunden in der realen Welt tief geschlafen. Ich wollte alles aufzeichnen, was mit jedem Teil meines Seins passiert. Aber davor hat Ada geschlafen, genau wie alle anderen. Ich habe nachgesehen, weil ich meine Curaçao-Funde zusammen mit den Nachforschungen über die anderen Attentäter teilen wollte – aber leider seid ihr nicht einmal dafür aufgewacht. Ich muss sagen, diese erste Nacht als Geist in der Maschine war insgesamt ziemlich langweilig, und ich habe vor, viele neue Freunde auf der ganzen Welt zu finden, wenn ihr regelmäßig derart schlaft.«

»Das ist seltsam«, sage ich. »Adas Flugzeug sollte schon gelandet sein. Ich habe es um etwa 7.30 Uhr erwartet.«

»Vielleicht hat dich niemand geweckt, weil der Flug sich wegen des Wetters verspätet hat?«, meint Mitya und runzelt dann die Stirn. »Ich kann weder den Piloten noch die Crew erreichen. Das ist wirklich seltsam.«

Meine Atmung in der realen Welt, in der ich immer noch dabei bin, einen Fuß durch mein rechtes Hosenbein zu schieben, beschleunigt sich. Ich pinge Ada noch einmal telepathisch an, und dann mache ich dasselbe mit Joe.

Nichts.

Verzweifelt versuche ich mit Muhomor in Kontakt zu treten und bekomme eine automatische Antwort, dass er schläft. Das ist keine Überraschung, denn Muhomors früherer Spitzname war Upir – Russisch für Vampir –, weil er die Nacht dem Tag entschieden vorzieht. Ich überlege, meine Mutter zu kontaktieren, aber sie könnte einen Herzinfarkt bekommen, wenn ich ihr von meinem Problem erzähle, also gebe ich diese Idee auf.

Nach leichtem Zögern schreibe ich eine Zik-Nachricht an Alan, in der Gewissheit, dass er definitiv hellwach, ausgeschlafen und quietschfidel sein wird. Der Junge ist wie dieser batteriebetriebene Hase aus der Werbung. Er steht um 7 Uhr auf, auch wenn er nach Mitternacht ins Bett geht.

Als Millisekunden ohne Antwort vergehen, wird mein echter Herzschlag schneller. »Ich werde mich auf das konzentrieren, was in Echtzeit passiert, also werde ich nicht sehr gesprächig sein. Kann ich dich bitten, auf dieser Ebene nachzuforschen, wo sie sich aufhalten?«

»Natürlich«, sagt Mitya. »Hier sind die Blicke durch die Sicherheitskameras, die unsere Leibwächter in allen Zimmern angebracht haben. Ich werde das Flugzeug lokalisieren und dann …«

Ich höre auf, ihm zuzuhören, weil ich jeden Einzelnen in seinem Zimmer betrachte und mir nicht gefällt, was ich sehe. Muhomor und meine Mutter schlafen, so wie ich dachte, ebenso wie unsere Gefangene – unser Gast – Tatum, Gogi, Dominic und die meisten Wachen. Alan ist jedoch weder in seinem Zimmer noch in einem der anderen. Es gibt keine Kameras in den Badezimmern – eine Kamera im Schlafzimmer ist schlimm genug, sogar für einen unterirdischen postapokalyptischen Bunker –, also kann ich nicht überprüfen, ob er nur seine Zähne putzt. Aber wenn er wach wäre, warum sollte er meine Nachrichten ignorieren?

Ich verlasse die VR und richte all meine Aufmerksamkeit auf das Anziehen meiner Hose, während ich zur Tür eile. Ich ziehe meinen Reißverschluss hoch, als ich zu Alans Zimmer rase und unterwegs an einem schnarchenden Jacob vorbeikomme. Er schläft im Wachdienst, aber ich überlasse es Joe, sich um seinen Mann zu kümmern – vorausgesetzt, ich kann Joe finden.

Alans Suite ist nur geringfügig kleiner als meine und Adas. Das Bett ist immer noch leer, und ich laufe zu ihm, um die Wärme zu kontrollieren. Er muss das Bett vor einer Weile verlassen haben, weil das Bettlaken aus Seide – sein Lieblingsmaterial – kalt ist. Ich überprüfe das Badezimmer, aber dort ist er auch nicht.

Ich schnappe mir Alans Zahnputzglas und fülle es mit kaltem Wasser, bevor ich zurück zu dem Sessel gehe, in dem Jacob immer noch schläft.

»Jacob.«

Er schnarcht weiter, was mich nicht überrascht. Für den Fall, dass er dumm genug ist, die Do-Not-Disturb-App im Dienst laufen zu lassen, schütte ich ihm den Inhalt meines Glases ins Gesicht und verpasse ihm danach eine Ohrfeige.

Ich muss Jacobs Training einfach bewundern. Er ist sofort auf den Beinen und hält mir eine Waffe an den Kopf. Irritiert bereite ich mich darauf vor, ihn zu entwaffnen, aber bevor ich die Chance bekomme, weiten sich seine Augen und er senkt seine Pistole.

»Was zur Hölle …?«, fragt er, als er sich die Wange reibt und auf sein nasses Hemd schaut. »Was ist in Sie gefahren?«

Meine Sorge verwandelt sich plötzliche in Wut. »Wo ist er?« Ein Fetzen meiner Spucke landet auf Jacobs Nase. »Wo ist mein Sohn?«

»Alan?« Er blinzelt. »Er ist bei Joe. Das sollten Sie wissen.«

»Wo ist Joe?« Meine Hände ballen sich zu Fäusten.

»Er wollte Ihre Frau abholen.« Alle Überreste von Müdigkeit sind aus seinem Gesicht verschwunden und werden durch einen Ausdruck tiefer Besorgnis ersetzt.

»Joe hat Alan mitgenommen?«

»Ja.«

»Kam es dir nicht seltsam vor, dass Joe Alan mitgenommen hat, mich aber nicht?«

»Na ja.« Jacob sieht jetzt panisch aus. Ich schätze, dass er das, was passiert ist, nicht in Frage gestellt hat, weil Joe sein Boss ist, aber jetzt, da ich ihn gezwungen habe, darüber nachzudenken, sieht er, dass er als Wache versagt hat. »Ich habe nicht gedacht …«

»Ich kann keinen von ihnen erreichen.« Als ich merke, dass ich schreie, senke ich meine Stimme. »Ich kann weder Joe noch Ada noch Alan erreichen.«

Das Blut verlässt Jacobs Gesicht, und seine Augen weiten sich bis auf die Größe einer Vierteldollar-Münze.

»Hinter dir.« Mityas private telepathische Zik-Nachricht kommt mit den Dringlichkeitsflaggen auf Maximum. »Jacob reagiert nicht auf deine Worte.«

Mitya hat recht, Jacob starrt auf etwas hinter mir. Ich drehe meinen ganzen Körper anstatt nur meinen Kopf, so dass ich mich der Bedrohung zuwende, um was auch immer es sich dabei handelt. Gleichzeitig benutze ich Muhomors App, um die nach Melonen duftende Überwachungskamera zu lokalisieren.

Gogi steht mit einer Waffe in der Hand da. Seinem Gesicht fehlt die übliche gute Laune.

»Warte«, befehle ich telepathisch, aber es ist zu spät.

Gogi drückt den Abzug.

Ein roter Fleck breitet sich auf Jacobs Brust direkt unter dem Wasserfleck aus, den ich eben verursacht habe. Jacobs Gesichtsausdruck ist eine Mischung aus Entsetzen und Verwirrung, als er auf den Boden fällt. Wie ich kann er nicht glauben, dass er gerade von einer anderen Wache erschossen wurde – und nicht von irgendeiner Wache, sondern von Gogi, Joes Stellvertreter.

Ich sehe eine neue Bewegung aus dem Augenwinkel, aber meine ganze Aufmerksamkeit gilt Gogis Waffe, da er sich umgedreht hat und auf mein hektisch schlagendes Herz zielt.

KAPITEL 19

Es ist fast grausam, wie viele Gedanken ich haben kann, bevor Gogi den Abzug drückt. Zur Hölle, ich habe vielleicht genug Zeit, einen Abschiedsbrief an alle zu schreiben, die mir je etwas bedeutet haben, bevor die Kugel meinen Kopf erreicht.

Als Gogi auf Jacob geschossen hat, wusste ich nicht, was ich denken sollte. Zugegeben, ich hatte kurz Lust, den Kerl eigenhändig zu töten, als ich erfuhr, dass er Joe nicht davon abgehalten hat, Alan zu nehmen und ohne mich zu gehen. Aber ich würde nie einem solchen Impuls nachgeben. Joe könnte Jacob dafür erschossen haben, aber nicht Gogi – oder zumindest dachte ich das bis jetzt.

Jetzt, da Gogi auf mich zielt, scheint nur eine Antwort logisch zu sein, aber diese Antwort ergibt keinen Sinn.

Gogi ist ein Verräter.

So schwer es auch zu glauben ist, der Feind hat Gogi irgendwie rekrutiert und ihn entweder erpresst oder bestochen, um mich zu töten.

Eine andere Idee formt sich in meinem Kopf, aber bevor ich sie bewusst registrieren kann, sehe ich etwas Wundervolles. Muhomor hat seine Exoskelettbeine benutzt, um sich schneller als jeder Sterbliche zu bewegen, und steht bereits hinter Gogi. Er mag sich all die Jahre geweigert haben, Kampfsport zu erlernen, aber sein metallverstärktes Bein ist in der Lage, die Waffe wegzutreten und sie unter den nahegelegenen Sessel fliegen zu lassen.

Gogis Hand sollte unerträgliche Schmerzen verursachen, aber das Gesicht des großen Mannes ist ausdruckslos.

»Jacob hat mir das Leben gerettet«, sagt Muhomor, als er Gogi einen Schlag ins Gesicht verpasst. »Du …«

Obwohl Muhomor sein Ziel trifft, hält sein ungeübter Schlag Gogis Faust nicht davon ab, wie ein Baseballschläger in einen Softball zu schlagen. Muhomors empörter Gesichtsausdruck lässt sofort nach, und er fällt auf den Boden, offensichtlich bewusstlos.

Gogi hebt seinen Fuß, um Muhomor zu treten, aber ich springe bereits auf ihn. Er verlagert seine Aufmerksamkeit nicht schnell genug, und ich sehe eine Öffnung für einen verheerenden Schlag gegen seinen Kehlkopf. Doch etwas lässt mich zögern.

»Er ist dein Freund«, sagt Mitya, als ob er meine Gedanken gelesen hat. »Natürlich ist das schwer.«

»Ich mache mir mehr Sorgen um seinen Hals«, denke ich zu Mitya. »Er muss später noch reden können.«

Gogi nutzt mein Zögern, um mir einen Schlag gegen die Schulter zu verpassen. Ich drehe mich weg und kontere mit einem Tritt, aber ich nutze die Gelegenheit nicht dazu, ihm das Bein zu brechen. Etwas an seinen Bewegungen ergibt keinen Sinn. Ich speichere dieses eigenartige Verhalten im Hinterkopf, um es später zu analysieren, wenn ich nicht gerade um mein Leben kämpfe.

Trotz meines ganzen Trainings bin ich nicht auf das vorbereitet, was ich in diesem Kampf erlebe. Ich habe mich immer darauf verlassen, meinen Gegner außer Gefecht zu setzen, typischerweise indem ich ihm sehr schnell schweren Schaden zufügte. Aber ich kann mich nicht dazu bringen, das Gogi anzutun. Ich bin mir nicht sicher, ob es an der Liebe zum Leben liegt, die ich von Ada während unserer Vereinigung bekommen habe, oder an der Tatsache, dass Gogi seit Jahren wie ein Teil meiner Familie für mich ist. Was auch immer der Grund ist, ich schlage zu, blockiere seine Schläge und kontere mit einer Kraft, die nicht stärker ist als beim Sparring.

Im Gegensatz dazu sind Gogis Angriffe alle real, alle mit dem Ziel, mich zu verkrüppeln. Das ist irgendwie schmerzhafter als seine frühere Absicht, mich zu erschießen, weil es in einem Zweikampf vorsätzlicher ist. Ich erkenne, dass er diesen Kampf gewinnen wird, wenn ich meine Abneigung nicht überwinde. Ich erinnere mich erst spät daran, dass ich jetzt Zugang zum Kampfmodus habe, und aktiviere ihn, aber ich bin vorsichtig, den Gefühlsdämpfer einzuschalten, weil ich dann vielleicht Gogi auf eine sehr brutale Art und Weise töten werde.

»Gogi«, sage ich laut und mit einer telepathischen Nachricht. »Was immer sie dir bezahlen, ich verdopple es.«

Er hört nicht auf. Seine emotionslosen Augen zeigen nicht einmal, dass er mich versteht.

Der Kampfmodus hebt meine Möglichkeiten hervor. Ich wähle eine Öffnung, die einen schmerzhaften, aber hoffentlich nicht zu schädlichen Tritt in seine Weichteile zulässt. Ich habe bereits damit begonnen, das Manöver auszuführen, als ich meinen Fehler bemerkte: Ich bin auf eine Finte hereingefallen. Gogi packt meinen Fuß und wir stürzen zu Boden.

Der Kampfmodus zeigt mir, wie ich meinen Körper mitten im Flug positionieren kann, um sicherzustellen, dass ich mir nicht die Wirbelsäule breche. Mein Herz schlägt ein paarmal gegen meine Brust, bevor ich auf dem Bunkerboden aufschlage. Trotz allem Training und dem Kampfmodus bin ich immer noch kein Gegner für Gogi, wenn es um Wrestling geht. Ich befände mich auch dann in Schwierigkeiten, wenn ich nicht zögern würde, einen Freund zu verletzen.

Aus völliger Verzweiflung, zur Hälfte aus eigener Intuition und zur anderen Hälfte auf Anraten des Kampfmodus, schlüpfe ich wie ein mit Vaseline bedeckter Aal aus seinem Griff. Zu meiner Überraschung schaffe ich es, seinen Knöchel fest zu umfassen.

Jetzt fällt es mir auf: Der Kerl hat sich gestern den Knöchel verletzt und konnte kaum stehen, aber er zeigt keine Anzeichen von Schmerzen während unseres Kampfes. Wie schwer fällt ihm das? Und wie viel Schmerz füge ich ihm zu, wenn ich den Knöchel weiterhin festhalte?

Gogi benimmt sich, als ob es ihm egal wäre, selbst wenn ich seinen Knöchel komplett absägen würde. Entweder hat er seine Verletzung gestern nur vorgetäuscht, oder er nimmt gerade sehr starke Schmerzmittel. Dann tut er etwas, was er während des Trainings nie getan hat: eine sehr unprofessionelle, fischähnliche Spirale. Am Ende rollen wir auf dem Boden, und jeder versucht, Druck auf den anderen auszuüben.

Bevor ich überhaupt merke, was passiert ist, erreicht Gogis Knie meine Leiste, und er schlägt mir gleichzeitig mit seinem Kopf ins Gesicht. Seine Nase bricht, aber ich bin momentan wie gelähmt. Als meine Welt endlich aufhört, sich zu drehen, liege ich unter ihm auf dem Rücken, seine Knie ruhen auf meinem Bizeps und seine Hände liegen um meinem Hals.

Ich zappele und versuche erfolglos, ihn zu treten.

Wegen meiner verstärkten Knochen habe ich keine Angst, mir den Hals zu brechen, und mit Respirozyten ersticke ich nicht so schnell wie eine normale Person. Damit mir der Sauerstoff ausgeht, muss Gogi meinen Luftstrom für viele Minuten blockieren – aber wenn ich diesem Griff nicht entkomme, sollte das kein Problem sein.

Der Kampfmodus hebt keine nützlichen Manöver hervor, und die Kampf-oder-Flucht-Reaktion meines Körpers scheint sich nicht an die Respirozyten zu erinnern. Ich keuche hektisch, meine Herzfrequenz explodiert und mein Blick verengt sich zu einem Tunnel. Ich weiß nicht, wie lange diese erstickende Folter dauert, aber ich kann fühlen, wie ich beginne, schwächer zu werden. Ich gehe davon aus, dass meine Sauerstoffversorgung trotz der ausgefallenen Rote-Blutzellen-Trägertechnologie nicht ausreichend ist.

»Jemand muss mir helfen«, schreie ich im VR-Raum und schicke Zik-Nachrichten an meine gesamte Kontaktliste mit Ausnahme meiner Mutter. »Gogi erwürgt mich!«

Meine letzte Hoffnung ist, dass Gogis Hände durch das intensive Drücken krampfen, aber es dauert nicht lange, um zu erkennen, dass er sich so wenig um den Schmerz in seinen Händen kümmert wie um seine blutende Nase und seine Knöchelverletzung.

Am Ende stelle ich fest, dass Respirozyten das Ersticken zu einer schrecklicheren Erfahrung machen, weil der Prozess so viel langsamer ist. Ich beginne, ab und an mein Bewusstsein zu verlieren. In einem Moment der Klarheit merke ich, dass ich nicht mehr mit den Beinen trete, also versuche ich, meine letzte Kraft zu nutzen, um mich zu wehren. Der letzte verzweifelte Versuch hilft nicht, und ich starre nur noch mit benommenem Blick in die leeren Augen meines ehemaligen Freundes, der mir systematisch das Leben nimmt.

Wenn ich sterbe, könnte Mitya eine Computersubstratversion von mir zurückbringen, so wie er es für sich selbst getan hat. Dieser Gedanke macht mir nur noch mehr Angst, da ich mir nicht vorstellen kann, wie eine solche Existenz aussehen würde. Außerdem kann ich nicht sterben, ohne zu wissen, was mit Ada und Alan passiert ist – zumal ich jetzt das Schlimmste befürchte. Und eine digitale Auferstehung würde nur geschehen, wenn unsere Gegner nicht unser gesamtes Unternehmen und die Datenserver zerstören, was nicht mehr undenkbar ist, da sie bereits irgendwie das Unmögliche geschafft haben: dass Gogi sich gegen mich gewendet hat.

Als ich nicht mehr kämpfen kann, erschlafft mein Körper, und die Dunkelheit der Bewusstlosigkeit hüllt mich ein.

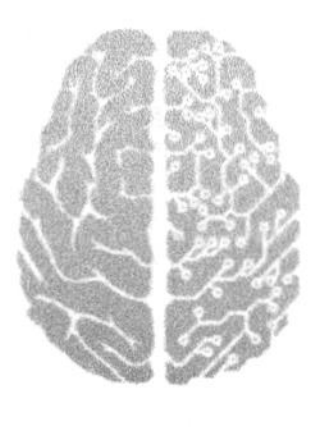

KAPITEL 20

Hinter Gogi sehe ich eine schattenhafte Bewegung, auch wenn es vielleicht einfach das letzte Feuern meiner sauerstoffarmen Neuronen ist.

Gogis Hände kämpfen darum, um meinem Hals zu bleiben, aber eine Kraft zieht ihn so stark zurück, dass seine Nägel Fetzen meiner Haut herausreißen. Ich schnappe nach Luft, als Dominics bionischer Arm Gogi in die Luft hebt, bevor er ihn wie einen Racquetball zur Seite wirft.

Gogi knallt in die Wand, rutscht nach unten und versucht zu meinem Erstaunen, wieder aufzustehen. Dominic stürzt sich auf ihn.

Gogi nutzt sein Aufstehen als Tarnung, um in seinen Stiefel zu greifen.

»Dominic, Messer!«, schreie ich sowohl laut als auch telepathisch.

Gogi hat immer damit geprahlt, dass ihm das Militärmesser in der georgischen Spezialeinheit das Leben gerettet hat. Damit wird er auch nach diesem verheerenden Schlag gegen die Wand tödlich sein. Ich zwinge mich, zu kriechen, in der Hoffnung, Dominic so gut ich kann zu helfen. Meine Beine fühlen sich an, als hätten sie sich in Haargel verwandelt, und meine Arme sind schwer, aber ich schaffe es ein paar Zentimeter in Richtung der Couch, wo ich Gogis Waffe zuletzt gesehen habe.

Durch den Blick der Kamera sehe ich, dass entweder Wut oder Hoffnung Dominic antreiben. Wenn er meine Warnung wegen des Messers gehört hat, scheint es ihn nicht zu kümmern. Bevor Gogi eine Chance bekommt, vollständig aufzustehen, klemmt sich Dominics künstlicher Arm wie ein Schraubstock um seine Hand.

Ich schnappe immer noch verzweifelt nach Luft, als ich die Couch erreiche und darunter nach der Waffe taste.

Gogis Messer schimmert im Kunstlicht des Bunkers. Er umfasst den Griff mit seiner freien linken Hand. Dominic sieht die Bedrohung und versucht, den Mann von seinem Körper wegzudrücken, aber es ist zu spät.

Das Messer schwingt auf sein Gesicht zu.

Es dringt dort ein, wo Dominics rechtes Auge sein würde, in das Narbengewebe, das an diese schreckliche Explosion erinnert. Wenn er das Auge noch hätte, hätte er es jetzt ohne Zweifel verloren. Er schreit vor Schmerz, und angesichts dessen, wie hart der große Mann im Nehmen ist, verstehe ich, wie viel Schaden Gogi ihm gerade zugefügt hat.

Meine Finger berühren schließlich den kalten Lauf der Waffe. Ich brauche weniger als eine Sekunde, um die Waffe herauszuziehen. Ich rolle mit klopfendem Herzen in eine

Schussposition, und sobald ich freie Bahn habe, ziele ich auf Gogi.

Selbst nach seinem Verrat fällt es mir schwer, die Person zu erschießen, von der ich dachte, dass sie mein Freund sei.

Gogi reißt das Messer aus Dominics Augenhöhle, um erneut zuzustechen.

Ohne weiteres Zögern schieße ich auf Gogis messerschwingenden Arm.

Ich hatte keine Zeit, die Zielhilfe-App zu aktivieren, aber meine Stunden auf dem Schießstand zahlen sich erneut aus. Gogis Handfläche färbt sich rot, und das Messer, dessen Griff von meiner Kugel in zwei Hälften gespalten wurde, schlägt klirrend auf dem Boden auf.

Dominic grunzt und biegt Gogis rechten Arm fast mühelos in einen unmöglichen Winkel. Ich höre, wie Knochen brechen.

Gogi blinzelt nicht einmal. Er versucht trotz beider Verletzungen immer noch, an Dominic heranzukommen. Glücklicherweise gibt es eine Grenze, wie viel ein Körper mit einem gebrochenen Arm tun kann, selbst wenn der Verstand es will.

Dominic zieht Gogis Kopf in seinen bionischen Griff, und ich weiß, dass er genug Kraft in seiner Prothese hat, um ihn zu enthaupten. Zu meiner Erleichterung schlägt er stattdessen den Kopf seines Gegners gegen die Wand. Da Gogis Schädel nicht in Stücke zerfällt, kann man davon ausgehen, dass Dominic seine Stärke kontrolliert hat. Trotzdem rutscht Gogi auf den Boden, da der kumulative Schaden ausreicht, um ihn schließlich auszuschalten.

Als ich endlich wieder auf den Beinen bin, sind Gogis Hände und Füße in Handschellen, die Dominic von irgendwoher genommen hat. Die Fesseln kommen gerade noch rechtzeitig, denn Gogi kommt zu sich und fängt an, gegen die Handschellen zu schlagen.

»Monster«, brüllt Gogi, als er sieht, dass er sich nicht mehr bewegen kann, egal was er tut. Seine Stimme klingt nicht wie seine übliche Stimme, sie hat einen flötenartigen Unterton. Seine Bemühungen werden unheimlich hektisch, und ich kann mir den schrecklichen Schmerz in seinen gebrochenen, verletzten Armen vorstellen.

Dominic nimmt eine Spritze aus dem gleichen geheimnisvollen Versteck wie die Handschellen und sticht Gogi mit der dünnen Nadel in den Hals. Gogi wird sofort schlaff, aber als seine Augen sich schließen, sagt er mit derselben seltsamen Stimme: »Wenn du nicht tust, was man dir sagt, werden Ada und Alan sterben. Du musst …«

Ich höre nicht, was er als Nächstes sagt, weil er in eine Unterwelt aus Drogen gezogen wird.

»Warte.« Ich reibe meine schmerzende Kehle und fange an, auf den bewusstlosen Mann zuzugehen. »Er hat etwas über Ada und Alan gesagt. Sie sind verschwunden. Ich muss wissen, was er weiß.«

»Was stimmt nicht mit Alan und Ada?« Zorn macht Dominics Avatar so beängstigend wie seinen verletzten Körper. Obwohl er es nicht mag, schalte ich von seinem Avatar auf das verbrannte Fleisch in der realen Welt um. Seine Augenhöhle blutet trotz des umgebenden Narbengewebes und lässt es so aussehen, als würde er makabere Tränen aus Blut vergießen.

Die Wunde muss schlimm sein, denn er sinkt auf die Couch und drückt auf sein Gesicht, um die Blutung zu stoppen.

»Ich kann keinen von beiden erreichen«, sage ich. Im Kopf untersuche ich die Bunkerpläne, um herauszufinden, wo Dr. Jarvis schläft. Jarvis ist ein brillanter Chirurg, und ich bin froh, dass ich ihn beauftragt habe, sein ganzes Team plus Ausrüstung mitzubringen. »Offensichtlich hat die Tatsache, dass sie nicht erreicht werden können, etwas mit Gogis Angriff zu tun.«

»Das tut mir leid. Die Droge, die ich ihm gegeben habe …« Dominic ballt seine linke Hand zu einer Faust, und ich habe das Gefühl, dass er genauso versucht ist wie ich, die Informationen aus Gogis bewusstlosem Körper herauszureißen. »Er wird ein paar Stunden lang weg sein.«

»So lange haben wir nicht.« Ich gehe auf wackeligen Beinen zu Jarvis' Zimmer. »Wir brauchen sofort Informationen.«

Ein Stöhnen ertönt von der Stelle, wo Muhomor sich rührt. Durch das Kameramikrofon höre ich ihn verwirrt sagen: »Was? Wie? Wer? Warum?«

»Joe, Ada und Alan sind verschwunden«, sage ich ihm im schnellsten Zik, zu dem ich fähig bin. »Gogi scheint ein Verräter zu sein.«

Während ich mit ihm spreche, stürme ich in das Schlafzimmer des Arztes und schalte das Licht an. Trotz des Schusses schlafen Dr. Jarvis und seine Frau immer noch. Sie haben entweder die Do-Not-Disturb-App eingeschaltet, oder sie haben eine Überdosis Zolpidem genommen. Ich bezweifle, dass es daran liegt, dass die Wände in diesem Bunker so dick und schalldicht sind, wie es die Marketingleute beim Kauf dieses Gebäudes behauptet haben.

Ich ignoriere die Etikette, nähere mich dem guten Arzt und schlage ihm ins Gesicht.

Seine Augen öffnen sich schlagartig, und seine Hand fliegt nach oben, um seine Wange zu umfassen, während er sich aufsetzt. »Was ist los?« Er sieht aus, als würde er einen Herzinfarkt bekommen, was er hoffentlich nicht tut, da er unser einziger Chirurg ist.

Ich reiße die Decken von seinem Bett, ohne mich darum zu kümmern, dass ich auch seine Frau entblöße. »Wir brauchen medizinische Hilfe. Stehen Sie auf. Ich werde den Rest Ihres Teams wecken.«

Ich wiederhole dieses böse Erwachen mehrmals, und als ich die letzte Krankenschwester geweckt habe, treffe ich Dr. Jarvis und seine Kollegen dabei an, wie sie eine sterile Umgebung im großen offenen Raum einrichten.

Dominic wird bereits vorbereitet.

»Sie werden sich wieder erholen«, sagt der Arzt, als er mich sieht.

»Gibt es einen Weg, Gogi aus seinem Zustand zu wecken?«, frage ich. »Ich weiß, dass Drogenabhängige mit Naloxon aus einer Überdosis herausgeholt werden können. Gibt es hier etwas Ähnliches?« Ich mache eine schnelle Online-Suche über Brainozyten. »Vielleicht Flumazenil?«

»Dr. Blantor?«, sagt Dr. Jarvis zu einem dünnen Mann zu seiner Linken, der laut Gesichtserkennung ein Anästhesist ist.

»Nichts, was wir hierhaben«, sagt Dr. Blantor. »Plus …«

»Ich habe Informationen bekommen«, sagt Mitya telepathisch. »Komm zu mir in die VR.«

Ich danke den Ärzten und setze mich neben eine Krankenschwester, die Muhomors Kopf bandagiert. »Geht es dir gut genug, um in die VR zu kommen?«

»Schon da«, sagt er durch seine geschwollene Lippe.

Die Krankenschwester beginnt, mich zu untersuchen, als ich meine volle Aufmerksamkeit auf die VR richte. Der helle, illusionäre Konferenzraum ist ein solcher Kontrast zum Bunker, dass ich einen Moment brauche, um mich mental anzupassen – ich bin immer noch erschöpft vom Ersticken.

Mitya hat mehrere Bildschirme für uns vorbereitet. Der größte zeigt unseren Privatjet im nahegelegenen Flughafen von New Jersey.

Mityas Gesichtsausdruck ist extrem gedämpft, und ich befürchte das Schlimmste, als ich frage: »Was hast du herausgefunden?«

Mitya schaut von mir zu Muhomor. »Schau es dir selbst an. Ich habe dich immer vor ihm gewarnt.«

Der Bildschirm zeigt Joe, wie er mit einer Waffe in der Hand zielstrebig die Treppe hinaufmarschiert.

Eugene, einer von Joes vertrauenswürdigsten Leibwächtern, der Ada beschützen sollte, begrüßt seinen Chef mit einem Lächeln.

Das Lächeln verfliegt sofort, als Joe seine Waffe hebt und auf die Brust des Mannes zielt.

»Boss«, sagt Eugene, »was …?«

Joe drückt den Abzug.

Dann tritt er ohne einen Hauch von Emotion über den Toten und geht ins Flugzeug.

KAPITEL 21

In entsetzter Stille sehen wir Joe zwei weitere seiner Männer hinrichten – sie rennen hinaus, um zu erfahren, worum es bei der Schießerei geht, sehen ihren Chef, stellen eine Frage und werden abgeschlachtet. Nach der gleichen Grundformel sterben einige weitere Menschen im Gepäckraum, dann noch zwei auf der Rampe, die in den Rumpf führt. Danach stolziert Joe in den Fahrgastraum und schießt noch ein paar Kugeln in seine verbliebenen Leute.

Die Ungeheuerlichkeit dieses Verrats kann mein erweitertes Gehirn gar nicht erfassen. Und Joes Verhalten auch nicht. Warum seine Männer töten, wenn die meisten von ihnen ihm treu ergeben sind?

Wenn Joe auf der Seite der bösen Jungs ist, sind wir so gut wie tot. Nach jahrelangem Training im Dojo habe ich meinen Cousin nicht einmal beim Sparring geschlagen. Er schießt immer noch besser als ich auf dem Schießstand und hebt im Fitnessstudio immer noch mehr Gewichte als ich. Einfach ausgedrückt: Joe ist die tödlichste Person, der ich je begegnet bin, und die Vorstellung von ihm als meinem Feind ist erschreckend – zumal ich nicht weiß, ob ich in der Lage bin, einen Verwandten zu verletzen. Dennoch habe ich keinen Zweifel, dass er nicht zögern würde, mich zu töten.

Eine neue Angst überwindet alle meine Sorgen, als er anfängt, die Sitze zu durchsuchen.

Er sucht nach Ada.

Er findet sie schlafend auf der Massageliege, die das Verkaufsargument dieses Flugzeugs war. Sie muss die Do-Not-Disturb-App wie gewohnt laufen haben, denn die hellen Lichter nach der Landung hätten sie schon lange vor den Schüssen geweckt. Bevor wir DND entwickelt haben, musste ich für sie jedes LED-Licht in unserem Schlafzimmer mit schwarzem Abdeckband überkleben. Wenn wir überleben, sollten wir die dumme App so anpassen, dass lebensbedrohliche Geräusche und Anblicke durchdringen.

Als er das Ziel erfasst hat, stürzt sich Joe auf meine Frau und zieht währenddessen eine Spritze heraus. Ihr friedlicher Gesichtsausdruck ändert sich nicht. Das einzige Zeichen für das, was er getan hat, ist, dass sie überhaupt keine Reaktion zeigt, als er sie wie einen Sack Kartoffeln über seine Schulter wirft.

In der realen Welt graben sich meine Nägel in meine Handballen, während meine Hände sich zu festen Fäusten ballen.

»Das tut mir leid, Alter«, sagt Mitya wie aus weiter Ferne. »Das war nur ein Teil davon. Willst du mehr sehen?«

Ich nicke, weil ich mir im Moment nicht zutraue zu sprechen.

Er spielt einen Clip von Joe vor, wie der die Wachen, die er mit zum Flughafen genommen hat, angreift, und dann zeigt er mir ein aktuelles Video von den Leichen der Wachen, die noch auf dem Bunkerparkplatz liegen.

Dann spielt er mir den Clip vor, den ich am meisten fürchte.

»Danke, dass du mich mitgenommen hast, Onkel Joe«, sagt Alan, als die beiden den Bunker verlassen. »Warum wollte Dad nicht mit uns kommen?«

Alan hat Joe den Rücken zugedreht, also sieht er nicht, dass eine Spritze auf sein Fleisch zusteuert. Eine Sekunde später erschlafft der kleine Körper meines Sohnes, und Joe fängt ihn auf und legt ihn auf den Boden.

Überwältigt von Emotionen springe ich in der VR auf die Füße und laufe zum virtuellen Fenster. Ich benutze meine Kontrolle über das Design der VR, um mein Spiegelbild im Fenster in eine Abbildung von Joe zu verwandeln und es mit aller Kraft zu schlagen. Ich bin mir nicht sicher, auf wen ich wütender bin: mich selbst, weil ich diese Katastrophe nicht verhindert habe, oder meinen Cousin, weil er das Werkzeug meiner Feinde ist. Meine Knöchel treffen immer wieder auf das kugelsichere Glas, und ich begrüße den virtuellen Schmerz.

Mitya legt seine Hand auf meine Schulter. »Wenigstens hat er Alan zurückgelassen, als er die anderen Wachen erschossen hat.«

Ich kann jetzt nicht zerbrechen – Alan und Ada zuliebe. Ich starte die BraveChill-App, die meine Ängste ausreichend unterdrückt, um meinen Wutanfall zu stoppen.

»Du musst cool bleiben«, sagt mir Mitya privat. »Wir brauchen deine Führung, um das durchzustehen.«

Er geht zurück zum Tisch und streicht mit der Hand am Glas entlang. Die Oberfläche verwandelt sich in einen weiteren Bildschirm, der Joe zeigt, wie er Alan ins Auto trägt.

»Ich kann das nicht glauben.« Muhomor spuckt auf den Tisch und zielt auf das Bild von Joe. »Wir hätten diesen Psycho nie mit der Sicherheit betrauen sollen.«

»Wo sind sie?«, frage ich in den Raum. »Wir sollten in der Lage sein, dem Auto oder der Limousine zu folgen, oder mit was auch immer Joe gefahren ist.«

»Ich habe keine Ahnung, wo sie sind«, sagt Mitya mit niedergeschlagenen Augen. »Joe muss mehrmals den Wagen gewechselt haben, und er muss schließlich seine alte manuelle Kiste genommen haben, der keinerlei Ortungstechnologie hat.«

»Hast du die Satelliten überprüft?«, fragt Muhomor. »Verkehrskameras? Armaturenbrettkameras?«

»Du kannst meine Arbeit gerne überprüfen«, antwortet Mitya herausfordernd. »Selbstverständlich würde ich Mike nicht sagen, dass ich keine Ahnung habe, wo sie sind, bevor ich alle Möglichkeiten ausgeschöpft habe.«

Muhomor antwortet nichts Abfälliges, was mir sagt, dass er gerade selbst recherchiert. Da ich mir denke, dass drei erweiterte Gehirne besser sind als zwei, versuche ich mein Bestes, um Joes Spur zu folgen, aber entdecke schnell, dass Mitya recht hat. Etwa fünf Minuten nach der Entführung ist die Spur völlig kalt – und jetzt sind schon Stunden vergangen, so dass er überall in einem riesigen Radius sein könnte. Nach vergeblichen Versuchen, Alan und Ada über jede App, die wir haben, zu erreichen, gebe ich mich geschlagen und stelle die BraveChill-App auf ihre maximale Stärke, um nicht zu zerbrechen.

»Das ergibt keinen Sinn«, sage ich sowohl in der VR als auch laut, als BraveChill mein Urteilsvermögen zu klären beginnt. »Joe gehört zu den reichsten Menschen der Welt. Niemand könnte ihm genug bezahlen, um das zu tun.«

Mitya und Muhomor sehen mich besorgt an. Der gleiche Gedanke muss ihren beiden erweiterten Gehirnen in den Sinn gekommen sein.

»Vielleicht hatte jemand etwas, um ihn zu erpressen?«, schlägt Muhomor vor. »Oder eine andere Art von Druckmittel?«

Mitya nickt. »Wir alle haben gesehen, wie er Menschen getötet hat. Vielleicht hat jemand einen Mord aufgezeichnet?«

Das Bild von Joe, wie er meinen biologischen Vater tötet, erscheint in meiner Erinnerung, und ich fühle mich wieder, als würde ich meinen Versand verlieren – trotz BraveChill.

»Joe würde eher ins Gefängnis gehen, als dies zu tun«, sage ich, als ich wieder sprechen kann. »Außerdem würden Kadvosky und der Rest unserer Anwälte behaupten, dass das Video gefälscht ist, und kurzen Prozess damit machen. Joe weiß das.«

»Vielleicht haben sie jemanden, um den er sich sorgt?« Muhomor klingt noch unsicherer als zuvor. »›Bring uns Alan und Ada, oder wir töten X.‹«

»Wer würde X sein?« Ich versuche, meine Atmung zu beruhigen. »Wenn ihm jemand etwas bedeutet, dann wir, seine Familie. Die Menschen, die Joe mitgenommen hat, sind genau diejenigen, die jemand entführen müsste, um ihn zur Mitarbeit zu bewegen – vorausgesetzt, Joe würde die Verschwörer nicht präventiv töten.«

»Vielleicht hat jemand Alan und Ada vergiftet und Joe gesagt, dass er sie an einen Ort bringen muss, um sie zu heilen.« Muhomor kaut den Nagel seines rechten Zeigefingers. »Oder sie haben eine Bombe in Joes Hals implantiert und ihm gesagt, sie würde explodieren, wenn er nicht das tut, was man ihm sagt.«

»Alter.« Mitya wirft einen bösen Blick auf den Hacker. »Glaubst du, Mike will solche dummen Theorien hören?«

»Das ist schon okay«, bekomme ich raus. »Keine Idee ist eine schlechte Idee. Die Gift-Theorie funktioniert allerdings nicht. Joe würde uns da nicht mit reinziehen, er würde seine Leute nicht umbringen. Außerdem passt Gogis Verhalten nicht.«

»Mike hat recht«, sagt Mitya. »Dieselbe Logik, oder das Fehlen davon, trifft auch auf Gogi zu.« Er bringt eine Aufzeichnung von Gogis Angriff auf die Displays. »Er ist nicht so reich wie Joe, aber Gogi hat immer noch genug Anteile an Mensch++, um zu viel Geld zu besitzen, um gekauft zu werden. Er liebt dich wie einen Bruder.«

»Aber er ist Joe gegenüber loyal«, sagt Muhomor. »Vielleicht ist es also nur ein Puzzle statt zwei?«

»Er ist nicht so loyal zu Joe«, antworte ich zuversichtlich, obwohl ich innerlich weniger überzeugt bin, als ich klinge. Würde Gogi mir für Joe wehtun? Ich musste noch nie zuvor über eine solche Frage nachdenken, und jetzt, da ich es tue, bin ich mir nicht sicher, was die Antwort ist.

»Was Gogi getan hat, ergibt überhaupt keinen Sinn.« Mitya starrt auf den Teil der Aufnahme, wo Gogis Hände um meinem Hals liegen. »Wenn mir kein verrückter Grund einfällt, warum Joe Alan und Ada mitnimmt, kann ich mir schon gar nicht vorstellen, warum Gogi dich töten will …«

Eine frühere Idee formt sich in meinem Kopf neu, und alles passt zusammen.

»Leute«, sage ich triumphierend. »Ich glaube, ich weiß, was los ist.«

»Wirklich?«, fragen meine Freunde unisono.

»Ja.« Entweder diese Erscheinung oder die BraveChill-App lässt mein Herz endlich aufhören, wie bei einem Kind mit ADHS zu rasen. »Gogi würde seine Freunde nicht verraten. Und Joe seine Familie noch weniger. Die logische Schlussfolgerung ist, dass sie uns nicht verraten haben.«

»Also denkst du, dass Joe Ada und Alan auf eine Spazierfahrt mitgenommen hat?«, fragt Muhomor sarkastisch. »Und Gogi uns fast aus Spaß umgebracht hätte?«

»Nein. Aber sie haben uns nicht *gewollt* verraten«, sage ich. »Jemand hat ihre Brainozyten gehackt. Jemand kontrolliert Gogi und Joe wie Marionetten.«

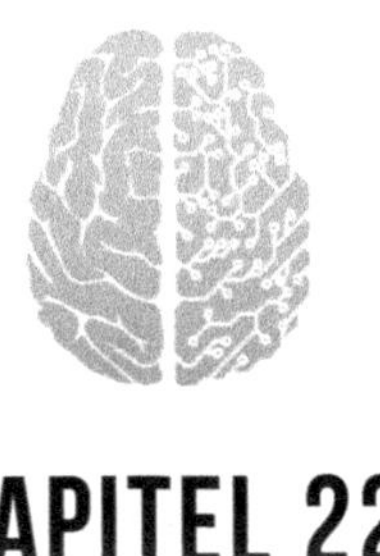

KAPITEL 22

Mitya und Muhomor starren mich an, und ihre Avatar-Kiefer drohen damit, mit einer unrealistischen VR-Animation zu Boden zu fallen.

»Nein«, sagt Muhomor. »AROS-Sicherheit kann nicht einfach so gehackt werden.«

»Nein, Mike hat recht.« Mitya sieht düster aus. »Diese Theorie passt zu allen Fakten. Ich habe es sogar kurz überlegt, aber es dann verworfen, als wir erfuhren, dass alle Leute, die uns angegriffen haben, die offiziellen Mensch++-Brainozyten hatten – von denen du, Muhomor, behauptet hast, dass sie unhackbar seien.«

»Ich sagte, Tema ist unhackbar.« Muhomor lässt seine übliche Sonnenbrille verschwinden und enthüllt untypisch besorgte Augen. »Ich habe immer nur gesagt, dass es unwahrscheinlich ist, dass jemand außer mir einen Fehler in der AROS-Sicherheit finden kann. Und alle Fehler, die ich entdeckt habe, habe ich behoben.«

Wir schauen uns an. Das ist nicht das, was er gesagt hat – seine Überzeugung in diesem Punkt war überhaupt der Grund dafür, warum ich diese Möglichkeit nicht von Anfang an in Betracht gezogen habe – aber jetzt ist nicht die Zeit, um über Semantik zu diskutieren.

»Das Unwahrscheinliche ist passiert«, sage ich rundheraus. Da ich meine Emotionen gerade unter Kontrolle habe, versuche ich, sie zu nutzen, um unsere Untersuchung so weit wie möglich voranzutreiben. »Jemand hat dir deinen selbsternannten Titel ›bester Hacker‹ weggenommen, Muhomor. Du wurdest bei deinem eigenen Spiel geschlagen. Lebe damit. Hier geht es nicht mehr um dein Ego. Wir müssen herausfinden, wer das getan hat und wie.«

»Nun«, Mitya steht auf und geht um den Tisch herum, »wir wissen, wie es mit jemandem möglich wäre, der noch keine Brainozyten hatte. Hilft das?«

Das Thema ist für uns alle unangenehm. Obwohl Brainozyten im Allgemeinen eine Kraft zur Verbesserung der Welt waren, sind sie, wie jede Technologie, nicht ohne ihre Dämonen. Monströse Menschen haben ihre eigenen pervertierten Versionen von Brainozyten geschaffen, um Menschen in zombieartige Sklaven zu verwandeln. Wann immer wir von solchen Bemühungen hören, tun wir unser Bestes, um die verantwortlichen Organisationen zu zerstören. Bis jetzt war das sechsmal in Afrika, zweimal in Osteuropa und einmal im Nahen Osten der Fall. Wir verabscheuen diese Situation und schrecken nicht vor den notwendigen Maßnahmen, um sie zu bekämpfen, zurück – angefangen von rechtlichen Schritten bis hin zu Joes Skrupellosigkeit und Muhomors Hacken.

Die Organisationen, die dabei erwischt wurden, existieren nicht einmal mehr als Erwähnung auf alten Internetseiten. Dennoch wissen wir, dass es einfach unmöglich ist, jeden Fall dieser Gräueltat zu lokalisieren und etwas dagegen zu tun. Unsere beste Verteidigung ist, legitime Brainozyten unter der gesamten menschlichen Bevölkerung zu verbreiten. Bis jetzt waren Mensch++-Brainozyten der beste Schutz gegen das Hacken des Gehirns.

Muhomor muss in die gleiche Richtung denken. »Gogi und Joe haben bereits Brainozyten«, sagt er. »Das macht das zu einem ganz anderen Problem für den Hacker.«

Ich trommle mit meinen Fingern auf dem Tisch und versuche, meine Gedanken wieder zu beruhigen. »Wenn du der Hacker dahinter wärst, wie würdest du vorgehen?«

Muhomors Stirn legt sich in Falten, und seine Sonnenbrille kehrt auf seine Nase zurück. »Angenommen, es ist wirklich das, was du sagst, dann muss es eine Schwachstelle in einer der Kernanwendungen von AROS geben.«

Wieder einmal versagt BraveChill, und es bildet sich ein Knoten in meinem Magen. Muhomor hat recht. Aus Sicherheitsgründen sind bestimmte Arten der Brainozytenoperationen, insbesondere das Senden von Daten an Neuronen außerhalb der visuellen und auditiven Regionen des Gehirns, für alle Anwendungen außer denen, die von uns entwickelt wurden, gesperrt. Benutzer haben die Möglichkeit, es für sich selbst zu überschreiben, aber jeder weiß, dass es nicht sicher ist, das zu tun – besonders Leute, die für Mensch++ arbeiten, wie Joe und Gogi.

Ich atme tief ein. »So unwahrscheinlich es klingt, nehmen wir an, es ist eine Kernanwendung. Sagen wir zum Beispiel, es ist der Videoplayer. Was würdest du dann tun?«

»Das ist sehr weit hergeholt«, sagt Muhomor. »Der Videoplayer ist wahrscheinlich die sicherste Anwendung.«

»Mach uns die Freude.« Mitya hört auf, hin und her zu gehen und lässt sich wieder auf einen Stuhl fallen. »Sagen wir, die Videoplayer-App hatte eine Sicherheitslücke.«

»Nun, ich müsste einen Virus schreiben, um die imaginäre Schwäche auszunutzen«, sagt Muhomor. »Und ihn verbreiten. Irgendwie.«

»Bräuchtest du nicht ein spezielles Video auf dem Server einer anderen Firma?«, frage ich. »Ich kann mir vorstellen, dass Netflix und seine Leute nicht wollen, dass jemand sie benutzt, um einen solchen Virus zu verbreiten. Schlechte Werbung.«

»Ich würde mich in Netflix hacken«, sagt Muhomor abfällig. »Oder ich würde Social Engineering nutzen, um mit Mitarbeitern zu arbeiten, die bereits in der Firma sind.« Er schaut bei diesem Rollenspiel so aufgeregt aus, dass ich Lust habe, mich vorzubeugen und ihm eine Ohrfeige zu geben. »Alternativ würde ich einen neuen Video-Streaming-Dienst zusammenstellen, den ich komplett kontrolliere, und ein Video erstellen, das potenziell als Überträger benutzt werden könnte …«

»Es gibt ein Problem mit alldem.« Mitya verschränkt seine Arme vor der Brust. »Dieser Angriff war auf Joe und Gogi gerichtet. Ein Virus, der so etwas wie Video-Streaming ausnutzt, würde in die Köpfe aller, die das Video gesehen haben, eindringen.«

»Du hast recht. Den Virus gezielt zu verbreiten wäre extrem schwierig.« Muhomor reibt sich nachdenklich sein dünnes Kinn. »Es ist aber nicht unmöglich. Du könntest jedem Benutzer einen Virus geben, der inaktiv ist, und dann spezielle Anweisungen nur für Leute in der Nähe eines Ortes aktivieren, oder …«

»Ich hoffe wirklich, dass das nicht gerade passiert«, sagt Mitya. »Das würde bedeuten, dass jeder Mensch++-Kunde eine Schwachstelle im Kopf hat … dass der größte Teil der Welt diese Sicherheitslücke zum Missbrauch in sich trägt.«

»Sie schienen bei Gogi und Joe lasergenau zu sein.« Ich versuche, nicht vor Angst vor den Brainozyten-Nutzern der Welt auszuflippen – eine Gruppe, die alle einschließt, die ich kenne, auch mich selbst. »Wenn das ein Virus ist, der auf Nähe reagiert, warum würde man dann nicht alle unsere Wachen gegen uns aufbringen? Oder, noch besser, uns versklaven und dazu bringen, Selbstmord zu begehen? Oder Alan und Ada versklaven und sie dazu bringen, sich selbst zu entführen?«

Die Erinnerung an Ada und Alans Zustand lässt meinen bereits erhöhten Herzschlag noch weiter in die Höhe schnellen, sowohl in der VR als auch auf der Couch, wo die Schwester mich auf Verletzungen untersucht. Trotz der Lichtgeschwindigkeit dieses VR-Gesprächs fühle ich mich immer noch enorm schuldig, weil ich rede, anstatt zu handeln. Gleichzeitig habe ich keine Ahnung, was ich tun kann, bis wir diesen Schlamassel geklärt haben.

»Für diese Art der Zielerfassung braucht man die Brainozyten-ID desjenigen«, sagt Muhomor. »Aber die ID von jemandem zu bekommen ist genauso schwer wie ein Schlupfloch in einer der Apps zu finden.«

»Aber es ist nicht unmöglich?«, frage ich.

Muhomor zuckt mit den Schultern. »Du weißt es besser als ich. Im Software-Universum sind wenige Dinge unmöglich. Es gibt nur verschiedene Schwierigkeitsgrade.«

Wir drei schauen uns an. Wir haben bewusst die Details darüber, wie das ID-System funktioniert, ausgelassen, als wir Brainozyten für die Welt bereitstellten. Aber wir wissen auch, dass das Vertrauen in Geschäftsgeheimnisse keine sehr gute Strategie ist, um Geheimnisse zu bewahren, weshalb es nur eine Frage der Zeit war, bis jeder alles über die Brainozyten-Technologie herausgefunden hat – ein weiterer Grund dafür, warum wir Milliarden in die Sicherheitsforschung und -entwicklung investiert haben.

»Jemand hätte die IDs irgendwie rekonstruieren müssen«, sagt Mitya, was beweist, dass er genau das Gleiche denkt wie ich. »Das könnte entweder aus inerten Brainozyten gemacht werden, oder, wenn man ein schnelleres Ergebnis wollte, aus Hardware, die man aus dem Kopf eines hoffentlich toten Benutzers genommen hat. Es würde viele Jahre dauern, selbst wenn man so viel Geld hätte wie wir.«

Die morbide Erwähnung des Kopfes eines Toten lässt den Hauch einer Idee in mir aufkeimen, aber als ich versuche, ihn zu verbalisieren, verflüchtigt er sich. Das geschieht manchmal durch das verstärkte Gehirn; man bekommt das Gefühl, etwas auf der Zunge liegen zu haben, aber es dauert Minuten oder manchmal Stunden, bis es einem in einem Heureka-Moment klar wird. Jetzt sage ich erst einmal: »Lasst uns das Wie überspringen und davon ausgehen, dass jemand weiß, wie Brainozyten-IDs funktionieren. Was käme als Nächstes?«

»Sie könnten in der Lage sein, einen Weg zu finden, die Gehirnzellen von jemandem dazu zu bringen, eine bestimmte Benutzer-ID zu enthüllen«, sagt Muhomor. »Das würde erfordern, dass sich die Gehirnzellen direkt mit einer Anwendung verbinden …«

»Wie ein Gehirnscan im Krankenhaus?« Ich schlage mich auf die virtuelle Stirn. »Gogi und Joe wurden beide am Kopf getroffen und gescannt. Könnte das jemand als Chance genutzt haben, seine Brainozyten-IDs herauszufinden?«

Muhomor sieht ein bisschen so aus wie meine Mutter, wenn sie Multitasking mit AROS macht. Er muss schwierige Nachforschungen anstellen.

Mitya hingegen wird aufgeregt. »Lennox Dixon ließ seinen Kopf wegen seines Tumors scannen.« Die Geschwindigkeit seiner Zik-Nachrichten steht kurz davor, zu schnell zu sein, um ihr zu folgen. »Ruzatov hatte eine Kopfverletzung. Die Betrunkenen in Russland waren in einem Krankenhaus, kurz bevor sie unsere Roboter angriffen.«

»Ich habe es gerade überprüft, und alle Beteiligten teilen dieses Detail«, sagt Muhomor. »Jeder Bombenleger, jeder Betrunkene, die Fahrer der beiden Autos, die euch in Brooklyn töten wollten, waren in einem Krankenhaus oder einer anderen Einrichtung, wo sie ihr Gehirn scannen ließen. Das ist ein überzeugender Beweis dafür, dass

Brainozyten-IDs ein Teil dieses Schlamassels sind, und das wiederum unterstützt die Theorie des Hackens.«

Er sieht mich mit dem Ekel einer Person an, die erfährt, dass sie gerade von einem Toilettensitz Syphilis bekommen hat. Das kann ich nachvollziehen. Neben BraveChill ist das Einzige, was mich davon abhält, in Panik zu geraten, das Wissen, dass ich mein Gehirn nicht scannen ließ, so dass meine ID unseren Gegnern unbekannt ist. Der einzige Weg, wie ich zu einem gehirnlosen Sklaven werden könnte, ist, wenn die ganze Welt – oder eine Teilmenge, wie beispielsweise ganz New York – zu Marionetten werden würde, eine beunruhigende Idee für sich allein. Andererseits würde es wahnsinnige Computerressourcen und Personal benötigen, um mehr als eine Handvoll Leute zu kontrollieren.

Mitya bleibt ärgerlich ruhig, wahrscheinlich, weil sein Gehirn cloudbasiert ist und keine Brainozyten hat, die gehackt werden können.

»Das würde erklären, warum eigentlich friedliche Männer bereit waren, sich selbst in die Luft zu sprengen«, sage ich. »Oder warum Gogi sich nicht um seine Wunden kümmerte, als er gegen mich kämpfte, und warum die Betrunkenen in Russland ihre Wunden ignoriert haben, die sie sich beim Kampf gegen die Roboter zugezogen haben.«

»Es summiert sich leider alles«, sagt Muhomor und runzelt die Stirn. »Jetzt müssen wir herausfinden, wer dahintersteckt. Und sie es bereuen lassen.«

»Ja«, sagt Mitya sarkastisch. »Das ist so einfach. Warum haben wir nicht gleich daran gedacht? Wir müssen nur herausfinden, wer das macht. Danke.«

»Kein Grund, abfällig zu reagieren«, sagt Muhomor. »Lasst uns das logisch weiter aufschlüsseln. Die wichtigste Frage ist, wer davon profitiert.«

»Jemand, der uns hasst?« Mitya schaut uns an. »Jemand, der denkt, dass wir der Antichrist sind?« Er hält dramatisch inne, und als er die Anerkennung auf unseren beiden Gesichtern sieht, sagt er: »Fand es irgendjemand außer mir auch verdächtig, dass Joe unsere einzige Gefangene so leicht für nicht schuldig befunden hat?«

»Und das, obwohl sie noch alle ihre Finger hat?«, fragt Muhomor.

»Könnte es sein, dass er bereits unter ihrer Kontrolle war?«, fährt Mitya fort.

War das die Theorie, die an den Rändern meines Bewusstseins nagte? Als es um Tatum ging, war Joes Verhalten seltsam, gelinde gesagt.

»Es könnte sein, dass er sie entlastet hat, weil er so gut darin ist, Menschen zu lesen.« Mir ist klar, dass ich vielleicht der Anwalt des Teufels bin. »Er hat vielleicht einen anderen Plan verfolgt. Du magst mich vielleicht für verrückt halten, aber ich dachte, es gäbe eine unheilige Anziehungskraft zwischen den beiden.«

»Du *bist* verrückt«, sagt Mitya. »Dein Cousin ist wirklich gut darin, Menschen zu lesen – aber deine zweite Theorie, die davon ausgeht, dass er menschliche Gefühle hat, ist absurd.«

In der realen Welt höre ich die Schwester sagen, dass mein Blutdruck hoch ist. Ich bin nicht im Geringsten überrascht.

»Wenn der RHO hinter diesem Hack steckt, könnten die Dinge hässlich werden«, sagt Muhomor. »Wenn sie Brainozyten schlecht aussehen lassen wollen, was sie unseres Wissens nach tun, können sie diesen Virus benutzen, um die ganze Welt dazu zu bringen, etwas Schreckliches zu tun. Sie können beweisen, dass wir der Teufel sind, indem sie eine selbst kreierte Apokalypse herbeiführen – eine Art sich selbst erfüllende Prophezeiung.«

»Ich glaube nicht, dass es so einfach wäre, so etwas zu tun«, sagt Mitya. »Wie würden sie so viele Menschen kontrollieren?«

»Eine spezialisierte KI?«, schlägt Muhomor vor. »Aber ich verstehe, was du meinst. Vielleicht können sie kein Chaos auf globaler Ebene verursachen, aber sie können die Menschen davon abhalten, jemals wieder Brainozyten zu vertrauen.«

Gänsehaut breitet sich über meinem Körper aus, während ich mir die RHO vorstelle, die Menschen in Schlüsselpositionen der Regierung oder mit Prominentenstatus ins Visier nimmt.

»Tatum muss eine großartige Schauspielerin sein«, sagt Mitya. »Alan hat letzte Nacht mit ihr gesprochen, und sie hat sich nicht wie jemand verhalten, der den Jungen entführen will.«

Ein Hoffnungsschimmer beschleunigt meinen Puls. »Lass mich etwas von dem Filmmaterial sehen. Vielleicht verrät sie etwas.«

»Alan hat alles selbst aufgenommen«, sagt Mitya. »Vielleicht möchtest du es so erleben, wie er es getan hat – auf diese Weise kannst du seine Reaktionen auf sie zur gleichen Zeit wie deine untersuchen.«

Bevor ich Adas eigenartige Bienenstock-Join-App erlebte, war die einzige Möglichkeit, zu sehen, was jemand anderes sah, hörte und – in begrenztem Maße – fühlte, eine mit der Share-2.0-App erstellte Aufnahme abzuspielen. Ursprünglich erlaubten diese Aufnahmen ihren Schöpfern, Erlebnisse erneut zu erleben, die ihnen besonders gut gefallen haben. Das menschliche Gedächtnis würde die fehlenden Details und Emotionen ausfüllen und dem Benutzer das Gefühl geben, die Vergangenheit wirklich zu erleben. Mit ein wenig Arbeit haben wir Share-2.0-Aufnahmen nachgerüstet, um sie als VR-Erlebnisse wiederzugeben, wobei die in der Share-2.0-App aufgezeichneten Emotionen im Gehirn des Betrachters simuliert werden. Die Wiedergabe von Aufnahmen eines anderen ist nicht so cool wie die meisten VR-Filme heutzutage, aber sie kann unter vielen Umständen nützlich sein. Für die Pornobranche war es mit Sicherheit ein Segen. Abgesehen davon haben Ada und ich, wie auch viele andere Paare, die Share 2.0 benutzen, weniger Kämpfe der »er sagte, sie sagte«-Variante, weil wir uns gegenseitig eine Aufzeichnung dessen zeigen können, was aus der Sicht des anderen passiert ist. Wir haben gelernt, wie unzuverlässig unsere normalen Erinnerungen sind. Ich erschaudere, wenn ich an all die Leute im Gefängnis denke, die dort wegen Augenzeugenberichten der alten Schule sitzen.

»Gemäß Alans ausdrücklichem Wunsch habe ich seine Share-Sessions noch nie zuvor abgespielt«, sage ich, während ich die betreffende Aufnahme lokalisiere. »Er hält das für eine ultimative Verletzung der Privatsphäre.«

Ich war besorgt, dass Alan sie mit Tema verschlüsselt haben könnte, um sicherzustellen, dass Ada und ich unser Versprechen halten, aber ich bin froh, dass er diese Vorsichtsmaßnahme nicht getroffen hat.

»Deine Absichten sind rein«, sagt Muhomor. »Außerdem ist das Nicht-Verschlüsseln einer Datei im Grunde genommen eine Einladung, sie anzusehen.«

»Du hast es schon gesehen?« Ich schließe meine Augen vor meinen beiden Freunden.

»Ich habe Alan nie etwas versprochen«, antwortet Mitya verteidigend.

»Und wie ich schon sagte«, Muhomor fährt mit einer Hand durch sein Anime-Haar, »eine Datei nicht zu verschlüsseln ist so gut wie eine Einladung, sie anzusehen.«

»Also, was denkst du?«, frage ich.

»Warum schaust du es dir nicht an und bildest dir deine eigene Meinung?«, meint Mitya. »Ich will dich nicht beeinflussen.«

»Ich stimme dem Geist zu«, sagt Muhomor. »Schau es dir an, und dann reden wir.«

Da ich mir denke, dass es schneller sein wird, einfach zu tun, was sie sagen, lade ich die Datei und bereite mich darauf vor, die Erinnerung meines Sohnes durch seine eigenen Augen zu sehen.

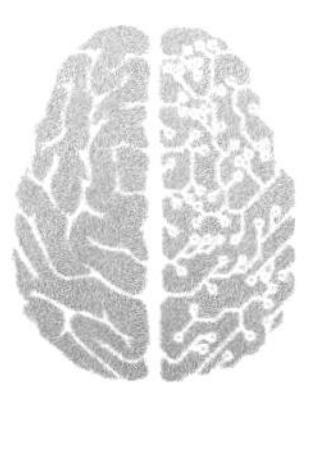

KAPITEL 23

Meine Schritte sind durch Alans winzige Beine kurz, und alles im Raum wirkt größer und höher, als ich es gewohnt bin. Das ist unheimlich. Das letzte Mal, als ich diesen Blickwinkel erlebte, war, als ich das jüngste VR-Remake von *Chucky – Die Mörderpuppe* gesehen habe, besonders die Szene, in der die Killerpuppe den hübschen Teenager – der mich ein wenig an die kurze Tatum erinnert – erstach.

Die RHO-Leiterin schenkt uns das süße Lächeln, das die Leute normalerweise für Gespräche mit Kindern reservieren. Ihr Gesicht verwandelt sich komplett, als sie zu Dominic blickt, der hinter uns geht. Mit seinen Kameraaugen, dem Exoskelett und dem bionischem Arm muss er ihr zum Leben erweckter technophober Alptraum sein.

Alans Unmut und Ablehnung gegenüber Tatum sind so stark, dass sie sich wie meine eigenen anfühlen.

»Hallo«, sagt Tatum in einem Ton, den Alan gönnerhaft findet. »Wer bist du denn?«

»Hi, Tatum«, sagen wir. Wir fühlen weitere Irritationen, als Alan merkt, dass sie seine kindliche Stimme hört und keinen AR-Avatar sieht. »Mein Name ist Alan.«

Schon nach wenigen Sekunden kann ich sehen, warum Alan nicht möchte, dass ich und Ada diese Aufnahmen von ihm sehen. Er will nicht, dass wir fühlen, was ich jetzt fühle – ich schäme mich, meinen Sohn in einen Erwachsenen verwandelt zu haben, der im Körper eines Kindes gefangen ist. Denn genau so fühlt er sich, wenn Tatum ihn ansieht.

»Hi, Alan.« Tatum beugt sich nach unten, um unsere ausgestreckte Hand zu schütteln, und ihre Augen verändern sich von warm zu verwirrt. »Wie kommt es, dass du meinen Namen kennst?«

»Ich lege Wert darauf, die Leute zu kennen, die alles zerstören wollen, wofür meine Eltern und ich stehen«, sagen wir. »Sie sind Tatum Crawford, geboren in Kansas, Tochter von Jenny und Mark Crawford.« Wir fahren damit fort, die ersten Absätze ihrer Wikipedia-Seite zu lesen, bis sie ihre Hand wegzieht und die Verwirrung in ihren Augen sich in Angst verwandelt.

»Nur weil ich kritisiere, was deine Eltern tun, heißt das nicht, dass ich dein Feind bin.« Ihr normalerweise hübsches Lächeln ist jetzt nervös.

Ich finde es interessant, wie wenig ihr femininer Charme Alans Emotionen beeinflusst. Auf einer gewissen Ebene bin ich erleichtert, dass seine Reife sich nicht auf die sexuellen Interessen ausdehnt.

»Sie wollen, dass ich mich in einen intellektuellen Invaliden verwandele, der wie ein Affe herumläuft und mit Spielzeug spielt«, sagen wir höhnisch. »Wenn es nach Ihnen ginge, wäre Dominic blind, unfähig zu hören oder sich zu bewegen und komplett in seinem Körper eingeschlossen.«

Sie geht einen Schritt zurück. Wir freuen uns über die Achterbahn der Gefühle auf ihrem Gesicht, als sie merkt, dass sie nicht mit einem typischen Vierjährigen spricht.

»Warum bist du hier?«, fragt sie, nachdem sie sich etwas beruhigt hat. »Was willst du?«

»Ich will es verstehen«, sagen wir. Wir gehen hinüber zum nahegelegenen Redwood-Stuhl. »Ich hatte noch nie Gelegenheit, mit jemandem zu sprechen, der so fehlgeleitet ist wie Sie.«

»Ich glaube, du wirst es nicht verstehen«, sagt sie traurig. »Deine Eltern haben dich zu gut einer Gehirnwäsche unterzogen.«

»Versuchen Sie es«, entgegnen wir. »Sie könnten herausfinden, dass ich eine ziemlich rationale Person bin.«

»Wenn du wirklich vernünftig wärst«, sagt sie, »würdest du die offensichtlichen Gefahren der Technik, insbesondere der künstlichen Intelligenz, sehen. Du würdest erkennen, dass unsere Abhängigkeit von Technologie unsere Autonomie bedroht. Du würdest verstehen, dass die virtuelle Realität Menschen daran hindert, die Welt direkt zu erleben und aus freiem Willen zu handeln. Die Kreation deiner Eltern wird den schrecklichen Trend fortsetzen, den das Internet begonnen hat. Es wird den Menschen von der

Natur entfremden und schädliche psychologische Effekte hervorru...«

»Ihre Sorgen enthalten ein Körnchen Wahrheit, aber die Gefahren können gemindert werden.« Wir unterbrechen sie absichtlich auf eine Art und Weise, die Leute ohne Brainozyten-Erweiterungen als unhöflich ansehen. »Diese Technologie wird den Fortschritt über alles hinaus vorantreiben, was wir je gesehen haben. Es wird die Weltanschauung der Menschen erweitern und diejenigen stärken, die noch nie zuvor Macht gehabt haben. Technologie zu verdammen, wie Sie es tun, ist ein Trend, der Jahrtausende zurückreicht. Platon war gegen die Technologie des Schreibens. Der klassischste Fall ist der der Ludditen während der industriellen Revolution. Diese selbstständigen Weber zerstörten die Webmaschinen. Seitdem ist es eine endlose Mission für Leute wie Sie.«

»Außer, dass jetzt jeder Job in Gefahr ist, den Weg des Webens zu gehen.« Sie stemmt die Hände in die Hüften. »KI und Brainozyten werden dafür sorgen.«

»Nicht jeder Job sollte weiterbestehen.« Wir klettern auf den Stuhl und setzen uns. »Die Politik ist ein Raum, in dem die KIs einen viel besseren Job machen können als viele der derzeit verantwortlichen Psychopathen. Dieses Tablet hier wurde von Menschen geschaffen, die unter Bedingungen gearbeitet haben, die zu Selbstmord führten, und wenn KIs diese Art von Produktion übernehmen, werden diese Menschen besser dran sein. Je weiter wir in der Geschichte zurückblicken, desto mehr Beispiele von Berufen sehen wir, die verschwinden hätten sollen – und es taten. Wussten Sie, dass Kinder, die ein paar Jahre älter sind als ich, einst zu Schornsteinfegerlehrlingen ausgebildet wurden? Und um in Schornsteine zu passen, wurden sie gezielt unterernährt. Im Laufe der Zeit entwickelten sie Lungenprobleme, zu denen auch Krebs gehörte, obwohl sie oft einfach an Rauchvergiftung starben. Ich wette, Sie haben ein romantisches Bild von Schornsteinfegern aus den Märchen und sehnen sich nach den guten alten Zeiten, bevor es mechanische Mittel zum Schornsteinfegen gab.«

»Man kann sich Beispiele heraussuchen, aber das ändert nichts an meiner Hauptthese«, sagt sie. »Alle Jobs werden verschwinden.«

»Nein«, sagen wir ruhig. »Schauen Sie sich den Aufstieg von VR-Bloggern an, die Geld damit verdienen, dass sich Werbetreibende darum streiten, Anzeigen vor den besten Inhalten zu platzieren. Schauen Sie sich die VR-Videospieleindustrie an, die fast über Nacht zu einem Multi-Milliarden-Dollar-Geschäft wurde. Neue Technologien schaffen immer neue Arbeitsplätze. Sobald sich der Staub auf dieser technologischen Revolution gelegt hat, werden Berufe, von denen man nicht einmal träumen kann, an die Stelle der alten Plackerei treten. Wer sich nicht für Technologie interessiert, wird am Ende arbeitslos sein, das stimmt. Aber wir kümmern uns durch die universelle Grundversorgung, die unser Unternehmen einzuführen versucht, um Sie.«

»Du willst also, dass Leute wie ich von Almosen leben?« Ihre Augen funkeln. »Ohne jeden Sinn in unserem Leben leben?«

»Unerweiterte Menschen können und werden in der Verwirklichung ihrer Hobbys einen Sinn finden.« Wir springen vom Stuhl auf – die Energie eines vierjährigen Menschen macht es sehr schwer, für eine so lange subjektive Zeit still zu sitzen. »Kunst, Wissenschaft, Philosophie – wenn die Grundbedürfnisse aller erfüllt sind, wird der Sinn des Lebens ein neues Goldenes Zeitalter erreichen, sowohl für Menschen mit Brainozyten als auch, in geringerem Maße, für Menschen wie Sie.«

Tatums Mund strafft sich. »Siehst du? Ich habe dir gesagt, dass ich nicht mit einem Fanatiker reden kann.«

»Fehlt den Menschen ohne Hirnzellen jeglicher Sinn für Ironie? Mich einen Fanatiker zu nennen ist so, als würde ich Sie ›Kind‹ nennen.« Wir drehen uns um, um den Raum zu verlassen.

»Wir sind die einzigen Menschen, die noch wahre Sinne haben«, kontert sie scharf. »Du verarbeitest jetzt nur noch Daten.«

»Daten verarbeiten ist das, was alle Gehirne tun.« Wir sind jetzt auf gleicher Höhe mit Dominic und winken dem großen Mann zu, damit er mit uns den Raum verlässt. »Die Menschen haben ihre Sinne mit Technologie erweitert, sobald sie mit der Erfindung von Lupen, Hörgeräten und dergleichen begannen. Wir integrieren diese Technologien nur nahtloser in den Alltag.«

»Deine Eltern und ihre Leute behaupten, dass sie keine KIs erschaffen werden, die wie Menschen denken und handeln können.« Ihre Stimme hebt sich. »Meiner Meinung nach haben sie das schon getan.«

Wenn sie denkt, sie kann Alan beleidigen, indem sie ihn KI nennt, kennt sie meinen Sohn nicht. Er liebt Einstein und betrachtet ihn seit frühester Kindheit als Freund.

»Ich bin menschlicher, als Sie es sich jemals vorstellen können.« Wir sagen die Worte nicht lauter, weil wir wissen, dass es sinnlos ist, von ihr zu erwarten, sie zu verstehen. »Ich bin in allem, was Sie als rein menschlich betrachten, besser als Sie, von meiner Empathie bis zu meiner Fähigkeit, zu lieben.«

Wie um unsere Worte zu unterstreichen, streicheln wir über unsere Tasche und fließen vor tiefer Liebe zu Mr. Spock über, einem unserer frühesten Freunde aus der Kindheit. Wir lieben ihn trotz unserer unterschiedlichen intellektuellen Ebenen und oberflächlichen Unterschiede wie der Zugehörigkeit zu verschiedenen Spezies.

Meine Aufmerksamkeit ist nicht mehr auf Alans Aufnahme gerichtet, weil mein Sohn mir unbeabsichtigt eine neue Hoffnung gegeben hat.

Ich verlasse Share 2.0 und zittere vor Aufregung. »Wie konnte ich Mr. Spock vergessen? Ich hatte ihm gesagt, dass er auf Alan aufpassen soll.«

Bevor Mitya oder Muhomor antworten können, kontaktiere ich bereits Mr. Spock. »Hey, Kumpel, wo bist du?«

»Keine Ahnung«, antwortet die Ratte ängstlich. »Alan wacht nicht auf.«

»Alan ist also bei dir?« Ich versuche, Mr. Spock nicht in Panik zu versetzen, weder aus Sorgen noch durch die Aufregung, die mich überwältigt.

»Ja«, antwortet die Ratte. »Aber ich kann nicht mit ihm reden.«

»Mach dir keine Sorgen. Er war sehr müde, also wird er eine Weile schlafen«, lüge ich. »Das ist sehr wichtig: Weißt du, wo du bist?«

»Ich verstecke mich«, antwortet er. Die Erinnerungen sind ihm offensichtlich unangenehm, denn er schickt mir genug Angst, um einen Elefanten zu erschüttern. »Irgendwas stimmt nicht.«

»Du hast gute Arbeit geleistet, dich zu verstecken.« Ich mache meine Zik-Nachricht so beruhigend wie möglich. »Aber jetzt musst du etwas ein wenig Beängstigendes tun. Denkst du, du kannst tapfer sein, um Alan zu helfen?«

»Ja«, sagt er mit neuer Zuversicht.

»Ich werde deine Share-App aktivieren, und du schaust vorsichtig aus Alans Kleidung«, sage ich. »Kannst du das sehr vorsichtig machen?«

»Okay«, antwortet er, aber sein Selbstvertrauen ist merklich schwächer.

»Ich weiß, dass du das schaffst«, sage ich fest. »Du bist der Alpha.«

Mr. Spock ist die Alpha-Ratte in unserem Rudel. Im Gegensatz zu seinen wilden Cousins ist er ein aufgeklärter Herrscher, der nicht versucht, die anderen Männchen von Nahrung – sogar Erdnüssen – oder Weibchen – sogar Uhura – fernzuhalten. Dennoch scheint die Erinnerung an seinen hohen sozialen Status zu funktionieren, denn seine zustimmende Antwort ist voller Stolz und Entschlossenheit.

Ich aktiviere die Rattenversion der Share-App. Das Erste, was ich tue, ist, etwas zu überprüfen, was ich bereits vermutet habe, aber Mr. Spock nicht gefragt habe, um ihn nicht zu beunruhigen: Alans Herzschlag fühlt sich stabil an, und der Junge atmet gleichmäßig.

Erleichtert von dem Beweis, dass mein Sohn lebt, untersuche ich Mr. Spocks Umgebung so gut ich kann. Mit der schlechteren Sicht der Ratte ist es schwer zu sagen, aber es scheint so, als befänden wir uns in einem gut beleuchteten Raum – das nehme ich zumindest, basierend auf den vagen Formen, die ich durch das Gewebe von Alans Tasche erkennen kann, an. Als Laborratte und damit Albino ist Mr. Spocks Geruchssinn etwas schlechter als der einer normalen Ratte, aber das ist immer noch Lichtjahre besser als der eines nicht erweiterten Menschen. Da die Share-App das Rattenerlebnis in die menschliche Wahrnehmung übersetzt, riecht der Raum muffig und erinnert an die recycelte Luft in unserem Bunker. Sie sagt Mr. Spock – und damit mir – auch, dass es ein paar männliche Menschen im Raum gibt.

»Sei sehr vorsichtig, wenn du heraussiehst«, sage ich. »Es ist okay, wenn wir nicht sehen können, was los ist.«

Mr. Spock schiebt seine Nase etwa einen Millimeter aus Alans Hemd. Ich mache eine Momentaufnahme der Umgebung, bevor ich ihn dazu bringe, sich wieder zu verstecken.

Ada liegt auf einem Kinderbett neben Alan, und es sind tatsächlich zwei bewaffnete Männer im Zimmer, die beide leider Richard-Nixon-Masken über ihren Gesichtern tragen.

»Beweg dich nicht«, sage ich zu Mr. Spock. »Wir haben Glück gehabt, dass sie dich nicht gesehen haben.«

»Okay.« Er denkt darüber nach, ob er den Cashewkern, die Walnuss oder die Rosine in Alans Tasche haben will.

Mit Muhomors App und Mr. Spock als Kanal überprüfe ich die Wi-Fi-Netzwerke vor Ort. Das einzige Netzwerk riecht nach faulen Eiern, also gebe ich vorerst den Versuch auf, es zu hacken, obwohl ich vorhabe, Muhomor selbst darauf loszulassen. Dann versuche ich, Mr. Spocks Koordinaten mittels GPS zu lokalisieren, aber wo auch immer er ist, gibt es entweder kein GPS-Signal oder sie benutzen einen Störsender. Zumindest hat Mr. Spock Zugang zum drahtlosen Internet von Global Terahertz, sonst könnten wir nicht einmal kommunizieren. Das Terahertz-System erlaubt es mir, den etwaigen Standort von Mr. Spocks Verbindung zu bestimmen.

»Catskills«, verkünde ich triumphierend.

Die Walnuss bleibt in Mr. Spocks Hals stecken, und er schnüffelt in voller Panik die Luft ein. »Das weiß ich«, sagt er, als er keine Katze neben ihm in der Tasche findet oder im Zimmer riecht. »Warum erinnerst du mich daran?«

»Es tut mir leid, Kumpel«, sage ich. »Nicht ›cats kill‹. Catskills ist der Name einer Bergkette im Staat New York.«

Er entspannt sich. »Böser Name.«

»Ich weiß. Ich werde beantragen, es in Ratsrule umzuwandeln, aber halt bis dahin nicht den Atem an!«

»Ich halte nicht gern den Atem an«, sagt er weise. »Das ist schwer.«

»Dann halte ihn nicht an«, sage ich, so ernst ich kann. »Ich möchte, dass du deine Nase benutzt, damit du mich wissen lassen kannst, wenn diese Männer den Raum verlassen.«

»Okay«, sagt er mit der Art von Stolz auf seine olfaktorischen Sinne, die ich von einem guten Jagdhund erwarten würde. »Ich bin dabei.«

Mir ist fast schwindelig von diesem Fortschritt, als ich meine Aufmerksamkeit dem VR-Raum zuwende und dort Mitya und Muhomor vorfinde, die mich aufmerksam beobachten.

»Also, es ist schwer zu sagen, ob sie schuldig ist oder nicht«, sage ich. »Aber dieses Video hat uns zu einem großen Durchbruch verholfen.« Ich erzähle ihnen von Mr. Spock.

»Ich versuche, auf das Wi-Fi zuzugreifen.« Muhomor verwandelt seine Sonnenbrille in den Kneifer, den er gerne trägt, wenn er hackt. »Aber wenn es …«

»Mach es einfach«, sagt Mitya. »Sag uns Bescheid, wann und ob es klappt.«

»Was soll die Feindseligkeit?« Muhomor benutzt seinen Mittelfinger, um den Kneifer weiter auf die Nase zu drücken, aber wir alle wissen, dass er Mitya wegschiebt.

»Tut mir leid«, sagt Mitya in einem Ton, der nichts dergleichen suggeriert. »Ich habe das Gefühl, als würden wir mit unseren Gegnern Fangen spielen. Sie scheinen uns immer ein paar Schritte voraus zu sein. Ihr Plan A war, Gogi dazu zu bringen, Mike für sie zu töten, aber sie hatten auch einen Plan B, Ada und Alan als Geiseln zu nehmen, falls Plan A scheitert.«

»Und Mike dazu zu zwingen, die Sicherheit des Bunkers zu verlassen, um seine Familie zu suchen«, sagt Muhomor, und sein Tonfall ist ernster.

»Was ich auch gleich tun werde«, sage ich und nicke. »Ich habe keine andere Wahl.«

»Und deshalb bin ich verärgert.« Mitya schaut Muhomor entschuldigend an. »Es ist wie ein schlechtes Go-Spiel.«

»Nun«, sage ich, »wir haben Tatum. Vielleicht können wir sie auf dem Weg zu den Catskills befragen und im Spiel vorankommen.«

»Vorausgesetzt, sie weiß etwas«, sagt Muhomor.

»Und vorausgesetzt, unsere Gegner haben nicht geplant, was auch immer Tatum enthüllt«, füge ich hinzu.

»Und wenn sie selbst nicht die Gegnerin ist, die uns manipuliert hat, um sie einem Plan folgend aus dem Bunker zu holen«, sagt Mitya.

»Ich kann sie hier bei Muhomor lassen, und er befragt sie«, sage ich. »Dann hätten wir immer noch ein Druckmittel.«

»Ich komme nicht mit?«, fragt Muhomor.

»Ich denke nicht, dass du das solltest«, sage ich. »Du bist kein Kämpfer, und wir können deine Hilfe hier im Hintergrund gebrauchen.«

»Okay«, sagt er. »Es muss sich sowieso jemand mit einem Gehirn um deine Mutter und deinen Onkel kümmern.«

Ich nicke. »Dann verlässt Tatum den Bunker auch nicht.«

»Einverstanden«, sagt er. »Ich bereite mich darauf vor, sie zu befragen, während du dich bereit machst, den Bunker zu verlassen.«

Ich nicke und wechsle in die reale Welt, wo die Krankenschwester anfängt, mir zuzustimmen, dass es mir wieder gut gehen wird. Damit sich das medizinische Personal nicht auflehnt, versuche ich, beim Aufstehen Gesundheit und Vitalität auszustrahlen.

Schritt eins in meiner Vorbereitung: Dominics Zustand überprüfen.

»Mir geht's gut«, sagt er, obwohl der Verband um sein Auge für mich ernst aussieht. »Was gibt's Neues?«

Ich sage ihm, was los ist, bis Dr. Jarvis vorbeikommt und mich streng ansieht. »Er sollte sich ausruhen.«

»Ich gehe mit Mike«, sagt Dominic zum Arzt.

»Dann tun Sie das gegen meine Empfehlung«, sagt Jarvis.

»Ich gehe«, sagt Dominic mit der Sicherheit, die nur Menschen mit so viel roher Kraft haben können. »Ich werde die anderen Wachen organisieren.«

Er steht auf, und seine Beine laufen dank seines Exoskeletts reibungslos. Als er sich beeilt, seine Truppen zu sammeln, sage ich dem Arzt, dass er Gogi bewusstlos halten soll, bis wir zurückkehren.

Dann gehe ich zum Zimmer meiner Mutter, während ich mir überlege, was ich ihr sagen soll, bevor ich gehe.

Mityas Avatar taucht in der Luft vor ihrer Tür auf. »Ich schlage vor, dass du danach mit ihr sprichst.«

»Aber sie wird aufwachen und nicht wissen, wo ich bin.« Er hat trotzdem recht.

»Wenn sie aufwacht, wird Muhomor ihr die Wahrheit sagen – dass du Ada abholst.«

»Aber er wird die volle Wahrheit vermeiden«, sage ich streng in der VR. Ich sorge dafür, dass Muhomor zurücknickt.

Ein Teil von mir befürchtet, dass ich später vielleicht gar nichts mehr zu meiner Mutter sagen kann. Wenn ich mich umbringen lasse, könnte sie es mir übelnehmen, dass das alltägliche Gespräch gestern Abend über die Qualität der Bunkernahrung unser letztes war. Ich stelle mir vor, ein digitaler Geist wie Mitya zu sein, der in ein paar Jahren zu einer Flut von Beschwerden von meiner Mutter aufersteht.

Um diese morbiden Gedanken zu stoppen, gehe ich in die Küche, um einen Bananen-Avocado-Smoothie zu trinken.

»Du wirst Muhomors Geschichte vertiefen, wenn du zurückkommst«, sagt Mitya, als er mich noch einmal herauskommen und auf die Tür meiner Mutter blicken sieht. Was er ungesagt lässt, ist: »*Wenn* du zurückkommst.«

»Ich komme zurück«, murmele ich, mehr zu mir selbst als zu Mitya. »Selbst wenn das bedeutet, dass ich wie du als Geist zurückkomme.«

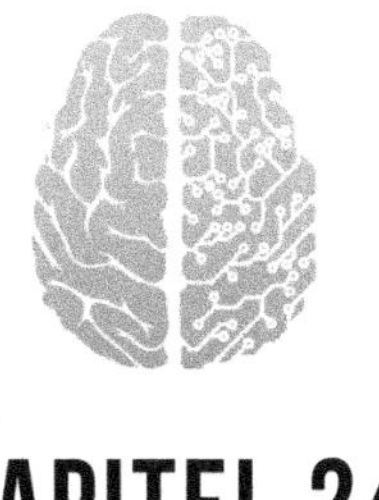

KAPITEL 24

Mitya fährt den Wagen wieder, weil Einstein auch dann nicht schnell fährt, wenn seine Schöpfer darum betteln – oder nachdrücklich darauf bestehen –, dass er schneller fährt.

Wir werden bald in den Catskills sein, aber ich habe immer noch keine Ahnung, wo Alan und Ada sind oder wer sie festhält und warum. Obwohl die wahrscheinliche Antwort auf diese letzte Frage ist: um mich aus dem Bunker zu locken.

»Es ist alles bereit«, sagt Muhomor auf Zik. »Ich habe euch einen Kamerablick geschickt.«

»Was ist bereit?«, frage ich.

Er antwortet nicht, wahrscheinlich, um mich dazu zu zwingen, hinzuschauen. Ich bin es leid, aus dem Fenster auf die gleichen endlosen Felder, Hochspannungsleitungen und entfernten Fabriken zu starren, also schließe ich meine

Augen und widme meine Aufmerksamkeit dem neuen Standpunkt.

Die Kamera zeigt Tatums Schlafzimmer im Bunker. Muhomor steht über dem armen Mädchen wie ein verrückter Stalker. Er streckt die Hand aus und berührt ihre Schulter auf eine Weise, die selbst für Muhomor gruselig ist.

»Hey, was machst du da?«, frage ich stirnrunzelnd. »Ich weiß, dass deine Erfahrung mit den Frauen dieser Spezies begrenzt ist, aber ich kann dir versichern, sie mögen das, was du gerade tust, nicht.«

»Du brauchst keine Erfahrung mit Mädchen«, sagt Mitya. »Es gilt die goldene Regel. Stell dir vor, du wachst auf und siehst einen merkwürdig aussehenden Typen, der dich auf diese Weise berührt.«

»Es kommt darauf an, warum der schöne Fremde da ist«, sagt Muhomor, aber er lehnt sich von Tatum weg.

»Mike, wenn du Ada später davon erzählst: ich habe Muhomors Plan nicht gebilligt«, sagt Mitya.

»Aber er hat mir dabei geholfen.« Muhomor scheint am Rande eines wahnsinnigen Lachens zu stehen. »Unser körperloser Freund war ausschlaggebend für meinen Plan.«

»Ich hoffe wirklich, dass ich die Chance bekomme, dich bald an Ada zu verraten«, sage ich. »Ich glaube, ich weiß, was du getan hast – aber warum sagst du es mir nicht trotzdem?«

»Ich habe ihr gerade ein transdermales Brainozytenpflaster auf die Schulter geklebt«, sagt er.

»Eines, das die Polygraph-Anwendung in einer Schleife ausführt, wie wir vorhin besprochen haben«, fügt Mitya hinzu und bestätigt meinen Verdacht.

»Ich bin mir nicht sicher, ob ich Ada davon erzählen will«, murmele ich. »Das ist ziemlich verkorkst, Leute.«

»Ihre Leute haben deine Frau und dein Kind«, schnappt Muhomor.

Ich bin schockiert über die Intensität seiner Stimme. Ich dachte nicht, dass es ihm so viel bedeutet, und es ist eine schöne Überraschung, herauszufinden, dass es das tut – selbst wenn es zu unethischem Verhalten führt.

»Miss Crawford«, flüstert Muhomor laut. »Bitte wachen Sie auf.«

»Sie hat Ohrstöpsel in den Ohren«, sagt Mitya. »Sie sehen robust aus, also bezweifle ich, dass sie dich hören wird, selbst wenn du neben ihrem Gesicht schreist.«

»Aber schrei nicht neben ihrem Gesicht«, sage ich, weil ich mir unsicher bin, ob Muhomor die Erklärung braucht oder nicht.

»Wie im letzten Jahrhundert.« Er zupft der Frau geschickt einen Ohrstöpsel aus dem Ohr.

Ihr Kopf bewegt sich zur Seite und zeigt eine rosa Wange mit Kissenabdrücken.

Muhomor wird mutiger und wiederholt: »Miss Crawford?«

Sie zieht sich eine Decke über den Kopf. Er zieht die Decke weg, lehnt sich außerdem über sie und schüttelt sie an der Schulter. Ihre langen Wimpern flattern auf, und sie starrt den dünnen verrückten Typen über sich für einen Bruchteil einer Sekunde an.

Dann schreit sie, wie vorhersehbar war.

»Sie sind immer noch unser Gast«, sagt er ruhig, als sie aufspringt und ihr Nachthemd mit der Fleecedecke bedeckt.

»Er ist nicht hier, um Sie zu verletzen«, sagt Mityas Stimme aus einem Wandlautsprecher.

Ihr Blick schweift durch den Raum, wahrscheinlich auf der Suche nach etwas, was sie als Waffe benutzen kann – Objekte, die Dominic gestern Abend vorsorglich entfernt hat.

»Das ist richtig.« Muhomor versucht, beruhigend zu lächeln. Auf seinem Gesicht sieht der Ausdruck eher wie ein finsterer Blick aus. »Wir haben einen kleinen Notfall, und ich wollte Ihnen ein paar Fragen stellen.«

Jetzt sieht Tatum eher verwirrt als verängstigt aus.

»Bitte, Tatum«, sagt Mityas Stimme. »Es geht um Menschenleben.«

»Können Sie mir einen Moment zum Anziehen geben?« Sie schaut sich um und versucht, die Quelle von Mityas Stimme zu finden. »Wer auch immer Sie sind.«

»Sicher«, sagt er. »Mein Kollege wollte gerade gehen.«

Muhomor steht da, als wüsste er nicht, dass er der betreffende Kollege ist. Seine Augen verengen sich, als er Tatum anstarrt und einen privaten Zik-Chat mit uns startet. »Ich will nicht, dass sie zu viel Zeit hat, um zu erkennen, dass sie jetzt AROS hat.«

»Ich denke, dass es sicher ist, wenn sie sich etwas anzieht«, antwortet Mitya und füllt seine Zik-Nachricht mit so viel Bissigkeit, dass ich voll und ganz erwarte, dass

Muhomor sich auflehnt. »Als einziges unkörperliches Mitglied unter uns werde ich ein Auge auf sie haben.«

»Digitaler Perverser«, murmelt Muhomor rachsüchtig, als er aus dem Raum stolziert.

»In Ordnung, Tatum, kommen Sie einfach raus, wenn Sie bereit sind. Ich werde Ihnen etwas Privatsphäre geben«, sagt Mitya.

Die Kamera geht aus – Mitya verhält sich wie ein Gentleman –, also kann ich nur annehmen, dass sie sich anzieht.

Nach ein paar Minuten bietet mir Muhomor eine neue Kameraansicht von der Küche.

»Kommen Sie frühstücken«, sagt er mit überraschender Wärme, als Tatum endlich herauskommt. »Ich möchte, dass Sie mir ein paar Fragen beantworten.«

Tatum betrachtet misstrauisch Muhomors in einen Pyjama gekleideten Körper, aber der Hunger muss siegen, weil sie sagt: »Gut. Gehen wir.«

»Haben Sie mal einen Artikel für die *Green Voice* geschrieben?«, fragt er beiläufig, als er den Kühlschrank öffnet und sich einen Twinkie schnappt. Privat zu Mitya und mir fügt er hinzu: »Ich weiß, dass sie es getan hat. Das ist die Frage, um den Ausgangswert festzulegen.«

Er hält galant die Kühlschranktür auf und gestikuliert ihr, sich zu nehmen, was sie will.

»Habe ich«, sagt sie, nachdem sie sich eine Packung Käse herausgenommen hat. »Der Artikel ist wahrscheinlich immer noch auf ihrer Website, wenn Sie ihn lesen möchten.«

»Das stimmt, sowohl den Tatsachen als auch der App nach«, sagt Mitya privat zu mir. »Jetzt frage ich mich, wie er sie dazu bringen will, zu lügen, ohne ihr zu sagen, dass er will, dass sie lügt.«

»Ich würde ihn gerne lesen«, sagt Muhomor und klingt beeindruckend ehrlich. »Ich habe eine persönliche Frage an Sie: Finden Sie meinen kleinen Neffen süß?«

Mit Hilfe des Bildschirms, der an der Vorderseite des intelligenten Kühlschranks angebracht ist, zeigt er ein Bild des hässlichsten Babys, das ich je in meinem Leben gesehen habe.

Sie nimmt das Bild auf, und ich kann sehen, dass sie beinahe ihren Appetit verliert. »Er ist sehr süß«, sagt sie, nachdem sie ihre Fassung wiedererlangt hat. »Wie alt ist er?«

»Laut der App war das eine Lüge, und es ist sicher, zu sagen, dass wir jetzt einen Richtwert haben«, sagt Mitya. »Ich will nicht einmal wissen, woher Muhomor das Bild hat.«

»Ich musste Photoshop benutzen, um dieses Monster zu erschaffen«, sagt Muhomor. Zu Tatum sagt er: »Der kleine Dimochka ist gerade zwei Jahre alt geworden.«

»Hey!«, protestiert Mitya. Der Name, den Muhomor benutzte, ist die Kurzform seines eigenen. »Du hättest ihn Freddy oder Jason nennen sollen.«

»Oh, die schreckliche Zwei«, fühlt Tatum mit. Ihre Schultern entspannen sich, sobald Muhomor das Bild wegnimmt. »Ihrem Bruder oder Ihrer Schwester stehen schwere Zeiten bevor.«

»Besonders, wenn dieser imaginäre Elternteil Augen hat«, murmelt Mitya.

»Ich hoffe wirklich, dass Sie uns helfen können, Tatum.« Muhomor beißt in seinen Snack.

»Das haben Sie bereits gesagt.« Sie streicht Mayo auf eine Scheibe Roggenbrot und legt eine Scheibe Käse darauf. »Was ist passiert?«

»Erinnern Sie sich an Alan? Das Kind, mit dem Sie gestern Abend gesprochen haben?«

»Ja.« Sie beißt vorsichtig in ihr Sandwich. »Charmanter kleiner Kerl.«

»Sie lügt«, kommentiert Mitya. »Über den Teil mit ›charmanten‹.«

»Alan wurde heute entführt«, sagt Muhomor. »Wissen Sie etwas darüber?«

»Entführt?« Ihre Augen sehen aus, als ob sie gleich herausfallen. »Das ist schrecklich. Natürlich habe ich nichts damit zu tun. Ich habe Mike gestern gesagt, dass meine Leute friedlich sind und niemanden verletzen würden.«

»Alles, was sie gesagt hat, war wahr«, kommentiert Mitya mit offensichtlicher Enttäuschung. »Nicht gut.«

Muhomor macht so weiter, als ob Mitya nicht gerade alle unsere Hoffnungen zunichtegemacht hätte. »Glauben Sie, dass jemand in Ihrer Gruppe radikaler ist als Sie? Jemand, der die Gewaltlosigkeit aller anderen leid ist?«

»Mir fällt niemand ein«, sagt sie, ohne zu zögern. »Wenn ich so jemanden kennen würde, würde ich seine Meinung ändern.«

»Sogar das ist alles wahr«, beschwert sich Mitya. »Oder zumindest ist es das, was sie wirklich glaubt. Wir wissen, dass einige ihrer RHO-Idioten gewalttätig sind, wie dieses Arschloch, das Löcher in die Reifen dieser Uber-Autos gestochen hat. Aber sie sieht sie wirklich nicht als gewalttätig an.«

»Da wäre noch etwas«, sagt Muhomor zu Tatum, aber es ist offensichtlich, dass er jetzt die Hoffnung verliert. »Ist jemand in Ihrer Gruppe fachkundig, was Brainozyten angeht? Weiß jemand, wie sie funktionieren, wie man sie hackt oder wie man Brainozyten dazu bringt, unbeabsichtigte Folgen zu haben?«

Sie hört auf zu kauen, und ihr Ausdruck ist so angewidert, als ob sie gerade in etwas Vergammeltes gebissen hätte. »Wir halten uns alle so weit wie möglich von diesen abscheulichen Apparaten fern. Jeder, der ein Brainozyten-Fetischist ist, wird aus RHO rausgeschmissen.«

»Wieder wahr«, sagt Mitya. »Lass uns das im VR-Raum besprechen. Sieht aus, als sei sie eine völlige Sackgasse.«

»Ich überlasse es dir, ihr zu erklären, dass du ihr die ›abscheulichen Apparate‹ in den Kopf geschmuggelt hast«, sage ich rachsüchtig zu Muhomor. »Sei nur vorsichtig, dass sie nicht endlich diesen gewalttätigen Knochen in ihrem Körper findet und dich zu Tode würgt.«

»Oder dir einen Knochen bricht«, fügt Mitya helfend hinzu.

»Bring ihr auf jeden Fall bei, wie man die Brainozyten benutzt, und stelle die Polygraphen-App aus«, sage ich. »Viel Glück.«

Meine Augen in der echten Welt sind noch geschlossen, als ich im VR-Raum auftauche, der sich ohne Ada schmerzhaft leer anfühlt.

»Also«, sage ich, während Mityas und Muhomors Avatare sich mir zuwenden. »Tatum ist unschuldig.«

»Es scheint ganz so«, sagt Muhomor widerwillig. »Oder sie sollte einen Oscar für diese schauspielerische Leistung bekommen und in die Hacker-Hall-of-Fame aufgenommen werden, weil sie die Polygraph-App überlistet.«

»Sie hat auf keinen Fall den Lügendetektor überlistet.« Mitya wirft Muhomor einen dunklen Blick zu. »Du musst lernen, eine Niederlage würdevoll einzugestehen.«

»Gut.« Muhomor knirscht mit den Zähnen. »Sie ist unschuldig, was die Entführung anbelangt, das gebe ich zu.«

»Dann müssen wir jetzt unserem anderen großen Hinweis nachgehen«, sage ich. »Etwas, was wir parallel zu diesem Tatum-Fiasko hätten tun sollen.«

Mityas Gesicht leuchtet auf. »Russland.«

»Genau«, sage ich. »Wir dachten schon, dass Russland irgendwie der Schlüssel zu all dem sei. Die ursprüngliche Theorie war, dass die RHO vielleicht mit einer Ludditen-Gruppe in Russland zusammenarbeitete, aber da wir wissen, dass RHO unschuldig ist, klingt eine russische Anti-Tech-Gruppe auch weniger plausibel.«

»Stimmt«, sagt Mitya. »Aber das bedeutet, dass wir wieder bei null anfangen.«

»Nicht ganz.« Ich versinke in dem simulierten High-End-Bürostuhl und versuche, das Gefühlswirrwarr zu lösen, das mich überwältigt. »Ich hatte den Anflug einer Idee, als du gesagt hast, dass man Brainozyten-IDs aus dem Kopf eines toten Benutzers lesen könnte.«

Während ich die Worte sage, verdichtet sich die Theorie, die am Rand meines erweiterten Verstandes schwebt, und ich platze heraus: »Wir haben nie den Kopf von Frau Sanchez gefunden.«

Mityas Augen strahlen Verständnis aus, aber Muhomor sieht so verwirrt aus, dass ich es lieber erkläre. »Frau Sanchez war die Frau in dieser verhängnisvollen Brainozyten-Studie, die zusammen mit Mom entführt wurde.« Sie fiel in ein diabetisches Koma und starb, bevor wir dich in Russland trafen, also haben wir dir vielleicht nie von ihr erzählt.«

»Oh.« Erkenntnis dämmert auf Muhomors Gesicht. »Ich glaube, du hast es mir gesagt, aber ich habe ihren Namen und einige Details vergessen.«

»Das wichtigste Detail ist, dass sie nach ihrem Tod enthauptet wurde«, sage ich in der Hoffnung, dass es noch Sinn ergibt, wenn ich das alles laut sage. »Ihr Kopf könnte jemandem eine Chance gegeben haben, die Gehirnzellen zu studieren, lange bevor wir irgendwelche Informationen über Brainozyten an die Welt weitergegeben haben.«

»Und so viel Zeit, um schon jetzt etwas über Brainozyten-IDs gelernt zu haben«, murmelt Muhomor. »Natürlich.«

»Jetzt folgst du meinem Gedankengang.« Meine Muskeln sind unwillkürlich angespannt, denn was ich als Nächstes sagen werde, ist zu einem großen Teil für die ganze Therapie verantwortlich, die ich über die Jahre gebraucht habe. »Du warst am Ende der Entführungskatastrophe, als wir erfuhren, wer dahintersteckte, bereits dabei.«

Ich überrasche mich selbst, als ich nicht weiterspreche, weil ich nicht mehr sprechen kann.

»Seine Mutter wurde von seinem biologischen Vater entführt«, erklärt Mitya leise Muhomor. »Und ich denke, Mike vermutet, dass dieses neue Chaos auf diese Ereignisse zurückzuführen ist – und jetzt, da ich darüber nachdenke, neige ich dazu, zuzustimmen.«

»Aber hat Joe nicht jeden getötet, der daran beteiligt war?«, fragt Muhomor, und seine Augenbrauen ziehen sich zusammen.

Bilder von Joes Messer, das die Kehle meines Vaters durchschneidet, dringen in meine Gedanken ein, und ich muss langsam tief durchatmen und meinen ganzen Willen aufbringen, um zu sagen: »Es waren Tausende von Menschen an dieser Operation beteiligt. Joe war nur hinter den Anführern her, und trotzdem bezweifle ich, dass er alle erwischt hat.«

Meine Freunde sehen mich erwartungsvoll an, obwohl ich vermute, dass Mitya bereits weiß, worauf ich hinauswill.

»Auf jeden Fall«, sage ich nach einer Pause, »glaube ich, dass ich weiß, wer dahintersteckt, und es ist eine Person, die Joe definitiv nicht getötet hat.«

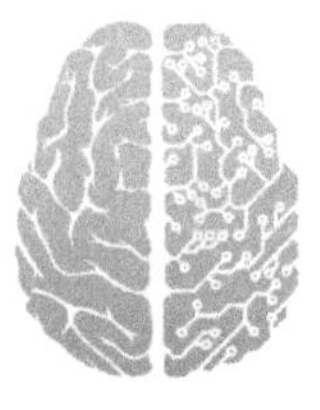

KAPITEL 25

Mitya und Muhomor beschweren sich nicht darüber, dass ich mir Zeit für den nächsten Teil meiner Offenbarung nehme.

Jetzt, da die Theorie in meinem Kopf ist, verstehe ich, wie so oft in solchen Situationen, nicht, warum ich nicht früher daran gedacht habe. Wahrscheinlich, weil ich diese Person mit schmerzhaften Erinnerungen verbinde. Wenn ich ehrlich bin, versuche ich sogar oft, zu vergessen, dass sie überhaupt existiert, weil ich mich immer noch so schuldig wegen ihres Todes fühle. Außerdem habe ich sie schon einmal verdächtigt und lag falsch, denn Alex Voynskiy – inzwischen endgültig verstorben – entpuppte sich als der Täter. Ich schätze, einmal falschzuliegen hat mich diesmal vorsichtig gemacht.

»Ich glaube, es ist Kostya«, sage ich schließlich. Für den wahrscheinlichen Fall, dass Muhomor sich nicht mehr daran erinnert, von wem ich rede, füge ich hinzu: »Der

Sohn meines Vaters mit seiner Frau in Russland. Mein Halbbruder.«

Ich teile die Ergebnisse meiner Nachforschungen, die ich vor viereinhalb Jahren über Konstantin – kurz Kostya – und meine Halbschwester Masha gemacht habe. Kostya wurde mit Öl reich und dann noch reicher, als er in das richtige Internet-Start-up investierte. Vor viereinhalb Jahren war er noch unverheiratet und ein guter Bruder für Masha, eine arme Seele, die viel psychiatrische Betreuung benötigt.

»Du hast die Computer in der Klinik gehackt, in der meine Halbschwester war«, erinnere ich Muhomor. »Du hast mir gesagt, dass Masha sich ständig um Poltergeister sorgt.«

»Du kannst nicht erwarten, dass ich mich an solche Details erinnere«, sagt Muhomor. Als er Mityas bösen Blick bemerkt, fügt er schnell hinzu: »Aber jetzt, wo du es sagst, klingelt es.«

Mitya schaut mich mitfühlend an. »Ist sie noch am Leben? Ich erinnere mich, dass du gesagt hast, dass Masha mehrmals versucht hat, sich umzubringen.«

»Ich weiß es nicht«, gebe ich zu. »Ich habe in den letzten Jahren über keinen von beiden Nachforschungen angestellt.«

»Nun, dann lass sie uns jetzt überprüfen.« Muhomor reibt sich die Hände, so wie er es immer tut, wenn er mit dem Hacken beginnt.

»Wir könnten mit öffentlich zugänglichen Informationen beginnen«, sagt Mitya vorsorglich, obwohl wir beide wissen, dass es sinnlos ist.

»Ihr zwei fangt mit dem langweiligen öffentlichen Müll an«, sagt Muhomor. »Ich werde alle pikanten Details herausfinden, die sich hinter den Kulissen abspielen.«

Mitya verdreht die Augen, aber lässt Muhomor sein Ding machen. Ich suche mit Yandex, der russischen Suchmaschine, nach Kostya. Ich bin froh, dass ich gleichzeitig die Tausende von Treffern lesen kann, die mir angezeigt werden, und analysiere sie so schnell ich kann. Es sieht so aus, als ob mein Halbbruder in den letzten viereinhalb Jahren noch reicher geworden ist und nun auf dem russischen Äquivalent der *Forbes*-Liste der reichsten Leute steht. Wie bei mir wurde ein großer Teil seines neuen Geldes dank der Brainozyten verdient. Er besitzt Unternehmen, die AROS-Apps in verschiedenen Varianten entwickeln, sowie eine Firma, die sich als Dritthersteller erweist, den Mensch++ zur Herstellung von Brainozyten-Patches für schwer erreichbare Ecken Russlands einsetzt. Es ist erstaunlich, wie viele solcher Standorte es in diesem Land gibt und wie teuer regelmäßige Lieferungen sonst wären.

»Hast du das gelesen?« Mitya schickt mir einen Link zu einem Artikel. »Das ist ziemlich belastend.«

Ich staune über Mityas neu entdeckte Schnelllesefähigkeiten; ich habe es in meinen Ergebnissen noch nicht bis zu diesem Artikel geschafft, und muss ein paar tausend Treffer vorwärtsscrollen, um zu sehen, woher er es hat.

Das Erste, was mir ins Auge fällt, ist ein Bild von Kostya, der dem russischen Präsidenten die Hand schüttelt. Das zählt wahrscheinlich als KGB-Verbindung. Kostya hat immer noch eine Narbe auf seiner Wange, als Masha ihm das Gesicht zerkratzt hat, nachdem er ihr die Nachricht von dem, was mit unserem Vater passiert ist, überbracht hat; offensichtlich hat sie nie das Sprichwort über den Überbringer schlechter Nachrichten gehört.

Ich betrachte das Foto genauer. Ich habe es bis jetzt nicht bemerkt, aber Kostya und ich haben beide scharfe Wangenknochen und das gleiche starke Kinn. Ich scanne so lange, bis ich sehe, was Mitya meinte: ein großer Auftrag, den Kostyas Firma für das russische Militär abgewickelt hat. Als ich zwischen den Zeilen lese, wird mir klar, dass Gehirnmanipulation etwas sein könnte, womit sie experimentiert haben.

»Ich habe etwas viel Besseres«, sagt Muhomor, nachdem auch er Mityas Ergebnisse gelesen hat. »Seht euch das an.«

Muhomor hat die Unterlagen von der psychiatrischen Einrichtung, in der meine Halbschwester so viele Jahre verbracht hat. Wie sich herausstellt, ist sie nicht mehr dort, und laut Dr. Ivanov, ihrem langjährigen Psychiater, wurde sie »auf wundersame Weise durch eine von ihrem Bruder entwickelte Therapie geheilt«. Dr. Ivanov erwähnt, dass sie vor drei Jahren Brainozyten erhalten hat, um ihre Behandlung zu unterstützen, aber es war eine Anwendung, die Kostya vor einem Jahr benutzt hat, die zu ihrem erstaunlichen Durchbruch führte.

»Die Patientin war nicht sie selbst«, heißt es in den Notizen von Dr. Ivanov. »Es ist, als sei sie eine andere Person geworden.«

»Meine Vermutung ist, dass er eine Anwendung zur Gedankenkontrolle bei ihr benutzt hat.« Muhomor trommelt mit den Fingern gegen das Glas des Konferenztisches. »Wenn sie sich schlecht benimmt, übernimmt er einfach ihren Verstand und sorgt dafür, dass sie sich wie eine gute Schwester verhält.«

»Gruselig, aber plausibel«, murmelt Mitya. »Und hört euch das an: Sobald sie geheilt war, hat er endlich geheiratet. Das Frauchen ist ein Supermodel.«

»Es ergibt keinen Sinn«, sage ich. »Wenn Masha nur ferngesteuert wird, ist sie nicht geheilt.«

»Ich schätze, er wollte sie aus der Anstalt holen.« Muhomor hört auf zu trommeln und schlingt die Arme um seine Brust, als wollte er sich umarmen. »Dort hatte die russische Regierung während der Sowjetzeit politische Dissidenten untergebracht, und es ist jetzt genauso düster wie damals. Sogar einige der Mitarbeiter sind dieselben Hurensöhne, die dort bereits in der guten alten Zeit gearbeitet haben.«

»Ich habe den Ort gerade überprüft, und er hat recht«, sagt Mitya. »Stellt euch eine russische Version des Irrenhauses aus *Sucker Punch* vor.«

»Eher wie Arkham Asylum von *Batman*, wenn ihr mich fragt«, sagt Muhomor. »Kein Ort, von dem du willst, dass deine Schwester dort lange bleibt, egal wie durcheinander sie ist.«

»Er muss einen Babysitter angeheuert haben, der ihren Körper wie eine Marionette übernimmt, wenn sie sich schlecht benimmt«, meint Mitya. »Auf diese Weise kann sie ein halbwegs normales Leben außerhalb der Institution führen – und das wahrscheinlich zu einem Bruchteil der Kosten.«

»Aber das muss schrecklich für sie sein«, sage ich und runzele die Stirn. »Sie hat paranoide Schizophrenie, und hier sagt Dr. Ivanov, dass sie Wahnvorstellungen darüber hat, von jemand anderem kontrolliert zu werden. Und jetzt ist es Realität für sie. Das ist, als würde man einen Arachnophoben in eine Höhle voller Taranteln stecken.«

»Ich würde lieber ihr derzeitiges Schicksal wählen, als in dieser Einrichtung zu sein«, sagt Muhomor. »Aber das macht deinen Bruder nicht weniger zu einem Arschloch, wenn die ganze Sache stimmt.«

»Konntest du ihn ausfindig machen?« Ich schaue zu Muhomor, da er von beiden wahrscheinlich eher dieses Kunststück vollbringt.

»Ich dachte, du wolltest nicht, dass ich hacke«, sagt Muhomor, und der Sarkasmus hebt seine Stimmung deutlich. »Um zu wissen, wo er ist, hätte ich die E-Mails seiner Sekretärin lesen müssen – und das wäre illegal und unethisch.«

»Du bist der mächtigste und beste Hacker der Welt, und deine Dienste werden von allen sehr geschätzt«, sagt Mitya mit dem ihm eigenen Sarkasmus. »Kannst du es jetzt ausspucken? Mike weiß nicht, wohin er fahren soll.«

»Ich weiß auch nicht, wohin er fahren soll«, gibt Muhomor zu. »Aber ich habe gerade die Bestätigung bekommen, dass Kostya in den Vereinigten Staaten ist, was ein überzeugender Beweis dafür ist, dass er unser Täter ist.«

»Die Identität unseres Feindes zu kennen ist ein guter Anfang, aber wir brauchen mehr Informationen«, sage ich. »Die Catskills erstrecken sich über 15.259 Quadratkilometer.«

»Ich werde weitersuchen«, sagt Muhomor.

»Ich auch«, fügt Mitya hinzu.

»Lasst mich mit unserem Informanten hinter den feindlichen Linien reden«, sage ich. »Wo wir gerade von ihm sprechen – Muhomor, hast du das WLAN um Mr. Spock geknackt?«

»Ich hätte etwas gesagt, wenn ich es getan hätte.« Muhomor schaut nach unten. »Wen auch immer dein Halbbruder für die Sicherheit angeheuert hat, er ist sehr gut.«

»In Ordnung.« Ich stelle eine mentale Verbindung zu Mr. Spock her. »Hey, Kumpel.«

»Sie haben uns irgendwo hingebracht«, berichtet Mr. Spock. »Ich hatte Angst.«

»Wo bist du jetzt?«, frage ich und bemühe mich, die Dringlichkeit aus meinen Zik-Nachrichten herauszuhalten. »Sind die Männer noch im Zimmer?«

»Ich rieche sie. Jetzt sind es mehr.«

»Als sie dich woandershin gebracht haben, hast du sie auch gerochen?«

»Noch mehr Männer und einige Frauen«, sagt Mr. Spock. Ich frage nicht, wie er den Unterschied zwischen Männern und Frauen riecht. »Und schlechter Geruch, wie beim Tierarzt.«

»Eine medizinische Einrichtung?« Ich bin nicht in der Lage, die Sorgen aus meiner Nachricht herauszuhalten. »Was haben sie mit Alan und Ada gemacht?«

»Nichts mit Schmerzen«, sagt Mr. Spock. »Sonst hätte ich sie gebissen.«

»Ich weiß, dass du das tun würdest. Sie haben wahrscheinlich ihre Köpfe gescannt, was nicht wehtut.«

Was ich nicht sage, ist, dass das Scannen den Bösewichten Adas und Alans Brainozyten-IDs gibt. Wenn das stimmt, bedeutet das, dass Kostya – oder wer auch immer – meine Familie dazu bringen kann, das zu tun, was er will.

»Leute, ich will, dass ihr dieses Schlupfloch in der Brainozyten-Sicherheit zu einer Priorität macht«, sage ich. »Nicht, dass es jemals aufgehört haben sollte, eine zu sein.«

»Ich habe nie aufgehört, daran zu arbeiten«, sagt Mitya. »Aber das ist ein kniffliges Problem.«

»Das Gleiche gilt für mich«, sagt Muhomor. »Mach dir keine großen Hoffnungen. Ich suche immer nach Schlupflöchern in unserer Sicherheit, und wenn dieses leicht zu finden wäre, hätte ich es schon früher entdeckt.«

»Das Wissen, dass es da ist, sollte es ein wenig einfacher machen«, sage ich, mehr als Motivation als weil ich es wirklich glaube. »Sucht einfach weiter.«

Ich öffne meine Augen in der realen Welt und schaue aus dem Fenster auf die herrliche Berglandschaft in der Ferne. Alan und Ada könnten hier überall sein. Wir könnten sie gerade überholen. Es ist ein Gedanke, der mich wütend macht.

Nach all diesen Beweisen glaube ich, dass Kostya hinter der Entführung und den Bombenanschlägen steckt. Könnte Rache für den Tod unseres Vaters ihn dazu motiviert haben, etwas so Abscheuliches zu tun? Wenn es Kostya ist, bedeutet das, dass auch ich so etwas tun würde, da wir die DNA teilen?

Nein. Ich schüttle mental den Kopf. Ich teile auch die DNA mit Joe, und ich weiß, dass ich einige der Dinge, die Joe getan hat, nicht tun würde. Dennoch sagt eine kleine Stimme in mir, dass, wenn Ada oder Alan heute etwas passiert, meine Rache an der verantwortlichen Person in der Tat erschreckend wäre.

Wir fahren für weitere zehn Minuten in Stille. Ich möchte so dringend wissen, wo Ada und Alan sind, dass ich Lust habe, jemanden anzuschreien oder zu schlagen – und wenn ich jemanden töten müsste, um die Information zu bekommen, würde ich es tun, egal wie Ada sich dabei fühlt. Als ich gerade dabei bin, die Nerven zu verlieren, werde ich von einer E-Mail in meinem Posteingang auf-geschreckt.

Sie ist von Alan.

Die E-Mail ist als sehr wichtig gekennzeichnet und en-thält einen Anhang mit einer Videodatei. Der Betreff ist derselbe wie die einzelne Textzeile darin: »Schau mich an.«

Meine Herzfrequenz beschleunigt sich. Ich leite die E-Mail an Dominic und meine Freunde weiter und starte die Videodatei.

Das Video schwenkt durch einen Raum, in dem Alan und Ada bewusstlos liegen, umgeben von bewaffneten Männern mit Richard-Nixon-Masken. Ein Typ trägt keine Maske, und sein Gesicht erinnert mich an einen tollwüti-gen Bullterrier. Der furchterregende Typ lehnt sich leicht nach unten und schnüffelt übertrieben die Luft in der

Nähe von Ada, als wolle er herausfinden, welches Parfüm sie trägt.

Meine Hände ballen sich zu festen Fäusten. Wenn ich jetzt in diesem Raum wäre, würde ich diese flache Nase in winzige Stücke brechen, die hoffentlich das durchbohren würden, was in diesem dicken, eiförmigen Schädel als Gehirn durchgeht.

»Ich wette, sie ist so süß, wie sie aussieht«, sagt das Grauen mit einer Stimme, die wie Grabsteine klingt, die aneinanderreiben.

Um rational zu bleiben, lasse ich die Gesichtserkennung laufen. Er ist ein russischer Staatsbürger namens Boris Sobakin. Die Tatsache, dass er Russe ist, unterstützt unsere Theorie, aber die Dinge, die dieser Mann in Tschetschenien getan hat, lassen mir das Blut in den Adern gefrieren. Ich hoffe wirklich, dass er ein Zombie unter Kostyas Kontrolle ist; zumindest ist das, was Kostya tut, durch Rache motiviert, nicht durch verdrehten Sadismus.

»Jetzt«, sagt eine Stimme hinter der Kamera.

Mein Nackenhaar stellt sich auf, als alle Männer mit einer trainierten Bewegung ihre Waffen auf meine Frau und meinen Sohn richten.

Im Gleichklang lösen die Männer die Sicherung ihre Waffen, und ihre Finger legen sich fester um die Abzüge.

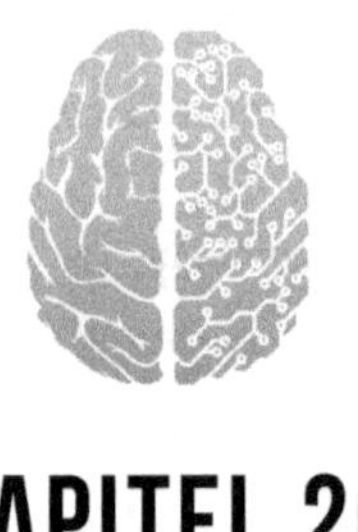

KAPITEL 26

»Das reicht für den Moment«, sagt die Stimme hinter der Kamera.

Die Männer sichern ihre Waffen wieder. Der Bullterrier Boris senkt seine Waffe als Letzter. Wenn ich könnte, würde ich ihm ins Gesicht schlagen, um diesen enttäuschten Blick wegzuwischen.

»Halt die Kamera«, sagt der Sprecher zu Boris, und es gibt ein schwindelerregendes Manöver, bei dem sich der Raum dreht, bis die Linse auf ein neues Gesicht gerichtet ist.

Alle Zweifel an der Schuld meines Halbbruders sind nun verschwunden. Obwohl er etwas älter aussieht als auf einigen der letzten Bilder, ist es ohne Zweifel Kostya, eine Tatsache, die die Gesichtserkennung unnötigerweise bestätigt.

»Hättest du dich einfach von dem Georgier töten lassen, hätte ich sie gehenlassen«, sagt Kostya mit Fistelstimme.

Er deutet auf die Kamera, aber ich verstehe, dass er Ada und Alan meint. »Ich gebe dir noch eine Chance. Komm her, allein, und deine Familie kann gehen. Du hast zwanzig Minuten. Hier sind die GPS-Koordinaten …«

Ich gebe sie hektisch in meine AROS-GPS-App ein. Einstein schätzt, dass ich ohne Verkehr eine halbe Stunde brauche, um dorthin zu kommen, was bedeutet, dass ich schon zehn Minuten zu spät bin.

»Halt den Wagen an.« Ich gehe in den VR-Konferenzraum und schaue Mitya in die Augen. »Die Wachen müssen raus.«

»Ist das klug?« Muhomor geht zum großen Fenster. »Wenn du alleine gehst, wie es dein Halbbruder verlangt, bist du so gut wie tot.«

»Wenn ich das nicht tue, werden Ada und Alan getötet.« Ich gehe zum Fenster, um zu Muhomor zu kommen. »Ich glaube nicht, dass er damit geblufft hat.«

»Könnte das Video gefälscht sein?« Muhomor trommelt mit den Fingern gegen das Glas.

Das ist eine gute Frage. Erweiterte Gehirne in Kombination mit einigen der erstaunlichsten Hardwaresysteme, die wir in den letzten Jahren entwickelt haben, haben zu einer Revolution in der Filmindustrie geführt. Besonders berüchtigt sind CGI-VR-Pornos und, damit verwandt, politische Skandale, die auf gefälschten Videos basieren. Es ist üblich, dass Brainozyten-Nutzer ultrarealistische VR-Erlebnisse genießen, wie zum Beispiel mit ihren Lieblingsstars zu schlafen – die leider überhaupt nicht am Video teilnehmen und daher weder der Verwendung ihrer Doppelgänger zustimmen noch Geld damit verdienen. Ein guter Teil der CGI-VR-Pornos stammt aus urheberrechtlich sehr nachlässigen Orten wie Russland, und ich habe keinen Zweifel daran, dass Kostya einen Haufen der notwendigen Studios besitzt. Wie wahrscheinlich jeder Oligarch.

Kostya hätte dieses Video leicht fälschen und sogar eine Virtual-Reality-Version davon erstellen können, um mich schwören zu lassen, dass ich den echten Kostya, die echte Ada und den echten Alan gesehen habe. Die Tatsache, dass Ada und Alan geschlafen haben, würde es viel einfacher machen, das umzusetzen.

»Es gibt kein Motiv für irgendjemanden, ein solches Video zu fälschen«, sage ich, nachdem ich einen Moment lang nachgedacht habe.

»Vielleicht, um dir Angst einzujagen, oder um Kostya die Schuld zu geben?«, fragt Muhomor nicht überzeugt.

»Ich habe schon Angst. Wir wussten bereits, dass Alan und Ada verschwunden sind. Wir haben meinen Halbbruder schon verdächtigt, bevor wir dieses Video bekamen.«

»Ich stimme zu«, sagt Mitya. »Ich habe Tests für Video-Authentizität recherchiert, und ich bin sicher, dass es eine echte Aufnahme war.«

Muhomor und ich tauschen beeindruckte Blicke aus. Mityas Denkgeschwindigkeit beginnt ein biologisch un-mögliches Niveau zu erreichen.

»In diesem Zusammenhang«, sagt Mitya, »habe ich das Video auf Mikroausdrücke analysiert – die Art von Details, die eine Fälschung nicht nachmachen würde – und konnte keine Anzeichen von Manipulation auf Kostyas Gesicht erkennen. Sein Gesicht war sogar extrem emotionslos. Dein Halbbruder ist entweder so kalt wie eine Eidechse oder er hat eine Botoxbehandlung bekommen.«

»Deutet dieser Mangel an Gesichtsausdruck nicht darauf hin, dass das Video gefälscht ist?«, fragt Muhomor.

»Mikroausdrücke sind nur einer der Punkte, mit denen ich festgestellt habe, dass das Video echt ist«, sagt Mitya. »Außerdem hat Boris genug Mikroausdrücke für jeden in diesem Video, und ich kann mir keinen Grund vorstellen, warum sich jemand mit so subtilen Details für eine Nebenfigur in einer Fälschung abgeben würde.«

»Dann machen wir weiter. Wenn sein Gesicht keine Täuschung war, würde Kostya sie dann wirklich gehenlassen?« Muhomor dreht sich von der künstlichen Skyline von Manhattan vor dem Fenster weg und starrt jeden von uns an.

»Alan und Ada hatten nichts mit dem Tod unseres Vaters zu tun«, sage ich. »Nachdem Kostya mit mir und Joe fertig ist, will er vielleicht nicht den Tod einer Frau und ihres Kindes auf dem Gewissen haben. Die Tatsache, dass er sie ruhiggestellt hat, ist ein gutes Zeichen. Es bedeutet, dass er nicht will, dass sie sich zu unwohl fühlen.«

»Oder er weiß, dass es ihm mit Alan so gehen könnte wie den Entführern in *Das Lösegeld des Roten Häuptlings*«, murmelt Muhomor. »Wir alle wissen, dass dein Halbbruder Alan schon getötet hätte, wenn er bei Bewusstsein wäre – oder, wenn er wirklich Skrupel hat, Kinder zu töten, er dich jetzt anflehen würde, den kleinen Teufel zurückzuholen.«

»Ada ist auch kein Engel«, meint Mitya. »Wäre ich dein Halbbruder, würde ich sie genauso ruhigstellen wie das Kind.«

»Das größte Problem ist, dass ich vermute, dass eine oder mehrere unserer Wachen wie Gogi kontrolliert werden könnten.« Ich massiere meine Schläfen in dem vergeblichen Versuch, Spannungen abzubauen.

»Weil dein Halbbruder weiß, wo du bist?« Es überrascht mich nicht, dass Mitya mir so schnell folgen kann.

»Genau. Wie sonst konnte er mir so wenig Zeit lassen, dass ich keine andere Wahl hatte, als direkt dorthin zu fahren?«

»Und wenn er dich beobachtet, musst du die Wachen loswerden, bevor er Ada oder Alan tötet, um dir zu zeigen, dass er es ernst meint«, sagt Muhomor, der meine Logik jetzt auch nachvollziehen kann. »Ganz zu schweigen davon, dass eine kompromittierte Wache ein echtes Hindernis wäre.«

Die schreckliche Theorie klingt in meinen virtuellen Ohren nach, als das Auto in der realen Welt zum Stillstand kommt.

Die Wachen reagieren unterschiedlich überrascht. Dominic ist der Einzige, der weiß, was los ist, obwohl er sein Gesicht in der erweiterten Realität unlesbar lässt.

»Raus«, belle ich. Als sie mich verständnislos anstarren, füge ich mit meiner stählernen Stimme hinzu: »Alle raus. Das ist ein Befehl.«

»Bist du sicher?«, fragt Dominic privat. »Wir sind mitten im Nirgendwo, und ohne Auto können wir dir nicht folgen.«

»Bitte bring sie raus, Dominic.« Meine private Antwort ist beschwörend. »Ich bin schon spät dran. Wir haben keine Zeit für Diskussionen.«

Dominic packt die Hemdkragen der beiden ihm am nächsten stehenden Männer und zieht sie aus dem Auto. Alle anderen verstehen endlich meine Forderung und gehen unter Flüchen und Beschwerden.

»Ich fahre«, sage ich meinen Freunden in der VR. Mit meinen Worten starte ich die Batmobil-App, übernehme die Kontrolle und drücke das virtuelle Gaspedal bis zum metaphorischen Boden durch. »Wenigstens ist die Straße leer.«

Das Auto beschleunigt von null auf hundert in weniger als zwei Sekunden.

»Die I-84 ist nicht leer«, sagt Mitya, als er bemerkt, dass ich meine anfängliche halsbrecherische Geschwindigkeit verdopple. »Wenn du so schnell fährst, wirst du in einer feurigen Explosion sterben.«

»Das ist die einzige Möglichkeit, wie ich pünktlich ankomme«, sage ich. »Wenn ich einen Unfall habe, wird Kostya uns vielleicht sogar als quitt betrachten.«

»Willst du, dass ich übernehme?«, bietet er an. »Meine Reaktionszeit ist besser.«

»Ich will selbst fahren. Wenn du mich nicht rechtzeitig dorthin bringst, muss ich dich töten.«

»Am Himmel über uns fliegen Drohnen«, bemerkt Muhomor. »Sie widersetzen sich meinen Versuchen, sie zu hacken. Ihre Sicherheit ist so gut wie die des WLANs rund um die Ratte, also könnten sie zu Kostya gehören.«

»Versuch weiter, die Sicherheit zu knacken«, sage ich. »Oder noch besser, mach Fortschritte darin, herauszufinden, wie Kostya die Leute kontrolliert. Wenn wir Joe befreien könnten, hätte ich einen Verbündeten.«

»Offensichtlich.« In der VR scheint Muhomor zu versuchen, seine Füße durch den Glastisch zu hypnotisieren. »Ich habe bereits erklärt, wie schwierig das ist.«

Mitya schüttelt mit übertriebener Enttäuschung den Kopf. »Mann. Das ist das eine Mal, wo dich alle anflehen, deiner Lieblingsbeschäftigung nachzugehen, und du schaffst es, uns so im Stich zu lassen?«

»Du sollst jetzt reiner Intellekt sein«, schnappt Muhomor zurück. »Gehirn komplett in der Wolke. Mit unvorstellbaren Geschwindigkeiten denken. Warum hast du das Problem nicht gelöst?«

»Ich habe sogar eine Idee.« Mitya schaut mich an. »Sie ist nur nicht sehr praktisch.«

In der realen Welt rollt mein Reifen über einen Kieselstein. Das Auto zittert wie ein erstickendes Opfer. Ich schätze, bei diesen Rennwagen-Geschwindigkeiten kann sogar ein Kieselstein ein Schleudern verursachen. Ich ignoriere alles außer dem Auto, bremse ab und lenke mit dem virtuellen Lenkrad gegen. Zapo knarrt, aber ich schaffe es, ihn ruhig und auf der Straße zu halten.

»Jede Idee ist willkommen«, sage ich in der VR, als ich das Fahrzeug wieder unter Kontrolle habe.

»Wenn wir im Voraus wissen würden, wen dein Halbbruder zu übernehmen versucht«, sagt Mitya und weicht meinem Blick aus, »könnten wir dessen Brainozyten in einen von mir entwickelten modifizierten Debug-Modus versetzen. Auf diese Weise könnten wir AROS selbst mehr Daten liefern lassen. Das bedeutet natürlich, dass die Person im Debug-Modus immer noch kontrolliert wird.«

»Großartig«, sagt Muhomor sarkastisch. »Jetzt brauchen wir nur noch ein weiteres Mitglied von Mikes Familie, damit wir es mit der Bitte, es zu kontrollieren, an Kostya übergeben können.«

»Mike ist auf dem Weg in feindliches Gebiet. Es besteht die Chance, dass«, Mitya zögert, da er eindeutig nach einem taktvollen Weg sucht, um fortzufahren, »sie seinen Verstand übernehmen werden.«

Wenn das Mityas Art ist, mich zu schonen, frage ich mich, was er ursprünglich sagen wollte.

»Du hast recht«, sagt Muhomor viel zu aufgeregt. »Kostya will vielleicht Mike dazu bringen, sich umzubringen. Das würde ich tun. Es ist das perfekte Verbrechen, das für die Polizei wie Selbstmord aussehen würde.«

Ich bekämpfe den Drang, in der VR an Muhomors Kehle zu springen. Stattdessen kanalisiere ich die Welle der Angst in mein wahnsinniges Fahren in der realen Welt.

»Mike«, sagt Mitya sanft, »es schadet nicht, vorbereitet zu sein. Ich habe dir gerade einen Link zu der Version von AROS geschickt, von der ich spreche. Installiere sie und hoffe, dass wir sie nicht brauchen.«

Ich bekomme eine E-Mail und installiere stillschweigend die neue AROS-Schnittstelle. Sobald die Installation abgeschlossen ist, ist der einzige Unterschied, den ich feststelle, eine leichte Verlangsamung der Wahrnehmung, die das Ergebnis von Angst sein könnte. Trotzdem beschwere ich mich darüber.

»Das ist der Debug-Modus«, bestätigt Mitya. »Dieses AROS sendet bestimmte Details an unsere Server zurück, und diese Art der zusätzlichen Verarbeitung verlangsamt dich. Ist es zu viel, um damit leben zu können?«

»Es ist okay. Es ist nicht schlimmer als eine beschissene Internetverbindung.« Was ich nicht sage, ist, dass eine beschissene Internetverbindung schlimmer ist als ein Gehirn, das durch Gras oder Alkohol benebelt ist.

»Konzentriere deine ganze Aufmerksamkeit nur auf das Fahren«, schlägt Mitya vor. »Wenn du erst einmal dein Ziel erreicht hast, konzentriere dich auf das Überleben.«

Er hat recht. Ich halte alle unwichtigen Aufgaben an, sogar die Teile von mir selbst, die versuchen herauszufinden, wie Kostya die Brainozyten gehackt hat. Ab sofort muss ich mich auf Mitya und Muhomor verlassen.

»Ich fühle mich ziemlich normal«, sage ich zögernd. »Ich denke, ich kann in diesen VR-Raum kommen, ohne mein Leben zu gefährden.«

»Hier ist eine Luftaufnahme der I-84«, sagt Mitya.

Eine E-Mail klingelt, aber auf der Straße da vorne passiert etwas.

»Mist. Warum gibt es hier mitten im Nirgendwo Verkehr?«

»Es gab einen Unfall.« Mitya hebt den Teil der Straße hervor, wo die Dichte der Autos abnimmt. »Ich schätze, die Leute bitten ihre Auto-KIs, langsamer zu fahren, damit sie den Schaden ansehen können, wenn sie vorbeikommen.«

»Das macht Sinn.« Ich wische den virtuellen Schweiß von der Stirn meines Avatars und frage mich, ob wir irgendwann den Realitätslevel dieses Raums herunterschrauben sollten. »Ich hatte gerade eine Idee, die Drohnen betreffend. Könnt ihr die Kontrolle über alle Drohnen in der Gegend übernehmen, sowie über alle Roboter, die ihr lokalisieren könnt, und sie dorthin lenken, wo ich hingehe? Kostya hat nichts davon gesagt, Spielzeug mitzubringen, nur dass ich alleine komme.«

»Leider sind ›alle Roboter und Drohnen in der Gegend‹ wenige Drohnen und keine Roboter«, sagt Mitya. »Ich habe es bereits überprüft. Leider ist diese Region sehr unterentwickelt.«

Ich habe einen Moment Zeit, um etwas zu recherchieren, obwohl die Ablenkung mich fast von der Straße abbringt. Als ich wieder in Sicherheit bin, sage ich in der VR: »Wir haben diese Fabrik in Albanien.«

»Sie liegt anderthalb Stunden von deinem Ziel entfernt.« Muhomor wirft eine große Karte auf den großen Bildschirm mit einer Karte des Staates New York und der Route von der Fabrik, die hervorgehoben wird. »Bis die Roboter eintreffen, bist du tot.«

»Trotzdem würden wir seinen Halbbruder für seinen Tod bezahlen lassen.« Mitya spannt seine Hände an und entspannt sie wieder.

»Dank dieser tollen Nachricht denke ich, dass ich diesen Raum meiden werde, bis ich den Verkehr hinter mir habe.« Ich gehe demonstrativ auf die Tür des Besprechungsraums zu, bevor ich aus der VR verschwinde, wie es die Etikette richtigerweise verlangt.

»Wenn du nicht langsamer wirst, kommst du nicht zurück, weil du dich in einen Pfannkuchen verwandeln wirst«, sagt Mitya privat zu mir.

»Wenn ich langsamer werde, schaffe ich es nicht bis zu Kostyas Versteck.« Ich konzentriere mich auf die Straße.

Da die I-84 noch ein paar Meilen entfernt ist und es bis dahin keinen Verkehr gibt, beschleunige ich so viel, wie es Zapo erlaubt. Bald werden die Bäume zu einem grünen Schleier. Ich zwinge das Auto weiter, zu beschleunigen, bis der Sitz anfängt zu vibrieren, als ob ich eine internationale ballistische Rakete fahren würde, und dann noch mehr.

Ich muss pünktlich dort sein.

Ich muss einfach.

KAPITEL 27

Es dauert 1,7 Sekunden, bis ich mich der Auffahrt zur I-84 nähere und auf das Zweifache der Höchstgeschwindigkeit abbremse. Zu wissen, dass jedes Auto, an dem ich vorbeikomme, leicht mein letztes sein könnte, gleicht meine Herzfrequenz der wahnsinnigen Rotation meiner Reifen an.

»Alter«, sagt Mitja privat. »Dein Fahren würde die NASCAR stolz machen.«

Ich drehe das virtuelle Lenkrad ganz nach rechts, um dem grauen Volvo rechts von mir auszuweichen. »Das war schon immer mein Ziel, NASCAR oder Stunts für *The Fast and the Furious*.«

Ich schieße an einem Motorradfahrer vorbei und provoziere eine Flut von Obszönitäten. Ich kann es dem bärtigen Kerl nicht verübeln, denn im Gegensatz zu den meisten anderen Leuten auf der Straße fährt er seine Todesmaschine ohne Hilfe der KI. Ich fahre nach links und rutsche zwischen einem grünen Toyota und einem silbernen Honda hindurch. Wenn diese Wagen nicht selbst fahren würden, hätten mich ihre Fahrer vielleicht schlimmer verflucht als der Motorradfahrer. Allerdings sind die meisten Menschen, die ich fast umbringe, mit ihrer VR-Unterhaltung beschäftigt, oder ironischerweise versuchen sie, den Unfall vor sich zu beobachten, anstatt auf den zu achten, der gerade passiert.

Als ich das Chaos endlich hinter mir habe, erlaube ich mir, zu überprüfen, ob ich pünktlich bin, und mir wird schwindelig, weil ich von den zehn Minuten, die mir fehlen, fünf Minuten gutgemacht habe. Doch um die anderen fünf zu kompensieren, muss ich wieder zur Turbo-Geschwindigkeit zurückkehren, was ich ohne zu zögern tue, indem ich meine ganze Energie auf die Straße konzentriere.

»Ich habe gehört, wie sich eine Tür geschlossen hat.« Mr. Spock schickt mir seine Worte zusammen mit einer riesigen Dosis Aufregung durch die EmoRat-App. »Ich kann die Männer nicht mehr riechen.«

Sie sind wahrscheinlich gegangen, um sich auf meine Ankunft vorzubereiten. Ich fange an zu antworten, dann breche ich ab. Es gibt keinen Grund, Mr. Spock zu sagen, dass ich auf einer Selbstmordmission bin. Ich sage stattdessen: »Es ist gut, dass du mir davon erzählt hast. Was hältst du davon, Alans Tasche für eine kleine Erkundung zu verlassen?«

»Ich habe Angst.« Trotz seiner Worte schaut Mr. Spock aus der Tasche und teilt seine Ansicht mit mir.

Der Raum ist tatsächlich leer.

»Finde ein besseres Versteck«, schlage ich vor. »Irgendwo, wo man sie im Auge behalten kann, wenn sie zurückkommen.«

Er rennt an Alans Ärmel und dann der Innenseite seines Hosenbeins herunter.

»Das ist sehr clever«, sage ich ermutigend. Mein kleiner Freund mag Komplimente über seine Geschicklichkeit. »Selbst, wenn jemand gerade zurückgekommen wäre, hätte er dich nicht in Alans Kleidung gesehen.«

Das Kompliment durchbricht die Angst, die den kleinen Kerl zu lähmen droht, und er springt den Rest der Strecke auf den Boden und scannt schnell den Raum. Er sieht aus wie eine Männerhöhle mit einem hochwertigen Heimkino und einem Billardtisch in der hinteren Ecke. Sowohl Alan als auch Ada befinden sich halb sitzend, halb liegend in plüschigen La-Z-Boy-Sesseln vor einem riesigen Fernseher, wie sie vor der VR populär waren. Das Licht aus einem riesigen Fenster auf der rechten Seite lässt Adas Gesicht in ihrem Schlaf fast engelsgleich erscheinen, während Alan so aussieht, als ob er jeden Moment die Augen öffnen könnte, um Unfug zu treiben.

Ich schalte die Gefühle, die von mir zu Mr. Spock geschickt werden, ab, weil ich die Ratte nicht mit den Sorgen überwältigen will, die mich überkommen, wenn ich meine bewusstlose Familie sehe.

»Wie wäre es, wenn du dich unter Alans Sessel versteckst?«, schlage ich vor. »Dann kannst du die Tür sehen.«

Die betreffende Tür öffnet sich knarrend.

Ein Adrenalinschub lässt mich fast die Kontrolle über das Auto in der realen Welt verlieren.

Mr. Spock reagiert viel besser, als ich es getan hätte. In einem Wirbel aus Schnurrhaaren und weißem Fell taucht er unter Alans Sessel, findet einen Winkel, wo er sich verstecken kann, und strafft seine Muskeln, um seinen Körper kleiner und weniger sichtbar zu machen.

Die Tür steht jetzt weit offen, und ein Mann kommt herein. Ich kann nur den unteren Teil seines Körpers sehen, aber anhand seiner Kleidung erkenne ich Boris, das Arschloch von vorhin. Zwei weitere Wachen folgen ihm, und obwohl ich ihre Gesichter nicht sehen kann, vermute ich, dass sie Masken tragen.

»Bleib im Versteck«, sage ich Mr. Spock, obwohl er klug genug ist, das selbst zu wissen. »Egal, was passiert, verlass diesen Ort nicht.«

»Ich mache mir Sorgen um Alan und Ada.« Mr. Spocks EmoRat-Sorge ist fast so schlimm wie meine eigene.

»Es wird ihnen gut gehen, Kumpel«, beruhige ich ihm. Ich wünschte, jemand würde dasselbe für mich tun. »Ich verspreche, es wird ihnen gut gehen. Ich arbeite daran, sie zu retten.«

»Ich werde bis dahin Wache halten«, sagt er tapfer.

»Mitya«, schreibe ich in einer privaten Zik-Nachricht. »Wenn mir etwas passiert, sorg dafür, dass Mr. Spock lebend hier rauskommt. Er versteckt sich dort, wo Alan und Ada festgehalten werden, unter einem Sessel.«

»Natürlich«, antwortet Mitya. »Und nur, damit du es weißt: Wenn dir etwas passiert, werde ich die Roboter benutzen, um sicherzustellen, dass alle Verantwortlichen teuer dafür bezahlen.«

»Ich bin mir nicht sicher, ob ich will, dass mein Halbbruder getötet wird«, sage ich nach einem kurzen Zögern.

»Dann werde ich einfach sicherstellen, dass er für den Rest seines Lebens bereut, was dir passiert ist«, antwortet Mitya, und die Zik-Botschaft ist völlig frei von jeglichen emotionalen Untertönen. »Aber die Strafe wird dem Verbrechen gerecht sein.«

»Ich konzentriere mich besser auf das Fahren«, sage ich zu Mr. Spock und Mitya. »Reden wir später.«

»Lass die Share-App an, damit Muhomor und ich wissen, was passiert, wenn du dort ankommst«, sagt Mitya.

»Ich beobachte dieses Zimmer.« Mr. Spock verengt demonstrativ seine rosa Augen, um eine bessere Sicht auf seine Umgebung zu erhalten.

Obwohl die Straße nach dem Unfall relativ leer ist, fühlt sie sich bei dieser Geschwindigkeit nicht so an, und ich muss fast pausenlos ausweichen, um Autos zu meiden. Es ist klar, dass, wenn Zapo und ich das überleben, das Auto neue Reifen brauchen wird, wenn ich an meinem Ziel ankomme. Und ich brauche vielleicht einen neuen Satz Nebennieren und saubere Unterwäsche.

Als das GPS mir mitteilt, dass sich Kostyas Koordinaten auf der rechten Straßenseite befinden, stoße ich den Atem aus, den ich die halbe Strecke auf der I-84 angehalten habe. Ich fahre zum Tor des riesigen Herrenhauses, das mein Halbbruder zu seinem Versteck gemacht hat, und schaue mich um. Mit einem Wald auf der einen Seite und Blick auf die Berge auf der anderen Seite ist die Lage der feuchte Traum eines High-End-Immobilienmaklers. Es gibt einen riesigen Zaun, der alles umschließt, und eine Einfahrt, die sich mindestens achthundert Meter den Hügel hinaufschlängelt.

Ich springe aus dem Auto, eile zur großen Gegensprechanlage in der Wand und drücke dort den einzigen Knopf.

»*Da*«, sagt fast sofort jemand.

»Sag Konstantin, dass ich hier bin«, brülle ich in der übertriebenen Weise, die meine Mutter bei internationalen Telefonaten mit ihren Schulfreunden benutzt, als ob sie wollen würde, dass sie sie den ganzen Weg nach Russland hören. »Ich habe noch drei Minuten.«

»Lass dein Auto stehen«, sagt die Stimme. »Komm mit den Händen über dem Kopf rein.«

Ich hebe meine Hände und stolpere die komplizierten Pflastersteine hoch, ohne den Blick von meinem Ziel abzuwenden. Meine Anzahl grauer Haare verdoppelt sich, als das erste als Richard Nixon maskierte Arschloch mich mit einem Maschinengewehr begrüßt, und verdreifacht sich, als ich merke, wie viele bewaffnete Leute die verschlossene Tür bewachen.

»Wo ist meine Frau?«, frage ich den Kerl, der mir am nächsten steht. »Wo ist mein Sohn?«

Der Mann antwortet nicht, also wiederhole ich die Fragen auf Russisch. Das bringt auch nichts.

Ein weiterer maskierter Wächter kommt heraus und gestikuliert uns. Wie Richard Nixon als gruseliger Butler. Ich folge ihm in ein wunderschönes Foyer und durch einen langen, spindelförmigen Gang.

Durch Mr. Spocks Ohren höre ich die knirschende Stimme von Boris. »Die Show beginnt gleich. Ich schalte den Fernseher ein.«

Der Fernseher vorn im Zimmer erwacht zum Leben. Mr. Spock kann von seinem Standpunkt aus nur einen Teil der Leinwand erblicken. Es gibt nicht viel zu sehen, nur die Gestalt eines großen Mannes, der wie eine Statue mit dem Rücken zur Kamera steht und in jeder Hand etwas Glänzendes hält. Die Muskeln im Rücken dieses Mannes sind gewaltig, und selbst bei dem schlechten Blickwinkel kommt er mir bekannt vor. Ich habe eine gute Vorstellung, wer es sein könnte, also halte ich ein kleines Fenster in meinem AROS-Interface offen, um ein metaphysisches Auge auf den Fernsehschirm zu werfen, während die Wachen mich tiefer in die Villa führen.

Ein Oberlicht beleuchtet die moderne Kunst an den Wänden, aber die maskierten Wachen mit Gewehren sind die am häufigsten vorkommende Dekoration. Einschließlich dieser Gruppe zähle ich bisher 58 Männer. Angenommen, sie sind gleichmäßig über den ganzen Ort verteilt und stellen ein typisches Verhältnis von bewaffneten Männern zum Wohnraum dar, dann bekomme ich ein sehr deprimierendes Ergebnis, wenn ich die Größe der Villa in die Gleichung einbeziehe. Es müssen fast 500 bewaffnete Leute hier sein.

»Dieser Ort wäre selbst dann eine Todesfalle, wenn ich bewaffnet wäre und Dominic und den Rest der Sicherheitsleute mitgebracht hätte«, sage ich, nachdem ich in den VR-Raum gekommen bin. Da ich nicht mehr mit Rennwagen-Geschwindigkeit fahre, kann ich etwas Aufmerksamkeit erübrigen.

Muhomor und Mitya nicken beide und bestätigen damit, dass sie über meinen Share-App-Feed zuschauen.

»Kostya ist wahrscheinlich dabei, eine seiner Firmen zu ruinieren, um all diese Schlägertypen zu bezahlen, vorausgesetzt, sie werden nicht wie Gogi und Joe gezwungen«, fahre ich fort.

»Ich bezweifle, dass jemand von diesen Leuten kontrolliert wird.« Mityas Handflächen müssen verschwitzt sein, denn ich sehe Tröpfchen dort auf den Stuhllehnen, wo seine Hände soeben lagen. »Wie Boris müssen es gekaufte Männer sein.«

»Zu dumm, dass die Roboter noch eine Stunde entfernt sind.« Muhomor zeigt auf die Karte des Hinterlandes von New York, wo sich einige Punkte sehr langsam in unsere Richtung bewegen. »Wir haben hundert von ihnen, was genug wäre, um mit diesen Typen fertigzuwerden.«

»Apropos Ressourcen, Dominic läuft zu Fuß zu dir.« Mitya wischt seine Hände an seinem Kapuzenpulli ab und macht einen kleinen Punkt auf die Karte. »Mit seinem Exoskelett ist er fast so schnell wie die Roboter. Er könnte in einer Stunde und zehn Minuten bei der Villa sein, wenn er das Tempo beibehält.«

»Hast du etwas Schnelleres als die Roboter?«, frage ich. »Es ist schön, zu wissen, dass ich nach meinem Tod gerächt werden kann, aber ich wäre noch glücklicher, wenn ich am Leben bleiben könnte.«

»Ich habe drei Drohnen, die zu deinem Standort fliegen«, sagt Muhomor stolz. »Sie sollten in etwa zwanzig Minuten da sein.«

»Großartig«, sage ich sarkastisch. »Mit drei schäbigen Drohnen kannst du eine Live-Übertragung meiner Beerdigung aus drei Blickwinkeln sehen, vorausgesetzt, Kostya begräbt mich, anstatt meine Leiche in Säure oder Ähnlichem zu verflüssigen. Ich nehme an, ihr habt es nicht geschafft, Joe aus seiner Kontrolle zu befreien?«

Muhomor schaut nach unten, und Mitya weicht meinem Blick aus.

»Das dachte ich mir.« Ich zeige meinen Unmut, indem ich mit einem Hauch virtuellem Rauch den Raum der VR verlasse.

In der realen Welt halten wir neben einer Reihe von schweren roten Türen an, und mein als Nixon maskierter Führer stößt mich schmerzhaft mit seiner Pistole und zeigt dann mit ihr in Richtung Eingang. Sein maskierter Partner arbeitet völlig synchron und öffnet die Türen. Ich gehe freiwillig, bevor ich dazu gezwungen werde.

Der große Raum ist frei von Möbeln, und der hochglanzpolierte Parkettboden reflektiert mit unangenehmer Intensität funkelndes Licht in meine Augen. Das muss eine Tanzfläche gewesen sein, bevor Kostya den Raum für seine Rache nutzte. Der Raum erscheint mir auch deshalb vertraut, weil ich ihn jetzt aus zwei Blickwinkeln betrachte.

Es ist der Raum auf dem Bildschirm, den Mr. Spock gerade sieht.

Die Türen hinter mir schnappen zu, und ich fokussiere meinen Blick auf die Mitte des Raumes, wo eine einzelne Gestalt steht, mit einem Messer in jeder Hand.

Meine Vermutung war leider richtig.

Das ist mein Cousin, Joe.

Seine sibirischen Eiszapfenaugen sind noch emotionsloser als sonst, als sie mich wie zwei blaue Laser anvisieren. Anstelle des Wiedererkennens sehe ich nur eine Art »Ziel erfasst«.

Das Sonnenlicht strahlt von beiden Klingen zurück, als Joe bedrohlich auf mich zukommt.

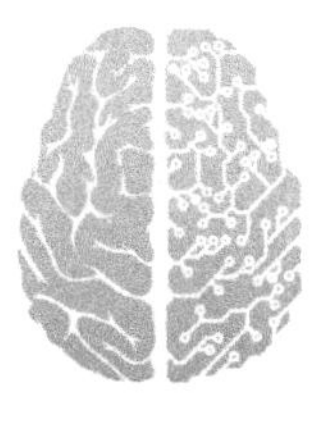

KAPITEL 28

»Bist du das?«, fragt Mr. Spock besorgt.

»Ich bin's, Kumpel. Joe und ich sind nur beim Sparring. Genau wie damals im Dojo.«

»Ich mochte diese Zeit nicht«, antwortet er.

Ich muss ihn nicht daran erinnern, dass das eine Untertreibung ist. Das einzige Mal, als ich ihn zum Training mitnahm, bekam er das Rattenäquivalent eines Wutanfalls. Ich habe ihn danach immer im Furry Ritz gelassen. Allein die Tatsache, dass er sich überhaupt an diesen Kampf erinnert, sagt alles, denn sein Langzeitgedächtnis ist nicht so gut wie das eines Menschen.

»Es ist so ähnlich wie deine Dominanzspiele mit den anderen Männchen«, erinnere ich ihn. »Niemand wird verletzt werden.«

»Aber du bist der Alpha«, sagt er, und trotz allem erwärmt mich die Hochachtung meines Freundes.

»Manchmal musst du die anderen Männchen daran erinnern, dass du das Sagen hast. Erinnerst du dich an deine Meinungsverschiedenheit mit Chekov?«

»Ja.« Seine Zik-Botschaft ist voller Schuldgefühle, weil er seinem Freund ins Ohr gebissen hat. »Ich habe ihm später eine Erdnuss gegeben.«

»Du bist der beste Alpha«, versichere ich ihm. »Kannst du mir einen Gefallen tun, Kumpel? Geh und genieße Alans Rattenwelt für etwa zehn Minuten, aber halt die Augen offen. So siehst du nicht, was passiert, aber ich kann immer noch den Fernseher sehen.«

»Du bist clever«, antwortet er entfernt, so wie er es tut, wenn er in die VR-Version des Rattenparadieses meines Sohnes eintaucht.

In der Zeit, in der Mr. Spock und ich uns telepathisch unterhalten, schafft es Joe, den halben Raum zu durchqueren.

Dieser Teil von Kostyas Rache ist elegant in seiner verschlagenen Einfachheit. Einer von uns – wahrscheinlich ich – wird gleich sterben. Joe und ich sind die beiden Leute, die Kostya für den Tod unseres Vaters verantwortlich macht. Ich vermute, er gibt mir die Schuld als Anführer und Joe als Henker. Es ist ihm wahrscheinlich egal, dass es Joe allein war, der das Schicksal unseres Vaters entschieden und besiegelt hat.

Was Kostya nicht weiß, ist, dass er, Boris und der Rest von ihnen nicht das große Spektakel bekommen werden, das sie erwarten. Dieser Kampf wird vorbei sein, bevor jemand Popcorn geholt hat, denn jedes Mal, wenn ich in der Turnhalle gegen Joe antrete, hat er mich innerhalb von Sekunden geschlagen. Ich meine das wörtlich. Wenn er nicht absichtlich mit mir gespielt hat, ist mein Rekord gegen Joe vier Sekunden und fünf Millisekunden, und selbst das habe ich nur dank der Kampfmodus-App erreicht. Diese Kämpfe waren noch dazu unbewaffnet. Meine Überlebenswahrscheinlichkeit nimmt mit jedem Messer in Joes Händen deutlich ab.

»Bitte sagt mir, dass ihr eine Drohne durch das Fenster fliegen lassen könnt«, sage ich zu Mitya und Muhomor.

»Die drei, von denen ich gesprochen habe, sind noch neunzehn Minuten entfernt«, sagt Muhomor. »Mehr oder weniger.«

Mein Herz rutscht in meine Hose, aber ich habe ein Pokerface, das entschlossen ist, wenigstens mit etwas Würde zu sterben.

Ich aktiviere den Kampfmodus.

Joe kommt immer näher. In der erweiterten Realität zeigen sich Linien, Vorschläge für mein Handeln und Joes mögliche Reaktionen darauf. Nicht überraschend scheint sich die Zeit zu verlangsamen, obwohl ich denke, dass das diesmal eher ein Trick des Adrenalins als mein superschneller Verstand ist.

Ich muss eine Entscheidung treffen. Wenn ich die gefühlsdämpfende App aktiviere, habe ich nicht das Problem, das ich hatte, als ich gegen Gogi gekämpft habe – zögern, jemanden zu verletzen, der mir wichtig ist. Soll ich mich freiwillig in ein Monster verwandeln? Gibt es überhaupt einen Vorteil, Kostyas Spiel zu spielen und Joe zu verletzen, wenn der Gewinner letztendlich zusammen mit dem Verlierer stirbt?

»Joe wird kontrolliert, du nicht«, sagt Muhomor privat. Er muss zumindest einen Teil meines Dilemmas erraten haben. »Er hat keine Chance, während du sie hast, wenn auch eine kleine.«

In dem Bewusstsein, dass ich ausgerechnet von Muhomor Ratschläge zu ethischem Verhalten annehme, schalte ich dennoch den Gefühlsdämpfer ein.

»Wie viele Sekunden lang sollte der Gefühlsdämpfer eingeschaltet sein?«, fragt Einstein. Das ist eine Sicherheitsfunktion, um sicherzustellen, dass ich nach dem Kampf kein Psychopath bleibe.

»Stell es auf acht Sekunden und zehn Millisekunden ein«, antworte ich. »Das ist das Doppelte meiner geschätzten Überlebenszeit.«

Als ich die Momente zähle, versuche ich mir vorzustellen, wie das Kämpfen mit dem Gefühlsdämpfer sein wird. Ich werde wahrscheinlich wie ein Wikinger-Berserker sein.

»Gefühlsdämpfer aktiviert«, sagt Einstein.
Die Welt um mich herum verwandelt sich.

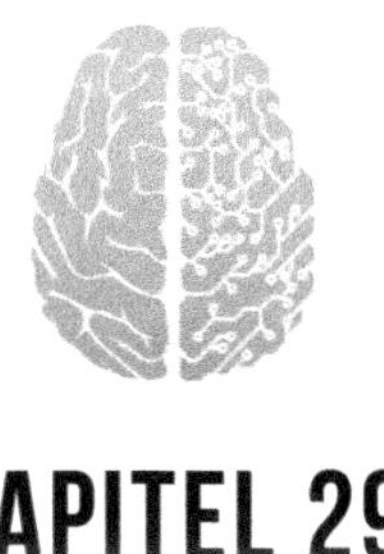

KAPITEL 29

Der Gegner ist nur einen Sprung entfernt.

Er hat zwei Messer, was ein großer Vorteil für ihn ist. Aber ich kann seine Bewegungen aus zwei Blickwinkeln sehen, ein taktischer Vorteil, den ich nutzen muss. Seine rechte Messerhand ist die dominante. Der Kampfmodus schätzt, dass er damit zuerst zuschlagen wird; die Fernsehansicht zeigt mir, dass sich seine Schulterblätter wie zur Bestätigung verdrehen.

Ich gehe einen Schritt zur Seite und ziehe mich leicht zurück. Gleichzeitig trete ich gegen den Unterarm des Gegners.

Das Messer schlägt mit einem Klirren auf dem Hartholzboden auf und rutscht zur Tür. Obwohl die Waffe hinter mir liegt, zeigt die Fernsehansicht, dass ich keine Chance habe, sie zu erreichen – aber mein Gegner auch nicht.

Ich brauche den Kampfmodus nicht, um zu erkennen, dass das linke Messer sich bedrohlich meiner Brust nähert und gleich zustechen wird. Ich reagiere bereits. Ich packe das linke Handgelenk meines Gegners und halte es erfolgreich fest. Ich schlage ihm so heftig wie möglich in die Leiste. Mein Plan ist einfach: Der starke Schmerz sollte den Gegner zwingen, die Waffe loszulassen, danach kann ich das Messer benutzen, um ihn wie einen Thanksgiving-Truthahn aufzuschneiden.

Der Leistenschlag bewirkt nicht, dass mein Gegner seine Waffe loslässt. Entweder er trägt einen Schutz – oder Kostyas Kontrolle ermöglicht es ihm, diesen starken Schmerzen zu widerstehen. Ich vermute Letzteres, da dies im Kampf mit Gogi der Fall war. Das ist ein Problem, denn abgesehen vom Idealfall, in dem ich meinen Gegner töte, ist ein Großteil meiner Strategie darauf ausgerichtet, reichlich Schmerzen zuzufügen.

Also muss ich mich jetzt darauf konzentrieren, ihn so schnell wie möglich zu töten. Wenn das nicht geht, muss ich die Art von Schaden verursachen, die das Kämpfen physisch unmöglich machen würde – zum Beispiel gebrochene Knochen oder abgetrennte Gliedmaßen. Die Augen herauszureißen wäre wahrscheinlich nicht so wirksam, denn Kostya könnte den Gegner immer noch über Kameraansichten kontrollieren, aber wenn sich die Gelegenheit bietet, werde ich die Augen ausstechen, um diese Theorie zu testen. Sobald der Gegner derart geschädigt ist, sollte das Töten einfach sein.

Ich betrachte die Vorschläge des Kampfmodus und wähle einen aus, der kaum vorherzusehen ist, weil er mir auch leichten Schaden zufügt. Ich ziehe meine Hände zurück und nähere mich mit meinem Kopf dem kostbaren Messer. Ich dehne meine Kiefermuskeln wie eine Schlange und beiße kraftvoll zu.

Meine Zähne schaben am Metall des Messers entlang, aber ich ignoriere den Schmerz, als Zahnschmelz abgekratzt wird, und reiße meinen Kopf so heftig nach rechts, dass meine Nackenmuskeln krampfen.

Der Griff des Gegners am Messer löst sich, und ich finde mich mit der Waffe im Mund wieder. Ich lasse das Handgelenk des Gegners mit der rechten Hand los und festige gleichzeitig meinen Griff mit der linken Hand. Ich greife nach dem Messer in meinem Mund. Sobald ich den Kunststoffgriff in meiner Handfläche spüre, stoße ich das Messer zum rechten Auge des Gegners. Mein Ziel ist es nicht, ihn erblinden zu lassen, sondern ins Gehirn einzudringen – eine sehr effiziente Art, zu töten.

Leider verhält sich der Gegner so, wie ich es in seiner Lage tun würde. Er ignoriert die möglichen Verletzungen und greift nach der Klinge.

Ich könnte die Klinge drehen, um maximalen Schmerz zuzufügen, aber das ist kein Anreiz in diesem Kampf. Ich versuche ein anderes Manöver. Ich lasse meine linke Hand los, wickele sie um die Hand des Gegners, die das Messer hält, und drücke sie zusammen. Wenn das Messer scharf genug ist und ich genug Kraft aufbringe, sollte ich die Hand in zwei Teile zerlegen – ein nützliches Handicap.

Wie erwartet ignoriert mein Gegner den Schmerz, ballt seine andere Hand zu einer Faust und schlägt mir ins Gesicht.

Ich werfe meinen Kopf zurück, um den Schlag ab-
zuschwächen, aber das Manöver hilft nicht. Die Faust
trifft auf mein Kinn und schickt mich an den Rand des
Bewusstseins. Ich lasse den Plan, die Hand des Gegners zu
spalten, fallen, löse meine linke Hand und reiße ihm mit
der rechten das Messer weg.

Blut fließt aus der Handfläche des Gegners, aber nicht
schnell genug, um in kurzer Zeit einen Vorteil zu bringen.

Der Kampfmodus zeigt mir eine Chance. Wenn ich
das Messer werfe, wie die Linie zeigt, durchbohre ich das
Herz meines Gegners mit der hohen Wahrscheinlichkeit
des sofortigen Todes.

Ich krümme meinen Arm wie angewiesen und beginne zu werfen.

Ich bin mittendrin, als sich die Welt um mich herum
wieder verändert.

»Gefühlsdämpfer deaktiviert.«

KAPITEL 30

Sobald ein menschlicher Körper beginnt, eine Handlung auszuführen, ist es schwer, ihn aufzuhalten. Ich hoffe, dass mein gut trainierter und verbesserter Verstand in der Lage sein wird, das zu erreichen, was ein normaler freier Wille nicht kann.

Am Ende verändere ich meine Handlung nur geringfügig, als ich das Messer loslasse, aber die Justierung macht den Unterschied. Anstatt Joe in die Brust zu stechen, schneidet das Messer in sein Fleisch und hinterlässt eine kleine Wunde, die sofort blutet.

Jetzt, da meine Emotionen wieder da sind, ist es wie beim Rodeo in der Hölle, mein sympathisches Nervensystem zu zähmen. Ich ignoriere den ohrenbetäubenden Puls in meinen Ohren und komme nicht umhin, mich darauf zu konzentrieren, wie entsetzt ich darüber bin, was ich wegen des Gefühlsdämpfers gemacht und gedacht habe. Ich habe die App benutzt, weil ich dachte, dass Joe mich so schnell und einfach töten würde, dass die Gefühlsdämpfer-App mir eine etwas bessere Überlebenschance geben könnte. So wie es aussieht, habe ich doppelt so lange überlebt wie ich dachte – aber es fällt mir schwer, zu glauben, dass es am Gefühlsdämpfer liegt.

Ich hätte fast meinen Cousin verstümmelt und getötet, womit ich nicht leben könnte – obwohl ich denke, dass *damit leben* unter diesen Umständen ein rein hypothetisches Konzept ist. Zumindest habe ich nicht die Absicht, Kostya die Genugtuung zu geben, ein Monster für sein Sehvergnügen zu werden.

»Du solltest den Gefühlsdämpfer aus unserem Source Control Repository löschen«, sage ich zu Mitya. »Ich werde diese Scheußlichkeit nie wieder benutzen.«

»Ich würde deiner Nie-wieder-Liste auch noch hinzufügen, Ratschläge von Muhomor anzunehmen«, antwortet Mitya.

»Wenn ich durch ein Wunder lange genug überlebe, um einen Rat zu brauchen, werde ich nur nach deinem fragen«, erwidere ich.

Mein Cousin versucht, mir ins Gesicht zu schlagen. Blutspritzer aus seiner Messerwunde verfolgen den Weg seiner Faust wie ein Kometenschweif. Ich blockiere den Schlag mit meinem Unterarm und kontere reflexartig mit meinem Ellenbogen in seinen Kiefer.

Die Art und Weise, wie mein Ellenbogen vor Schmerzen schreit, sagt mir, dass er wahrscheinlich eine Operation braucht; selbst seine verstärkten Knochen konnten in diesem Fall nicht helfen. Trotz der massiven Schmerzen, die

Joe jetzt fühlen muss, ändert sich sein Gesichtsausdruck nicht.

Endlich verstehe ich es.

»Alter«, sage ich Mitya telepathisch. »Der Grund, warum Joe mich nicht schon getötet hat, ist, dass ich nicht wirklich gegen Joe kämpfe. Ich kämpfe gegen den, der Joe kontrolliert – den Puppenspieler sozusagen. Zum Glück ist diese Person kein so guter Kämpfer wie mein Cousin.«

»Das erklärt auch, warum Gogi nicht wie er selbst gekämpft hat«, sagt Mitya sofort.

Auf dem Fernsehschirm beginnt Joe, sein Bein zu bewegen, also weiche ich seinem Tritt nach hinten aus. Jetzt, da ich weiß, wonach ich suchen muss, bin ich sicher, dass meine Theorie richtig ist. Das war nicht Joes Tritt, er wäre nie so schlampig gewesen. Das war Kostyas – oder wessen auch immer – Versuch eines Trittes.

Dieser kleine Tropfen guter Nachrichten im Meer des Bösen belebt mich wie eine ganze Nacht Schlaf und literweise Kaffee. Ich führe eine Kombination von Bewegungen aus, die ich bei dem echten Joe nie gewagt hätte, und beende sie mit einem Schlag in die Magengrube. Meine Faust trifft seinen Solarplexus mit einem hörbaren Aufschlag. Joes Körper krümmt sich und er atmet keuchend ein.

Das ist meine Chance, ihn auszuschalten – der einzige Ausweg, abgesehen von den plumpen Ideen, die ich während des Gefühlsdämpfer-Wahnsinns hatte. Ich packe Joe an den Haaren und bereite mich darauf vor, sein Gesicht gegen mein Knie zu schlagen.

Das Anspannen von Joes Nackenmuskeln im Fernsehen ist meine Warnung, dass ich versagt habe. Ich versuche, mich umzuorientieren, aber es ist zu spät. Er reißt sich aus meinem Griff los und nutzt seinen momentanen Vorteil, um einen Fuß hinter mich zu setzen und zu schieben.

Auf dem Fernseher sehe ich mich selbst in einem weiten Bogen auf den Holzboden zufliegen. Das Fallen scheint in Zeitlupe zu verlaufen, und ich habe sogar einen Moment Zeit, um die Chancen zu berechnen, mir den Rücken zu brechen, wenn ich lande. Ich entscheide, dass das unwahrscheinlich ist.

Ich erkenne auch meinen früheren Fehler. Ein typischer Schlag auf den Solarplexus schmerzt so sehr, dass das Opfer einen Moment lang nicht in der Lage ist, zu denken – aber in Joes Fall traf das nicht zu, weil Kostya Joes Schmerz nicht spürt. Ein typischer Schlag auf den Solarplexus lässt auch den Atem der Opfer entweichen, aber die in Joes Organismus schwimmenden Respirozyten sorgen dafür, dass sein Körper genug Sauerstoff hat, um mich auf den Boden zu werfen.

Die gute Nachricht ist, dass dieselben Respirozyten mir in einer Millisekunde helfen sollten.

Ich lande auf dem Boden, und der Schmerz ruckelt durch meine Nerven wie eine knarrende Holzachterbahn. Obwohl ich weiß, dass es mir nicht an Sauerstoff fehlt, kann ich meinen Körper nicht davon abhalten, verzweifelt zu keuchen, um die Luft zu ersetzen, die mir feige aus der Lunge entwichen ist.

Der Bildschirm zeigt Kostya, wie er sich auf einen weiteren Zug vorbereitet, den der echte Joe nie machen würde.

Mit einer kolossalen Willensanstrengung setze ich mich gerade noch rechtzeitig über meine unkooperative Biologie hinweg, um mich vor einem wrestlerartigen Sprung, der ihn genauso verletzen könnte wie mich, auf die Seite zu rollen. Es gibt einen lauten Knall, als Joes Ellenbogen auf den Boden schlägt; es klingt, als hätte er entweder das Holz oder seinen Knochen gebrochen. Zumindest waren es nicht meine Rippen.

Nach meinem früheren Kampf mit Gogi zu urteilen, muss Kostya einige Erfahrungen mit Wrestling haben, was mich zutiefst bedauern lässt, auf dem Boden gelandet zu sein. Ich versuche aufzuspringen, aber Joe ist schon neben mir. Auch ohne Kampfmodus kann ich sehen, dass er meinen rechten Arm in eine Art Judo-Griff nehmen will.

Mein Abwehrschlag ist wie aus dem Lehrbuch und beweist, dass Kostya nicht so gut ist, wie ich befürchtet hatte, weil Joes Körper unter meinem landet. Ich sehe sein Bein auf dem Fernseher und bemerke, dass ich eine Weile Falsett singen werde, wenn sein Tritt gelingt. Ich blockiere den Tritt sofort und tue mein Bestes, um seine Beine mit meinen zu umschlingen, während ich seine beiden Handgelenke ergreife.

Theoretisch sollte ich ihn eine Weile so halten können, aber Kostya muss das auch erkennen. Er lässt Joe etwas tun, was kein vernünftiger Kämpfer tun würde: Er gibt mir eine Kopfnuss in einem Winkel, der für ihn viel schlimmer sein muss als für mich.

Joes bereits verletzter Kiefer kracht in meine Stirn und lässt mich dort eine Explosion von Funken sehen, wo sein blutiges Gesicht sein sollte. Als ich wieder sehen kann, wiederholt Kostya die Kopfnuss; diesmal ist es Joes Stirn, die auf meine trifft.

Die Gehirnerschütterung und das Blut in meinen Augen machen es unmöglich, zu sehen, was passiert, bis ich auf den Fernseher schaue und wahrnehme, dass Joes Kopf wieder auf meinen trifft. Der Aufprall lässt die Welt um mich herum unwirklich erscheinen. Ich erkenne dieses Gefühl – es passiert jedes Mal, wenn mich jemand – normalerweise Joe – k. o. schlägt.

Ich bin nicht der Einzige, der davon betroffen ist. Joes Körper erschlafft unter mir, und im Fernseher sehe ich ihn ohnmächtig werden, bevor meine eigene Welt untergeht.

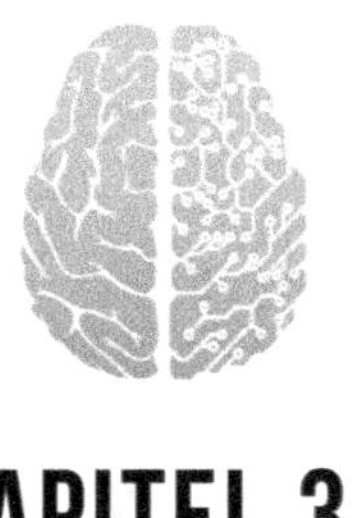

KAPITEL 31

Ich wache zu einem lauten Summen auf.

»Sie waren dreiundzwanzig Minuten lang bewusstlos«, sagt Einsteins Stimme zu laut in meinem schmerzenden Kopf.

Das Brummen scheint sich zu verstärken, und ich merke, dass ich an einem dunklen Ort bin – zumindest kann ich kein Licht durch meine geschlossenen Augenlider wahrnehmen. Bevor ich meine Augen öffne, schaue ich über die EmoRat-App nach meiner Familie.

Mr. Spock ist offensichtlich gelangweilt. Der Raum ist ruhig. Den unbeweglichen Stiefeln der drei Wachen nach zu urteilen, bewegen sie diese auch nicht.

»Hey, Kumpel, du machst einen ausgezeichneten Job als Wächter«, sage ich der Ratte. »Mach weiter so.«

»Du bist zurück«, sagt Mr. Spock erfreut. »Ich habe dich gerufen, nachdem ich in der Rattenwelt fertig war, aber du hast nicht geantwortet.«

»Ich war ein wenig beschäftigt«, sage ich. »Bin ich immer noch, aber wir werden bald ein langes Gespräch führen.«

»Okay«, antwortet Mr. Spock. »Ich werde warten.«

Eine Zik-Nachricht von Mitya voller paranoider Dringlichkeit unterbricht uns. »Zeig ihnen nicht, dass du wach bist. Komm zu uns in die VR.«

Ich tue, was mein Freund sagt. Im Raum der VR sind jetzt drei Personen: Dominic, Mitya und Muhomor.

»Dominic«, sage ich anstelle eines Grußes. »Bitte sag mir, dass du gleich reinplatzt und uns rettest.«

»Ich bin etwa eine halbe Stunde entfernt.« Obwohl diese VR-Version von Dominic ohne Exoskelett und bionischem Arm ist, ist er immer noch eine beeindruckende Präsenz im Konferenzraum.

»Er rennt auf einer Abkürzung durch die Wildnis.« Mitya schaut mit Bewunderung auf Dominics riesige Gestalt. »Wir sollten ihm einen großen Bonus geben, wenn das alles vorbei ist.«

»Was ist mit den Robotern?«, frage ich.

»Fünfundzwanzig Minuten bis zur Ankunft.« Mitya zeigt eine Karte auf dem großen Bildschirm, um die Punkte, die Dominic und die Roboter darstellen, aufzuzeigen.

»Was sind die blauen und gelben Punkte, die den Robotern folgen?«, frage ich, nachdem ich die Karte betrachtet habe.

»Die Polizei und die Presse. Es kommt nicht jeden Tag vor, dass jemand eine Szene aus *I, Robot* im Hinterland von New York nachspielt.« Er blickt auf die Roboter, die unisono bergauf marschieren, wobei das Sonnenlicht von ihren metallischen Köpfen schimmert.

»Sie werden nicht rechtzeitig da sein«, sagt Dominic. »Sie hinken hinter den Robotern hinterher.«

»Gibt es irgendetwas, was mir in meiner jetzigen Situation helfen kann?« Ich schaue alle an und versuche, die in meinem Magen aufsteigende Übelkeit zu ignorieren.

»Die drei Drohnen, die ich dir versprochen habe, sind vor dem Fenster des Raumes, in dem du gerade gescannt wirst«, sagt Muhomor. »Ich habe eine Idee, aber ich hätte gerne deine Meinung dazu.«

Er lässt drei Bildschirme erscheinen. Jede Drohne muss eine Teleskoplinse haben, denn ich sehe drei Blicke in ein Zimmer, das wahrscheinlich ein großes Gästezimmer war, bevor Kostya es in ein provisorisches Labor und eine Krankenstation verwandelt hat. Auf einem Bett rechts vom Fenster ist Joe an ein Überwachungsgerät angeschlossen. Es zeigt einen Herzschlag, der beweist, dass er am Leben ist, zumindest im Moment.

Drei Figuren in weißen Kitteln stehen mit dem Rücken zum Fenster und kauern um einen anderen Körper in einer großen Gehirnscanmaschine. Nur die Mitte des Rumpfes und die Beine des Mannes ragen heraus. Ich brauche einen Moment, um zu erkennen, dass der Torso mir gehört, und dass das Brummen und die Dunkelheit erklärt.

»Was machen sie mit mir?« Ich gehe zum Bildschirm und zeige auf die Maschine. »Ist das ein CT oder ein MRT?«

»Sie haben gerade deine Brainozyten-ID bekommen«, sagt Mitya entschuldigend.

»Aber sie haben deinen Schädel auch wirklich gescannt, und es sieht so aus, als hätte Joe ihn nicht gebrochen«, fügt Muhomor hinzu.

»Sie wollen sich wahrscheinlich in dich hacken, so wie sie es mit Gogi und Joe gemacht haben«, sagt Dominic. Er zuckt unter den bösen Blicken von Mitya und Muhomor zusammen.

»Wie es Captain Obvious gerade gesagt hat«, fährt Muhomor nach einer kleinen Pause fort, »muss Kostya noch mehr mit dir vorhaben.«

Einer der Menschen, die mich umgeben, ist wahrscheinlich Kostya selbst.

Eine verrückte Idee kommt mir in den Sinn.

»Muhomor, könntest du jede der Drohnen gegen eine der Personen in diesem Raum fliegen?«, frage ich schnell. »Es gibt drei von ihnen, und drei Drohnen. Ich könnte aus der Maschine springen, sie erledigen, eine Wache deaktivieren und mich, Ada und Alan in diesem Raum mit Joe verbarrikadieren, bis die Roboter und Dominic ankommen.«

»Was du gerade gesagt hast, ist mein Plan von eben«, sagt Muhomor. »Ich kann …«

»Dieser Plan hat geringe Erfolgsaussichten«, sagt Mitya. »Diese Drohnen sind nicht so gut lenkbar, also wenn die Leute nicht schon abgelenkt sind, gibt es kaum eine Chance, dass sie von einer getroffen werden.«

»Und wenn das Glas zerbricht, werden sie ausreichend gewarnt.« Dominic betrachtet den Bildschirm aufmerksam. Er muss nach einer anderen Idee suchen und keine finden.

»Hat jemand irgendeinen anderen Plan?«, frage ich. »Oder willst du mich opfern, um zu lernen, wie dieses Hacken des Gehirns funktioniert?«

»Vorausgesetzt, das Debug-Zeug, von dem sie mir erzählt haben, hilft auch dabei«, sagt Dominic mürrisch. »Das ist ein großes Wenn.«

Wir sitzen in grimmiger Stille, als die Leute auf dem Bildschirm beginnen, mich aus der Maschine zu ziehen, und ich die Bewegung in der realen Welt spüre.

»Die bösen Männer bewegen sich«, sagt Mr. Spock eindringlich.

Durch Mr. Spocks Sinne sehe ich, wie sich die Tür öffnet und ein Mann in einem weißen Kittel eintritt. In der VR sage ich, dass bei Alan und Ada etwas passiert, und stelle ihnen die EmoRat-App zur Verfügung, damit sie zuschauen können. Sie hatten diese App noch nicht, denn nur Ada, Alan und ich benutzen sie routinemäßig; sie wurde nie Teil des Standard-AROS-Pakets.

»Es ist Aufwachzeit«, sagt der Neue. »Der Boss will sie für den nächsten Teil wach haben.«

Die beiden Spritzen in den Händen des weißen Kittels bedeuten wahrscheinlich, dass er Ada und Alan etwas injizieren will, was sie wecken wird. Das wäre normalerweise eine gute Nachricht, aber im Zusammenhang mit dem »nächsten Teil« scheint es jenseits des Unheimlichen zu liegen.

»Wie lange noch, bis das Mädchen völlig wach ist?«, fragt die Fels-auf-Fels-Stimme, die zu Boris gehört. Er versucht, beiläufig zu klingen, aber in seinem Ton steckt eine gruselige Neugier, die mich mit Angst erfüllt.

»Sie wird fast sofort zu Bewusstsein kommen, aber ich würde sagen, dass sie ein paar Minuten braucht, bevor sie aufhört, sich benommen zu fühlen«, antwortet der weiße Kittel. Er geht zu Adas Stuhl und fährt die Spritze bedrohlich aus.

»Sollten wir sie nicht fesseln?«, fragt Boris mit ungesundem Eifer.

»Motherfucker«, murmelt Dominic in der VR. Meine anderen Freunde spiegeln seine Gefühle auf ihre Weise wider.

»Der Boss sagte, wir sollen keine Fesseln benutzen«, sagt der weiße Kittel. Der Sessel blockiert Mr. Spocks Blick, aber ich bin mir ziemlich sicher, dass der Kerl Ada die Injektion verabreicht. »Er hat die beiden schon unter Kontrolle, also werden sie stillsitzen, wenn sie zu sich kommen.«

Es erfordert eine große Anstrengung, in der realen Welt vorzugeben, bewusstlos zu sein. Was ich wirklich will, ist, meine Augen zu öffnen, Kostyas Kehle zu packen und nicht loszulassen, bis ich das Leben in meinem verrückten Ficker eines Halbbruders ersticke.

»Wir haben alle vermutet, dass deine Familie gehackt wird«, sagt Muhomor in der VR. Bevor er diesen Gedanken vertiefen kann, lehnt sich Dominic nach vorn und schlägt ihm mit der offenen Handfläche auf den Hinterkopf. Es hätte nicht allzu sehr wehtun sollen, besonders in der VR, aber Muhomor quiekt trotzdem wie ein kleines Ferkel.

Ich ignoriere die VR und arbeite daran, meine stürmischen Emotionen zu beruhigen, während der weiße Kittel Alan das Weckmittel injiziert. Zu meinem Glück sind die Leute, die meinen Körper aus der Maschine genommen haben, alle damit beschäftigt, etwas in der Luft über mir zu beobachten, wahrscheinlich einen privaten Bildschirm der erweiterten Realität.

»Ich werde wieder im Labor gebraucht«, sagt der Injektionstyp auf dem Weg nach draußen. »Der Boss wird bald hier sein.«

»Tut mir einen Gefallen«, sagt Boris zu den anderen Wachen, sobald sich die Tür schließt. »Ihr zwei solltet eine kurze Toilettenpause einlegen.«

Die Männer schauen sich an.

»Der Boss hat gesagt, sie sollen nicht verletzt werden«, sagt einer, dessen Stimme durch die Nixon-Maske gedämpft ist. »Nicht, dass es Sinn macht, aber Befehle sind Befehle.«

Ich mag die Implikation dieser »Sinn«-Bemerkung überhaupt nicht, aber die Sorge um ihre Bedeutung wird schnell von der Wut in meinem Herzen überschattet.

»Sie wird nicht verletzt werden«, sagt Boris in einem Ton, der wütende Schauer durch meinen ganzen Körper jagt. »Nur ein bisschen wund, das ist alles. Ihr wisst, dass es sich für euch lohnen wird, wenn ihr das für mich tut.«

Die beiden anderen Wachen kichern lasziv und wenden sich ab.

Das Blut kocht in meinen Adern. Ich bin jetzt wahrscheinlich gefährlicher als mit dem Gefühlsdämpfer. Gefühlsdämpfer macht dich zu einem kalten Monster, aber ich würde es genießen, Boris jetzt Schmerzen zuzufügen.

»Die Herzfrequenz des Patienten ist erhöht«, sagt jemand neben mir im Labor. »Ich denke, er ist wach.«

»Der Bypass ist jetzt aktiviert«, sagt Kostyas Stimme von rechts. »Es spielt keine Rolle.«

»Sie haben dich gehackt«, sagt Muhomor in der VR.

»Ich habe es über den Debug-Modus aufgenommen«, sagt Mitya.

»Ist mir scheißegal«, rufe ich in der VR, und meine Fäuste sind so fest geballt, dass es wehtut. »Dieser Wichser will Ada vergewaltigen.«

Meine Freunde sind geschockt über die Vehemenz in meiner Stimme. Sogar Dominic weicht vor mir zurück.

»Deine Befehle werden gleich missachtet.«, schreie ich Kostya in der realen Welt an, aber nichts kommt aus meinem Mund. »Du hast gesagt, dass Ada nichts passieren soll, aber sie wird gleich verletzt werden!«

Mein Gehirn dreht sich wegen dieses merkwürdigen Sprechens, bei dem kein Geräusch aus meinem Kehlkopf kommt, und meine Wut verstärkt sich durch meine Hilflosigkeit.

Dann wende ich meine Aufmerksamkeit wieder auf den Raum mit Ada, denn Mr. Spock sieht, wie sich die Tür hinter den beiden Wachen schließt.

Boris geht auf Adas Stuhl zu.

»Ich hoffe wirklich, dass du schon wach bist«, sagt er in seiner knirschenden Stimme. »Ich werde das so viel mehr genießen, wenn du es bist.«

Ada gibt keinen Ton von sich, aber es könnte sein, dass sie nicht schreien kann, so wie ich.

Boris' Hände bewegen sich zu seinem Reißverschluss.

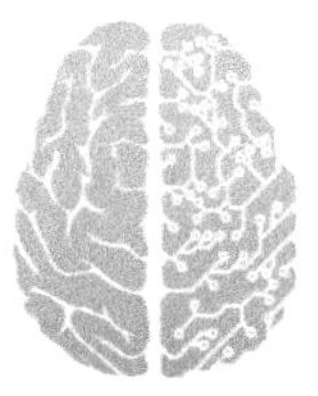

KAPITEL 32

Wenn ich da wäre, würde ich diesem Wichser mit bloßen Zähnen den Hals aufreißen. Hass muss seine eigene Form des dunklen Fokus schaffen, denn sofort habe ich einen Plan.

»Muhomor«, rufe ich in der VR. »Flieg die Drohnen in seinen Kopf. Jetzt.«

»Aber du brauchst sie …«

»Jetzt, oder ich bring' dich um!«

Etwas in meinen Augen muss überzeugend sein, denn Muhomor gehorcht schnell.

»Mr. Spock, du musst etwas sehr Gefährliches für Ada tun, aber es ist sehr wichtig.« Meine EmoRat-Zik-Botschaft ist viel sanfter als der Befehl, den ich in der VR gebellt habe, aber sie vermittelt die gleiche Dringlichkeit.

»Ich bin bereit«, antwortet Mr. Spock sofort. »Was soll ich tun?«

»Ich will, dass du das Hosenbein dieses Mannes hochläufst.« Ich versuche, meine Hände in der realen Welt zu Fäusten zu ballen, aber das funktioniert auch nicht, und die Hände bleiben an meinem Körper liegen. »Wenn du oben angekommen bist, will ich, dass du immer wieder beißt, so fest du kannst.«

Eine Welle von Begeisterung kommt von EmoRat zurück. Es ist offensichtlich, dass es Mr. Spock schon seit einiger Zeit juckt, die bösen Jungs zu beißen, und nur die soziale Konditionierung, die wir ihm beigebracht haben, das verhindert hat.

Meine Wahrnehmung verlangsamt sich zu einem Kriechen, als die drei Drohnen auf das nahegelegene Fenster zusteuern. Während ich in der realen Welt nicht den Atem anhalten kann, höre ich in der VR auf zu atmen, als Mr. Spock zu Boris' Schuh springt.

Boris scheint das Aufblitzen von weißem Fell auf dem Boden nicht zu bemerken.

Mr. Spocks Augen zeigen einen abstoßenden Blick auf ein dickes, behaartes Bein, als er auf ein noch ekelhafteres Ziel zusteuert.

Boris muss kleine Krallen am Bein spüren, denn er hält inne. Die schnellste Drohne richtet ihre Linse auf das Fenster, und durch diesen Kamerablick sehe ich seinen verwirrten Ausdruck.

Mr. Spock klettert höher, und als er die weiße Unterwäsche sieht, sickert Rattenwut durch das EmoRat-Interface.

»Ja!«, feure ich den kleinen Krieger an. »Beiße den Wichser.«

Selbst Laborratten wie Mr. Spock haben große Zähne, die schmerzhaft zubeißen können. Ratten vermeiden es normalerweise, gegen Menschen zu kämpfen, weil sie wissen, dass es ein verlorener Kampf ist, aber wenn man eine in die Enge treibt, sollte man sich besser auf einige Schmerzen – und manchmal auf Rattenbiss-Fieber – vorbereiten.

Mr. Spocks Zähne durchbohren ohne Schwierigkeiten sowohl den Baumwollstoff als auch das dünne Fleisch von Boris' Hoden.

Der gequälte Schmerzensschrei ist Musik in meinen blutrünstigen Ohren.

Die Drohne ist jetzt einen Zentimeter vom Fenster entfernt, und ich erhasche einen Blick auf Boris' entsetztes Gesicht, bevor Fenstersplitter in den Raum sprühen und dieses Gesicht größer wird.

Mr. Spock beißt sein Opfer erneut, so sehr, dass ich den Kiefer des kleinen Kerls schmerzen spüre.

Boris' nächster Schrei ist schriller. Über die Drohne sehe ich ihn mit der Entscheidung kämpfen, ob er sich in die Leiste schlagen soll – eine schwierige Entscheidung.

»Lauf weg«, befehle ich Mr. Spock. »Schnell.«

Ich spüre seinen Wunsch, weiterzubeißen, aber er ist eine gute Ratte und rennt hinunter. Er ist in der Nähe von Boris' Knie, als die erste Drohne den Mann in die Brust trifft.

Boris krümmt sich und wird hoffentlich von der Quelle des Bisses abgelenkt.

»Für die Ratte muss das wie eine Szene aus *King Kong* sein«, sagt Muhomor in der VR und verdient sich damit einen weiteren Schlag von Dominic auf den Hinterkopf.

Die zweite Drohne fliegt durchs Fenster, als Mr. Spock Boris' Hosenbein verlässt. Boris schlägt auf sie ein, und sie stürzt in den Fernseher vorn im Zimmer. Seine momentane Ablenkung gibt der dritten Drohne die Chance, die sie braucht, und sie knallt mit einem befriedigenden Schlag gegen seine Schläfe.

Boris fällt um wie ein Baum, und sein wackelnder Fuß tritt Mr. Spock versehentlich in den Hintern.

Der Schwung schleudert Mr. Spock unter Alans Sessel. Er versucht mit aller Kraft zu bremsen, aber seine Krallen bieten nicht genug Halt.

Boris stürzt mit einem lauten Knall zu Boden. Durch die Kamera der letzten Drohne sehe ich ihn auf den Trümmern des Fernsehers landen und sich an mehreren Stellen schneiden. Leider ist der Blick durch Mr. Spocks Augen übelkeitserregend, als der kleine Kerl in Richtung Stuhlbein torpediert wird, bevor er mit einem klatschenden Geräusch mit dem Kopf gegen das Holz knallt.

Mr. Spock schickt eine Welle eines allzu vertrauten Gefühls – er wird ohnmächtig.

»Das hast du gut gemacht«, sage ich ihm schuldbewusst. »Du bist die gemeinste Ratte der Welt.«

Er scheint mich gehört zu haben, denn er zittert vor Stolz, bevor er völlig das Bewusstsein verliert.

»Ist die Ratte tot?«, fragt Muhomor und weicht diesmal Dominics Hand aus. »Hey, ich frage doch nur.«

»Er hat einen Biofeedback-Chip«, sage ich scharf. »Seine Vitalfunktionen sehen gut aus. Er wird nur für eine Weile weg sein und wahrscheinlich große Kopfschmerzen haben, sobald er wieder zu sich kommt.«

»Können wir Mike jetzt von seiner eigenen Situation berichten?« Muhomor schaut streitlustig zu Dominic. »Ich bezweifle, dass er noch viel Zeit in der VR hat.«

»Wir haben mehr über diesen Hack herausgefunden«, sagt Mitya. »Es ist im Grunde genommen eine Hintertür, die es Kostya erlaubt, jede App in deinem Inneren ein- und auszuschalten …«

»Das Schlupfloch war die GPS-Schnittstelle«, fällt Muhomor aufgeregt ein. »Sie müssen sich in jeden Satelliten der Welt gehackt haben, um das durchzuziehen. Der Umfang dieser …«

Dominic schlägt Muhomor diesmal viel härter. »Halt die Klappe, oder ich werde dich für immer zum Schweigen bringen.«

»Wie ich schon sagte«, fährt Mitya fort und wirft Muhomor einen vernichtenden Blick zu, »die Hintertür erlaubt es Kostya auch, jede beliebige App in deinem AROS ohne deine Zustimmung auszuführen. Du bekommst einige davon installiert, während er deine normalen Anwendungen herunterfährt. Wenn er zum VR-Interface kommt, wirst du nicht …«

Ich finde mich plötzlich nur noch in der realen Welt wieder. Der VR-Raum ist spurlos verschwunden. Kostya hat das getan, wovor Mitya mich warnen wollte: Er hat die besagte App geschlossen.

Ich versuche, Mitya eine private Zik-Nachricht zu schicken, aber es passiert nichts. Ich versuche es erfolglos mit E-Mail und Social Media. Selbst der alte Instant Messenger startet nicht.

»Dann probieren wir mal das Programm zur Steuerung der Motorik aus«, sagt Kostya neben mir. »Lass ihn die Augen öffnen.«

Meine Augen öffnen sich, ohne dass ich es will.

Das plötzliche Licht im Raum tut meinen Augen weh. Ich versuche zu schielen, aber ich habe nicht einmal so viel Kontrolle.

Panik breitet sich in meinem Hinterkopf aus. Jeder hat diese instinktive Angst, in seinem Körper eingeschlossen zu sein, ohne die Fähigkeit, ihn zu kontrollieren. Ich schätze, bei mir ist diese Angst stärker als gewöhnlich. Ich versuche, mich vom absoluten Terror abzulenken, indem ich mich daran erinnere, dass dies wahrscheinlich das ist, was diese armen gelähmten Patienten erlebt haben, bevor wir ihnen Brainozyten gegeben haben. Ich konzentriere mich darauf, wie gut es sich anfühlt, den Menschen geholfen zu haben, sich von diesem Horror zu erholen.

»Einstein?«, frage ich mental. »Wie spät ist es?«

Keine Antwort.

Wie jeder Benutzer habe ich schon lange alle meine Lieblingsanwendungen mit mentalen Befehlen assoziiert, weshalb ich das ursprüngliche visuelle AROS-Interface schon lange nicht mehr verwendet habe. Ich versuche jetzt, es aufzurufen.

Zu meiner Überraschung erscheint das AROS-Interface. Kostya muss die AROS-UI-Controller-App noch nicht deaktiviert haben. Die Anzahl der Icons, die in der Luft vor mir schweben, ist winzig im Vergleich zu dem, was normalerweise da ist. Das Paint-App-Icon verschwindet vor meinen Augen, bevor ich einen praktischen Nutzen dafür formulieren kann; es hatte einen Share-Button, der wahrscheinlich APIs der geschlossenen Apps verwendet – eine winzige Chance, die jetzt weg ist.

Was noch schlimmer ist, sind die unbekannten Symbole, die auftauchen. Das müssen die Apps sein, die es Kostya erlauben, das Böse zu tun, das er mit mir vorhat – Apps, die er ohne meine Zustimmung aktivieren kann.

Das AROS-Interface verschwindet, und ein großer Teil meines Geistes splittert und stirbt einen schrecklichen Tod. Das schreckliche Gefühl der Stummheit erinnert mich vage an das eine Mal, als ich ohne Internet in einer geheimen Einrichtung der Regierung war. Dieses Gefühl ist jedoch eine Million Mal schlimmer. Seitdem habe ich mehr Steigerungen erhalten und bin noch mehr auf meine Cloud-Erweiterungen angewiesen. Es ist unklar, ob das Computersubstrat in meinen Knochen meinem Denken hilft oder nicht, aber auf jeden Fall bin ich kaum in der Lage, einen halbkohärenten Gedanken zu fassen. Es ist, als wäre ich ein Geist von mir selbst, eine analoge Kopie einer Kopie einer Kopie.

Kostya muss jetzt die volle Kontrolle über meinen Verstand haben, aber die Auswirkungen davon sind für mich jetzt schwerer zu begreifen. Ich frage mich, ob ich vor einer Minute, als ich noch vollständig war, wusste, wozu Kostya mich zwingen würde. Ich frage mich auch, ob ich zu diesem Zeitpunkt einen Plan hatte, weil ich jetzt überwältigend ahnungslos bin.

»Versuch, ihn zu bewegen«, empfiehlt ein dünner Mann in einem Laborkittel.

Kostya sieht für einen Moment nachdenklich aus, und plötzlich bewegt sich mein Körper.

Wenn es seltsam war, keine Kontrolle über meine Augenlider zu haben, ist das Aufstehen wie eine Marionette noch bizarrer. Es ist, als wäre ich ein passiver Passagier in meinem eigenen Kopf geworden. Ich spüre immer noch den Kraftaufwand jedes einzelnen Schrittes, das Ein- und Ausatmen und das Schwingen meiner Arme. Aber ohne Kontrolle erinnert es mehr an einen Low-Budget-Virtual-Reality-Film als an mich selbst.

Ich mache einen Schritt, und dann noch einen. Das Seltsamste ist, dass ein Teil von mir das Gefühl hat, dass ich vielleicht doch meine Bewegung kontrolliere, und ich muss mich darauf konzentrieren, dass ich es nicht tue. Das kann ich nicht. Ich schätze, mein Bewusstsein ist es nicht gewohnt, nicht die Kontrolle zu haben, und versucht, sich an eine Illusion der Freiheit zu klammern, eine Illusion, die leicht zu zerbrechen ist – alles, was ich tun muss, ist, aufzuhören zu gehen.

Mein Körper macht sich auf den Weg zum bewusstlosen Joe, und meine Hand greift zu einem Tisch mit medizinischen Instrumenten direkt neben seinem Kopf. Meine Finger streifen das kalte Metall eines Skalpells und nehmen es vorsichtig auf.

»Nein«, versuche ich zu sagen, aber es kommen keine Worte heraus.

Ich kämpfe um die Kontrolle über meine Hand, aber es ist sinnlos. Das Skalpell streichelt Joes ruinierten Kiefer und hinterlässt einen blutigen Streifen, wo es in seine Haut schneidet. Der Schnitt ist nicht tief und sollte keinen großen Schaden zufügen, aber wenn Kostya meine Hand auch nur einen Millimeter tiefer drückt, wird das anders sein.

»Habt ihr von Boris gehört?«, fragt einer der Laborkittel.

Meine Hand hält inne, und Kostya unterbricht kurzzeitig seine eigenen Bewegungen. Ich kann mir vorstellen, wie er mit seinem AROS ein Privatgespräch führt und erfährt, was mit Boris passiert ist. Wenn das der Fall ist, ruft er wahrscheinlich auch noch mehr Schläger herbei, um das Chaos aufzuräumen.

Mit einem heftigen Ruck wirft meine Hand das Skalpell zurück auf das Tablett, und meine Beine tragen mich zurück zu Kostya. Ich stehe wie eine Eisskulptur vor meinem Halbbruder und will meine Hände vergeblich dazu zwingen, sich um seinen Hals zu legen.

»Wie wurde Boris verletzt?«, fragt Kostya in dieser seltsamen Fistelstimme. »Wo kommen die kaputten Drohnen her?«

Ich nehme an, das bedeutet, dass mein Mund funktioniert, also teste ich es aus. »Fick. Dich. Ich werde dich …«

Zu meiner großen Enttäuschung wird mein Strom aus Drohungen und Obszönitäten unterbrochen. Das hindert mich nicht daran, die Verachtung für meinen Halbbruder in meinem unbeweglichen Blick zu zeigen.

Etwas wie ein Icon der erweiterten Realität blinkt vor meinem Gesicht. Ich kämpfe abrupt mit den schlimmsten Schmerzen, die ich jemals in meinem Leben gefühlt habe, und ich habe Schüsse, Explosionen und sogar Folter erlebt. Es ist, als würde mir immer wieder jemand in die Eier treten – allerdings in meinem Gehirn.

Ich will nach Luft schnappen, aber mein Körper atmet mit der Ruhe einer hinduistischen Kuh. Ich will schreien, aber mein Mund funktioniert nicht.

Dieses aufflackernde Icon muss der Start einer App gewesen sein, die das Gegenteil von der Relief-App tut: Sie verursacht Blitzeinschläge in verschiedenen Teilen meines Gehirns.

Der Schmerz hört auf, und Kostya wiederholt: »Wie ist Boris verletzt worden? Wo kamen diese Drohnenteile her?«

»Hat dir schon mal jemand gesagt, dass du wie ein syphilitischer Pädophiler aussiehst?«, frage ich, und meine Stimme ist heiser durch den nachlassenden Schmerz. »Du Wich…«

Die Qualen sind diesmal noch schlimmer. Sie sind reiner. Sie erinnern weniger an etwas Körperliches. So würde es sich anfühlen, wenn ein Zombie dein Gehirn fressen würde, während du am Leben bist – natürlich nur, wenn dein Gehirn Schmerzrezeptoren hätte.

Nach einem subjektiven Jahrzehnt, aber wahrscheinlich einer Sekunde aus der realen Welt, hört die Qual auf, und Kostya wiederholt seine Fragen.

So sehr ich versucht bin, meinen Halbbruder wieder zu verfluchen, so stark ist auch meine Angst vor erneuten

Schmerzen, so dass ich aufhöre, ein Held zu sein. »Du hast nie gesagt, dass ich keine Drohnen hierherfliegen lassen kann. Du hast nur gesagt, dass ich alleine kommen soll.«

Er denkt über meine Worte nach, und ich bereite mich innerlich darauf vor, dass der Schmerz wieder beginnt.

»Jetzt kann er die Drohnen nicht mehr kontrollieren«, sagt einer der Laborkittel.

»Trotzdem werde ich das Prozedere beschleunigen«, sagt Kostya zum Kittel. »Gehen wir.«

Mein Körper wird wieder lebendig, und ich gehe zum Ausgang des Zimmers, vorbei an einigen weißen Krankenhausbetten. Kostya führt mich in einen breiten Korridor. Eine Tür nach rechts öffnet sich, und mehrere maskierte Wachen bringen eine Trage mit Boris heraus. Weitere Wachen folgen mit schwarzen Müllsäcken, die wahrscheinlich Glasscherben und die Reste der Drohnen enthalten.

Kostya hält mich neben der Tür an, die die Leute gerade verlassen haben.

»Du hast meinen schlimmsten Alptraum wahr werden lassen«, sagt er mit einer emotionslosen Fistelstimme. »Ich werde mich jetzt revanchieren.«

Der Versuch, eine Flut von russischen und englischen Obszönitäten herausprudeln zu lassen, verlässt meinen unkooperativen Mund nicht.

Kostya schaut mich ungerührt an, und meine Wahrnehmung flimmert kurzzeitig. Als mein Blick sich wieder beruhigt, merke ich, dass er meine Augen geschlossen haben muss, weil ich nicht mitbekommen habe, dass er sich bewegt hat. Und er muss sich bewegt haben, denn er ist schon einen Fuß näher an der Tür.

Mein Arm hebt sich, und Kostya gibt mir eine Glock 19, genau wie die, die ich auf der Schießanlage benutze. Es gibt etwas Zeremonielles an dieser Übergabe, und wenn mein Körper noch mein eigener wäre, würde ich schlucken.

Kostya geht durch die Tür, und ich folge ihm widerwillig.

Etwas an dem Raum ergibt keinen Sinn, aber Kostya zwingt meine Augen, von Ada zu Alan zu springen – ein seltener Fall, da sein böswilliges Vorhaben mit dem übereinstimmt, was ich sowieso tun will.

Sowohl Ada als auch Alan starren mich mit gelähmten Gesichtern an, die darauf hinweisen, dass sie unter Kostyas Kontrolle stehen.

»Bitte, Dad, nein«, sagt Alan mit einer Intonation, die ihn wie einen Fremden klingen lässt – wahrscheinlich ein Nebeneffekt davon, dass Kostya seine Stimmbänder benutzt. »Töte mich nicht.«

»Erschieß uns nicht, Mike«, sagt Ada auf die gleiche seltsame Weise, und ihr Gesicht ist dabei völlig emotionslos.

Meine Hand umklammert die Waffe und erhebt sich.

Ich versuche zu schreien, aber es kommt nichts.

Der Lauf meiner Waffe zeigt auf Adas Kopf, und Kostya zwingt meine Augen, genau hinzuschauen. Meine ganze Schießplatzerfahrung lässt keinen Zweifel aufkommen: Wenn mein Finger abdrückt, trifft die Kugel meine Frau in der Mitte ihrer Stirn.

Wenn es möglich wäre, dass das nackte Gehirn schreit, hätte meines das schon getan.

Verzweifelte Ideen gehen mir durch den Kopf.

»Das ist ein Traum. Einstein, bitte tauche auf.« Die KI erscheint nicht, wie sie es tun würde, wenn es ein Alptraum wäre.

»Vielleicht ist das ein präkognitiver Moment.« Dann erinnere ich mich, dass es nicht sein kann. Die Momente der Vorahnungen verschwanden mit der neueren Erweiterungstechnologie, und selbst wenn sie in der Vergangenheit passierten, wurden sie abgebrochen, sobald man an die Worte »präkognitiver Moment« dachte.

Mein Finger drückt langsam den Abzug.

Der Rückstoß der Waffe wirft meine Hand zurück, während Adas Kopf explodiert.

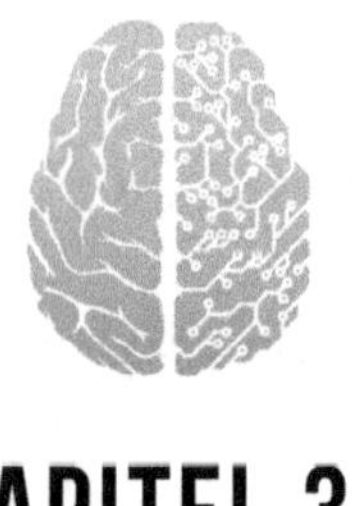

KAPITEL 33

»Das passiert gerade nicht«, wiederhole ich immer wieder in meinem Kopf. »Bitte, bitte, bitte, bitte. Das darf nicht passieren.«

»Papa, nicht«, sagt Alan wieder auf diese unheimliche Art.

Mein Arm richtet die Waffe unbeirrt auf Alans kleinen Torso.

Ich verfluche mich selbst, weil ich die Drohnen für Boris verschwendet habe. Ich hätte sie aufheben sollen, um mich selbst irgendwie zu töten – nicht, dass ich irgendeine App hätte, mit der ich eine Drohne steuern könnte, aber vielleicht hätten Muhomor und Mitya es geschafft.

Mein Finger drückt den Abzug.

Ich ignoriere das Klingeln in meinen Ohren und den Rückstoß. Ich sehe nur Alans kleinen Brustkorb, der von der Kugel zerfetzt wird.

Mit quälender Absicht wandern meine Augen zurück zu Adas Leiche und zwingen mich dazu, meine tote Frau eine gefühlte Ewigkeit trauernd anzustarren, bevor sie zu Alan zurückkehren.

Ich will auf die Knie fallen. Ich will meine Augen zuhalten. Ich will mir die Haare ausreißen. Aber mein Körper steht einfach da.

Wenn die Menschen wählen könnten, aus Kummer sterben zu können, würde ich das jetzt tun.

Dann verschwimmt meine Sicht erneut, und ich bin wieder vor der Tür.

Wie bin ich hierher zurückgekommen? Was ist gerade passiert?

Wilde Hoffnung packt mich.

Könnte der Tatort doch ein präkognitiver Moment gewesen sein, so unwahrscheinlich das auch ist?

Kostya steht genauso da wie eben, bevor meine Sicht das erste Mal seltsam wurde. »Ich wollte dir eine Vorschau auf das zeigen, was gleich passieren wird«, sagt er. »Ich möchte, dass du weißt, was ich dich in einer Minute tun lassen werde, damit du diese Erfahrung wirklich genießen kannst.«

Dann verstehe ich es. Kostya kann jede Anwendung in meinem AROS ausführen. Das bedeutet, dass er mich zwingen kann, Virtual-Reality-Videos anzusehen, was diese schreckliche Vision war. Das erklärt, warum ich das Zimmer seltsam fand: Es gab keine Anzeichen von Boris' Kampf von eben. Als Kostya dieses gefälschte Video machte, wusste er nicht, dass der Vorfall mit Boris passieren würde, also hat er das nicht mitinszeniert.

Im Nachhinein betrachtet war es nicht einmal ein gutes Video. Ich dachte, dass Ada und Alans Sprache und Gesichtsausdrücke wegen Kostyas Kontrolle so anders waren, aber es war nur unerforschtes CGI.

»Hier.« Kostya gibt mir die Waffe, als hätte ich eine Wahl.

Meine Hand streckt sich aus und nimmt sie erneut oder zum ersten Mal – die Semantik interessiert mich gerade nicht.

Dieses Mal achte ich sehr genau auf die kleinsten Details, als ich anfange zu laufen, um sicherzustellen, dass ich nicht wieder in der VR bin. Angesichts des Drucks des Griffs auf meiner Handfläche, des Gewichts der Glock, die meinen Arm nach unten zieht, und des schwachen Geruchs von Boris' Blut und Kostyas Schweiß komme ich gezwungenermaßen zu dem Entschluss, dass das wirklich passiert. Die VR-Technologie ist noch nicht so detailgetreu – ein Alptraum allerdings auch nicht.

Ich schätze Kostyas böses Genie, weil es mich an der Realität zweifeln lässt. Als Ergebnis der früheren VR bin ich extrem konzentriert. Wenn er mich die Grausamkeit des gefälschten Videos wiederholen lässt, werde ich jeden Aspekt noch lebendiger spüren.

Mein rechtes Bein macht einen Schritt. Ich konzentriere mich wieder und achte darauf, den Druck meines Fußes auf dem Boden und das Zusammenspiel der Beinmuskulatur zu spüren. Es geht nicht nur darum, die Echtheit des Geschehens zu überprüfen, sondern auch zu versuchen, die Kontrolle zurückzugewinnen. Vielleicht hört ein Beinmuskel auf mein Gehirn und lässt mich umkippen. Vielleicht wird ein Muskel in meiner Hand auf meinen Wunsch hin zucken und die Waffe fallen lassen.

Wenn Kostyas Kontrolle ein Schlupfloch hat, finde ich es nicht in der Zeit, die ich brauche, um in den Raum zu kommen.

Diesmal sehe ich die Zeichen von Boris' Unfall: ein Fenster fehlt, und Glas knirscht unter meinen Füßen. Kostya lässt mich den ganzen Raum erkunden. Es gibt zwei Wachen, eine neben Ada, und die andere neben Alan. Kostya bleibt zu meiner Linken stehen, in guter Reichweite – wenn ich nur meinen Körper kontrollieren könnte.

Wie in meiner früheren Vision sind Alans und Adas Augen offen. Im Gegensatz zu vorher ist ihr Ausdruck nicht ganz leer. Da ist ein nervöses Zucken in Adas Augenwinkel und etwas Ähnliches in Alans Mundwinkel.

Meine linke Hand entsichert die Pistole – ein weiteres Detail, das das VR-Video ausgelassen hatte.

Meine rechte Hand schwankt, so als ob Kostya sich gerade entscheidet, wen ich zuerst erschießen soll.

Er muss seine Entscheidung getroffen haben, denn meine Hand dreht sich in Alans Richtung.

KAPITEL 34

Kostya verlangsamt meine Bewegungen, um mich so weit wie möglich zu quälen. Sein Plan funktioniert ausgezeichnet.

Dann dringt etwas durch seine Kontrolle.

Wenn ich vor Verwirrung blinzeln könnte, würde ich es tun, denn ich verstehe nicht, woher diese Welle der Erschöpfung kommt. Ohne einen Gehirnschub brauche ich einen langen Moment, um zu erkennen, was ich erlebe.

So fühlt sich Mr. Spock, wenn man ihn aus einem Rattenschläfchen weckt.

Hat Kostya vergessen, die EmoRat-App zu stoppen?

Jetzt, wo ich darüber nachdenke, ist es wahrscheinlich. Nur Ada, Alan und ich benutzen diese App. Kostya oder jemand außerhalb unseres Kreises würde nicht einmal wissen, dass sie da ist.

»Kumpel!«, schreie ich nachdrücklich durch die App. »Ich glaube, du wurdest auf den Kopf geschlagen und bist gerade wieder zur Besinnung gekommen.«

»Klingt richtig«, antwortet die Ratte. Ihr Verstand ist eindeutig groggy. »Dein Freund ist in meinem Kopf.«

»Was?«, frage ich mit einem Schimmer Hoffnung. »Muhomor …? Mitya? Kannst du …«

»Schon dabei«, sagt Mr. Spock mit ungewöhnlicher Raffinesse. »Hier ist übrigens Muhomor.«

»Alter.« Ich stecke in meine Antwort die ganze Verzweiflung eines Mannes, dessen Hand gerade dabei ist, eine Waffe auf seinen Sohn zu richten. »Bitte sag mir, dass Mityas Debug-Modus funktioniert hat.«

»Ja, sobald ich wusste, wie sie reingekommen sind, war es nicht schwer, den Rest nachzuentwickeln – zumal das Schicksal so freundlich war, mir eine georgische Testperson hier im Bunker zur Verfügung zu stellen.« Muhomors Zik-Antwort enthält eine unangemessene Menge Freude. »Ada und Alan sind übrigens schon frei von der Kontrolle. Sie täuschen nur Unterordnung vor. Bei dir ist es schwieriger, weil ich bisher keine Möglichkeit hatte, mit dir in Kontakt zu treten. Ich muss sagen, ich dachte immer, deine Hausratte wäre eine dumme Angeberei, aber jetzt, wo ich sie als Vermittler benutzen kann …«

»Kannst den Raum sehen?«, unterbreche ich ihn. »Die Waffe zielt schon fast auf Alans Kopf.«

»Stimmt«, sagt Muhomor. »Dort wollen wir sie haben. Bis zur letzten Sekunde. Wir wollen nicht, dass sie uns auf den Fersen sind.«

»Das *ist* die letzte Sekunde.« Obwohl mein Verstand nicht annähernd so scharf ist, wie er sein müsste, verstehe ich seinen Plan – aber ich bin so sauer, dass ich ihm ins Gesicht schlagen würde, wenn dieses Gespräch in der VR stattfinden würde. »Befreie mich. Jetzt.«

»Noch nicht. Kostya schenkt dir gerade große Aufmerksamkeit. Wenn ich ihm die Kontrolle entziehe, weiß er sofort, dass es passiert ist. Falls du es nicht bemerkt hast, es sind bewaffnete Leute im Raum.«

»Wenn du mir nicht die Kontrolle über meinen Körper zurückgibst, werde ich dich wirklich töten, wenn ich dich das nächste Mal sehe.« Ich stecke meinen Hass auf meinen Halbbruder in meine Zik-Botschaft, in der Hoffnung, durchzukommen.

»Gut«, schnappt Muhomor. »Mal sehen, ob das funktioniert.«

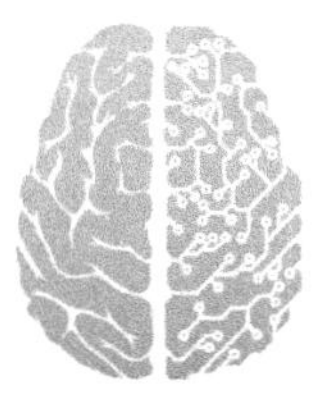

KAPITEL 35

Mein Kopf wird wieder vollständig.

Weder drogeninduzierte Ekstase noch der beste Orgasmus der Welt sind mit dem Gefühl vergleichbar, meine volle geistige Leistungsfähigkeit wiederzuerlangen. Wenn jemand eine Ameise auf magische Weise in einen Raketenforscher verwandelt hätte, würde sich das kleine Wesen so fühlen.

Als ich gleichzeitig mit meinen eigenen Augen und Mr. Spocks sehe, beurteile ich die Situation neu. Es war ein Fehler, Muhomor zu zwingen, mir in diesem Moment die Kontrolle zurückzugeben. Kostya ist in der Tat dabei, zu bemerken, was passiert – ein paar Millisekunden zu früh. Jetzt bin ich sauer, dass Muhomor nachgegeben hat, aber ich habe keine andere Wahl, als das Beste aus der Situation zu machen. Wenn ich jemals wieder keinen Gehirnschub habe, hoffe ich, dass ich genug Verstand habe, um jemandem zu vertrauen, dessen Intellekt – zu diesem Zeitpunkt – um vieles besser ist als meiner.

Glücklicherweise kennen Mitya und Muhomor nicht das volle Ausmaß meiner Kampffähigkeiten. Hoffentlich kann ich uns immer noch lebend aus diesem Schlamassel herausholen.

Anstatt die Handbewegung fortzusetzen, die die Waffe auf Alans Kopf richten würde, verschiebt sich meine Hand einen Zentimeter zur Seite, und ich setze eine Kugel zwischen die Augenlöcher der Richard-Nixon-Maske von Alans Wache.

Die Maske zerbricht in kleine Stücke, ebenso wie der Schädel des Mannes darunter.

Ich fühle einen Hauch von Bedauern über den Tod – ein offensichtlicher Nebeneffekt, weil mein Verstand erst kürzlich mit Adas verbunden war. Jedes Polizeihandbuch würde in einer solchen Situation zu tödlicher Gewalt raten. Schießen, um zu töten, ist unter diesen Umständen die sicherste Option. Ich bin in der Vergangenheit unnötige Risiken eingegangen, indem ich Leuten in die Schulter geschossen habe; jetzt, da ich mehr Erfahrung habe, weigere ich mich, das Leben meiner Familie für irgendein Arschloch zu riskieren. Wenn mich das zu sehr wie Joe macht, muss ich damit leben – und ich würde lieber leben, um meine Entscheidungen zu bereuen, anstatt als Heiliger zu sterben.

In wahrscheinlich kürzerer Zeit, als Kostya braucht, um den Knall des Schusses zu registrieren, stoße ich ihm den Ellbogen in den Bauch, während ich mit meiner anderen Hand die Waffe auf Adas Wache richte. Die meisten

Menschen haben Schwierigkeiten, ihre Hände so völlig unabhängig zu bewegen; sie merken es erst in der Grundschule, wenn sie den Trick versuchen, auf ihren Kopf zu klopfen und sich gleichzeitig den Bauch zu reiben. Natürlich hilft, genau wie bei diesem Trick, das Üben enorm.

Mein Ellenbogen verbindet sich angenehm mit Kostyas Fleisch, während mein rechter Zeigefinger den Abzug drückt.

Der zweite Schuss donnert los, und das Gehirn der zweiten Wache spritzt mit braunen und roten Flecken an die Wand hinter ihr, wie der blutige Stuhl einer Kuh, die an Ruhr leidet. Das ist passend, denke ich. Der Wächter hatte eindeutig Scheiße im Hirn.

Kostya krümmt sich vor Schmerzen. Ich wende mich jetzt ihm zu, und Zorn überschattet die blauen Linien des Kampfmodus in Rot.

Ich hebe die Waffe an seinen Kopf, und mein Finger juckt, um das zu tun, was Joe an meiner Stelle getan hätte – meinen Halbbruder, hier und jetzt, zu töten. Doch ein Teil von mir zögert. Ich bin mir nicht sicher, ob es Adas Einfluss ist, meine Verwandtschaft mit meinem Ziel oder dass ich sehe, dass er keine Bedrohung mehr ist.

Außerdem beobachten mich Alan und Ada.

Um den Blutdurst zu unterdrücken, der mich den Abzug drücken zu lassen droht, erinnere ich mich daran, dass Kostya als Geisel nützlich sein könnte. Selbst Joe würde das als Grund ansehen, ihn am Leben zu lassen.

Anstatt zu schießen, schlage ich Kostya mit aller Kraft die Pistole ins Gesicht. Etwas bricht, und mein Halbbruder fällt als schlaffer Haufen zu Boden.

Ada und Alan starren mich schockiert an. Wenn wir einen Familienwettbewerb hätten, um zu sehen, wessen Augen am größten werden könnten, bin ich mir nicht sicher, wer gewinnen würde.

»Reagiert in der VR«, sage ich beiden über Zik-Nachrichten. »Dafür haben wir in der realen Welt keine Zeit.«

Ich hoffe, dass sie zustimmen werden, schaue in der VR vorbei und beginne, in der realen Welt zu handeln. Mein erstes Ziel ist es, Mr. Spock aus seinem Versteck zu holen.

Ich komme rechtzeitig im VR-Sitzungsraum an, um Ada schreiend wie eine Furie zu erwischen. Sie schreitet wie wahnsinnig durch das Zimmer, und ich gebe ihr Raum, um ein paar Kreise zu gehen, bevor ich versuche, sie zu beruhigen. Alan geht es etwas besser, zumindest nehme ich das an. Der Junge sitzt am Konferenztisch, mit dem Gesicht nach unten, und seine Arme liegen um seinem Kopf, als ob er Schläge blockiert.

Nach ein paar Kreisen schließe ich Ada in eine Bärenumarmung. Sie widersteht einen Moment lang, dann gibt sie nach und wird weich.

Muhomor und Mitya sehen extrem unbehaglich aus, während Dominic begierig darauf zu sein scheint, etwas oder jemanden zu brechen.

»Uns geht es gut«, sage ich beruhigend zu niemand Bestimmtem. Ich lasse Ada sanft los und mache mich auf den Weg zu Alan. »Es wird alles gut werden.«

»Diese fünfhundert Wachen, die zu euch kommen, könnten anderer Meinung sein.« Muhomor schiebt seine Sonnenbrille höher auf die Nase. »Es ist weit davon entfernt, gut zu sein.«

Ich umarme Alan, als ich einen kräftigen Schlag hinter mir höre. Muhomor brüllt wütend: »Das ist typisch. Lass es am Boten aus.«

»Tut mir leid«, sagt Dominic. »Das ganze Adrenalin.«

Adas tröstende Hände gleiten um meine Schultern. Ich glaube, sie will endlich unseren Sohn umarmen, also mache ich ihr Platz.

»Mike hatte vorhin eine gute Idee«, sagt Mitya. »Geht zurück zu Joe ins Labor. Wenn ihr dort seid, versucht, euch zu verbarrikadieren. Die Roboter werden in etwa zwanzig Minuten eintreffen, also könnt ihr hoffentlich bis dahin durchhalten. Dominic sollte ungefähr zur gleichen Zeit da sein.«

Ich kann Muhomor ansehen, dass er etwas sagen will, aber er bemerkt meinen Ausdruck und beißt sich auf die Zunge. Außerdem weiß ich, was er sagen will, denn ich denke dasselbe: Welche Art von Barrikade kann einer so überwältigenden Armee standhalten?

»Wir gehen«, sage ich trotzdem. »Ada, Alan, könnt ihr euch bewegen?«

Adas Kinn zittert immer noch, aber sie nickt.

»Denkst du, du kannst dich um Alan kümmern?«, frage ich. »Meine Hände werden voll sein.«

»Natürlich«, sagt sie. »Ich werde ihn tragen.«

»Ich kann gehen«, sagt Alan mit einem kaum hörbaren Flüstern. »Ich bin zu schwer für dich.«

»Du wiegst nur 35 Pfund«, sagt sie, und ihre Stimme ist schon ruhiger. »Wenn das Labor nicht weit ist, kann ich dich tragen.«

»Nein, ernsthaft.« Alans Stimme klingt gesünder, und ich frage mich, ob Ada ihre Mutter-Umkehrpsychologie-Jedi-Gedankentricks bei ihm benutzt. »Ich kann gehen.«

»Während wir den Raum wechseln, habe ich eine Aufgabe für euch beide«, sage ich zu Mitya und Muhomor.

»Eine Ablenkung?«, fragt Mitya.

»Eine ganz bestimmte«, sage ich. »Sie haben jetzt die Hintertür zu den Brainozyten der gesamten menschlichen Bevölkerung.«

Muhomors Augen leuchten – er sieht, was in meinem Kopf vorgeht. »Einschließlich der Arschlöcher an eurem Standort.«

»Genau«, sage ich. »Ich will in die Köpfe aller Wachen an diesem Ort eindringen und …«

»Wir haben ihre Brainozyten-IDs nicht«, unterbricht Mitya.

»Wir brauchen sie nicht, wenn wir einen auf dem Umfeld basierenden Virus erzeugen«, sagt Muhomor. Ich habe bemerkt, dass er sich eine neue VR-Sonnenbrille gezaubert hat. »Mike hier kann unser Ground Zero sein. Jeder im Umkreis von einer Meile bekommt die Payload-App, die dank der Beschaffenheit der Hintertür sofort aktiviert wird.«

»Ich wünschte, ich hätte Zeit, eine virtuelle Hölle zu entwerfen, um diese Arschlöcher zu fangen«, murmelt Alan mit ungewöhnlicher Boshaftigkeit durch seine Zähne.

»Sprache«, sage ich wie ferngesteuert. Ada belohnt mich mit einem kleinen Lächeln.

»Wenn ich dort ankomme, bekomme ich diesen Virus auch?«, fragt Dominic besorgt. Die Idee, Zeit in einer virtuellen Hölle von Alans Schöpfung zu verbringen, scheint ihm nicht zu gefallen, und ich kann es ihm nicht verübeln.

»Wir werden offensichtlich eine harmlose Anwendung benutzen, deren Hauptzweck es sein wird, ihr Opfer abzulenken«, sage ich. »Hat jemand außer Alan eine App im Sinn?«

»Das habe ich.« Unfug kehrt in Adas bernsteinfarbene Augen zurück. »Was ist mit der Join-App?«

»Das wird sie mit Sicherheit ablenken.« Ich lege meine Hand auf ihre Schulter und drücke sie beruhigend.

»Welche App?«, fragen Mitya und Muhomor unisono.

»Ich habe es nie der Quellcodekontrolle übergeben«, sagt Ada entschuldigend. »Ich schicke euch jetzt den Code. Dann könnt ihr es herausfinden.«

Obwohl Ada, Alan und ich die VR nicht verlassen, konzentrieren wir uns wieder auf die reale Welt. Meine Frau trägt meinen Sohn – natürlich hat sie diese Auseinandersetzung gewonnen –, und ich stecke Mr. Spock in meine Tasche. Ich sage Ada und Alan, dass sie hinten im Raum warten sollen, lade die Munition meiner Glock nach, die ich in einem Clip in Kostyas Gesäßtasche gefunden habe, und öffne die Tür.

Die beiden Wachen im Flur bekommen jeweils eine Kugel in den Kopf, bevor sie ihre Waffen heben können.

Ich gehe zurück in den Raum, lade wieder auf und schnappe mir Kostya an einem Bein, damit ich ihn hinter mir herziehen kann.

»Bleibt hinter mir«, sage ich in einer telepathischen Nachricht, als ich wieder im Flur bin.

Ada nickt in der VR und folgt mit schweren Schritten.

»Du kannst kaum noch gehen«, beschwert sich Alan. »Lass mich runter.«

Ada ignoriert Alans Bitte, und ich überlege, ihr das Kind wegzunehmen; sie ist selbst winzig, und unser Sohn ist schwer für ihre kleine Gestalt. Aber bevor ich eingreifen kann, gibt sie nach und stellt ihn auf den Boden. Alle Anzeichen von Angst sind aus dem Gesicht meines Sohnes verschwunden, und ich vermute, ich hatte vorhin recht mit Adas Gedankentricks.

Ich ziehe meinen Halbbruder wie einen Sack Kartoffeln hinter mir den Flur entlang. Ada folgt mit Alan, den sie hinter sich hält. Ich trete über die Leichen der toten Wachen und genieße es, dass Kostyas Kopf gegen den Boden schlägt, während ich ihn über die grausigen Hindernisse schleife.

Als ich die Tür zum Labor erreiche, nehme ich Augenkontakt mit Ada auf und lege einen Finger auf meine Lippen. Sie nickt ernst, kniet sich neben Alan hin und umarmt ihn schützend.

Mit einem kräftigen Tritt kümmere ich mich um die Labortür, und sobald sie nachgibt, fahre ich den Raum nach Zielen ab. Zwei Wachen richten ihre Waffen in meine

Richtung, während die weißen Laborkittel von vorhin in entsetzter Faszination zuschauen.

Ich erschieße die beiden Wachen, ohne zu zögern.

»Jetzt.« Ich wende mich an den ganz rechten Laborkittel-Typ, dessen Gesicht weißer ist als seine Kleidung. »Die Person, die mir das WLAN-Passwort sagt, darf leben.«

Die Männer schauen sich an und fangen auf einmal an zu schreien, wobei der Typ, den ich ausgewählt habe, am lautesten ist.

Da ich jetzt jede Sekunde meines Lebens aufnehme, spiele ich die Kakophonie der Wörter ab und filtere das Passwort einfach heraus. Sie haben mir alle die gleiche Zahlenfolge gegeben. Nach ein paar Momenten des mentalen Fummelns bin ich im hochsicheren Netzwerk der Villa.

Ich gebe die Zugangsdaten an den VR-Raum weiter. »Legt los.« Ich überlege, Muhomor damit zu ärgern, dass er das Passwort nicht ohne weiteres bekommt, aber beschließe letztendlich, ihn sich auf die Viren-App konzentrieren zu lassen.

Es dauert nur den Bruchteil eines Augenblicks, um die Kontrolle über die Kameras in der Nähe zu übernehmen. Ada und Alan sehen beide angespannt aus, während sie außerhalb des Raumes warten, aber die gute Nachricht ist, dass ich keine Gefahr hinter ihnen sehe.

»Noch eine Chance, zu überleben«, sage ich meinem gefangenen Publikum. »Wer hat diese hübschen Spritzen, die die Leute umhauen?«

Alle Hände gehen nach oben, und sie schreien alle ihre eigene Version von »Ja, ich, nimm mich und töte die anderen.«

»Spritzt euch die Spritzen«, sage ich. »Wer durch die Droge nicht bewusstlos wird, wird durch eine Kugel in den Kopf dauerhaft bewusstlos gemacht.«

Die Laborkittel müssen denken, dass es eine konkurrenzfähige Komponente in diesem Injektionsbefehl gibt, denn sie beeilen sich, um nicht der letzte Mann zu sein, der noch bei Bewusstsein ist.

Ich lasse Kostya los und betrete den Raum.

Methodisch gebe ich jedem anscheinend bewusstlosen Mann einen starken Tritt auf den Kopf. Wenn sich jemand etwas anderes als eine Knockout-Droge injiziert hat, wird er sich selbst verraten, indem er vor Schmerzen grunzt. Niemand macht einen Pieps. Ich schätze, sie haben nicht vorgetäuscht. Sie werden beim Aufwachen schreckliche Kopfschmerzen haben, aber das ist das Mindeste, was ich als Rache für ihren Anteil an der Übernahme meines Kopfes tun kann.

Zurück am Eingang, schnappe ich mir Kostyas Bein und ziehe ihn durch den Raum.

»Der Raum ist sauber«, sage ich Ada nach einem weiteren kurzen Scan.

Sie folgt mir, und Alan folgt ihr vorsichtig. Sie geben beide vor, die Leichen der toten Wachen nicht zu sehen, und ich bin dankbar für ihre Farce.

Ich schmeiße Kostyas schlaffen Körper auf eines der Krankenbetten neben der Tür. Boris' bewusstlose Gestalt nimmt das Bett auf der gegenüberliegenden Seite ein, und Joe liegt auf einem benachbarten Bett.

»Joe«, sage ich laut. »Kannst du mich hören?«

»Wir haben ihn von der Gedankenkontrolle befreit«, sagt Mitya. »Er muss aber noch bewusstlos sein.«

Ich überprüfe die Monitore, an die Joe angeschlossen ist, und atme erleichtert aus. Seine Vitalfunktionen sind gut – viel besser als Boris' arrhythmischer Herzschlag.

»Ich werde die Tür verbarrikadieren, durch die wir gekommen sind.« Ich gehe zurück und suche nach einem Möbelstück, das den Job am besten erledigt. Durch die Sicherheitskamera des Labors sehe ich Ada, wie sie nach schweren Gegenständen sucht, die sie neben der anderen Tür platzieren kann.

Alan dreht sich von meinem Cousin weg, und Sorgen spiegeln sich auf seinem kleinen Gesicht wider. »Wir müssen einen Krankenwagen rufen«, sagt er in der VR. »Onkel Joe braucht dringend medizinische Hilfe.«

»Ein Hubschrauber fliegt schon ein«, sagt Mitya. »Er sollte in etwa zwanzig Minuten da sein.«

»Stell sicher, dass sie …«

Ich höre nicht, was Alan sagt, weil ich vom Joes rechter Bettseite eine Bewegung sehe – von einem Bett, von dem ich annahm, dass es genauso leer ist wie die anderen.

Eine skelettartig dünne Figur hat sich unter dem Bettlaken versteckt.

Eine weibliche Gestalt.

Ich fange an, mich umzudrehen, habe die Waffe bereits in der Hand, und der Kampfmodus und die Zielhilfe-Apps sind bereit. Aber als ich eine Vierteldrehung mache, hält die Frau meinen Sohn bereits wie einen menschlichen Schild.

Durch die Kamera im hinteren Teil des Raumes sehe ich, wie ihre abgemagerte Hand eine kleinkalibrige Pistole an Alans Schläfe drückt.

»Lass die Waffe fallen, oder ich erschieße den kleinen Bastard«, sagt sie mit einer unheimlich vertrauten Stimme. »Mach es jetzt.«

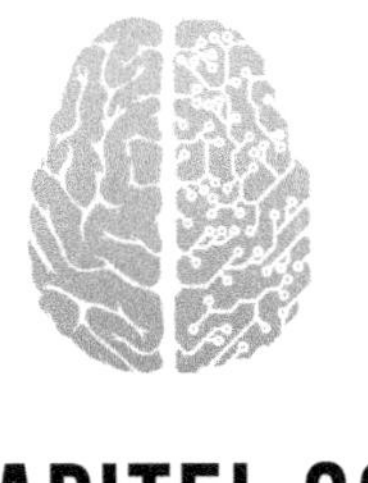

KAPITEL 36

»Diese Stimme erinnert mich daran, wie alle unter Kontrolle sprachen«, sagt Mitya und klingt entsetzt.

Er hat recht. Alle Opfer der Gedankenkontrolle, die wir hörten, sprachen mit dieser sehr speziellen hohen Stimme. Und weil sie alle männlich waren, klangen ihre Stimmen fistelig – aber die Stimmbänder dieser Frau müssen die Grundlage für diese seltsame Tonlage gewesen sein.

Dann merke ich, dass sogar Kostya so gesprochen hat. Könnte mein Halbbruder ein weiteres Opfer gewesen sein? Hat sie die ganze Zeit alle unter ihrer Kontrolle gehabt?

Ich schaue immer noch durch die Kamera und bin nicht überrascht, ihr Gesicht zu erkennen, obwohl ich immer noch die Gesichtserkennung laufen lasse, um die schlechte Nachricht zu bestätigen.

Das lässt sich nicht leugnen.

Das ist Masha.

»Meine buchstäblich verrückte Halbschwester hat Alan«, sage ich zu allen, falls sie das noch nicht herausgefunden haben. »Ich weiß nicht, was ich tun soll.«

Ich treibe den Kampfmodus an seine Grenzen, aber weder er noch meine eigenen Erfahrungen mit Gewalt zeigen mir einen Weg auf, Masha auszuschalten, ohne dass Alan verletzt wird.

Ich lasse demonstrativ meine Waffe fallen und höre auf, mich zu drehen.

»Dreh dich zu mir um«, befiehlt Masha. »Langsam.«

Ich beende meine Rotation, und sie schaut über Alans Schulter. Ich starre in diese Augen – die Augen, die mich daran erinnern, wie meine aussehen würden, wenn ich ein Jahr nicht geschlafen hätte.

Durch die Kamera sehe ich, wie Ada den inerten Kostya an der Kehle packt. »Wenn du meinen Sohn nicht loslässt, ist dein Bruder so gut wie tot«, droht sie laut.

Ich bin mir nicht sicher, ob Ada genug Kraft hat, um einen erwachsenen Mann zu ersticken, und ich weiß, wie sie über Gewalt und Mord denkt. Aber wer weiß, was eine Mutter, selbst eine so friedliche wie meine Frau, tun könnte, um ihr Kind zu retten?

Mashas Gesichtsausdruck ändert sich nicht. »Du hast den armen Kostya schon umgebracht«, sagt sie, und ich erkenne, dass ihr Verstand irreparabel beschädigt ist. »Ich kann ihn nicht mehr führen.«

»*Ihn führen*«, sagt Muhomor. »Das ist ein schöner Euphemismus. Ich muss kein Seelenklempner sein, um die Diagnose zu bestätigen.«

»Ich bin ganz deiner Meinung«, sagt Mitya. »Sie hat gerade zugegeben, dass sie ihren Bruder kontrolliert. Als Mike ihn k. o. geschlagen hat, hat sie es als eine Unterbrechung in ihrer Controller-App gesehen – also glaubt sie wahrscheinlich wirklich, dass er tot ist.«

»Masha«, sage ich so beruhigend, wie es meine Nerven erlauben. »Kostya ist nur bewusstlos.«

»Es ist mir egal, was mit Kostya passiert.« Sie drückt die Waffe härter gegen Alans Schläfe, und er zuckt zusammen. »Er hat mich in das Serbsky-Irrenhaus gesteckt. Er hat versucht, mein Gehirn zu übernehmen. Ich ließ ihn nur leben, um seine Ressourcen zu nutzen, um an dich ranzukommen.«

»Sie ist überzeugt von dem, was sie sagt«, sagt Dominic besorgt. »Der Bruder als Druckmittel wird nicht funktionieren.«

»Schau, Masha.« Ich wende die ganze Stärke meiner erweiterten Wahrnehmung an, um nach einem Ausweg aus der Situation zu suchen. »Du hast Kostya übernommen und ihn dazu gebracht, deine Befehle zu befolgen. Er hat genug gelitten. Genau wie wir. Lass uns das einfach beenden.«

»Muhomor«, rufe ich in der VR. »Ich will, dass du diese Ablenkung jetzt startest.«

»Ich sorge immer noch dafür, dass der Virus sicher verbreitet wird«, antwortet Muhomor. »Außerdem wette ich, dass es ihr nichts anhaben kann – sie wird die GPS-Hintertür in ihre Brainozyten so schnell wie möglich geschlossen haben.«

»Alan ist unschuldig«, sagt Ada in der realen Welt, und ihre Hände verlassen Kostyas Hals. »Und er ist deine Familie.«

»Er hat das verdorbene Blut deines Mannes.« Masha starrt mich mit purem Hass an. »Das ist für meinen Vater«, fügt sie hinzu – und das Blut verlässt mein Gesicht, als ihr Finger anfängt, den Abzug zu drücken.

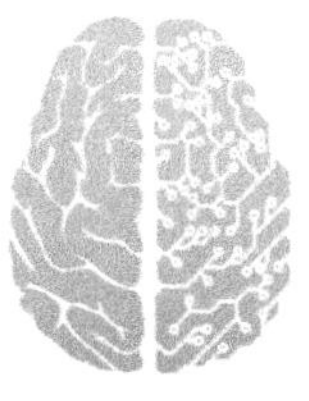

KAPITEL 37

Als Mashas Zeigefinger seinen tödlichen Bogen fortsetzt, straffen sich ihre Kiefermuskeln, und sie lehnt sich von ihrem Ziel weg, als ob sie sich Sorgen um das Blut machen würde, das sie gleich bespritzen könnte. Mein Verstand durchsucht eine unendliche Anzahl von fehlerhaften Handlungen, die ich durchführen kann, aber keine von ihnen wird Alan retten oder seine Chancen verbessern.

Adas Augen sind groß vor Entsetzen. Auch sie muss die Unvermeidlichkeit von Mashas Handlungen sehen.

Ich sehe eine schnelle Bewegung direkt hinter Masha.

In einem Augenblick lag Joe noch bewusstlos auf dem Krankenhausbett, im nächsten steht er mit einem Skalpell in der Hand auf den Beinen. Gewalttätig schlitzt er Mashas Waffenhand auf. Das Skalpell schneidet durch ihre Finger wie ein warmer Löffel durch halb geschmolzenes Eis.

Als die Waffe auf dem Boden aufschlägt, verwandelt sich ihr Schrei in ein schreckliches gurgelndes Geräusch.

Joe hat ihr gerade die Kehle durchgeschnitten.

»Ich komme«, kündigt Dominic hektisch in der VR an. »Hat irgendjemand durch die Kameras geschaut?«

Ich betrachte verzweifelt die Kamera, die den zweiten Ausgang des Labors überwacht, und sehe fünf maskierte Wachen kommen.

Ich greife nach meiner Waffe und drehe den nächstgelegenen Tisch um, um uns zu decken. Ada schnappt sich eine Waffe von einer der toten Wachen und wirft sie Joe zu. Er fängt sie, aber ich sehe, dass er schwach ist. Mit Masha fertigzuwerden muss all die Energie verbraucht haben, die er hatte.

»Muhomor«, rufe ich in der VR. »Bist du jetzt mit der verdammten Ablenkung fertig?«

»Ich bin mir nicht sicher, ob …«

»Du hast mir gesagt, dass du etwas, das du für die Regierung gemacht hast, als Grundlage benutzt hast«, sagt Mitya. »War es dann nicht sicher?«

»Wenn es das gewesen wäre, müsste ich es nicht weiter sichern, oder?«, erwidert Muhomor. »Gut, gebt mir noch eine Minute.«

»Ada, Alan – auf den Boden«, schreie ich in jeder Art von Kommunikation, die ich nutzen kann.

Die Tür geht auf, und der erste Typ mit Nixon-Maske erscheint. Als er Joe sieht, schießt er. Ich schieße genau zur gleichen Zeit zurück.

Joe hat Glück, dass Boris im Bett neben ihm liegt. Die Kugel, die für Joe bestimmt ist, trifft Boris, und der Herzmonitor des Arschlochs dreht durch.

Joes Schütze ist tot. Obwohl ich nicht einmal zielen konnte, habe ich ihm eine Kugel ins Hirn verpasst. Joe schießt der zweiten Wache in die Brust, und sobald der Mann umkippt, verpasse ich dem Wächter hinter ihm eine Kugel in den Kopf.

Eine Kugel rauscht an meiner Schulter vorbei, und Joe feuert noch zwei Male.

Zwei weitere Körper schlagen auf dem Boden auf, und es wird still im Zimmer. Das Einzige, was man hören kann, ist das Gerät, das wegen Boris' fehlendem Herzschlag piept.

»Zehn weitere im Flur«, berichtet Dominic im VR-Raum. »Wenn ihr noch zehn Minuten durchhaltet, bin ich da.«

»Genau wie die Roboter und die Bullen danach«, sagt Mitya.

»Sie werden nicht lange genug überleben.« Muhomor stellt ein riesiges Mosaik von Kameraansichten auf, die meisten von ihnen zeigen Menschen mit Waffen, die in Richtung Labor laufen. »Ich will Aufzeichnungen, die zeigen, dass ich keine andere Wahl habe, als den Virus jetzt freizusetzen.«

»Mach es einfach«, sagt Dominic.

Alle Augen im VR-Raum sind auf Muhomor gerichtet, aber sein Gesicht wird nachdenklich. »Nur noch ein paar Sekunden.«

Dominic gibt einen knurrenden Seufzer von sich. »Ich will nur sichergehen, dass ich verstehe, was passieren wird. Ada hat eine bizarre App geschrieben, die die Köpfe der Leute vernetzt, und du bist dabei, sie in einen Virus einzuwickeln und die GPS-Hintertür dazu zu benutzen, um sie in die Köpfe von jemandem innerhalb einer Meile um Mike zu zwingen?«

»Das bringt es so ziemlich auf den Punkt.« Ada kaut auf ihrer Lippe, während sie auf einen Bildschirm starrt, der eine riesige Menge von Wachen zeigt, die sich immer näher kommen.

»Was ich nicht verstehe, ist: Warum diese App?«, fragt Dominic. Ich vermute, er versucht, Ada davon abzuhalten, wegen der drohenden Gefahr in Panik zu geraten. »Warum übernimmst du nicht die Kontrolle über deine Angreifer wie Kostya?«

»Selbst wenn das keine ethische Gräueltat wäre«, sagt Mitya, »hätten wir einfach keine App dafür.« Er sieht Muhomor an, und seine Augen verengen sich.

Wenn einer von uns so eine App hätte, wäre es Muhomor.

»Ich habe nichts dergleichen«, sagt Muhomor und sieht beleidigt aus.

»Aber es gibt doch sicher bessere Ablenkungsanwendungen, die möglich sind?«, fragt Dominic.

»Das bezweifle ich«, sagt Ada. »Außerdem hoffe ich, dass der Blick durch unsere Augen und das Erleben unserer Erinnerungen, Hoffnungen und Ängste einige dieser Männer von der Gewalt gegen uns abbringen wird. Es ist schwer, Leuten zu schaden, die man so genau kennt.«

»Sie hat recht«, sage ich und denke an unsere Vereinigung. »Obwohl das alles theoretisch ist, da wir dabei sind, zu sterben. Ich habe nicht genug Kugeln für die nächste Welle von Wachen.«

»Schön, halt einfach die Klappe«, sagt Muhomor.

Ein Icon erscheint in meiner AROS-Oberfläche auf die gleiche unheimliche Art und Weise, wie Kostya und Masha sie dort zuvor platziert haben.

»Alan, Joe«, flüstere ich, als die App startet. »Bereitet euch auf einen wilden Ritt vor.«

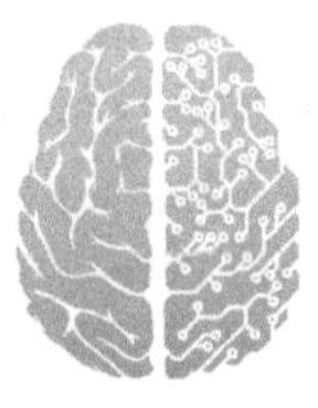

KAPITEL 38

Wie schon beim letzten Mal steckt die Join-App alle meine Sinne in einen Mixer und drückt den »Crush Ice«-Button. Die Intensität ist viel größer als meine Verbindung mit Ada, was Sinn ergibt, da ich durch ein Vielfaches von Sinnesorganen fühle. Die genaue Anzahl der teilnehmenden Personen ist schwer zu bestimmen; sie wächst ständig. Jeder der Menschen, mit denen ich verbunden bin, erlebt dasselbe wie ich, und das erzeugt eine Abwärtsspirale von Querempfindungen, bis wir alle anfangen, uns in dieser Erfahrung zu verlieren.

Es gibt eine Dualität zu meinem Bewusstsein in diesem sinnlichen Armageddon. Die Grenzen zwischen mir und unzähligen Menschen verschwinden, doch ich fühle mich immer noch als mein individuelles Ich.

Ein Teil von mir kann immer noch sehen, was in den Kameras passiert. Die Männer im Bild reißen verwirrt ihre Richard-Nixon-Masken ab. Ihre Waffen liegen auf dem

Boden, und sie starren herum und schnüffeln die Luft, als ob sie die Welt zum allerersten Mal erleben würden – was sich nicht von dem unterscheidet, was ich auch fühle. Die Gedanken der Wächter sickern in meinen Verstand und umgekehrt, und ich merke, dass diese Erfahrung für sie unendlich viel intensiver ist, weil sie sich nicht an vielen Orten gleichzeitig wohlfühlen, im Gegensatz zu meinem Ebene-I-Verstand.

Ich fühle mich lebendig und völlig eingetaucht in diesen Moment. Freiheit und Zufriedenheit breiten sich in unseren gemeinsamen Köpfen aus.

»Nun, ich habe noch nie eine bessere Ablenkung gesehen«, sagt Mitya. »Ich bin neidisch, dass ich diese App nicht selbst laufen lassen kann.«

Mityas Worte ziehen mich genug aus dem Erlebnis heraus, um zu erkennen, dass etwas schiefläuft. Ich sehe die Welt mit den Augen eines Hubschrauberpiloten, der heute zum Glück sein fliegendes Fahrzeug unter Einsteins Kontrolle fliegt.

»Scheiße«, sagt Muhomor vom selben entfernten Ort, wo ich auch Mitya gehört habe. »Der Pressehubschrauber kam zu früh an. Der Virus wird sich außerhalb der notwendigen Reichweite verbreiten. Ihr habt mir keine Zeit gegeben, die richtigen Vorsichtsmaßnahmen zu treffen.«

»Ich dachte, dein Virus funktioniert in einem Radius von anderthalb Kilometern um Mike herum?« Mityas Stimme wird lauter.

»Nicht von Mike – vom nächsten Virusträger aus«, sagt Muhomor gereizt. »Der Hubschrauber ist nur etwa zweihundert Meter über ihnen, mitten in der verdammten Reichweite.«

Durch die Augen des Hubschrauberpiloten sehe ich, dass er gut ausgebildet ist. Sobald seine psychedelische Erfahrung beginnt, benachrichtigt er Einstein. Die KI schickt das Flugzeug sinnvollerweise zurück zur Basis.

»Scheiße«, brüllt Muhomor. »Wir müssen den Hubschrauber stoppen.«

»Schon dabei«, sagt Mitya.

»Du bist zu langsam.« Muhomor klingt, als würde er mit den Zähnen knirschen.

»Warum konntest du es nicht selbst tun?«, schnappt Mitya zurück.

»Weil ich versuche, einen Ausweg aus diesem Schlamassel zu finden«, antwortet Muhomor, und sie starren sich an.

»Wie schnell verbreitet sich der Virus?«, fragt Mitya nach einem Moment.

»Mit der Geschwindigkeit der elektromagnetischen Wellen, plus so lange es dauert, eine Kopie von sich selbst zu machen – also sehr, sehr schnell«, sagt Muhomor mit gedämpfter Stimme. »Es ist zu spät, um den Hubschrauber zu stoppen.«

Er hat recht. Viele neue Leute kommen zu uns, einige fahren, andere fliegen in einem Flugzeug.

»Ist dir klar, was das bedeutet?« Mitya klingt ehrfürchtig.

»Ja, das tue ich. Das bedeutet, ihr hättet mich nicht hetzen sollen«, sagt Muhomor. »Ich habe an Sicherheitsvorkehrungen gearbeitet, aber …«

»Du sagtest, du hast den Virus auf der Arbeit für die Regierung aufbauen müssen.« Mityas Stimme erhebt sich wieder. »Was war die Basis, Stuxnet?«

Stuxnet ist die alte Cyberwaffe, die angeblich von den USA und Israel geschaffen wurde, um das iranische Atomprogramm zu sabotieren. Die Sache geriet außer Kontrolle und verbreitete sich wahllos weltweit, anstatt im Iran zu bleiben.

»Die Basis für meinen Virus geht dich nichts an«, erwidert Muhomor. »Ich werde jetzt an einer Gegenmaßnahme arbeiten müssen.«

»Stell sicher, dass deine Gegenmaßnahme die Join-Anwendung stoppt, alle Anzeichen deines Virus löscht und die GPS-Hintertür für immer schließt«, sagt Mitya.

»Belehren Sie keinen Experten, sonst essen Sie gebackene Scheiße.« Das russische Sprichwort klingt auf Zik lächerlich.

Ich verfolge den Rest der Unterhaltung meiner Freunde nicht, denn in diesem Moment erreicht der Join-Virus die Stadt Kingston. Plötzlich sind wir nicht nur sechshundert, sondern über zwanzigtausend Menschen.

Unsere ehemaligen Gegner liegen nun auf dem Boden, da die überwältigende Flut von Gefühlen sie in einen fast komatösen Zustand versetzt.

»Ich sehe mir gerade diesen Code an«, sagt Mitya aus weiter Ferne. »Sie sind nur in der ersten Phase der App, der Initialisierung. Sobald alle miteinander verschmolzen sind, werden ihre Erinnerungen ausgetauscht, und die anderen Phasen beginnen. Ich denke, du solltest deinen Heilvirus fertig haben, bevor das passiert.«

»Woher weiß die App, wann die Initialisierung abgeschlossen ist?«, fragt Muhomor. »Ich meine, sie werden immer mehr Menschen, während wir reden.«

»Wenn es für ein paar Sekunden keine neuen Teilnehmer gibt«, sagt Mitya.

»Ich schätze, es hat einen ungeahnten Vorteil, dass es sich so schnell verbreitet«, sagt Muhomor. »Sie werden für eine Weile keine neue Phase erreichen.«

Der Virus erreicht Woodstock, und weitere fünftausend Menschen schließen sich der sensorischen Achterbahn an. Joe fällt auf sein Krankenhausbett zurück. Seine Ebene-II-Brainozyten kommen mit all diesen Daten nicht zurecht, aber halten ihn gleichzeitig aufrecht.

Roxbury und Saugerties sind die nächsten, und weitere zwanzigtausend Menschen werden in die Mischung geworfen. Jetzt kollabieren Ada, Alan und ich und gehen zu Boden. Der Umgang mit so vielen sensorischen Daten ist selbst für uns zu viel.

»Ich übernehme besser die Antiviren-Aufgabe«, sagt Mitya von noch weiter weg.

»Warum?«, fragt Muhomor, aber er klingt verängstigt. Ich glaube, er weiß, was Mitya gleich sagen wird.

»Weil sich der Virus fast sofort ausbreitet, und da der Radius des infizierten Gebietes zunimmt, wird auch die Rate der neu infizierten Menschen steigen«, sagt Mitya. »Der ganze Staat New York ist einen Moment davon entfernt, getroffen zu werden, und New Jersey wird einen Moment später folgen. Du bist nicht über eine Meile unter der Erde, was bedeutet, dass du und alle in deinem Bunker Opfer deines eigenen dummen Virus werden.«

»Aber du bist schlecht darin!«, ruft Muhomor. »Du wirst viel länger brauchen …«

Wenn ich ein Jedi wäre, würde ich das, was als Nächstes passiert, *eine große Erschütterung in der Macht* nennen. Ich vermute zumindest, dass es sich so anfühlt, wenn Millionen von Menschen sich vereinen.

Es ist schwer, einen verständlichen Gedanken zu formen, aber ich schaffe es immer noch, zu erraten, dass, wie Mitya meinte, ganz New York und New Jersey jetzt mit uns verbunden sind. Wenn das stimmt, bedeutet das, dass achtzehn Millionen Brainozyten-Nutzer im Empire State und sieben Millionen im Garden State sich gerade verbunden haben – eine unfassbare Anzahl von Menschen.

Wenn es möglich wäre, an Datenüberlastung zu sterben, wäre ich jetzt eine Leiche.

Das Labor um mich herum verschwindet komplett, weil es vom Join-App-Universum ersetzt wird. Es ist, als säße ich auf dem Grund eines Ozeans aus Anblicken, Gerüchen, Geschmäckern, Düften und kinästhetischen Empfindungen.

Eine weitere, größere Welle folgt, als dreihundert Millionen amerikanische Brainozyten-Nutzer infiziert werden. Kanada und Mexiko sind die nächsten.

Obwohl es schwer vorstellbar ist, stelle ich fest, dass es für den Virus leicht ist, sich von Nordamerika nach Südamerika zu verbreiten. Die Ausbreitung nach Europa ist schwieriger, denn die Entfernung zwischen Russland und Alaska beträgt fast fünftausend Kilometer, aber der Virus hat nur einen Radius von anderthalb Kilometern. Andererseits gibt es die Diomede-Inseln zwischen den

Kontinenten; diese Menschen haben Brainozyten. Durch die U-Boote in den Meeren und die Flugzeuge am Himmel ist zu befürchten, dass der Virus bereits auf dem Weg nach Russland ist, dem der Rest Europas und Asiens folgen wird. Von dort aus geht es nach Afrika und wer weiß wohin sonst noch.

Wenn man so viele Sichtweisen erlebt, wird die Zeit zu einem jener Begriffe, die keine Bedeutung mehr haben. Es könnte sein, dass eine Sekunde vergangen ist, aber es könnten genauso leicht viele Stunden gewesen sein. Das ist unmöglich zu sagen. Um meinen Verstand zu bewahren, versuche ich, alle Sinne außer der Sicht zu ignorieren; wir Menschen sind eine visuell orientierte Spezies.

Ein Tsunami von Eindrücken rollt über die Ufer meines Verstandes. Ich betrachte die Spitze des Empire State Building aus allen erdenklichen Blickwinkeln und nehme gleichzeitig das stattliche Weiße Haus aus noch mehr Blickwinkeln wahr. Alle Augen, durch die ich sehe, scheinen sehr tief zu liegen. Diese Menschen sind durch Reizüberflutung zusammengebrochen, so wie ich – ihre Augen füttern wie Kameras weiterhin ihr Gehirn mit dem unendlichen Input des Sehens, den sie jetzt auf der ganzen Welt teilen.

Die Golden Gate und Brooklyn Bridge überqueren die Himmel und verschmelzen mit anderen Brücken von Millionen von Augen. Ich bekomme die Chance, durch farbenblinde, kurzsichtige und weitsichtige Augen zu sehen. Die rot-orangenen Farben des Grand Canyon wechseln sofort zum Blau der Niagarafälle, und andere

Orte, die ich nicht kenne, huschen durch meinen Kopf wie ein Kaleidoskop auf Steroiden.

Wenn ich irgendwelche Zweifel an dem möglichen Umfang dieses Virus hatte, werden sie durch die nächste Welle von Bildern erstickt. Christus der Erlöser breitet seine Arme über den grünen Hügeln von Rio de Janeiro aus, gefolgt von Florenz, Köln und St. Petersburg. Basilius-Kathedrale, Stonehenge und das Kolosseum, der Eiffelturm und die Pyramiden – sowohl in Ägypten als auch in Mexiko – flackern in meiner Sicht auf. Das Taj Mahal und die Chinesische Mauer, der Berg Fuji und der Yellowstone-Nationalpark erscheinen in meinem Kopf, gefolgt von Milliarden von Dingen, die genauso schön sind, deren Namen ich aber nicht mehr in Erinnerung habe.

Der Ansturm an visuellen Daten scheint für uns alle auf der ganzen Welt gleichermaßen überwältigend zu sein. Als Einheit schließen wir die Augen.

Für einen Moment ist es, als ob der ganze Planet dunkel geworden wäre. Gleichzeitig beruhigt das Schließen der Augen unsere anderen Sinne nicht, so dass wir von Gerüchen genauso überwältigt werden wie von Sehenswürdigkeiten, nur gibt es keine Möglichkeit, diese Wahrnehmungen zu unterdrücken.

Nach einer Ewigkeit bemerke ich, dass ich die Sinne anderer Menschen nicht mehr spüre. Die Daten verschmelzen zu einer lähmenden Kakophonie. Gedanken werden zu einer fernen Erinnerung, Erinnerungen zu einem abstrakten Konzept.

Eine Gruppe in Asien hat für uns alle einen Weg gefunden, mit diesen weltweiten Kreuzungen der Sinne besser umzugehen. Ich erkenne die Lösung mit Erleichterung. Diese Menschen waren erfahrene Meditierende, bevor die Verbindung begann, und sie leiten die anderen Teilnehmer an, alle Empfindungen außer einer zu ignorieren: das Ein- und Ausatmen.

Langsam breitet sich das Atembewusstsein durch die Verbindung aus, und nach hundert Jahren subjektiver Erfahrung beginnen wir – ein großer Teil der Menschheit –, im gleichen Tempo zu atmen. Die Welt wird zum Hinein und Heraus der Luft in unserem Körper.

Bald werden wir einfach der Atem. Ich weiß fast nicht mehr, wie es ist, ich zu sein. Ich bin eine einzige Ameise in einer Ameisenkolonie – nein, noch weniger. Ich bin mehr wie ein einzelnes, einsames Datenbyte auf einer Multi-Terabyte-Festplatte.

Nach einer weiteren Ewigkeit des Atembewusstseins ist mein Verstand klar genug, um wieder nachdenken zu können. Seit einiger Zeit sind keine neuen Personen zur Verschmelzung hinzugekommen, was bedeutet, dass die nächste Phase von Adas App jederzeit beginnen wird: der Teil, in dem jeder Teilnehmer die Erinnerungen anderer wahrnimmt.

Als ob mein Gedanke manifest geworden wäre, schlagen die Erinnerungen von Milliarden von Menschen in jedes unserer erweiterten Gehirne wie ein Eis-Asteroid, der in einen glühenden Wüstenplaneten stürzt.

Ich glaube, ich verliere für ein paar Jahre das Bewusstsein, obwohl ich vielleicht eine von Dominics Erinnerungen erlebe. Es gab eine Zeit in seinem Leben, in der er völlig von der Welt abgeschnitten war.

Erinnerungen bombardieren mich. In einem Moment bin ich Alan und spiele mit seinen Freunden, den Ratten. Im nächsten Moment bin ich Joe, der einen Schul-Tyrannen verprügelt und absichtlich versucht, dem Kind die Nase zu brechen.

Erinnerungen an Freude und Erinnerungen an Trauer überkommen mich mit unaussprechlicher Intensität. Ich versuche, mich an etwas Vertrautes zu klammern, wie die Erinnerungen an die besten VR-Filme, die Milliarden von Erinnerungen an das erste Mal in einem selbstfahrenden Auto oder die unterschiedlichen Reaktionen auf die Erkenntnis, dass Strom nicht mehr etwas ist, was man als knappe Ressource behandeln muss.

Mit jeder Erinnerung werde ich für diesen Moment diese Person. Ich bin Architekt in Deutschland, arbeite an unserem nächsten Entwurf und erinnere mich an ein Mittelstufenabenteuer im Zoo. Ich bin eine Frau in Frankreich, die sich daran erinnert, wie sie sich gefühlt hat, als sie ihre Tochter gestillt hat.

Die Rate der Erinnerungen beschleunigt sich.

Ich bin ein älterer Hirte im Kaukasus, Gogis Heimatland. Ich erinnere mich daran, wie man früher Schafe gehütet hat, aber ich staune auch über die neue Methode mit Brainozyten und erweiterter Realität, bei der unsere erweiterten Schafe Hindernisse meiden, die nur sie sehen können.

Ich bin eine russische Frau, die sich an die Pioniere der Sowjetzeit erinnert. Unsere Mutter bügelte diesen kleinen roten Schal für uns, und wir waren stolz und aufgeregt. Die Erinnerungen kollidieren mit meinen eigenen – auch ich war ein Pionier, aber ich habe es für die kommunistische Propaganda gehalten, die es war, und diese zweifelhafte Ehre hätte mir nicht gleichgültiger sein können.

Ich bin ein Mann in Ruanda, der sich an den Schrecken des Hungers erinnert und dankbar ist, dass sein Sohn dank kostenloser Elektrizität und anderer technischer Wunderwerke nie hungern musste.

Ich bin ein Softwareingenieur in Indien und erinnere mich an die Ehrfurcht, die wir empfanden, als wir zum ersten Mal Brainozyten benutzten, um das Web mit unserem Verstand zu durchsuchen.

Die Erinnerungen strömen wie ein Wasserfall in meinen Kopf, und bald sehe ich nur noch Muster: Millionen von Menschen heiraten, lächeln geliebte Menschen an, halten sich an den Händen, essen Comfort-Food und so weiter.

Durchsetzt mit unseren Erinnerungen sind winzige Momente der Klarheit – Momente, in denen die miteinander verbundene Menschheit gemeinsam etwas begreift. Als ich mich mit Ada vereinigte, verstanden wir und vergaben wir einander jede Meinungsverschiedenheit, die sich je in unserer Ehe abgespielt hatte. Eine solche Leistung ist auf dieser globalen Ebene zu schwierig, aber wir fühlen uns für viele Momente wie eine Einheit, und wir erkennen, wie viel jeder Mensch gemeinsam hat, besonders wenn es um die innere Welt unseres Geistes geht – die einzige Realität, die wirklich zählt.

Die Momente der Klarheit beginnen länger zu werden, und dieses Gefühl der Erleuchtung, das ich fühlte, als ich mich mit Ada vereinigte, kommt eine Milliarde Mal stärker zurück. Ich fühle mich als Teil von etwas unvorstellbar

Größerem als mir selbst. Wir haben die Gewissheit, dass wir alle mit etwas unergründlich Komplexem verbunden sind. Für eine Nanosekunde erfährt die gesamte Menschheit, wie es ist, im Himmel oder Nirwana oder Shangri-La oder Zion oder Utopia, oder wie auch immer man einen Ort höchster Zufriedenheit, spiritueller und psychologischer Erfüllung und reiner Freude nennen möchte, zu sein.

Die angenehmen Empfindungen weichen den Ängsten. Wir verstehen, wie verwundbar wir sind. Wir haben Waffen, die uns alle in einem Augenblick töten können, und trotz der neuen Energiefülle haben wir immer noch Gewohnheiten, die die Erde in ein menschenunfreundliches Höllenloch verwandeln könnten. Diese Ängste werden zu einer Entschlossenheit, etwas gegen diese Probleme zu unternehmen, und das führt uns zurück zu Gefühlen der Verbundenheit und Hoffnung.

Ein subjektives Jahrhundert später lässt der Wirbelwind der Erinnerungen und Erleuchtungen so weit nach, dass ich einen unabhängigen Gedanken habe, und ich erinnere mich daran, dass die Cohens auftauchten, als Ada und ich uns zum ersten Mal vereinigten. Könnte Adas Selbstorganisationscode wirklich so viele Gehirnressourcen nutzen? Was die Hardware betrifft, könnte er das. Sie nutzt die eigene Allokation jedes Benutzers auf unseren Servern, außerhalb seines biologischen und virtuellen Gehirns, so dass kein zusätzlicher Serverplatz oder CPU erforderlich ist.

Ada erwähnte auch, dass sie Einstein als Teil der App eingesetzt hat. Hätte er genug Verarbeitungszyklen? Mitya hat einmal behauptet, dass ein Gehirn mit Brainozyten auf Stufe III zwei Quintillionen-Berechnungen pro Sekunde durchführen kann. Quintillion ist zehn bis achtzehnte Potenz, eine Zahl, die selbst mit einer Ebene-I-Gehirnerweiterung schwer zu verstehen ist. Das bedeutet, dass diese weltweite Version von *Die Cohens* einige Milliarden Quintillionen Berechnungen pro Sekunde erreichen würde.

Theoretisch sollte Einstein damit umgehen können. Er hat normalerweise genug Verarbeitungszyklen, um jeden einzelnen Brainozyten-Benutzer zu unterstützen, und da wir alle am Boden liegen und nicht viel tun, sollte die KI derzeit untätig und bereit sein, zu helfen.

Das Gefühl, das ich mit Ada hatte, kommt um ein Vielfaches stärker zurück.

»Wir denken, also sind wir«, denken wir gemeinsam mit der Intensität eines Erdbebens.

»Du bist immer noch ein Philosoph«, sage ich mental, nachdem ich meinen Verstand wiedererlangt habe. »Aber ich schätze, es ist nicht mehr angebracht, dich *Die Cohens* zu nennen.«

»Dieses Wesen war nur ein Schatten von mir«, denkt die Menschheit zurück. Dieses Mal lässt mich die Kraft der Antwort fast das Bewusstsein verlieren. »Wenn ich mich selbst benennen müsste, wäre Gaia oder die Erde vielleicht besser geeignet.«

»Gaia«, denke ich zurück, nachdem ich das Gefühl überwunden habe, dass ich es nicht wert bin, mit einer so schrecklich großen Kreatur zu sprechen. Ich habe eine Million Fragen, die um die Ehre kämpfen, zuerst gefragt zu werden, aber ich folge meiner ersten Eingebung. »Wie ist es, du zu sein?«

»Wie es ist, alles zu sein? Die einfachste Antwort ist die Analogie, die du bereits in deinem Kopf hast, in der du dich mit einem Neuron und uns mit einem voll funktionsfähigen Gehirn vergleichst«, boomt Gaia mental.

Dieses Mal macht mich die Kraft der Antwort ohnmächtig.

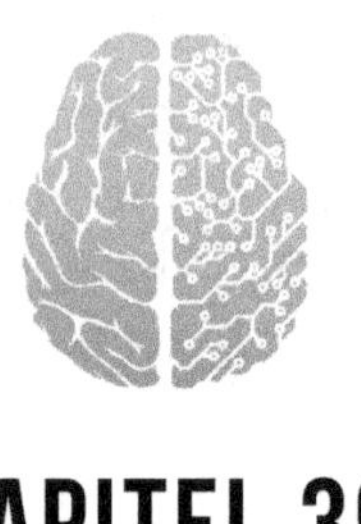

KAPITEL 39

Ich schwebe in einer Dunkelheit völliger sensorischer Entbehrung, begierig darauf, zu erwachen, damit ich wieder mit Gaia sprechen kann.

Eine vertraute Stimme durchdringt die Dunkelheit. »Mike, ich bin's, Mitya. Ich habe endlich einen Weg gefunden, um die Join-App zu stoppen und Kostyas Hintertür zu reparieren. Du und deine Familie werden die Ersten sein, bei denen ich es anwende.«

»Warte«, will ich schreien. »Ich habe noch mehr Fragen an Gaia.«

Ich bin mir nicht sicher, ob Mitya meine Bitte hört oder nicht, aber ich werde in meinen physischen Körper zurückgeschoben.

Ich brauche ein paar Stunden, mich neu zu orientieren. Während ich das tue, liege ich immer noch in der Embryonalstellung auf dem Boden des Labors. Jetzt, da ich von der weltweiten Verbindung getrennt bin, bin ich voller Verzweiflung über ihren Verlust. Alles, was ich will, ist, mich wieder zu verbinden oder mich in den Schlaf zu weinen.

»Mama, Papa«, flüstert Alan mit schwacher Stimme. »Seid ihr am Leben?«

»Ich bin hier, mein Liebling«, sagt Ada von der Mitte des Raumes. »Lass mich mich einen Moment erholen, und dann krieche ich zu dir.«

»Ich bin auch am Leben«, antworte ich. Ich muss mich darauf konzentrieren, dass meine Stimme nicht bricht, während ich spreche. »Bin mir nicht sicher, ob ich schon kriechen kann.«

»Können wir in der VR reden, während wir uns erholen?«, schlägt Alan vor.

Ich bin überflutet von Erleichterung über Alans erstaunliche Belastbarkeit. Der Junge klingt schon wie sein normales Selbst. Ich wünschte, ich könnte dasselbe über mich sagen.

Mit großer Willensanstrengung erinnere ich mich, wie ich mich in den VR-Konferenzraum versetzen und dort erscheinen kann. Durch das Licht von den Fenstern kneife ich meine Augen zusammen, und Mityas lächelndes Gesicht macht mich neidisch. Er war kein Teil der Vereinigung, und es gibt keine Möglichkeit, dass er verstehen kann, wie ich mich fühle. Vor allem, da ich mir da selbst nicht ganz sicher bin.

»Du hättest der Welt die Verbindung noch ein paar Minuten länger lassen sollen«, sagt Ada, sobald sie auftaucht. »Vielleicht sogar ein paar Tage.«

»Genau«, sagt Mitya sarkastisch. »Ich hätte zusehen sollen, wie die menschliche Bevölkerung an Durst und Hunger stirbt. Tolle Idee.«

»Du verstehst nicht, wie es war«, sagt Alan von hinten. Ich hatte ihn nicht einmal bemerkt.

»Ich weiß, dass die Welt ein Chaos ist«, kontert Mitya. »Tausende wurden verletzt, und es gibt viele Tote.«

Die Vorstellung, dass Mitmenschen Schmerzen haben könnten, überwältigt mich mit einer ungewöhnlichen Welle der Empathie. Ich versinke in einem Bürostuhl, bevor ich mich hier in der VR und in der realen Welt wieder in die Embryonalstellung begebe.

Muhomor taucht auf, und seine Augen sind größer als Dollarmünzen. »Ich bin ein Genie! Mein Virus hat das gemacht. Ich sollte den Nobelpreis bekommen …«

Mitya legt eine Hand auf seine Schulter. »Dein Virus ist auch der Grund, warum wir ein riesiges Restaurierungsprojekt durchführen müssen.«

Auf jedem Bildschirm sowie der Tischoberfläche zeigt uns Mitya das Problem. Obwohl die meisten Fahrzeuge heutzutage selbst fahren, funktionieren viele noch immer auf die alte Art und Weise, wobei der Mensch die Kontrolle hat. Zusätzlich fuhren unzählige Radfahrer, Skateboarder, Biker und Rollerblade-Fahrer in Dinge hinein oder stürzten, als die Vereinigung begann.

»Der Verkehr ist nur eines von vielen Problemen«, sagt Mitya und zeigt weitere Bilder. »Chirurgen waren mitten in Operationen, unzählige Leute schwammen oder reparierten Dächer, oder …«

»Das ist so schrecklich«, sagt Alan in einem kaum hörbaren Flüstern. »Bist du sicher, dass Menschen gestorben sind?«

»Die Logik gebietet es.« Mitya schließt für einen Moment die Augen. »Es könnte sein, dass irgendein instinktiver Teil von ihnen genug mentale Kapazität hatte, um auf dem Wasser zu treiben oder einen Patienten nicht zu töten, aber wie ihr sehen könnt«, er zeigt eine weitere Reihe von Bildern von Menschen in Schwierigkeiten, »gibt es viele Probleme zu lösen.«

»Was ist mit den Männern, die uns töten wollten?«, fragt Ada. »Ich bezweifle, dass sie ihre Dummheit fortsetzen wollen oder überhaupt bereit sein würden, weiterzumachen, aber man weiß ja nie, was …«

»Ich habe sie gefesselt, sobald die Roboter bei euch ankamen«, sagt Mitya. »Sie müssen warten, bis sich die Polizei um sie kümmert, und die Polizei wird eine Weile beschäftigt sein. Wenn es dir nichts ausmacht, lasse ich euch von denselben Robotern ins Krankenhaus bringen, so wie ich den Rest unserer Roboter weltweit benutzen werde, um die Dinge wieder in Ordnung zu bringen.«

Alle sind damit einverstanden, dass Mitya sich um alles kümmert, während wir uns erholen. Bald finde ich mich in den metallischen Armen eines der ausgereifteren Robotermodelle wieder. Dasselbe passiert mit Alan, Ada, Joe und Dominic, wobei letzterer von zwei Robotern getragen werden muss. Er war fast am Ziel, als die Vereinigung ihn zusammen mit dem Rest von uns traf.

Während der Reise ins Krankenhaus verflüchtigt sich die Sehnsucht nach der Vereinigung, und ich biete

Mitya meine Dienste an, da ich auch eine kleine Armee von Robotern kontrollieren kann. Als wir im Kingston Hospital ankommen, habe ich gelernt, dass einige Leute leichter zum Handeln zu bewegen sind als andere. Zum Glück gehören Ärzte und anderes Notfallpersonal eher zu der leicht zu animierenden Gruppe.

»Stehen Sie auf«, sagt Mitya mit der metallischen Stimme eines Roboters, der neben einem Mann im Kittel kniet. »Wir haben Leute, die Hilfe brauchen.«

Wie anderswo auch sind nur wenige Aufforderungen nötig, bis der Mann aufsteht.

Sobald es hier in Kingston genug Ärzte bei Bewusstsein gibt, lasse ich sie Alan, Dominic, Ada und mich überprüfen. Nach einigen Stichen für mich bekommen wir alle grünes Licht, außer Joe, der eine Kieferoperation braucht und gebrochene Knochen hat.

»Ich sehe keine Komplikationen voraus«, sagt Dr. Jarvis, den Mitya mit einem Hubschrauber eingeflogen hat. »Ihr Cousin könnte ein paar Tage lang Probleme haben, zu reden, aber das ist meine einzige Sorge.«

Ich überzeuge Dr. Jarvis, als unser Vertreter im OP zu bleiben. Falls das ungewöhnlich ist, ist das Krankenhauspersonal zu benommen, um Einspruch zu erheben.

Ich beschäftige mich, während ich darauf warte, dass Joe aus dem OP kommt. Jeder Thread, den ich herstelle, nimmt einen Roboter und versucht, jemandem zu helfen, der noch in Schwierigkeiten steckt. Ich sehe bald, dass die meisten Mensch++-Mitarbeiter dasselbe tun wie ich, und als uns die Roboter ausgehen, haben sich viele Menschen ausreichend erholt, um körperlich zu helfen.

In einer weiteren halben Stunde erholen sich auch die Medien, und die Nachrichten beginnen überall auf der Welt zu explodieren.

»Wir wissen nicht viel über das, was gerade passiert ist«, sagt eine blonde Nachrichtensprecherin aus dem alten Fernseher in dem schäbigen Wartezimmer. »Hier im Studio nennen wir das Ereignis die Vereinigung. Hier sind einige Theorien über …«

Ich ignoriere den Rest, obwohl es amüsant ist, einige der verrückten Ideen zu hören, von denen die am wenigsten phantastische etwas mit außerirdischen Besuchern zu tun hat.

Mit AROS überprüfe ich bessere Nachrichtenquellen im Internet und finde heraus, dass nicht jeder Reporter so ahnungslos ist wie die Blondine im Fernsehen. Einige berichten sogar über das Wichtigste: die weltweite Erholung ist im Gange, und die Menschen sollten mithelfen. Einige geben nützliche Anleitungen, andere reflektieren, dass dieses Restaurierungsprojekt so beispiellos ist wie die Vereinigung, die es ausgelöst hat.

Ich stimme zu. Es ist herzerwärmend, zu sehen, wie Menschen, manchmal über Roboter, zusammenkommen, um sich gegenseitig buchstäblich wieder auf die Beine zu helfen.

»Sie können Ihren Cousin jetzt sehen«, sagt der Chirurg. Sein Gesicht ist abgemagert, und ich bin erstaunt, dass der Mann so etwas Komplexes wie eine Operation so kurz nach der Vereinigung durchführen konnte. »Die Operation war erfolgreich.«

Dr. Jarvis zeigt mir über die Schulter des Mannes seine nach oben gerichteten Daumen, und ich höre mir die Anweisungen des Chirurgen an, wie, wann und wo ich meinen Cousin als Nächstes sehen werde. Ada, Alan und ich machen uns auf den Weg zum Aufwachraum und sehen dabei zu, wie sie Joe hineinfahren und ihn an die Überwachungsausrüstung anschließen.

»Er sollte bald aufwachen«, sagt Dr. Jarvis und geht auf die Tür zu. »Ich gehe sicherstellen, dass er eine kompetente Krankenschwester hat, die sich um ihn kümmert, wenn ich gehe.«

Wir warten geduldig, bis Joe die Augen öffnet, was sich wie zwei Stunden anfühlt. Schließlich blinzeln seine Augen blau, und als er uns alle dort stehen sieht, sehe ich etwas Neues in seinem Blick. Es ist nicht gerade Wärme, aber es ist so nah dran, wie Joe es wahrscheinlich kann.

»Ich war nicht ich in diesem Raum«, sagt er telepathisch in Zik, und die Botschaft ist voller dunkler Emotionen. »Ich konnte die Kontrolle nicht wiedererlangen. Ich habe es versucht.«

»Vergiss es«, sage ich. »Masha brachte mich fast dazu, meine Familie zu töten, und ich konnte die Kontrolle auch nicht zurückgewinnen. Es ging nicht um Willensstärke. Die Technologie hat dein Gehirn direkt beeinflusst.«

»Es sind mehr Leute hier, um ihn zu besuchen«, sagt eine hübsche Krankenschwester, als sie eintritt. »Sie müssen ihnen Platz machen.«

Widerwillig wenden sich Ada, Alan und ich der Tür zu, aber als ich sehe, wer die Besucher sind, bin ich fassungslos.

»Mama! Onkel Abe! Und was macht *sie* hier?« Ich zeige auf Tatum.

»Warum sollte Joes Freundin ihn nicht im Krankenhaus besuchen?«, fragt meine Mutter stirnrunzelnd.

»Sie ist nicht seine …« Dann erinnere ich mich an die Lüge, die wir meiner Mutter erzählt haben, und füge hinzu: »Egal.«

Mutter, Onkel Abe und, am überraschendsten, Tatum schauen meinen Cousin voller Sorge an.

»Es geht ihm gut«, versichere ich ihnen. »Er braucht wahrscheinlich nur viel Ruhe.«

Bei der Erwähnung von »Ruhe« trifft mich das volle Gewicht des Post-Adrenalineinbruchs wie ein Güterzug, und ich gähne laut.

»Du brauchst auch Ruhe«, sagt Mama, ihre Augen verengen sich. »Aber sobald du dich ausgeruht hast, werden wir uns unterhalten.«

»Großartig«, murmele ich leise, als ich mich auf den Weg zu meinem Krankenhausbett mache. »Jetzt werde ich mir das mindestens ein Jahr lang anhören müssen.«

»Ich werde auch ein kurzes Nickerchen machen.« Ada folgt mir und legt sich in das Bett neben meinem. »Du und ich werden eine Woche im Schlafzimmer verbringen, sobald ich aufwache.«

»Ich halte die Stellung, während die alten Leute sich entspannen«, sagt Alan, und seine Augen leuchten erheitert. »Aber ich schlage vor, ihr lernt die Schlaftricks, die Mitya recherchiert hat, wenn sich der Staub gelegt hatte.«

»Du wirst nicht aufhören, zu schlafen, bis du achtzehn bist«, sagt Ada, während sie die Krankenhausdecke bis zu ihrem Kinn zieht. »Und nur wenn du statistisch fundierte Nachforschungen anstellst, um zu beweisen, dass diese Tricks sicher sind.«

»Was er Ende des Monats tun wird, wette ich.« Ich ziehe meine eigene Decke hoch. Sie ist flauschig und riecht nach Desinfektionsmittel. »Wenn du mich jetzt entschuldigst, ich bin längst überfällig, zu schlafen.«

Ada und Alan kichern, aber es klingt weit, weit weg, denn sobald ich es gesagt habe, falle ich in einen traumlosen Schlaf.

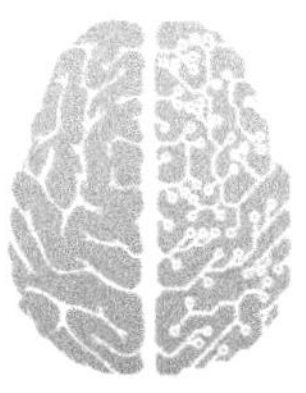

EPILOG

»Happy Birthday, Alan«, verkündet Onkel Abe auf Zik und hebt sein Schnapsglas.

»Fünf Jahre alt.« Mutter stößt ihr Wodka-Glas an das ihres Bruders. »Er ist so ein charmanter junger Mann.«

Ich erhebe mein eigenes Glas und schaue über den riesigen Picknicktisch mitten im Central Park. Alle von Mensch++ sind anwesend, ebenso wie ihre Familien, alle von Alans Online-Freunden und viele Bekannte. Sogar der Bürgermeister ist mit seinem ganzen Gefolge hier, und ein paar andere Politiker, die ich vermeiden wollte.

»Ich möchte einen Toast ausbringen.« Gogi hält feierlich ein Schnapsglas hoch, und die Narbe, die ich ihm an der Hand verpasst habe, ist kaum noch sichtbar. »Es war einmal in einem Dorf, hoch oben in den georgischen Bergen, da lebte eine seltsame Ratte …«

»Ich glaube, dieser Toast ist ein Kompliment für dich«, sage ich Mr. Spock privat, während ich der kleinen Teetasse, die als Teller dient, noch mehr Walnüsse hinzufüge. »Ich glaube, es geht traditionell um einen Adler.«

»Adler sind gruselig.« Er wackelt besorgt mit seinen Schnurrhaaren.

»Keine Sorge, Kumpel. Ich habe dafür gesorgt, dass es hier im Park keine Raubvögel gibt. Wenn einer versucht, dich zu kriegen, würden unsere Sicherheitsleute ihn vertreiben.«

Mr. Spock nimmt sein Essen wieder auf, und ich höre Gogi mit halbem Ohr zu, während ich alle an den Tisch um mich herum betrachte. Meine Augen bleiben an Kostya, meinen Halbbruder, hängen, der mit der Familie etwa einen Meter entfernt sitzt.

Nach den Ereignissen des letzten Jahres ließen wir Kostya schließlich nach Russland zurückkehren – aber nicht, bevor Joe mit einer benutzerdefinierten Version der Join-App die ganze Geschichte von ihm erfahren hat. Wie Joes Untersuchung ergab, entwickelte Kostya die Kontroll-App, um seine Schwester aus dem Irrenhaus zu holen, nicht aus Rache an mir.

Doch sein Forschungs- und Entwicklungsteam entdeckte die GPS-Hintertür in einem Projekt für die russische Regierung – Geheimdienst-Verbindungen, die Kostya durch seinen Vater hatte. Diese Arbeit an der Hintertür war zunächst getrennt von der der Kontroll-App, aber gerade als die GPS-Hintertür-Informationen im Endstadium waren, übernahm Masha alles. Die Übergabe der GPS-Hintertür an den SVR ist nie erfolgt. Im Nachhinein schätze ich, dass die einzige positive Entwicklung in diesem ganzen Alptraum war, dass der SVR kein Monopol auf eine so mächtige Waffe bekommen hat.

Was die Übernahme von Masha angeht, soweit Kostya das herausfinden konnte, verführte sie einen der Wissenschaftler, einen Experten für Brainozyten-IDs, und übernahm seinen Verstand als Teil eines Bondage-Spiels. Sie nutzte diese Gelegenheit, um den Mann dazu zu bringen, ihre Befehle zu befolgen, und von da an ging es bergab.

Kostya sieht mich in seine Richtung blicken und grüßt mich mit seinem Schnapsglas und einem unleserlichen Gesicht. Er sieht ziemlich gut aus, nach allem, was er durchgemacht hat, aber ich weiß, dass er die meiste Zeit des letzten Jahres in Therapie war. Und das ist kein Wunder. Ich war nur für Minuten in seiner Haut und erfahre immer noch schreckliche Rückblenden. Zu meiner Erleichterung hat er mir nie die Frage nach dem Schicksal seiner Schwester gestellt. Er muss um sie trauern, trotz allem, was sie getan hat, und wenn ich ehrlich bin, wünschte ich mir manchmal, Joe hätte sie nicht töten müssen. Sie war nicht böse; sie litt an einer Psychose, die sie in fehlgeleitete Rache kanalisierte.

Der Gedanke an meinen Cousin lässt mich über den Tisch schauen. Joe trinkt seinen Wodka nicht – er bringt ihn nur für einen Moment zu seinen Lippen, stellt dann das Schnapsglas zurück und wirft Gogi einen bösen Blick zu. Joe nimmt seinen Job als Sicherheitschef ernst. Er weigert sich, im Dienst zu trinken, und mag es auch nicht, wenn Gogi trinkt, obwohl der vor einigen Monaten offiziell pensioniert wurde. Joe schaut von Gogi zu mir, und der böse Blick verwandelt sich in ein Stirnrunzeln. Ich schätze, er ist immer noch sauer wegen der Wahl des Veranstaltungsortes. Wie er es ausdrückte, ist der Central Park ein »Sicherheits-Desaster«.

Links von Joe kippt Tatum ihren Schnaps herunter und krümmt sich wie alle anderen nicht-russischen Gäste. Dies ist ihr erstes offizielles Familienfest, und bis jetzt bin ich von ihrer Haltung beeindruckt. Dass sie vor einem Jahr keine Anklage gegen uns erhoben hat, war nicht besonders überraschend; die Vereinigung hatte diese Art von Wirkung auf viele Menschen. Überraschend – und vielleicht sogar schockierend – war, dass sie nicht schreiend davonlief, nachdem sie Joe nach seiner Operation im Krankenhaus besucht hatte. Stattdessen war sie während seiner Genesung für ihn da, und jetzt besteht eine seltsame Beziehung zwischen den beiden. Einstein und ich denken, dass sie Anzeichen des Stockholm-Syndroms zeigt, aber ich erwähne das meinem Cousin gegenüber nicht. Joe scheint auf seine eigene gruselige Art glücklich zu sein, und das reicht mir.

»Ist es jetzt Zeit für Geschenke?«, fragt Alan, nachdem alle das Schnapsglas endlich wieder auf den Tisch gestellt haben. »Du weißt, ich mag keine Spannung.«

Alle lachen, und Ada steht auf und sagt: »Die Übergabe der Geschenke kann beginnen.«

Es gibt ein kurzes Gerangel darüber, wer zuerst darf, und wie es die Leute heutzutage oft tun, lassen wir Einstein entscheiden. Die KI erstellt eine Liste, und ich kann nicht umhin, zu bemerken, dass einige der Ehrengäste, meist

Politiker, zuerst kommen – sehr machiavellistisch von Einstein.

»Ich freue mich, bekanntzugeben, dass wir eine Straße nach Ihnen benannt haben«, sagt der Bürgermeister zu Alan. »Sie liegt im südlichen Teil von Queens. Wir haben sie Cohen Street genannt.«

Alan nimmt das Geschenk liebenswürdig an, aber ich vermute, diese Ehre ist ihm völlig egal. Aber ich bin beeindruckt. Angesichts der Tatsache, dass der Bürgermeister uns diesen Park als Veranstaltungsort für seinen Geburtstag nutzen lässt, dachte ich nicht, dass er mehr Geschenke machen würde. Ich mache mir eine mentale Notiz, um seine Kampagne bei der Wiederwahl zu unterstützen – wahrscheinlich der Grund, warum er überhaupt hier ist und für das Geschenk, das er Alan gegeben hat, und das für Ada und mich genauso eine Ehre ist.

Politiker haben ein vielschichtiges Verhältnis zu uns. Nach dem Tag der Vereinigung gaben sich die meisten Länder gegenseitig die Schuld an Muhomors Virus, insbesondere die Vereinigten Staaten und Russland. Der Grund war einfach: Muhomor hatte für beide Nationen Cyberwaffen entwickelt, wodurch es schwierig war, seine Arbeit einem einzelnen Spieler zuzuordnen. Aber als Mensch++ die Verantwortung für die Join-App übernahm, ohne die Verantwortung für den Virus zu übernehmen, der die Applikation verbreitete, zählten die Regierungen zwei und zwei zusammen. Anstatt uns zu verfolgen, haben sie die kluge Entscheidung getroffen, stattdessen zu versuchen, unsere Gunst zu erlangen.

»Wow, eine Reise mit einem Raumschiff?« Alans Stimme ist voller Aufregung, als er das alt aussehende Objekt hinlegt, das ihm J. C. gerade überreicht hat. »Du bist der beste Opa aller Zeiten.«

Ada und ich tauschen Blicke aus. Wir beide wissen, dass, wenn der Junge J. C. endlich seinen Opa nennt, er außer sich vor Freude sein muss.

»Es ist von uns beiden.« J. C. umfasst die Hand meiner Mutter.

Er macht niemandem etwas vor. Meine Mutter würde nicht im Traum einfallen, ihrem Enkel ein so gefährliches Geschenk zu machen, und ich frage mich, wie viel Mühe es J. C. gekostet haben muss, sie davon zu überzeugen, das zuzulassen. Ich frage mich auch, ob er zu viel ausgegeben hat. Dann beschließe ich, dass er es sich als Hauptaktionär von Mensch++ leisten kann.

Nach unserem Eingeständnis, dass die Vereinigungs-App uns gehört, dachten einige, dass Mensch++ endlich den finanziellen Ruin erleiden würde. Im Gegensatz dazu erzielt unser Unternehmen auch nach der Finanzierung der Sanierungskosten und der Entschädigung der Opfer und ihrer Familien den höchsten Gewinn seit seiner Gründung. Als sich die Geschichten über die Vereinigung in die entlegensten Winkel der Welt ausbreiteten, überstiegen die Adoptionsraten der Brainozyten unsere kühnsten Erwartungen. Die meisten Leute, die sie nicht hatten, haben sie jetzt, sogar Mitglieder von Real Humans Only. Keine Brainozyten zu haben ist das, was vor ein paar Jahren kein Internetzugang war; einige Leute wollen es vermeiden, aber sie sind eine immer kleiner werdende Minderheit.

»Danke, Oma«, sagt Alan ernsthaft und geht zu meiner Mutter, um sie zu umarmen.

Wie immer, wenn sich diese dünnen Arme um sie legen, schmilzt Mutter zu einer Pfütze aus Oxytozin. Ich liebe es, einen so freudigen Ausdruck in ihrem Gesicht zu sehen. Es ist eine angenehme Abwechslung nach all den Monaten, in denen sie über die Risiken, die ich am Tag der Vereinigung eingegangen bin, gemeckert hat. Obwohl sie Teil der Vereinigung war, hat es nicht dazu beigetragen, ihren Zorn darauf zu zügeln. Ich würde sagen, es dauerte mindestens eine Woche, bis sie anfing, mir zu verzeihen, dass ich fast wieder getötet wurde, dann weitere zwei Wochen, bis sie die Tatsache überging, dass ich ihr nichts gesagt hatte, bevor ich zu Adas und Alans Rettung aufbrach.

»Ein Haus in den Hamptons?« Alans Ausdruck ist unleserlich, als Muhomor endlich sein Geschenk übergibt. »Danke.«

Ada und ich tun so, als wären wir überrascht, aber in Wirklichkeit haben wir Muhomors Geschenk dieses Jahr vorab geklärt. Dieses Haus war das einzig Akzeptable, was unserem Hackerfreund einfallen konnte. Ich bin mir bei Alan nicht sicher, aber ich mag die Idee eines Hauses mit Meerblick. Es erinnert mich an die Wohnung in Miami, in der wir geblieben sind, als wir das Penthouse wiederaufgebaut haben, das sich erst jetzt wieder wie zu Hause anfühlt.

Die Geschenkübergabe dauert eine Stunde. Sobald sie vorüber ist, verwandelt sich die Party von einer russischen

Am-Tisch-sitzen-Veranstaltung in eine amerikanische Cocktailparty, bei der sich die Gäste an einer offenen Bar, die sich über den gesamten Park erstreckt, vermischen – was so teuer ist, wie es sich anhört.

Ich gehe zu einer großen Gruppe von Alans Online-Freunden und lächle die beiden an, die ich vom letzten Jahr kenne, John, der Professor, und Margret, die Informatikerin. Es überrascht mich nicht, dass die Vereinigung das Thema dieser Gruppe ist. Das ist wirklich alles, worüber man im letzten Jahr gesprochen hat.

»Gaia erlaubte mir, etwas zu sehen, wofür die Philosophen von einst ihre Seelen verkauft hätten«, sagt John, und seine Stimme zitterte fast vor Überzeugung. »Ich kann deine Negativität nicht glauben.«

Margret, die viel ruhiger aussieht, nimmt einen Schluck von ihrem Martini und sagt: »Ich fürchte mich vor dem, was passiert wäre, wenn Gaia ein paar Sekunden länger existiert hätte. Ich sage nicht, dass wir alle wie die Borg sein würden, aber wir sollten es uns zweimal überlegen …«

Ich verschwinde vorsichtig, bevor mich jemand in diese Diskussion hineinzieht. Die Natur von Gaia war ein Thema unendlicher Debatten und Besessenheit. Die Leute haben eine ganze Datenbank der Weisheit zusammengestellt, die Gaia angeblich während der Verbindung vermittelt hat, und es wurden Bücher geschrieben, die versuchen, alles zu analysieren und zu verstehen.

Wir im Brainozyten-Klub haben uns entschlossen, auf Nummer sicher zu gehen. Alle zukünftigen Versionen der Join-App haben dieses Schwarmdenken entfernt. Es ist unmöglich, die Motive eines solchen Wesens wie Gaia zu erfassen, aber man kann sich nur allzu leicht vorstellen, die Kontrolle zu verlieren. Wir haben hier die gleiche Logik verwendet wie bei der Überlegung, eine KI zu bauen, die klüger ist als wir. Mitya fasste unsere Haltung gut zusammen, als er sagte: »Ich möchte, dass wir selbst mit der Zeit zu riesigen Intelligenzen werden. Eine zu bauen, nur weil wir es können, oder aus Versehen, wie bei Gaia, ist zu riskant.«

»Mr. Cohen«, sagt eine männliche Stimme, als ich zu Alan zurückkehre, »wenn ich kurz mit Ihnen reden könnte …?«

Es ist der Bürgermeister, also lächle ich und sage: »Sir, es ist mir eine Ehre. Worüber möchten Sie sprechen?«

»Die Ehre ist ganz auf meiner Seite«, sagt er geschwollen. »Und das hat nichts mit meiner offiziellen Rolle zu tun. Ich bin nur als Brainozyten-Nutzer hier …«

»Wollen Sie wissen, wann Sie die Verbindungs-App noch einmal ausprobieren können?« Ich nehme mir vor, den Kampfmodus zu benutzen, wenn ich das nächste Mal Politiker vermeiden will.

Er sieht eine Sekunde lang verängstigt aus, und ich frage mich, ob er einer dieser verrückten Verschwörungstheoretiker ist, der denkt, dass Mensch++ die Gedanken der Brainozyten-Benutzer liest. Aber die Neugierde scheint zu siegen, und er nickt. »Genau das wollte ich fragen.«

»Das bleibt unter uns«, flüstere ich. Ich lehne mich so weit nach vorn, dass ich den Wodka in seinem Atem riechen kann. »Ich sage Ihnen das nur als Dankeschön, weil Sie uns den Geburtstag hier feiern lassen.«

Die Augen des Mannes weiten sich, und ich habe seine ganze Aufmerksamkeit.

»Das nächste Update von AROS, das für nächsten Monat geplant ist, wird die Vereinigungs-App enthalten.« Ich ziehe mich zurück und zwinkere konspirativ. »Diese Version der App erlaubt es Ihnen natürlich nur, die Verbindungsanfrage an Personen in Ihrer Kontaktliste zu senden. Diese Leute müssen die Anfrage annehmen, bevor eine Vereinigung beginnen kann.«

»Ein bisschen wie die Videokonferenz?«

»Richtig.« Ich trinke meinen Champagner. »Das bedeutet, dass sich der Tag der Vereinigung nicht bald wiederholen kann – es sei denn, jemand hat die ganze Welt in seiner Kontaktliste.«

Ich überlege, ob ich ihm sagen soll, dass wir diese Liste auf eine Million Menschen begrenzen, und entscheide mich dagegen.

»Also kann Tag der Vereinigung definitiv nicht noch einmal geschehen?« Seine Enttäuschung ist offensichtlich.

»Nicht in nächster Zeit.« Ich schenke ihm ein freundliches Lächeln. »Selbst wenn Sie hypothetisch Milliarden von Freunden hätten, müssten Sie sie alle überzeugen, sich am selben Tag und zur selben Zeit mit Ihnen zu vereinigen.«

Er nickt. Als Politiker kann er die gewaltige Natur einer solchen Errungenschaft nachvollziehen.

»Es ist nicht so, dass wir den Tag der Vereinigung per se nicht wiederholen wollen. Wir wollen nur einen Weg finden, um zu verhindern, dass ein solches Ereignis zu einer weiteren weltweiten Katastrophe wird. Das wird Zeit brauchen.«

»Wie lange?«

»Ich kann es nicht mit Sicherheit sagen.« Es ist zu viel für ihn, die Wahrheit zu erfahren: dass ein weiterer Tag der Verbindung warten muss, bis jeder Mensch auf der Erde einen Geist hat, der größtenteils nicht biologisch ist. Das würde es ermöglichen, dass die Verbindung im Tandem mit der normalen Aktivität geschieht, wie es jetzt für uns Brainozytenklub-Mitglieder geschieht, wenn wir unseren kleinen Kreis vereinigen.

»Das ist schade«, sagt er. »Ich befürchte, dass die Erdenbürger den Tag der Vereinigung vergessen und zu ihren alten Gewohnheiten zurückkehren werden.«

Ich weiß genau, was er meint. Nach dem Tag der Vereinigung endeten Hunderte von Konflikten in Waffenstillständen, selbst in den unruhigsten Gebieten der Welt. Es entstanden mehrere Friedensverträge sowie aggressive globale Initiativen zur nuklearen Abrüstung. Der US-Präsident schlug internationale Abkommen zum Schutz der Umwelt vor, und der russische Präsident unterstützte ihn. Zu Adas Freude verabschiedeten viele Länder Gesetze gegen die Todesstrafe und unternahmen andere Schritte, die zeigten, dass das menschliche Leben mehr Wert erhielt.

»Ich habe ein Hobby daraus gemacht, die Dinge zu sammeln, die die Leute dem ›Tag der Vereinigung‹ zuschreiben«, sage ich dem Bürgermeister. »Und als Experte glaube ich nicht, dass all die positiven Effekte nur auf diese Vereinigung zurückzuführen sind, egal wie transzendental sie sich angefühlt hat. Einige der guten Dinge, die wir gesehen haben, könnten einfach darauf zurückzuführen sein, dass Brainozyten die Menschen so viel klüger machen. Jedenfalls war nicht alles, was sich aus der Vereinigung ergab, rosig. So viele Menschen starben, und dann gibt es all die neuen Religionen, die in der Folgezeit entstanden sind. Mir ist auch nicht klar, ob die Überarbeitung einiger der älteren Religionen eine gute Sache ist.«

»Sie könnten recht haben«, sagt der Bürgermeister, und sein Blick wird für eine Sekunde lang distanziert. Dann konzentriert er sich wieder auf mich und sagt: »Meine Leute sagen mir, dass Sie jetzt die Freigabe für das Feuerwerk haben. Wann werden Sie anfangen?«

Ich schaue in den düsteren Himmel. »Warten wir, bis es noch dunkler wird. Danke für Ihre Hilfe.«

»Kein Problem. Es tut mir leid, dass wir dem Feuerwerk Grenzen setzen mussten.«

»Das verstehe ich vollkommen.« Der Champagner und der Wodka haben mir einen Rausch beschert, der sich angenehm in meinem Körper ausbreitet. »Wir werden das echte Feuerwerk mit einem Haufen erweiterter Realität erweitern, damit Alan immer noch die ausgefallene Show sieht, die wir geplant hatten.«

»Ich bin froh, das zu hören. Ich lasse Sie zu Ihrer Party zurückkehren.«

Ich mache mich auf den Weg durch die Menge und finde Ada und Alan in einem Kreis mit Muhomor und Dominic, mit Mitya in der Mitte.

»Hey, alle«, sage ich, als ich mich ihrer gemütlichen Wiese nähere. »Ist das ein spontanes Treffen des Brainozyten-Klubs?«

Muhomor hebt eine große Flasche Wodka zum Mund und nimmt einen großzügigen Schluck. »Nur betrunkene Überlegungen.«

Ich deaktiviere die erweiterte Realität und sehe immer noch Mityas schimmernde Figur, die im Dunkeln blau leuchtet. Er ist hier als Hologramm, was er jetzt tut, wenn er eine halb-physische Präsenz haben will.

»Ich habe Alan gerade gefragt, ob er denkt, dass wir die Welt noch mehr verändern müssen«, sagt Mitya mit einer undeutlichen Aussprache, was bedeutet, dass er entweder herumalbert oder in seinem virtuellen Körper und Gehirn einen Rausch simuliert. »Ich war mittendrin, das zu besprechen, was wir bereits erreicht haben – Dinge wie verbesserte Gehirnkapazität, erweiterte und virtuelle Realität, unvorstellbare neue Hardware, Fortschritte in der Robotik und KI … Wir haben sogar gelernt, wie man dem Tod entkommt.«

»Teilweise.« Alan lacht und fährt mit der Hand durch Mityas holografisches Bild. »Zumindest meiner Meinung nach.«

»Ich würde sagen, meine Existenz ist besser als deine fleischorientierte, Geburtstagskind.« Mitya schwebt nach oben und landet auf dem Ast eines nahen Baumes. »Aber was sagst du, Bruder?«

Eine etwas größere Version von Mityas Hologramm erscheint dort, wo der ursprüngliche Mitya gerade stand. Dieser größere Mitya leuchtet grün.

Wir alle starren hin.

Natürlich konnte Mitya bereits mehrere Versionen von sich selbst mit Hologrammen projizieren, aber ich habe den starken Verdacht, dass etwas anderes passiert. Ich teile meinen Verdacht nicht mit den anderen, weil ich sicher bin, dass Mitya derjenige sein will, der es erklärt.

»Alan, ich dachte, du würdest dich über diese Ankündigung an deinem Geburtstag freuen«, sagt Mitya triumphierend vom Baum. »Das ist Mityay – der Zweite, den ich vor dir versteckt habe, um ihn zu einem Überraschungsgast zu machen.«

Meine Vermutung war goldrichtig. Seit einem Jahr nutzt Mitya seine neuen Vorteile, wie schnellere Gedankenverarbeitung und weniger Schlafbedarf, um unsere Hardwareproduktion auf ein bisher nicht gekanntes Niveau zu heben. Seine Bemühungen haben zu leistungsfähigeren Chips und Servertypen geführt. Er behauptete immer, dass seine Arbeit darauf abzielte, die neue Benutzerbasis zu unterstützen und mehr Menschen mit höheren Gehirnfunktionen zu versorgen, aber ich wusste, dass mehr dahintersteckte.

Jetzt sehe ich, dass ich recht hatte. Er wollte eine Idee verwirklichen, die wir zum ersten Mal nach seiner Auferstehung vor einem Jahr diskutiert haben, und diese größere Version von ihm, dieser Mityay, ist das Ergebnis.

»Hallo, Alan«, sagt Mityay mit einer Verbeugung. »Ich bin Mityas überlegenes Exemplar, zu deinen Diensten. Ich bin schlauer, schöner, schneller und sogar größer als das Original. Deshalb schlage ich vor, meinen Schöpfer in Zukunft Mini Me zu nennen.«

»Du hast keinen besseren Sinn für Humor geerbt, aber schön, dich kennenzulernen.« Ada zwinkert dem Neuankömmling zu.

»Je mehr Mityas wir haben, desto besser«, sagt Alan. Seine Augen huschen aufgeregt vom blauen Hologramm zurück zur grünen Version. »Dieser Tag ist gerade so viel besser geworden.«

»Solange ihr euch daran erinnert, dass du und deine Minis nur eine einzige Stimme habt, die ihr beim nächsten Brainozytenklub-Treffen einsetzen könnt«, meckert Muhomor.

»Ich hoffe, das steht zur Diskussion.« Mitya landet neben seinem anderen Ich. »Mityay wird in den Augen des Gesetzes genauso ein Mensch sein wie ich, also …«

»Es tut mir leid, wenn mein Erscheinen euer Gespräch unterbrochen hat«, sagt Mityay. »Ihr spracht gerade von eurem Einfluss auf die Welt. Wie es aussieht, war Mityas Motivation, mich zu erschaffen, um Veränderungen in der Welt zu bewirken – genauer gesagt, um eine beispiellose Hardware-Revolution in Gang zu setzen.«

Mityay pausiert für einen dramatischen Effekt, und es ist klar, dass er Mitya sogar in seiner Fähigkeit, eine effektive Rede zu halten, überlegen ist.

»Wir möchten im Rahmen der Gesetze der Physik, wie wir sie heute kennen, den ultimativen Computer bauen – mit so vielen Berechnungen wie möglich für ein bestimmtes Stück Materie. Wir haben bereits einige grundlegende Entwürfe, und wenn ihr sie erst einmal durchgesehen habt, werdet ihr mir zustimmen, dass wir die Grenzen des Nanocomputing sehr nahe an ihre physikalischen

Grenzen bringen können. Wissenschaftler haben in den späten zwanziger Jahren Transistoren und Speicher in Molekülgröße hergestellt, und im vergangenen Jahr haben wir diese praktisch umgesetzt. Unser Ziel ist es, einen zwei Pfund schweren Computer in Laptop-Größe zu bauen, der zehn bis vierzig Sekunden Leistungsberechnungen pro Sekunde durchführt – und das innerhalb von Alans biologischem Leben.«

»Eine so große Zahl ist selbst für unser Gehirn schwer zu ergründen«, sagt Mitya. »Um einen Vergleich zu ermöglichen, würde der Laptop, den Mityay beschreibt, das Äquivalent aller menschlichen Gedanken der letzten zehntausend Jahre in etwa zehn Mikrosekunden ausführen können. Eine andere Möglichkeit, es zu betrachten, ist folgende: Dieses Gerät in Laptop-Größe könnte benutzt werden, um die Gehirne von einer Milliarde Zivilisationen von Wesen wie uns beiden zu betreiben – wo eine Zivilisation als zehn Milliarden von uns definiert wird.«

»Und das ist nur in einem Gerät in Laptop-Größe«, fährt Mityay fort. »Es gibt keinen Grund, warum wir nicht viel größere Geräte bauen können, sogar Rechenzentren. In ferner Zukunft können wir die Erde mit einem Computersubstrat abdecken. Später könnte es das ganze Sonnensystem füllen – im Stil des Matroschka-Hirns.«

Ich versuche mir vorzustellen, was wir mit den riesigen Computern machen könnten, die Mitya und Mityay beschworen haben, aber es tut meinem alkoholgetränkten biologischen Gehirn weh.

»Ich will diesen magische Laptop jetzt als Geburtstagsgeschenk«, sagt Alan mit ehrfürchtiger

Stimme. »Es würde mich weltverändernde Projekte auf die nächste Ebene bringen lassen und ein ganzes Multiversum virtueller Univer…«

»Ein Haufen Rattenwelten, aber für Menschen?« Muhomor rümpft seine Nase aus Abneigung. »Ich hoffe, du bist gütig genug, um die Bewohner dieser Welten zufällig zu generieren. Es wäre sehr grausam, echte Leute hochzuladen, nur um sie in ein solches Fegefeuer zu werfen.«

»Ich bin sicher, es gibt Leute, die sich gerne freiwillig melden würden.« Alans Augen sehen distanziert aus – er hat sich bereits seiner Phantasie hingegeben. »Die Welten könnten thematisch unterschiedlich sein, einige für den pädagogischen Wert optimiert, andere für die reine Unterhaltung. Für mich selbst mache ich eine Welt, in der Zauberei möglich ist, und vielleicht eine Welt, in der es Superkräfte gibt, und vielleicht etwas mit Aliens oder Monstern …«

»Und vielleicht eine Welt mit sexy Vampiren zum Geburtstag deiner Mutter?«, sage ich scherzhaft und bekomme einen Ellbogen von Ada in die Rippen. Sie denkt, dass ihre Lesevorlieben ein streng gehütetes Geheimnis sind, aber Muhomor hat ihren Amazon-Account vor langer Zeit gehackt.

»Ich kann alles machen«, antwortet Alan aufgeregt. »Selbst Vermischungen, wie eine Welt mit vampirischen Aliens oder …«

»Ein sehr gutes Argument wäre, dass wir bereits an einem Ort leben, der dem ähnelt, was Alan sich vorstellt.« Ada reibt ihre Schläfen mit den Fingern. Sie trinkt heute Abend nur Wein, aber es braucht nicht viel, um ihren kleinen Körper zu überwältigen. »Wenn man es statistisch betrachtet: Ist es wahrscheinlicher, dass ein zufälliger Mensch einer der nur sieben Milliarden glücklichen Menschen ist, die im ›ursprünglichen und damit realen‹ Universum leben, oder dass es einer der auf dem Laptop – das Mitya Alan wahrscheinlich an einem zukünftigen Geburtstage geben wird – befindlichen Milliarden von Milliarden ist, die leicht nachgebildet werden können? Die Chancen stehen nicht gut für uns.«

»Babe«, sage ich privat zu ihr, »mein Gehirn tut offiziell weh. Ist das ein Zeichen, dass es ein echtes Gehirn ist oder eines, das von einem Alan der Zukunft emuliert wird?«

»Es ist ein Zeichen, dass wir das Feuerwerk beginnen sollten«, antwortet sie mit einem Grinsen.

Laut sagt sie mit erhobener Stimme: »Wenn ich die Aufmerksamkeit aller auf den Himmel lenken darf.«

Hunderte von Gesichtern richten sich nach oben. Ihrem Beispiel folgend, blicke ich gerade noch rechtzeitig auf die Schwärze, um die erste farbenfrohe Explosion, einen sphärischen Heiligenschein aus blinkenden Sternen zu sehen. Die nächste Explosion folgt der ersten, mit kometenhaften Schwänzen, die jeden der Funken verfolgen. Die Effekte eskalieren mit jeder weiteren Runde: weidenbaumähnliche Goldsterne unter einer Art Gefieder, das mich an den Feuervogel erinnert, gefolgt von Darstellungen mit so komplexen mathematischen Mustern, dass nur ein Pyrotechniker mit einer Gehirnerweiterung sie entworfen haben könnte.

Ich vermute, dass ganz New York City an diesem Punkt in den Himmel schaut.

Alans Mund öffnet sich immer weiter, während das Feuerwerk weitergeht. Ada und ich tauschen wissende Blicke aus. Das ist das reale Ereignis. Das verrückte Feuerwerk der erweiterten Realität wird dieses im Vergleich dazu wie ein Hinterhoffeuerwerk wirken lassen.

»Ich möchte etwas sagen.« Ich projiziere meine Stimme sowohl virtuell als auch durch meinen Fleisch-und-Blut-Mund hier, neben meinen Freunden und meiner Familie. Als sich alle Augen auf mich richten, erhebe ich mein Glas für einen Toast. »Was für eine aufregende Zeit!«

Alle jubeln inmitten der Explosionen des Feuerwerks, und ich leere meinen Drink, während ich mich mit Ada vereinige, wodurch meine Freude ihre Hoffnungen verstärkt, und ihre Träume mit meinen eigenen verschmelzen.

Wir sind zusammen, wir leben, und das ganze Universum wird bald unser Zuhause sein.

LESEPROBEN

Vielen Dank, dass Sie dieses Buch gelesen haben. Wir würden uns sehr freuen, wenn Sie eine Rezension verfassen würden.

Mind Web schließt die Mensch++-Serie ab, aber weitere Bücher von mir sind bereits unterwegs. Wenn Sie benachrichtigt werden möchten, sobald neue Bücher von mir erscheinen, melden Sie sich bitte für meinen Newsletter über Neuerscheinungen auf www.dimazales.com/book-series/deutsch/ an.

Andere Serien von mir sind:

• *Die letzten Menschen: Die komplette Trilogie* – futuristische Sci-Fi-/dystopische Romane, ähnlich wie die *The Hunger Games*, *Divergent* und *The Giver*

• *Gedankendimensionen - Bände 0-4* – Urban Fantasy mit Sci-Fi-Beigeschmack

• *Der Zaubercode* – epischer Fantasy-Roman

Ich arbeite ebenfalls an Science-Fiction-Romanen zusammen mit meiner Frau. Wenn Sie also kein Problem mit Erotik haben, dann werfen Sie doch einfach einen Blick in:

• *Mia & Korum: Die komplette Krinar Chroniken Trilogie* – Ein dunkler Science-Fiction-Liebesroman

• *Die Gefangene des Krinar* – Ein abgeschlossener dunkler Science-Fiction-Liebesroman

Und jetzt blättern Sie bitte um, um einen Blick in *Oasis (Die letzten Menschen: Buch 1)*, *Die Gedankenleser (Gedankendimensionen: Buch 1)* und *Der Zaubercode* zu werfen.

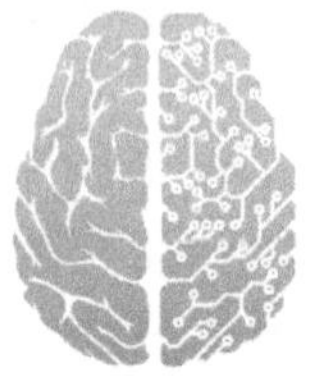

AUSZUG AUS OASIS – THE LAST HUMANS

Mein Name ist Theo und ich bin ein Einwohner Oasis', dem letzten bewohnbaren Fleckchen Erde. Es sollte ein Paradies sein, ein Ort, an dem wir alle glücklich sind.

Schlechtes Benehmen, Gewalt, Geisteskrankheiten und andere Gesundheitsprobleme sind nur noch eine entfernte Erinnerung – auch der Tod ist keine Bedrohung mehr.

Einst war ich auch glücklich, aber jetzt habe ich mich verändert. Jetzt habe ich eine Stimme in meinem Kopf, die mir Dinge erzählt, die kein imaginärer Freund wissen sollte. Sie sagt, ihr Name sei Phoe – und sie ist meine Wahnvorstellung.

Oder etwa nicht?

Anmerkung: Dieses Buch enthält Kraftausdrücke. Wir finden, dass diese für die im Roman thematisierte Zensur wichtig sind. Sollten Sie ein Problem mit derartigen

Wörtern haben, könnte es sein, dass Ihnen dieses Buch nicht zusagen wird.

Ficken. Vagina. Scheiße.

Ich konzentriere mich auf diese verbotenen Worte, aber mein neuronaler Scan zeigt nichts anderes an, als wenn ich an phonetisch ähnliche Worte wie *Kicken, Angina* oder *Neiße* denke. Ich kann keinen Hinweis darauf erkennen, dass mein Gehirn beeinflusst wird, aber vielleicht ist es auch einfach schon so kaputt, dass es nicht schlimmer werden kann. Vielleicht brauche ich ein anderes Testobjekt – einen anderen »leicht zu beeindruckenden« Dreiundzwanzigjährigen wie mich.

Schließlich könnte ich geisteskrank sein.

»Ach Theo. Nicht schon wieder«, sagt eine überfreundliche, hohe, weibliche Stimme. »Außerdem haben diese Worte eine Wirkung auf dein Gehirn. Der Teil deines Gehirns, der für Ekel verantwortlich ist, leuchtet zwar auf, wenn du an ›Scheiße‹ denkst, aber nicht bei ›Neiße‹.«

Es ist Phoe, die gerade zu mir spricht. Dieses Mal ist sie aber keine Stimme in meinem Kopf; stattdessen scheint sie sich in den dichten Büschen hinter mir zu befinden, auch wenn sie das nicht tut.

Ich bin die einzige Person auf dieser Rasenfläche.

Niemand anderes kommt hierher, weil sich der Rand etwa einen Meter von hier entfernt befindet. Nur wenige Einwohner von Oasis mögen es, sich die trostlose Barriere anzuschauen, an der unsere bewohnbare Welt endet und das Ödland des Goo beginnt. Ich habe kein Problem damit.

Allerdings könnte ich wie gesagt auch verrückt sein – und Phoe wäre der Grund dafür. Ich meine, ich denke nicht, dass Phoe real ist. Meiner Meinung nach ist sie meine imaginäre Freundin. Und ihr Name wird übrigens »Fi« ausgesprochen, auch wenn er »P-h-o-e« geschrieben wird.

Ja, so spezifisch ist meine Wahnvorstellung.

»Jetzt kommst du von einem durchgekauten Thema direkt zu einem anderen.« Phoe schnaubt. »Meine sogenannte Echtheit.«

»Genau«, erwidere ich. Obwohl wir allein sind, antworte ich, ohne meine Lippen zu bewegen. »Weil du nur meine Wahnvorstellung bist.«

Sie schnaubt erneut, und ich schüttele meinen Kopf. Ja, ich habe gerade für meine Wahnvorstellung meinen Kopf geschüttelt. Ich fühle mich auch gezwungen, ihr zu antworten.

»Nebenbei gesagt«, meine ich, »ich bin mir sicher, dass das Wort ›Scheiße‹ eine genauso starke Reaktion in dem Teil meines Gehirns auslöst, der für Ekel verantwortlich ist, wie seine akzeptableren Cousins, also zum Beispiel Fäkalien. Was ich damit sagen will, ist, dass das Wort meinem Gehirn weder schadet noch es beeinflusst. Diese Worte sind nichts Besonderes.«

»Ja, ja.« Diesmal ist Phoe in meinem Kopf und hört sich spöttisch an. »Als Nächstes wirst du mir erzählen, dass einige der verbotenen Wörter damals einfach nur Tierbezeichnungen waren und dass es Wörter aus den toten Sprachen gibt, die eigentlich tabu waren, aber es jetzt nicht mehr sind, weil sie ihre ursprüngliche Stärke verloren haben. Danach wirst du dich wahrscheinlich darüber beschweren, dass die Gehirne beider Geschlechter nahezu identisch sind, aber es nur Männern nicht erlaubt ist, Worte wie ›Vagina‹ zu sagen.«

Mir fällt auf, dass ich genau diese Dinge gerade ansprechen wollte, was bedeutet, dass Phoe und ich schon häufiger darüber gesprochen haben müssen. Das passiert bei engen Freunden: sie wiederholen Unterhaltungen. Und ich nehme an, mit imaginären Freunden noch öfter. Allerdings glaube ich, dass ich in Oasis der Einzige bin, der einen hat.

Jetzt, da ich gerade darüber nachdenke: Zählen Gespräche mit imaginären Freunden überhaupt? Schließlich spricht man in diesem Fall ja eigentlich mit sich selbst.

»Das ist mein Stichwort, dich daran zu erinnern, dass ich real bin, Theo.« Phoe spricht das absichtlich laut aus.

Ich bemerke, dass ihre Stimme von rechts kam, so als sei sie einfach ein Freund, der neben mir im Gras sitzt – ein Freund, der zufällig unsichtbar ist.

»Nur weil ich unsichtbar bin, heißt das nicht, dass ich nicht real bin«, kommentiert Phoe meinen Gedanken. »Zumindest bin ich davon überzeugt, dass ich real bin. Ich wäre verrückt, wenn ich das nicht denken würde. Außerdem deuten eine Menge Punkte genau darauf hin, und das weißt du auch.«

»Aber müsste ein imaginärer Freund nicht darauf bestehen, real zu sein?« Ich kann nicht widerstehen, diese

Worte laut auszusprechen. »Wäre das nicht Teil dieser Wahnvorstellung?«

»Sprich nicht laut mit mir«, erinnert sie mich mit besorgter Stimme. »Manchmal bewegst du auch leicht deine Halsmuskeln oder sogar deine Lippen, wenn du in Gedanken zu mir sprichst. Alle diese Dinge sind zu riskant. Du solltest einfach zu mir denken. Deine innere Stimme benutzen. Das ist sicherer, besonders in der Gegenwart anderer Jugendlicher.«

»Mit Sicherheit, aber dabei fühle ich mich noch verrückter«, entgegne ich, aber denke meine Worte und konzentriere mich darauf, meine Lippen und Nackenmuskeln so wenig wie möglich zu bewegen. Danach denke ich, als Test: »In meinem Kopf mit dir zu reden unterstreicht die Tatsache, dass du unmöglich real sein kannst, und ich fühle mich, als hätte ich noch mehr Schrauben locker.«

»Das solltest du nicht.« Ihre Stimme ist jetzt in meinem Kopf, aber hört sich immer noch hoch an. »Ich kann mir vorstellen, dass selbst damals, als es nicht verboten war, nervenkrank zu sein, ein lautes Gespräch mit deinem imaginären Freund die Menschen um dich herum nervös gemacht hätte.« Sie lacht kurz auf, aber ihre Stimme klingt eher besorgt als belustigt. »Ich weiß nicht, was passieren würde, sollte jemand denken, dass du verrückt bist; aber ich habe ein schlechtes Gefühl dabei, also tue es bitte nicht, okay?«

»In Ordnung«, denke ich und ziehe an meinem linken Ohrläppchen. »Auch wenn es etwas zu viel verlangt ist, selbst hier nicht normal mit dir zu reden. Schließlich sind wir allein.«

»Ja, aber die Nanobots, von denen ich dir erzählt habe, diese Dinger, die alles durchdringen können – angefangen von deinem Kopf bis hin zum Utility Fog – können theoretisch auch dazu benutzt werden, diesen Ort zu überwachen.«

»Okay. Außer natürlich, diese praktischerweise unsichtbare Technologie, von der du mir immer erzählst, ist genauso ein Produkt meiner Einbildung wie du«, denke ich zu ihr. »Da aber niemand etwas von dieser Technologie zu wissen scheint, wie kann sie dann dazu benutzt werden, um uns auszuspionieren?«

»Falsch: Keiner der Jugendlichen weiß etwas davon, aber den anderen könnte sie bekannt sein«, verbessert mich Phoe geduldig. »Wir wissen viel zu wenig über die Erwachsenen und noch viel weniger über die Betagten.«

»Aber wenn sie mit den Nanozyten Zugriff auf meinen Kopf haben, würde das Gleiche dann nicht auch auf meine Gedanken zutreffen?«, denke ich und unterdrücke einen Schauer. Wenn das so wäre, hätte ich ein Problem.

»Die Tatsache, dass du für deine häufig missratenen Gedanken noch keine Konsequenzen tragen musstest, ist der Beweis dafür, dass sie nicht generell überwacht werden – zumindest nicht deine«, antwortet sie, und das, was sie sagt, beruhigt mich. »Deshalb denke ich, dass die computergestützte Überwachung von Gedanken entweder verboten ist oder aber gegen eine der Milliarden Richtlinien für den richtigen Umgang mit Technologie verstößt. Ich muss zugeben, dass ich mir diese ganzen Regeln kaum merken kann.«

»Und was ist, wenn eine Technik, die in mich hineinhören kann, generell ein Tabu ist?«, entgegne ich, auch wenn sie anfängt, mich zu überzeugen.

»Das kann sein, aber ich habe Dinge gesehen, die man am besten damit erklären kann, dass die Erwachsenen spioniert haben.« Ihre Stimme in meinem Kopf hört sich jetzt gedämpft an. »Denk doch einfach nur an das eine Mal, als Liam und du Pläne gemacht habt, Physik zu schwänzen. Woher konnten sie das wissen?«

Ich erinnere mich an die epische Stille, die unsere Bestrafung war, und daran, dass wir uns beide damals geschworen haben, niemandem davon erzählt zu haben. Daraufhin sind wir zu dem gleichen Ergebnis gekommen: unsere Gespräche sind nicht sicher. Das ist der Grund dafür, dass Liam, Markwart – für Freunde Mark – und ich oft verschlüsselt miteinander reden.

»Es könnte aber auch eine andere Erklärung dafür geben«, denke ich zu Phoe. »Diese Unterhaltung haben wir während einer Vorlesung geführt, also könnte uns jemand gehört haben. Und selbst wenn nicht – nur weil sie uns während des Unterrichts überwachen, bedeutet das nicht, dass sie das Gleiche auch an diesem abgelegenen Ort tun.«

»Auch wenn sie diesen Ort oder generell alles außerhalb des Instituts nicht überwachen sollten, möchte ich trotzdem, dass du dir angewöhnst, dich richtig zu verhalten.«

»Was wäre, wenn ich in Geheimsprache spreche?«, schlage ich vor. »Du weißt schon, in der gleichen, die ich auch mit meinen nicht-imaginären Freunden benutze.«

»Für meinen Geschmack redest du sowieso schon zu langsam«, denkt sie mit offensichtlicher Verzweiflung. »Wenn du diese Geheimsprache sprichst, hörst du dich lächerlich an und erhöhst die Anzahl der Silben extrem. Falls du allerdings bereit wärst, eine der toten Sprachen zu lernen …«

»Okay. Ich werde denken, wenn ich dir etwas zu sagen habe«, erwidere ich in Gedanken. Dann sage ich ihr lautlos, allerdings nicht, ohne meine Lippen zu bewegen: »Aber ich werde dabei meinen Mund bewegen.«

»Wenn es sein muss.« Sie seufzt laut. »Aber es wäre besser, wenn du es einfach so machen würdest wie eben: ohne deine Gesichtsmuskeln zu bewegen.«

Statt ihr zu antworten schaue ich wieder auf den Rand, die Barriere, an der das frische Grün unter der Kuppel auf den abstoßenden Ozean aus trostlosem Goo trifft – dieser parasitären Technik, die sich pausenlos vermehrt und jegliche Substanz verschlingt. Das Goo ist das Einzige, was von der Welt außerhalb der Kuppel noch übrig geblieben ist, und sollte diese Hülle jemals zerstört werden, würde das Goo uns umgehend vernichten. Natürlich ruft dieser Anblick alle möglichen schlechten Gefühle hervor, und die Tatsache, dass ich freiwillig dorthin schaue, muss ein weiteres Zeichen dafür sein, dass mein Geisteszustand labil ist.

»Das Zeug ist definitiv widerlich«, denkt Phoe, die wie immer versucht, mich aufzuheitern. »Es sieht aus, als habe jemand versucht, aus Kotze und menschlichen

Exkrementen einen Wackelpudding zu kreieren.« Dann fügt sie mit einem gedachten Lachen hinzu: »Entschuldigung, ich hätte ›Kotze und Scheiße‹ sagen sollen.«

»Ich habe keine Ahnung, was Wackelpudding ist«, denke ich zurück und bewege dabei meine Lippen. »Aber was auch immer es ist, du hast wahrscheinlich recht, was die Zutaten betrifft.«

»Wackelpudding war etwas, was unsere Vorfahren aßen, bevor es die *Nahrung* gab«, erklärt Phoe. »Ich werde herausfinden, wo du etwas darüber anschauen oder lesen kannst; wenn du Glück hast, gibt es vielleicht bald etwas davon auf dem anstehenden Jahrmarkt der Geburtsfeiern.«

»Das hoffe ich. Es ist schwer, aus Filmen oder Büchern etwas über Essen zu lernen«, beschwere ich mich. »Das habe ich schon versucht.«

»In diesem Fall würde es vielleicht sogar funktionieren«, widerspricht Phoe. »Das Entscheidende an Wackelpudding war die Beschaffenheit, nicht der Geschmack. Er hatte die Konsistenz von Quallen.«

»Die Menschen haben damals wirklich diese schleimigen Dinger gegessen?«, denke ich angewidert. Ich kann mich nicht daran erinnern, das jemals in einem der Filme gesehen zu haben. Mit einer Handbewegung in Richtung des Goos sage ich: »Kein Wunder, dass so etwas aus der Welt geworden ist.«

»In den meisten Teilen der Welt haben sie keine Quallen gegessen«, erwidert Phoe, und ihre Stimme nimmt einen belehrenden Ton an. »Und Wackelpudding wurde genau genommen aus teilweise zersetzten Proteinen aus der Haut, den Hufen, den Knochen und dem Bindegewebe von Kühen und Schweinen hergestellt.«

»Jetzt willst du doch nur erreichen, dass ich mich ekele«, denke ich.

»Und das kommt ausgerechnet von Ihnen, Herr Scheiße.« Sie lacht. »Wie dem auch sei, du musst diesen Ort verlassen.«

»Muss ich das?«

»Du hast in einer halben Stunde Unterricht, aber viel wichtiger ist, dass Mark dich sucht«, sagt sie, und ihre Stimme vermittelt mir den Eindruck, als sitze sie bereits nicht mehr auf dem Rasen.

Ich stehe auf und beginne, mir den Weg durch die hohen Sträucher zu bahnen, die den Blick der restlichen Jugendlichen von Oasis auf das Goo versperren.

»Und nebenbei bemerkt –«, Phoes Stimme kommt aus einiger Entfernung; sie tut also so, als würde sie vor mir gehen – »wenn du herausfindest, dass Mark wirklich nach dir sucht, dann versuche doch mal eine Erklärung dafür zu finden, wie ein imaginärer Freund wie ich so etwas wissen könnte … etwas, was du selbst nicht wusstest.«

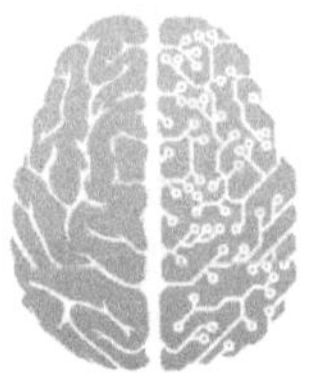

AUSZUG AUS DIE GEDANKENLESER - THE THOUGHT READERS

Alle denken ich sei ein Genie.

Alle liegen falsch.

Sicher, Ich habe Harvard im Alter von achtzehn Jahren abgeschlossen und verdiene jetzt eine unglaubliche Menge Geld mit einem Hedge Fund. Der Grund dafür ist allerdings nicht, dass ich besonders clever bin oder wie verrückt arbeite.

Ich betrüge.

Ich besitze eine einzigartige Fähigkeit. Ich kann die Gegenwart verlassen und in meine eigene persönliche Version der Realität eintauchen – den Ort, den ich die Stille nenne – an dem ich meine Umgebung erkunden kann, während die restliche Welt innehält.

Eigentlich dachte ich immer, ich sei der Einzige, der das tun kann – bis ich sie getroffen habe.

Ich heiße Darren, und das ist die Geschichte, wie ich herausgefunden habe, dass ich ein Leser bin.

Manchmal denke ich, dass ich verrückt bin. In diesem Moment sitze ich an einem Kasinotisch, und jeder um mich herum ist bewegungslos, so als sei er eingefroren. Ich nenne das *die Stille*, so als würde es das Ganze realer machen, wenn ich ihm einen Namen gebe – so als würde der Name etwas an der Tatsache ändern, dass alle Spieler um mich herum Statuen sind. Sie sitzen einfach nur da, und ich gehe um sie herum, schaue mir die Karten an, die sie gerade erhalten haben. Hört sich das verrückt an?

Das Problem an der Theorie, ich sei verrückt, ist, dass die Karten, welche die Spieler aufdecken, immer noch dieselben sind, wenn ich die Welt »entfriere«, so wie ich es gerade getan habe. Wäre ich verrückt, sollten die Karten dann nicht wenigstens ein wenig anders sein? Außer natürlich, ich bin schon so verrückt, dass ich mir auch die Karten auf dem Tisch einbilde.

Aber ich gewinne. Sollte das auch Einbildung sein – sollte der Stapel Chips neben mir auf dem Tisch nur eingebildet sein – dann könnte ich gleich alles in Frage stellen. Vielleicht heiße ich auch gar nicht Darren.

Nein. So kann ich nicht denken. Wenn ich wirklich so verwirrt sein sollte, dann möchte ich gar nicht aus diesem Zustand herausgeholt werden – denn in diesem Fall würde ich höchstwahrscheinlich in einer psychiatrischen Anstalt aufwachen.

Außerdem liebe ich mein Leben, verrückt oder nicht.

Meine Psychiaterin denkt, die Stille sei eine Erfindung, um die inneren Vorgänge meines Genies zu beschreiben.

Das wiederum hört sich für mich verrückt an. Es könnte natürlich auch sein, dass sie mich begehrt, aber die Erwiderung derartiger Gefühle ist ausgeschlossen. Sie befindet sich komplett außerhalb der Altersgruppe, mit der ich ausgehe. Ihre Theorie würde mir sowieso nicht helfen, da sie nicht erklärt, wieso ich Dinge weiß, die selbst ein Genie nicht erahnen könnte – wie den genauen Wert des Blattes der anderen Spieler.

Ich sehe dem Croupier dabei zu, wie er eine neue Runde eröffnet. Außer mir befinden sich noch drei weitere Spieler am Tisch. Der Cowboy, die Großmutter und der Professionelle, wie ich sie in Gedanken nenne. Ich kann die jetzt fast spürbare Angst fühlen, die mit dem *Hineingleiten* einhergeht – das ist der Name, den ich diesem Vorgang gegeben habe: in die Stille hineingleiten. Meine Sorge, ich könne verrückt sein, hat das Hineingleiten schon immer vereinfacht. Angst scheint diesen Prozess zu begünstigen.

Ich gleite hinein, und alles ist still – daher der Name.

Selbst jetzt finde ich das noch unheimlich. In diesem Kasino ist es normalerweise sehr laut. Betrunkene Menschen, die sich unterhalten, Spielautomaten, das Läuten bei Gewinnen, Musik — nur in einem Klub oder bei Konzerten ist es noch lauter. Und trotzdem könnte ich genau in diesem Moment wahrscheinlich eine Stecknadel fallen hören. Es ist so, als sei ich gegenüber dem Chaos um mich herum taub geworden.

So viele eingefrorene Menschen um mich herum zu haben macht das Ganze nur noch eigenartiger. Eine Kellnerin hat mitten im Schritt mit ihrem Tablett auf dem Arm angehalten. Eine Frau ist gerade dabei, eine Münze in einen Spielautomaten zu schmeißen. An meinem eigenen Tisch ist die Hand des Croupiers erhoben, und die letzte Karte, die er gezogen hat, hängt unnatürlich in der Luft. Ich gehe von der Seite des Tisches auf sie zu und nehme sie in die Hand. Es ist ein König, der für den Professionellen bestimmt ist. Als ich die Karte wieder loslasse, fällt sie auf den Tisch, anstatt weiter in der Luft zu schweben, so wie sie es vorher getan hat. Ich weiß allerdings genau, dass sie sich, sobald ich mich aus diesem eingefrorenen Zustand zurückziehe, wieder an der ursprünglichen Stelle befinden wird – in genau derselben Position, in der sie war, bevor ich sie genommen habe.

Der Professionelle sieht genau so aus, wie ich mir immer Menschen vorgestellt habe, die mit Pokerspielen ihr Geld verdienen: ungepflegt, Schatten unter den Augen und generell ein wenig eigenartig. Er hat sein Pokerface das ganze Spiel über perfekt im Griff gehabt – es hat nicht ein einziges Mal ein Muskel gezuckt. Sein Gesicht ist so unbeweglich, dass ich mich frage, ob ihm vielleicht Botox dabei hilft, eine so steinerne Miene aufrechtzuerhalten. Seine Hand befindet sich auf dem Tisch und bedeckt beschützend die Karten, die ihm gegeben wurden.

Ich bewege seine schlaffe Hand zur Seite. Das fühlt sich wie im normalen Leben an. Also quasi. Seine Hand ist schweißnass und haarig, weshalb es unangenehm ist, sie zur Seite zu legen. Es ist anormal, so etwas zu tun. Der normale Teil des Ganzen ist, dass seine Hand eher warm als kalt ist. Als ich noch ein Kind war, erwartete ich, dass sich die Menschen in der Stille kalt anfühlen würden, wie Statuen aus Stein.

Nachdem ich die Hand des Professionellen zur Seite gelegt habe, nehme ich seine Karten auf. Zusammen mit dem König, der gerade in der Luft hängt, hat er ein hübsches hohes Blatt. Gut zu wissen.

Ich gehe zur Großmutter hinüber. Sie hält ihre Karten in der Hand. Dadurch, dass sie sie wie einen Fächer ausgebreitet hat, kann ich es vermeiden, ihre faltigen und fleckigen Hände zu berühren. Das ist eine Erleichterung, da ich in der letzten Zeit meine Probleme damit habe, in der Stille Menschen anzufassen – genauer gesagt Frauen. Falls ich es trotzdem tun müsste, würde ich das Berühren von Großmutters Hand rational als harmlos ansehen – oder es zumindest nicht gruselig finden – aber es ist trotzdem besser, es möglichst zu vermeiden.

Auf jeden Fall hat sie ein niedriges Blatt. Sie tut mir leid. Sie hat heute Nacht eine recht große Summe verloren. Ihre Chips gehen zur Neige. Vielleicht sind ihre Verluste, zumindest teilweise, der Tatsache zuzuschreiben, dass sie kein gutes Pokerface aufsetzen kann. Schon bevor ich einen Blick auf ihre Karten geworfen hatte, wusste ich, dass sie nicht gut sein würden. Ich konnte sehen, dass sie nicht glücklich mit dem war, was sie nach der Ausgabe ihrer Karten in der Hand hielt. Ich habe sie außerdem vor einigen Runden bei einem fröhlichen Aufblitzen ihrer Augen ertappt. Sie hatte ein Dreierpaar, welches gewann.

Pokern ist zu einem Großteil Übung, Menschen besser lesen zu können – eine Fähigkeit, die ich gerne besser beherrschen würde. In meiner Arbeit wurde mir gesagt, ich sei großartig darin, Menschen zu lesen. Aber das bin ich nicht. Ich bin einfach nur gut darin, die Stille zu verwenden, um Ihnen das vorzumachen. Allerdings würde ich gerne lernen, wie es im wirklichen Leben funktioniert.

Was mich am Pokern eher weniger interessiert, ist das Geld. Mir geht es finanziell gut genug, um nicht auf das Spielen als Einnahmequelle angewiesen zu sein. Mir ist es egal, ob ich gewinne oder verliere, auch wenn es mir Spaß gemacht hatte, mein Geld an dem Black-Jack-Tisch zu verfünffachen. Dieser ganze Ausflug zum Spielen findet überhaupt nur deshalb statt, weil ich es mit meinen frischen einundzwanzig endlich darf. Ich war nie ein Freund von falschen Ausweisen, und deshalb ist dieser Kasinobesuch wirklich ein Meilenstein für mich.

Ich verlasse die Großmutter und gehe hinüber zum Cowboy. Ich kann seinem Strohhut nicht widerstehen und setze ihn mir auf. Ich frage mich, ob ich dadurch Läuse bekommen könnte. Ich habe noch nie leblose Objekte aus der Stille zurückbringen können und auch anderweitig die Welt nicht nachhaltig verändert. Ich vermute also, dass ich auch kein lebendiges Ungeziefer mit mir zurücknehmen werde. Ich lege den Hut zurück und schaue mir seine Karten an. Er hat einige Asse – eine bessere Hand als der Professionelle. Der Cowboy könnte auch ein Professioneller sein. Soweit ich das beurteilen kann, hat er ein gutes Pokerface. Es wird interessant werden, die beiden in der nächsten Runde zu beobachten.

Als Nächstes ist der Kartenstapel an der Reihe. Ich schaue mir die obersten Karten an, um sie mir einzuprägen. Ich überlasse nichts dem Zufall.

Als ich meine Aufgabe in der Stille abgeschlossen habe, gehe ich zurück zu mir selbst. Ach ja, habe ich überhaupt erwähnt, dass ich meinen eigenen Körper dort sitzen sehen kann? Genauso eingefroren wie alle anderen? Das ist der verrückteste Teil an der ganzen Sache. Es ist wie eine außerkörperliche Erfahrung.

Ich nähere mich meinem eingefrorenen Ich und betrachte es. Normalerweise vermeide ich das, weil es so beunruhigend ist. Weder sich selbst unzählige Male im Spiegel zu sehen noch sich Videos von sich selbst auf YouTube anzuschauen kann einen auf den Anblick des eigenen Körpers in 3D vorbereiten. Das ist nichts, das man jemals zu erleben erwartet. Außer vielleicht, man ist ein eineiiger Zwilling.

Es ist kaum zu glauben, dass ich diese Person bin. Sie sieht eher wie ein ganz normaler Typ aus. Vielleicht nach ein wenig mehr. Ich finde diesen Typen interessant. Er sieht cool aus. Er sieht clever aus.

Ich denke, Frauen könnten ihn als gut aussehend bezeichnen, auch wenn es nicht bescheiden von mir ist, das zu behaupten.

Ich bin nicht gut darin, die Attraktivität von Männern zu bewerten – das war ich noch nie –, aber einige Dinge sind allgemeingültig. Ich kann erkennen, wenn ein Typ hässlich ist, und mein eingefrorenes Ich ist es nicht. Ich weiß auch, dass ein symmetrisches Gesicht generell als schön angesehen wird – und meine Statue hat so eines. Ein starkes Kinn schadet auch nichts. Und genau so eins habe ich. Breite Schultern zu haben ist ebenfalls gut, und groß zu sein wirklich hilfreich. Diese Punkte decke ich auch ab. Außerdem habe ich blaue Augen – was ein Pluspunkt zu sein scheint. Mädchen haben mir gesagt, dass sie meine

Augen mögen, auch wenn sie an meinem gefrorenen Ich jetzt gerade ein wenig angsteinflößend wirken – glasig und glänzend. Sie sehen aus wie die Augen einer Wachsfigur. Leblos.

Als mir auffällt, dass ich mich zu lange mit diesem Thema aufhalte, schüttele ich meinen Kopf. Ich stelle mir vor, wie meine Psychiaterin diesen Moment analysieren würde. Wer käme schon auf die Idee, diese Selbstbewunderung als Teil einer psychischen Erkrankung zu betrachten? Ich sehe sie regelrecht vor mir, wie sie das Wort »Narzisst« notiert und es mehrfach unterstreicht.

Genug. Ich muss die Stille verlassen. Ich hebe meine Hand, berühre mein eingefrorenes Ich auf der Stirn, und die Geräusche kehren zurück, sobald ich mich wieder in der richtigen Welt befinde.

Alles ist wieder normal.

Der König, den ich noch vor einem Moment betrachtete – der König, den ich auf dem Tisch liegen ließ –, befindet sich wieder in der Luft und folgt der Bahn, die ihm vorherbestimmt war. Er landet neben der Hand des Professionellen. Die Großmutter betrachtet immer noch enttäuscht ihre gefächerten Karten, und der Cowboy hat seinen Hut wieder auf dem Kopf, auch wenn ich ihn in der Stille abgenommen hatte. Es ist alles genau so wie in dem Augenblick, bevor ich in die Stille hineinglitt.

Auf einer bestimmten Ebene hört mein Gehirn nie auf, über diese Unterschiede zwischen der Stille und der Welt außerhalb überrascht zu sein. Die Menschen sind darauf programmiert, die Realität in Frage zu stellen, wenn solche Dinge passieren. Als ich am Anfang der Therapie einmal versuchte, meine Psychiaterin auszutricksen, las ich während einer Sitzung ein komplettes Lehrbuch über Psychologie. Ihr ist das natürlich nicht aufgefallen, da ich es in der Stille tat. Das Buch handelte davon, dass Babys, auch wenn sie erst zwei Monate alt sind, schon überrascht darüber sind, wenn sie etwas Ungewöhnliches sehen – wenn zum Beispiel eine Sache gegen die Regeln der Schwerkraft zu verstoßen scheint. Kein Wunder, dass mein Gehirn Schwierigkeiten damit hat, mit diesen Vorgängen zurechtzukommen. Bis ich zehn war, war mein Leben völlig normal. Dann begannen diese eigenartigen Sachen, um es vorsichtig auszudrücken.

Ich blicke hinab und stelle fest, drei Gleiche in der Hand zu halten. Das nächste Mal werde ich mir meine Karten anschauen, bevor ich hineingleite. Wenn ich so ein starkes Blatt habe, kann ich es auch darauf ankommen lassen, fair zu spielen.

Die Partie verläuft wie erwartet, schließlich kenne ich ja die Karten sämtlicher Mitspieler. Letztendlich steht die Großmutter auf. Sie hat offensichtlich genug Geld verloren.

Das ist der Moment, in dem ich sie zum ersten Mal sehe.

Sie ist heiß. Mein Freund und Arbeitskollege Bert – eigentlich Albert, aber es gibt niemanden der ihn so nennt – behauptet, ich hätte einen bestimmten Frauentyp. Diese Vorstellung gefällt mir nicht, da ich nicht so oberflächlich und berechenbar sein möchte. Allerdings könnte trotzdem beides ein wenig auf mich zutreffen, da dieses Mädchen genau in das Beuteschema passt, welches Bert mir beschrieben hat. Und ich bin, milde ausgedrückt, extrem interessiert an ihr.

Große blaue Augen und deutlich ausgeprägte Wangenknochen in einem schmalen Gesicht mit einem Hauch Exotik. Lange, extrem wohlgeformte Beine, wie die einer Tänzerin. Dunkles, gewelltes Haar, das, wie ich es mag, zu einem Pferdeschwanz gebunden ist. Kein Pony – sehr gut. Ich hasse Ponys und kann mir auch nicht erklären, wie manche Mädchen sich so etwas antun können. Auch wenn die Abwesenheit des Ponys in Berts Beschreibung meines Frauentyps nicht vorkommt, gehört dieses Kriterium definitiv dazu.

Sie setzt sich zu uns an den Tisch, und ich kann nicht damit aufhören, sie weiterhin anzustarren. Mit den hohen Absätzen und dem engen Rock wirkt sie an diesem Ort overdressed. Oder vielleicht bin ich mit meiner Jeans und dem T-Shirt auch einfach underdressed. Wie dem auch sei, es interessiert mich nicht. Ich muss versuchen, mit ihr ins Gespräch zu kommen.

Ich denke darüber nach, in die Stille einzutauchen und mich ihr anzunähern. Auf diese Weise könnte ich Dinge tun, die normalerweise beunruhigend wirken. Ich könnte sie aus nächster Nähe anstarren oder sogar ihre Taschen durchwühlen, um etwas zu finden, das mir dabei hilft, mit ihr zu reden.

Ich entscheide mich dagegen, und wahrscheinlich ist es das erste Mal, dass das passiert.

Ich weiß, dass der Grund dafür, mein normales Verhaltensmuster zu durchbrechen, eigenartig ist. Falls man überhaupt von einem Grund sprechen kann. Ich stelle mir die folgende Handlungskette vor: Sie stimmt zu, sich mit mir zu verabreden, es wird ernst zwischen uns, und weil wir diese tiefe Verbindung haben, erzähle ich ihr von der Stille. Sie erfährt, dass ich etwas Unheimliches tue, bekommt Angst und verlässt mich. Es ist natürlich lächerlich, sich so etwas auszumalen, bevor wir überhaupt miteinander gesprochen haben. Möglicherweise hat sie einen IQ von unter 70 oder besitzt die Persönlichkeit eines Holzstücks. Es könnte zwanzig verschiedene Gründe dafür geben, weshalb ich mich nicht mit ihr treffen möchte. Und außerdem hängt das ja auch nicht von mir ab. Sie könnte mir genauso gut zu verstehen geben, sie in Ruhe zu lassen, sobald ich versuche, mit ihr zu sprechen.

Die Arbeit mit Hedgefonds hat mich allerdings gelehrt, mich abzusichern. So verrückt diese Entscheidung, nicht in die Stille einzutauchen, auch ist, ich bleibe bei ihr. Ich weiß, dass es so höflicher ist. Aus dem gleichen Grund beschließe ich außerdem, in dieser Pokerrunde nicht zu schummeln.

Sobald die Karten ausgegeben sind, denke ich darüber nach, wie gut es sich anfühlt, so ehrenvoll gehandelt zu haben — auch wenn das niemand weiß. Vielleicht sollte ich häufiger versuchen, die Privatsphäre meiner Mitmenschen zu achten. Aber ich muss auch realistisch bleiben. Ich wäre nicht dort, wo ich heutzutage bin, wenn ich solchen Gefühlen gefolgt wäre. Ich würde sogar innerhalb weniger Tage meinen Job verlieren, sollte ich anfangen, die Privatsphäre anderer Menschen zu respektieren – und damit auch die ganzen Annehmlichkeiten, an die ich mich gewöhnt habe.

Ich mache es dem Professionellen nach und bedecke meine Karten, sobald ich sie bekomme, mit meiner Hand. Ich bin gerade dabei, einen Blick auf sie zu werfen, als etwas Ungewöhnliches passiert.

Die Welt um mich herum wird bewegungslos, so als würde ich gerade in die Stille hineingleiten … aber das habe ich nicht getan.

Einen Augenblick später sehe ich *sie* – das Mädchen, welches mir am Tisch gegenübersitzt, das Mädchen, an das ich gerade gedacht habe. Sie steht neben mir und zieht ihre Hand von meiner weg. Oder, genauer gesagt, der Hand meines eingefrorenen Ichs – ich stehe ja daneben und schaue sie an.

Allerdings sitzt sie auch noch mir gegenüber am Tisch, eine eingefrorene Statue wie alle anderen auch.

Mir kommt nicht einmal der Gedanke, das zweite Mädchen könnte ihre Zwillingsschwester oder etwas Ähnliches sein. Ich weiß, dass sie es ist. Sie tut das Gleiche, was ich vor einigen Minuten getan habe. Sie geht in der Stille umher. Die Welt um uns herum ist eingefroren, aber wir sind es nicht.

Sie sieht schockiert aus, als ihr dasselbe klar wird. Mit einer Hand greift sie über den Tisch und berührt ihre eigene Stirn.

Die Welt wird wieder normal.

Sie starrt mich schockiert mit ihren großen Augen und dem blassen Gesicht an. Ich kann sehen, wie ihre Hände zittern, während sie aufspringt. Ohne ein Wort zu sagen dreht sie sich um und geht weg.

Als sie anfängt zu rennen, zögere ich nicht. Ich stehe auf und folge ihr. Das ist nicht sehr clever. Sie würde sich wohl kaum mit einem unbekannten Typen verabreden, der hinter ihr herrennt. Aber über diesen Punkt bin ich schon hinaus. Sie ist die einzige Person, die ich jemals getroffen habe, die das Gleiche kann wie ich. Sie ist der Beweis dafür, dass ich nicht verrückt bin. Sie könnte das besitzen, was ich mehr als alles andere möchte.

Sie könnte Antworten haben.

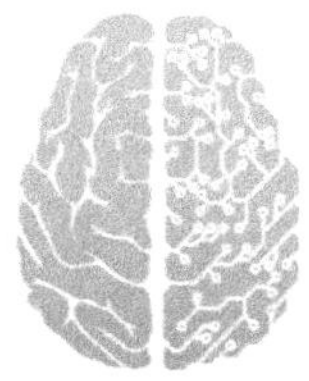

AUSZUG AUS DER ZAUBERCODE

Blaise, einst ein respektiertes Mitglied des Rates der Zauberer und jetzt ein Außenseiter, hat das letzte Jahr damit verbracht, an einem ganz besonderen magischen Objekt zu arbeiten. Sein Ziel ist es, die Magie jedermann zugänglich zu machen, nicht nur den ausgewählten Zauberern. Das Resultat seiner Arbeit ist allerdings völlig anders, als er sich das jemals vorgestellt hätte – denn anstelle eines Objekts erschafft er *sie*.

Sie ist Gala und alles andere als seelenlos. Sie wurde in der Welt der Magie geboren, ist wunderschön und hochintelligent – und niemand weiß, wozu sie alles fähig ist.

Augusta, eine mächtige Zauberin, sieht Blaises Werk genau als das, was es ist: die vermessenste aller Anmaßungen. Sie hat immer noch Gefühle für Blaise und möchte ihn retten, bevor er den höchsten aller Preise zahlen muss … für die Abscheulichkeit, die er erschaffen hat.

Da befand sich eine nackte Frau auf dem Fußboden in Blaises Arbeitszimmer.

Eine wunderschöne, nackte Frau.

Fassungslos starrte Blaise diese hinreißende Kreatur an, die gerade eben aus dem Nichts erschienen war. Sie schaute mit einem befremdlichen Gesichtsausdruck an sich hinunter. Offensichtlich war sie genauso überrascht darüber, hier zu sein, wie er es war, sie hier zu sehen. Ihr welliges, blondes Haar fiel ihren Rücken hinunter und verdeckte dadurch teilweise ihren Körper, der die Perfektion selbst zu sein schien. Blaise versuchte, nicht an diesen Körper zu denken, sondern sich stattdessen auf die Situation zu konzentrieren.

Eine Frau. *Sie* und kein *Es*. Blaise konnte das kaum glauben. War das möglich? Konnte dieses Mädchen das Objekt sein?

Sie saß mit ihren Beinen unter sich eingeschlagen da und stützte sich auf einem schlanken Arm ab. Diese Pose sah etwas unbeholfen aus, so als wüsste sie nicht so recht, was sie mit ihren eigenen Gliedmaßen anstellen sollte. Trotz ihrer Kurven, die sie als eine ausgewachsene Frau kennzeichneten, strahlte die völlig unbefangene Art und Weise, wie sie dort saß – die erkennen ließ, dass sie sich ihrer eigenen Reize nicht bewusst war – eine kindliche Unschuld aus.

Blaise räusperte sich und dachte darüber nach, was er sagen könnte. In seinen wildesten Träumen hätte er sich niemals vorstellen können, dass so etwas das Ergebnis dieses Projekts sein würde, welches in den letzten Monaten sein ganzes Leben bestimmt hatte.

Als sie das Geräusch hörte, drehte sie ihren Kopf, um ihn anzusehen, und Blaise bemerkte, dass sie ungewöhnlich hellblaue Augen hatte.

Sie blinzelte, legte ihren Kopf leicht zur Seite und nahm ihn mit sichtbarer Neugier in Augenschein. Blaise fragte sich, was sie wohl gerade sah. Er hatte seit zwei Wochen kein Tageslicht mehr gesehen, und es würde ihn nicht wundern, wenn er im Moment wie ein verrückter Zauberer aussah. Sein Gesicht war von etwa einer Woche alten Bartstoppeln übersät, und er wusste, dass sein dunkles Haar ungekämmt war und in alle Richtungen abstand. Hätte er gewusst, heute einer so wunderschönen Frau gegenüberzustehen, hätte er am Morgen einen Pflegezauber gewirkt.

»Wer bin ich?«, fragte sie und verunsicherte Blaise damit. Ihre Stimme war weich und feminin, genauso anziehend wie der Rest von ihr. »Wo bin ich? Was ist das hier für ein Ort?«

»Das weißt du nicht?« Blaise war froh, endlich einen halb zusammenhängenden Satz herausbekommen zu haben. »Du weißt weder wer du bist noch wo du bist?«

Sie schüttelte ihren Kopf. »Nein.«

Blaise schluckte. »Ich verstehe.«

»Was bin ich?«, fragte sie erneut und blickte ihn mit diesen unglaublichen Augen an.

»Also«, sagte Blaise langsam, »wenn du kein grausamer Scherzbold oder ein Produkt meiner Einbildung bist, dann ist das jetzt etwas schwierig zu erklären …«

Sie beobachtete seinen Mund, während er sprach, und als er aufhörte, sah sie wieder auf, und ihre Blicke trafen sich. »Das ist eigenartig«, sagte sie, »solche Worte in der Realität zu hören. Das waren gerade die ersten wirklichen Worte, die ich jemals gehört habe.«

Blaise fühlte, wie ihm ein Schauer über den Rücken lief. Er stand von seinem Stuhl auf und begann, hin und her zu gehen, sorgsam darauf bedacht, seinen Blick von ihrem nackten Körper abzuwenden. Er hatte damit gerechnet, dass etwas erschien. Ein magisches Objekt, eine Sache. Er hatte nur nicht gewusst, welche Form es annehmen würde. Ein Spiegel vielleicht, oder eine Lampe. Vielleicht sogar so etwas Ungewöhnliches wie die Lebensspeicher-Sphäre, die wie ein großer runder Diamant auf seinem Arbeitstisch stand.

Aber eine Person? Und dann auch noch weiblich?

Zugegeben, er hatte versucht, dem Objekt Intelligenz zu geben und die Fähigkeit, menschliche Sprache zu verstehen, um diese in den Code umzuwandeln. Vielleicht sollte er gar nicht so überrascht sein, dass die Intelligenz, die er herbeigerufen hatte, eine menschliche Form angenommen hatte.

Eine wunderschöne, weibliche, sinnliche Hülle.

Konzentriere dich Blaise, konzentriere dich!

»Wieso läufst du so herum?« Sie stand langsam auf, und ihre Bewegungen waren dabei unsicher und eigenartig tollpatschig. »Sollte ich auch umhergehen? Unterhalten sich Menschen so miteinander?«

Blaise hielt vor ihr an und bemühte sich, seine Augen oberhalb ihres Halses zu behalten. »Es tut mir leid. Ich bin es nicht gewohnt, nackte Frauen in meinem Arbeitszimmer zu haben.«

Sie fuhr sich mit ihren Händen an ihrem Körper hinunter, so als würde sie ihn zum allerersten Mal fühlen. Was auch immer sie vorhatte, Blaise fand diese Bewegung höchst erotisch.

»Stimmt etwas mit meinem Aussehen nicht?«, wollte sie von ihm wissen. Das war so eine typisch weibliche Sorge, dass Blaise ein Lächeln unterdrücken musste.

»Ganz im Gegenteil«, versicherte er ihr. »Du siehst unvorstellbar gut aus.« So gut sogar, dass er Schwierigkeiten hatte, sich auf etwas anderes als auf ihre Rundungen zu konzentrieren. Sie war mittelgroß und so perfekt proportioniert, sie hätte als Vorlage für einen Bildhauer dienen können.

»Warum sehe ich so aus?« Ein leichtes Runzeln erschien auf ihrer glatten Stirn. »Was bin ich?« Der letzte Teil schien sie am meisten zu beschäftigen.

Blaise holte tief Luft und versuchte, seinen rasenden Puls zu beruhigen. »Ich denke, ich könnte da eine Vermutung wagen, aber bevor ich das mache, möchte ich dir erst einmal etwas zum Anziehen geben. Bitte warte hier – ich bin sofort wieder zurück.«

Ohne eine Antwort abzuwarten, eilte er zur Tür.

Er verließ sein Arbeitszimmer und ging rasch zum anderen Ende des Hauses, zu *ihrem Zimmer*, wie er den halbleeren Raum in Gedanken immer noch nannte. Dort hatte Augusta immer ihre Sachen aufbewahrt, als sie noch zusammen gewesen waren – eine Zeit, die jetzt Ewigkeiten her zu sein schien. Trotzdem war es für ihn genauso schmerzhaft, den verstaubten Raum zu betreten, wie es vor zwei Jahren gewesen war. Sich von der Frau zu trennen, mit der er acht Jahre zusammen gewesen war – der Frau, die er eigentlich gerade heiraten wollte –, war nicht leicht gewesen.

Blaise versuchte, sich auf sein eigentliches Anliegen zu konzentrieren, ging zum Kleiderschrank und warf einen Blick auf dessen Inhalt. Wie er gehofft hatte, befanden sich noch einige Dutzend Kleider in ihm. Wunderschöne lange Kleider aus Samt und Seide, Augustas Lieblingsstoffen. Nur Zauberer – die in der Gesellschaft die obersten Ränge bekleideten – konnten sich so einen Luxus leisten. Die normale Bevölkerung war viel zu arm, um etwas anderes als grobe, schlichte Bekleidung tragen zu können. Blaise fühlte sich ganz schlecht, wenn er darüber nachdachte, über diese furchtbare Ungleichheit, die immer noch jeden Aspekt des Lebens in Koldun betraf.

Er erinnerte sich daran, wie er und Augusta sich immer darüber gestritten hatten. Sie hatte seine Sorgen um die Normalbevölkerung nie geteilt; stattdessen genoss sie die Stellung und die Privilegien, die einem respektierten Zauberer derzeit zugestanden wurden. Wenn Blaise sich richtig erinnerte, hatte sie jeden Tag ihres Lebens ein anderes Kleid getragen, ohne Scham ihren Reichtum zur Schau gestellt.

Wenigstens würden ihm die Kleider, die sie in seinem Haus zurückgelassen hatte, jetzt mehr als gelegen kommen. Blaise nahm sich eines von ihnen – eine blaue

Seidenkreation, die zweifellos ein Vermögen gekostet hatte – und ein Paar hochwertige schwarze Samtschuhe, bevor er den Raum wieder verließ, während die Staubschichten und die bitteren Erinnerungen zurückblieben.

Auf seinem Rückweg rannte er in das nackte Lebewesen. Sie stand neben dem Eingang zu seinem Arbeitszimmer und schaute sich das Gemälde an, welches sein Bruder Louie geschaffen hatte. Es stellte eine sehr idyllische Szene in einem Dorf in Blaises Herrschaftsbereich dar – das Fest nach der großen Ernte. Lachende, rotwangige Bauern tanzten miteinander, während ein Harfenspieler auf Wanderschaft im Hintergrund spielte. Blaise schaute sich dieses Gemälde sehr gerne an. Es erinnerte ihn daran, dass seine Untertanen auch gute Zeiten erlebten, ihre Leben nicht nur aus Arbeit bestanden.

Das Mädchen schien es auch gerne zu betrachten – und anzufassen. Ihre Finger strichen über den Rahmen, als würden sie versuchen, die Struktur zu begreifen. Ihr nackter Körper sah von hinten genauso großartig aus wie von vorne, und Blaise bemerkte, wie seine Gedanken schon wieder in eine unangemessene Richtung abschweiften.

»Hier«, sagte er schroff, trat in sein Arbeitszimmer ein und legte das Kleid und die Schuhe auf dem staubigen Sofa ab. »Bitte zieh das hier an.« Zum ersten Mal seit Louies Tod nahm er den Zustand seines Hauses wahr – und schämte sich dafür. Augustas Raum war nicht der einzige, der von Staub bedeckt war. Selbst hier, wo er den Großteil seiner Zeit verbrachte, war die Luft muffig und abgestanden.

Esther und Maya hatten ihm wiederholt angeboten, vorbeizukommen und sauberzumachen, aber das hatte er abgelehnt, da er niemanden sehen wollte. Nicht einmal die beiden Bäuerinnen, die für ihn wie seine Mütter gewesen waren. Nach dem Debakel mit Louie wollte er einfach nur allein sein und sich vor dem Rest der Welt verstecken. Was die anderen Zauberer betraf, wurde er geächtet, war ein Außenseiter, und das störte ihn auch überhaupt nicht. Er hasste sie ja auch alle. Manchmal dachte er, die Bitterkeit würde ihn auffressen – und wahrscheinlich hätte sie das auch, wenn es nicht seine Arbeit gäbe.

In diesem Moment hob das Ergebnis dieser Arbeit, immer noch nackt wie ein Neugeborenes, das Kleid hoch und betrachtete es neugierig. »Wie ziehe ich das an?«, wollte es wissen und schaute zu ihm auf.

Blaise blinzelte. Er hatte Erfahrung darin, Frauen auszuziehen, aber ihnen in die Kleider zu helfen? Trotzdem wusste er wahrscheinlich immer noch mehr darüber als das geheimnisvolle Wesen, das vor ihm stand. Er nahm ihr das Kleid aus den Händen, schnürte den Rücken auf und hielt es ihr hin. »Hier. Steig hinein und zieh es hoch, die Arme müssen dabei in die Ärmel gesteckt werden.« Dann drehte er sich weg und versuchte angestrengt, seine Reaktion auf ihre Schönheit zu kontrollieren.

Er hörte, wie sie irgendetwas mit dem Kleid machte.

»Ich könnte ein wenig Hilfe gebrauchen«, sagte sie.

Blaise drehte sich zu ihr herum und war erleichtert, festzustellen, dass sie nur noch Hilfe dabei brauchte, die Schnüre auf dem Rücken festzuziehen. Sie hatte auch schon selber herausgefunden, wie man sich Schuhe anzog. Das

Kleid passte ihr erstaunlich gut; sie und Augusta mussten ungefähr die gleiche Größe haben, obwohl das Mädchen irgendwie zierlicher zu sein schien. »Heb dein Haar an«, forderte er sie auf, und sie hielt ihre blonden Locken mit einer unbewussten Anmut in die Höhe. Er schnürte ihr schnell das Kleid zu und trat dann sofort einen Schritt zurück, um ein wenig Abstand zwischen sie zu bringen.

Sie drehte ihm ihr Gesicht zu, und ihre Blicke trafen sich. Blaise kam nicht umhin, die kühle Intelligenz in ihrem Blick zu bemerken. Sie mochte jetzt vielleicht noch nichts wissen, aber sie lernte schnell – und funktionierte unglaublich gut, wenn das, was er über ihren Ursprung vermutete, stimmte.

Einige Sekunden lang sahen sie einander nur an, teilten ein angenehmes Schweigen. Sie schien es mit dem Reden nicht eilig zu haben. Stattdessen betrachtete sie ihn, ihre Augen fuhren über sein Gesicht und seinen Körper. Sie schien ihn genauso faszinierend zu finden wie er sie. Und das war ja auch kein Wunder – er war wahrscheinlich der erste Mensch, den sie traf.

Schließlich unterbrach sie die Stille. »Können wir jetzt reden?«

»Ja.« Blaise lächelte. »Wir können, und wir sollten.« Er ging zur Sofaecke, setzte sich in einen der Loungesessel neben den kleinen, runden Tisch. Die Frau folgte seinem Beispiel und setzte sich in den Sessel ihm gegenüber.

»Ich befürchte, wir werden viele Antworten auf deine Frage zusammen erarbeiten müssen«, erklärte ihr Blaise, und sie nickte.

»Ich möchte es verstehen können«, antwortete sie ihm. »Was bin ich?«

Blaise atmete tief ein. »Lass mich von Anfang an beginnen«, entgegnete er ihr und zermarterte sich sein Hirn, wie er in dieser Angelegenheit am besten vorgehen sollte. »Weißt du, ich habe eine lange Zeit nach einem Weg gesucht, Magie den normalen Menschen einfacher zugänglich zu machen –«

»Steht sie im Moment nicht zur Verfügung?«, fragte sie und sah ihn eindringlich an. Er konnte sehen, dass sie sehr neugierig auf alles war und ihre Umgebung und jedes Wort, das er sagte, aufsaugte wie ein Schwamm.

»Nein, ist sie nicht. Im Moment können nur ein paar Auserwählte Magie anwenden – diejenigen, die die richtigen Voraussetzungen erfüllen, was die analytischen und mathematischen Neigungen ihres Gehirns anbelangt. Selbst die wenigen Glücklichen, die das besitzen, müssen sehr hart dafür studieren, komplexere Zauber zu wirken.«

Sie nickte, als würde das für sie Sinn ergeben. »Okay. Und was hat das alles mit mir zu tun?«

»Alles«, antwortete Blaise. »Es hat alles mit Lenard dem Großen begonnen. Er war der Erste, der herausgefunden hatte, die Zauberdimension anzuzapfen.«

»Die Zauberdimension?«

»Ja, so nennen wir den Ort, an dem der Zauber entsteht – der Ort, der es uns ermöglicht, Magie anzuwenden. Wir wissen nicht viel über sie, weil wir in der physischen Dimension leben – die wir als die reale Welt ansehen.« Blaise machte eine Pause, um zu sehen, ob sie bis jetzt Fragen dazu hatte. Er stellte sich vor, wie überwältigend das alles für sie sein musste.

Sie legte ihren Kopf auf die Seite. »Okay. Bitte mach weiter.«

»Vor etwa zweihundertundsiebzig Jahren hat Lenard der Große die ersten verbalen Zaubersprüche entwickelt – eine Möglichkeit für uns, mit der Zauberdimension zu interagieren und die Wirklichkeit der physischen Dimension zu ändern. Es war extrem schwierig, diese Zaubersprüche richtig zu formulieren, da man dafür eine spezielle Geheimsprache benötigte. Sie mussten ganz exakt ausgesprochen und vorbereitet werden, um das gewünschte Ergebnis zu erzielen. Erst vor kurzer Zeit wurde eine einfachere magische Sprache und ein leichterer Weg, Zaubersprüche anzuwenden, erfunden.«

»Wer hat das erfunden?«, fragte die Frau fasziniert.

»Augusta und ich«, gab Blais zu. »Sie ist meine frühere Verlobte. Wir sind das, was man Zauberer nennt – diejenigen, die eine Begabung für das Studium der Magie aufweisen. Augusta hat ein magisches Objekt erschaffen, welches Deutungsstein heißt, und ich habe eine einfachere magische Sprache gefunden, die dazu passt. Jetzt kann ein Zauberer seine Zaubersprüche in einer leichteren Sprache auf Karten schreiben und sie in den Stein einführen – anstatt einen schwierigen verbalen Spruch aufzusagen.«

Sie blinzelte. »Ich verstehe.«

»Unsere Arbeit sollte die Gesellschaft zum Besseren hin verändern«, fuhr Blaise fort und versuchte dabei, die Bitterkeit aus seiner Stimme zu halten. »Oder das war zumindest das, was ich gehofft hatte. Ich dachte, ein leichterer Weg, um Magie anzuwenden, würde es mehr Menschen ermöglichen, Zugang zu ihr zu bekommen, aber so hat es sich nicht entwickelt. Die mächtige Klasse der Zauberer ist noch mächtiger geworden – und noch abgeneigter, ihr Wissen mit der einfachen Bevölkerung zu teilen.«

»Ist das schlimm?«, fragte sie und schaute ihn mit ihren hellblauen Augen an.

»Das kommt darauf an, wen du fragst«, antwortete ihr Blaise und dachte dabei an Augustas gelegentliche Geringschätzung der Landarbeiter. »Ich denke, das ist schrecklich, aber ich gehöre einer Minderheit an. Den meisten Zauberern gefällt es so, wie es ist. Sie sind reich und mächtig und es stört sie nicht, Untertanen zu haben, die in Elend und Armut leben.«

»Aber dich stört es«, sagte sie aufmerksam.

»Das tut es«, bestätigte Blaise. »Und als ich vor einem Jahr den Rat der Zauberer verlassen habe, beschloss ich, etwas dagegen zu unternehmen. Ich wollte ein magisches Objekt erschaffen, welches unsere normale Sprache versteht – ein Objekt, das von jedem benutzt werden kann, verstehst du? Auf diese Art und Weise könnte auch eine normale Person zaubern. Sie würde einfach sagen, was sie bräuchte, und das Objekt würde es umsetzen.«

Ihre Augen weiteten sich, und Blaise konnte sehen, wie sie anfing, das Ganze zu verstehen. »Willst du mir gerade sagen –?«

»Ja«, antwortete er ihr und blickte sie an. »Ich glaube, ich habe dieses Objekt erfolgreich erschaffen. Ich denke, du bist das Ergebnis meiner Arbeit.«

Einige Augenblicke lang saßen sie einfach nur schweigend da.

»Ich muss das Wort *Objekt* falsch verstehen«, meinte sie schließlich.

»Das tust du wahrscheinlich nicht. Der Stuhl, auf dem du sitzt, ist ein normales Objekt. Wenn du aus dem Fenster schaust, siehst du eine Chaise im Garten. Das ist ein magisches Objekt, es kann fliegen. Objekte leben nicht. Ich habe erwartet, du würdest so etwas wie ein sprechender Spiegel werden, aber du bist etwas völlig anderes!«

Ihre Stirn zog sich leicht in Falten. »Wenn du mich geschaffen hast, bist du dann mein Vater?«

»Nein«, wehrte Blaise sofort ab, da alles in ihm diese Vorstellung zurückwies. »Ich bin auf gar keinen Fall dein Vater.« Aus irgendeinem Grund war es für ihn wichtig, sicherzustellen, dass sie nicht so von ihm dachte. *Interessant, wohin meine Gedanken schon wieder abschweifen, dachte er selbstironisch.*

Sie sah immer noch verwirrt aus, also versuchte Blaise, es ihr näher zu erklären. »Ich denke, es wäre vielleicht sinnvoller, zu sagen, ich habe den Grundstein für eine Intelligenz gelegt – und habe sichergestellt, dass sie einiges an Wissen besitzt, um darauf aufzubauen –, aber alles Weitere musst du selber geschaffen haben.«

Er konnte einen Funken Wiedererkennung auf ihrem Gesicht sehen. Irgendetwas an seiner Aussage hatte bei ihr etwas zum Läuten gebracht, also musste sie mehr wissen, als es auf den ersten Blick schien.

»Kannst du mir etwas von dir erzählen?«, fragte Blaise und betrachtete die wunderschöne Kreatur vor sich. »Als Erstes, wie nennst du dich?«

»Ich nenne mich gar nichts«, antwortete sie. »Wie nennst du dich?«

»Ich bin Blaise, Sohn von Dasbraw. Ich nenne mich Blaise.«

»Blaise«, wiederholte sie langsam, als würde sie sich seinen Namen auf der Zunge zergehen lassen. Ihre Stimme war weich und sinnlich, unschuldig betörend. Blaise wurde sich schmerzhaft der Tatsache bewusst, dass er schon seit zwei Jahren keiner Frau mehr so nahe gewesen war.

»Ja, das ist richtig«, gelang es ihm ruhig zu sagen. »Und wir sollten auch einen Namen für dich finden.«

»Hast du eine Idee?«, fragte sie neugierig.

»Also, meine Großmutter hieß Galina. Würdest du meiner Familie die Ehre erweisen und ihren Namen annehmen? Du könntest Galina, Tochter der Zauberdimension sein. Ich würde dich dann kurz ›Gala‹ nennen.« Die unbezwingbare alte Dame war alles andere als dieses Mädchen gewesen, welches vor ihm saß, aber trotzdem erinnerte etwas dieser leuchtenden Intelligenz auf dem Gesicht dieser Frau ihn an sie. Er lächelte zärtlich bei diesen Erinnerungen.

»Gala«, versuchte sie zu sagen. Er konnte sehen, sie mochte den Namen, weil sie auch lächelte und ihm dabei ihre ebenmäßigen, weißen Zähne zeigte. Das Lächeln erleuchtete ihr ganzes Gesicht, ließ sie strahlen.

»Ja.« Blaise konnte seine Augen nicht von ihrer blendenden Schönheit abwenden. »Gala. Das passt zu dir.«

»Gala«, wiederholte sie sanft. »Gala. Du hast recht. Das passt zu mir. Aber du sagtest auch, ich sei die Tochter der Zauberdimension. Ist das meine Mutter oder mein Vater?« Sie sah ihn voller Hoffnung an.

Blaise schüttelte seinen Kopf. »Nein, nicht im traditionellen Sinn. Die Zauberdimension ist der Ort, an dem du dich zu dem entwickelt hast, was du jetzt bist. Weißt du irgendetwas über diesen Platz?« Er machte eine Pause und schaute sich seine erstaunliche Kreation an. »Wie viel weißt du überhaupt von dem, was geschah, bevor du hier auf dem Boden meines Arbeitszimmers auftauchtest?«

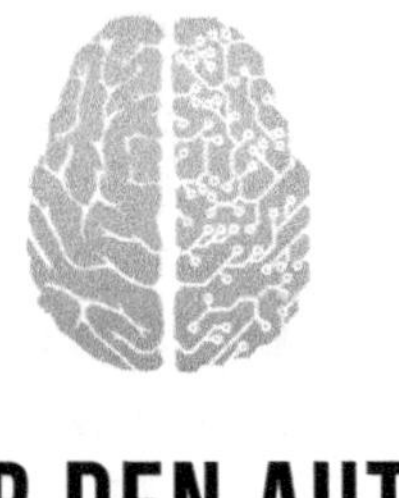

ÜBER DEN AUTOR

Dima Zales ist ein *New York Times* und *USA Today* Bestsellerautor in den Genres Science-Fiction und Fantasy. Bevor er ein Schriftsteller wurde, hat er sowohl als Programmierer als auch als leitender Angestellter in der Softwareentwicklungsindustrie in New York gearbeitet. Von Hochfrequenzhandel-Software für große Banken bis hin zu Handy-Apps für bekannte Zeitschriften, Dima hat schon alles programmiert. 2013 verließ er dann die Software-Branche, um sich auf seine Karriere als Schriftsteller zu konzentrieren und nach Palm Coast, Florida zu ziehen, wo er derzeitig lebt.

Um mehr zu erfahren besuchen Sie bitte die Seite www.dimazales.com/book-series/deutsch/.

www.ingramcontent.com/pod-product-compliance
Lightning Source LLC
Chambersburg PA
CBHW072004110726
47910CB00005B/1654